Hauptbild aus dem Hehlrather Barockaltar, der dem ehemaligen Kapuzinerkloster Aldenhoven entstammt – Gemälde des Malerpaters Damian, Schüler der Antwerpener
Malerschule um Jacob Jordaens mit Einbezug seiner Erfahrung der italienischen Maltechnik durch Caravaggio
nach einer Italienreise. Äußeres Motiv ist die Himmelfahrt
Mariens auf der Kompositionsbasis des Peter Paul Rubens (1577 – 1640) in einem Arrangement gemäß der
späten Malweise des Jacob Jordaens (1593 – 1678, Ru-
bens-Schüler), Entstehungszeit um 1700. Inneres Motiv
ist die Kinderlosigkeit der Ehe des Kurfürsten Johann Wilhelm II. zu Düsseldorf (1658 – 1716, Kurfürst von Pfalz-
Neuburg (ab 1690) und Herzog von Jülich und Berg (ab
1679), der als Kopf des Lieblingsjüngers dargestellt ist.
Blonde Frau: seine erste Gattin Erzherzogin Maria Anna
Josepha (+ 1689), daneben im braunen Kleid seine
zweite Gattin Prinzessin Anna Maria Luisa de' Medici aus
Florenz (+ 1743, Tochter des Großherzogs Cosimos III.).

Die Dulderin

Roman

Heinz-Theo Frings

© 2023 Heinz-Theo Frings

Herstellung und Verlag:

BoD – Books on Demand, Norderstedt

ISBN: 9783752879063

01

Warum musste denn ausgerechnet ihre Mutter ein solches Scheusal sein, was Anna Maria Luisa seit Jahren zwar wusste, aber noch nie so unabdingbar gespürt hatte wie jetzt, da sie ihre Gebieterin vor ihrem Vater jammern und flehen hörte, sie bereue ihre schlimmen Anfälle von Jähzorn, sie verstehe auch nicht, warum sie täglich so widersprüchlich sei, sie hasse ihre hinterhältigen Gemeinheiten, beschwöre seine Gnade und gelobe Besserung. Reden können alle in ihrer Umgebung, dachte Luisa voller Angst, dass sie selbst das niemals so galant könne, aber auch im Bewusstsein, dass sie es niemals so eloquent wolle, wie sie es hier hörte und oft schon in den Regeln der Hofetikette gelesen hatte. Warum denn jetzt dieses Geplärre ihrer Mutter, wenn diese in ihrer Abwesenheit zwar offensichtlich zerknirscht war, aber morgen schon wieder eine Ekelin sein konnte, kalt wie ein Stein, berechnend wie eine sich anschleichende Katze, explodierend wie der Vesuv in seiner gefährlichsten Zeit? Mit ihren sieben Jahren verstand Luisa nun zwar schon viel, zumal sie ja schon eine standesgemäß hohe Bildung genossen hatte, aber nicht, wieso Gott einer solchen Xanthippe eine so samtweiche Altstimme gegeben hatte, mit der diese stundenlang Madrigale sang, um auf sich aufmerksam zu machen und ihrem Überschwang oder ihrem Leiden Ausdruck zu verleihen. Motetten und Canzonen sangen sie oft gemeinsam, da ihre eigene hohe Sopranstimme dazu passte und das Dunkle des Weltschmerzes in der Stimme der Altistin mildernd überlagerte, wenn nicht gar verscheuchte. Ihre Mutter hatte vor ein paar Monaten einen römischen Komponisten empfangen, Giacomo Carissimi, der mit einem ganz jungen Schüler bei ihnen in Florenz zu Besuch war. Sie hatte ihn eingeladen mit der Bitte, für sie beide eine Fassung des STABAT MATER zu komponieren, die zweistimmig sein sollte und wenig Begleitung

nötig habe, ja vielleicht sogar mit Gitarren- oder Lauten-
klängen untermalt werden konnte. Sie wusste nicht genau, wie er hieß, irgendwie Peter und Alexander und noch
ein dritter genuschelter Name war dahinter, aber jedenfalls Scarlatti mit Nachnamen. Er war fünfzehn, schon
hoch aufgewachsen und hatte einen neugierigen Blick,
der aber wegen seiner schmalen Wangen und seines harten Kinns etwas geheimnisvoll wirkte. Er war ein großes
musikalisches Talent und meinte von sich überzeugt,
dass er später eine Orchesterfassung dieses Werks
schreiben würde. Auch Anna Maria Luisa wusste, dass
ihre Lehrer von ihrer Begabung begeistert waren. Überhaupt waren Cembalospiel und Tanzunterricht das Einzige, was sie und ihre Mutter geistig verband. Dann verschwanden Angst, Unverständnis und Abscheu. Aber sie
kehrten wie eine wild reitende Geisterschar zurück, wenn
die Großherzogin Luisas Vater bissig quälte und entsetzlich anschrie und ihre Augen aus dem Kopf starrten wie
scharfe Dolche, die zustechen würden, wenn die Zeit für
einen Mord in diesem verfluchten Florenz wieder einmal
gekommen sein würde. Deswegen war es auch wirklich
besser, dass diese heißblütige Bourbonin in einem anderen Schloss leben würde, wie ihr Vater es wollte. Dieser
Cosimo Tertio, wie sie ihn liebevoll witzig nannte, war Luisas Sehnsucht. Sein Leben mit Jagd und Angeln, Reiten
und Fechten möchte sie teilen, denn sie hatte den ama-
zonenhaften Körper ihrer Mutter, die ja auch halbe Tage
lang mutterseelenalleine wie der Teufel durch die Felder
der Toskana ritt, oft hin bis San Gimignano, aber den ruhigen humanen Geist ihres Vaters, der zwar nicht so
schön sang, aber Kunst und Malerei, Statuen und Fresken liebte und viele Bauwerke nun vollenden ließ, aber
etwas verzweifelt war, in welchem Zustand er als Großherzog von Florenz seine Stadt, seine Lilie, die die Römer
einst verehrten, belassen musste. Er war froh, dass er
und seine Familie wieder in die Stadt zurückkehren

konnten und die Herrschaft wieder in der Hand hatten. Zwischen den Geschlechtertürmen hausten die Untergebenen in brechenden alten Häusern und Hütten, wenn sie nicht mangels eigener Wohnungen in den fast fensterlosen Hochhäusern wie Leibeigene eingesperrt lebten. Es drückte ihren Vater nieder, dass noch so viel zu tun war. Wie sollte sie das alles verstehen, wie damit zu leben lernen, wie ein Glück finden, dessen Trübung nicht gleich schon wieder stärker zu werden drohte als die Freude der jeweiligen gemeinsamen Empfindung.

Anna Maria Luisa saß wie so oft heimlich im Nebenraum unter dem Tisch, weil sie dort niemand sah, und sie hörte dem Keifen und den erschrockenen, ja fast weinerlichen Erwiderungen ihres Vaters zu. Sie verstand jedes Wort, denn ihr Gehör war so feinsinnig, dass ihr Vater ihr manchmal vorhielt, sie höre durch die Palastmauern das Gras wachsen. Es ging wieder einmal um alles: Liebesverhältnisse, die ja in ihren Kreisen normal zu sein schienen, Eifersucht auf bevorzugte Verwandte, da man ja ausschließlich politisch dachte, und um Geldzahlungen und Unterhalt für Schmuck, Vergnügungen und den aufwändigen Alltag mit vielen Bediensteten. Und es ging um sie, die man kurz nur Ludovica nannte, und ihre Brüder Ferdinando und Gian Gastone, der drei Jahre alt war und das alles noch nicht verstand, aber nur noch schrie und herumzappelte, mit hochrotem Kopf durch die Gegend rannte und sich ständig auszog, weil er eingenässt hatte. Er wirkte wie ein ständig überaktiv Kranker. Es war wirklich für sie sehr mühevoll, der Amme immer wieder einmal zu helfen, das alles wieder ins Lot zu bringen. Mittlerweile hatten die beiden Jungen zusätzliche Betreuer, der kleine eine Erzieherin und der große, der schon zehn Jahre alt war, einen Hoflehrer. Ihr jüngerer Bruder war, wenn er nicht überdreht, sondern leergebrannt war, mehr einer dieser Träumer, der ständig mit offenem Mund und in den Nacken gelegtem Kopf dasaß und nichts zu verstehen schien. Seine Augen blickten ins Leere und schienen doch mehr zu sehen als normale Irdische. Man konnte in ihm einen Weisen vermuten mit der Gestik eines Deppen. Eines hatte sie in den letzten Jahren, in denen sie dies bewusst erlebte, schmerzlich erfahren. Sie wusste nun, dass alle Äußerungen ihrer Mutter auf einen Ausruf zurückzuführen sind, den diese unglückliche Frau aber niemals bewusst denken, geschweige denn über ihre Lippen bringen würde: Ich bin anders, aber ihr lasst mich nicht! Dazu kam dann diese nervliche Aufgestacheltheit, als wenn ein ständig wirkendes Gift ihre Galle zersetzen würde. Anna Maria Luisa hatte gehört, dass dies nicht ganz untypisch für die Bourbonen war. Ihre Mutter, Marguerite Louise de Bourbon-Orléans, nun Großherzogin der Toskana, war eine Tochter des Herzogs Gaston d'Orléans aus zweiter Ehe, und deren Mutter war Margarete von Lothringen. Über deren Vater war sie sogar eine Cousine des Königs Ludwigs XIV. Aber schon über das junge Leben der Bourbonin lastete ein großes Schicksal, denn sie musste ihre Kindheit in der Verbannung verbringen, weil ihr Vater wegen seiner ständigen Intrigen und Übergriffe auf das Vermögen anderer auf Schloss Blois geschickt worden war, von wo er sich nicht mehr als tausend Meter im Radius entfernen durfte. Und sie eben auch nicht. Ohne offizielle und auch heimliche Bewegungsfreiheit musste man im Leben doch sicher verrückt werden. Als Marguerite Louise dann die Aussicht hatte, ihren Vater, Großherzog Cosimo III. – als zweite Wahl – zu ehelichen, weil Kardinal Mazarin dies so lanciert hatte, dauerte es wegen der hohen Mitgiftforderungen noch drei Jahre, bis die Ehe ihrer Eltern zustande kam, und darin sah Luisa einen wesentlichen Grund für die misanthropische Grundhaltung ihrer Mutter, die ja auch gar nicht zum vergeistigten und von Klerikern durchsetzten Florenz hin wollte, da sie lieber auf die Jagd ritt und sich tanzend und singend vergnügte.

Wie soll ein Kind, ob nun ein Medicimädchen wie Luisa oder ihre Freundin Lisa, die einfache Tochter einer Weinverkäuferin im Hause Medici, das aushalten, die zuhause andere Szenen ehelicher Auseinandersetzungen erlebte? Befreundet hatten sie sich im Geiste einer verschworenen Schicksalsgemeinschaft.

02

Oft schon hatte sie mit Lisa zusammen Wein verkauft. Es war Wein der Toskana aus dem Anbau der Medici, den sie, wenn er gekeltert, gelagert und abgefüllt war, vermarkten ließen. Das war auch für junge Mädchen eine völlig ungefährliche Tätigkeit, denn sie kamen überhaupt nicht in Kontakt mit dem Kunden. Jetzt, wo sie beide elf Jahre alt waren, machten sie sich einen Spaß daraus. Sie saßen innen eng beisammen vor dem Weinverkaufsfensterchen, eine kleine Aussparung in der Mauer mit einer Höhle dahinter. Die großen und kleinen Türen des Palastes waren rundum verschlossen und niemand konnte zu ihnen durchdringen. Ob Frauen oder Männer, sie riefen von außen ihre Wünsche in dieses Loch hinein und bekamen von innen mitgeteilt, wieviel Geld sie möglichst abgezählt in die Holzlade legen sollten. Manche Paläste hatten auch einen kleinen Aufzug, damit der Wein aus dem Keller nicht hochgeschleppt werden musste. Dieses Fenster der Mediciweinverkäuferinnen gegenüber vom Palast war besonders apart, denn es hatte die Form eines schmalen gotischen Fensters mit einem Faschenrand, der rötlich gestrichen war. Die Verkäuferinnen zogen einfach die Lade, die ein horizontales Brett als Sichtschutz besaß, nach hinten, zählten das Geld und setzten dann eine Flasche auf die Lade, die sie wieder nach vorne schoben. Manchmal mussten sie auf diese Art mehrere Flaschen hintereinander herausgeben, denn es ging nur immer eine Flasche durch das Fenster, das in Höhe des Bauches eines erwachsenen Käufers in die Mauer eingelassen war. Für den großen Verkauf über Tag im Hof waren die Arbeiterinnen und Arbeiter zuständig. Am Abend war dann meistens Lisas Mutter reif, die den Haushalt im Gesindehaus führte, und damit oft Lisa selbst, wenn die Mutter zu sehr eingespannt war. Und sie freute sich über diese einzige Möglichkeit, mit einer Untergebenen zu sprechen, denn Lisa war im Gegensatz zu ihr sehr mitteilungsfreudig. Nur singen konnte sie überhaupt nicht, was sie aber nicht einsehen wollte. Sie traf den Ton nicht, sodass die Hunde in der Umgebung unruhig wurden, und wenn sie es lauter versuchte, fing sie an zu krächzen. Aber ihr helles Lachen war umwerfend fröhlich und überhaupt war sie ein völlig unverbogenes liebes Wesen. Ihre Zähne ließen zu wünschen übrig, aber das war in den gesellschaftlich höheren Häusern überall, wie sie wusste, nicht anders. Wehe, man bekam Zahnschmerzen, dann war man bestenfalls den Badern ausgeliefert. Daran mochte sie nun nicht denken.

Anna Maria Luisa war sich ihrer Verantwortung bewusst. Sie nahm in den folgenden Jahren das aus ihrer Sicht unabwendbar Üble hin, ohne zu sehr in Wehmut zu verfallen, und das unabänderbar Niedrige um sie herum versuchte sie zu ignorieren und filterte das Angenehme heraus. Sie blühte auf, wenn sie Kunst und Musik um sich hatte, und schrieb gerne längere Briefe, so zum Beispiel an ihre Vettern, die fürstliche und geistliche Laufbahnen planten. Sie sog das Künstlerische, das es in Florenz auf Schritt und Tritt gab, in sich ein wie die Lunge frische kühlende Luft, die es in der Realität dieser exaltierten Stadt witterungsbedingt ja kaum gab. Das allerhöchste ihrer Gefühle entwickelte sich jeweils, wenn sie heimlich ausbüchste und sich zur Werkstatt des Bildhauers Marcello Venusti schlich, in der einst Michelangelo, den alle den Göttlichen nannten, gewirkt hatte, als er die Pieta, den David und die Sklaven schuf. Es standen hier noch einige Skulpturen von Michelangelo, die unbeachtet blieben, weil Meister Venusti nur noch malte; diese Figuren hatte der Göttliche selbst noch angefangen. Es war ihr etwas Sonderbares aufgefallen. Da, wo sie jetzt in der oberen Zahnreihe in der Mitte vier Zähne zum Abschneiden von Brot, Käse oder Wurst hatte, hatten zwei der

Unvollendeten fünf. Einen in der Mitte wie ein Mal, das den Körper verunstaltete und das man deswegen als Teufelswerk betrachtete. Sie konnte nicht lange hinsehen, denn es war ihr, als hätten diese Skulpturen Schuld anderer Menschen auf sich geladen und würden diese durch ihre Belastung tilgen. Am interessantesten war es, sich Zugang zur Pieta im Dom zu verschaffen, an der der alte Michelangelo, wie ihr Vater ihr erzählt hatte, 20 Jahre gearbeitet hatte, bevor er sie in einem Wutanfall selbst massiv beschädigte. Er muss zugeschlagen haben wie ein Irrer. Manchmal, wenn sie an diese Geschichte dachte, bedauerte sie, dass ihre Mutter ihre Wut nicht mit einem großen Steinhammer an einer Statue auslassen konnte, sondern ihren Vater oder andere solange malträtierte, bis sie dastanden und dreinblickten wie eine beschädigte Figur. Dann wäre ihr doch sicher besser zumute und ihre Wut würde auf Dauer doch sicher so verrauchen? So jung, wie sie war, sie kannte die Geheimgänge, die ihre Familie verwendete, um ohne Berührung mit dem Volk vom Palazzo Pitti über die Ponte Vecchio in den Palazzo del Signoria zu gelangen und von dort mit wenigen Schritten über Hinterhöfe oder schmale Sträßchen sogar zum Dom zu kommen. Im Dom hatte sie die Möglichkeit, auch hinter die Pieta zu gehen und die Personen von hinten zu betrachten, um dann von dieser fast rohen unbearbeiteten Seite aus um die Gruppe der Leidenden langsam herum zu schreiten und zu sehen, wie die Bearbeitung immer besser, genauer und glatter wird, bis sie in den perfekt und edel herausgearbeiteten Zügen und Gliedern des vom Kreuze Genommenen zur Gestalt völligen Wohlgefallens finden. Sie streichelte die Beine Jesu; in hunderten von Jahren würden sie poliert sein. Und in Nikodemus, dem Schutzpatron der Steinmetze, bewunderte sie Michelangelo selbst, denn das hatte ihr Vater ihr versichert: Es ist ein Selbstporträt des Künstlers. Den Wutanfall des Michelangelo kann niemand so richtig erklären, aber da es ja die Statue für sein eigenes Grab sein sollte, muss etwas zwischen diesen Gedanken an den eigenen erlösenden Tod gekommen sein, sodass sich Michelangelo der Befreiung von lastenden Pflichten lossagen musste, sich von der Utopie eines ruhigen Alters verabschieden musste, ohne dass er konzentriert dieses Kunstwerk vollenden konnte. Ihr Vater meinte, dass Papst Paul III. daran schuld gewesen sei, der dem noch sehr kranken Michelangelo den unabweisbaren Auftrag gegeben hatte, den Petersdom mit einer sehr schwierigen Kuppel zu bauen, die die Kuppel ihres Domes in Florenz weit übertreffen sollte. Das habe seinen Lebensabend so überdeckt und es habe so gar nicht seinem eigenen Willen entsprochen, sodass er in einem einzigen Wutausbruch vor sich selbst symbolisch offenlegen musste, dies zerstöre die Ruhe seines Alters. Andere würden apathisch werden und inaktiv reagieren, aber er habe sich mit einem einzigen Akt die Luft für die Erfüllung seiner Pflicht errungen. Nur so könne er diese Aktion verstehen. Kurz vorher habe übrigens sein Lieblingsschüler ihn unangekündigt verlassen. Wenn sie vor dem David des Michelangelo stand, wurde ihr immer ganz schwummrig. Einen nackten Mann im eigenen Leben hatte sie noch nicht gesehen. Sie hatte gehört, dass nicht wenige Frauen des Adels viele Kinder bekommen hatten, ohne ihren eigenen Mann jemals nackt gesehen zu haben. Bei fast jedem Tier konnte man ja an der Männlichkeit überhaupt nicht vorbeischauen. Und manchmal hatte sie bei Pferden gesehen, wie der Hengst fast wie lächelnd in der Luft Witterung aufnahm, an der Stute roch, dann mit einem plötzlich ganz steifen langen Geschlechtsteil von hinten auf die Stute stieg und ein paar Mal zustieß, um dann wie erschlafft über dem Rücken der Stute träumerisch herunter zu gleiten und minutenlang vor sich hin zu trotten, als wenn er blöde geworden wäre. Manchmal wieherte die Stute wie im Triumpf. Aber danach sah das jetzt beim David nicht aus. Und von hinten, wie sollte das bei Menschen denn gehen? Überhaupt konnte sie sich gar nicht vorstellen, in welcher Form Menschen sich begatteten und wie das mit einmal kurz riechen so schnell abgehen sollte. Auch hatte sie beobachtet, dass es zwischen Mann und Frau heimliche Berührungen gab, die mit dem Geschlechtsakt, wie ihre Amme das nannte, zu tun haben müssten.

Einmal, so drängte sich dieses Bild nun wieder auf, hatten sie die Rute eines Mannes nackt vor sich gesehen. Sie hatte mit Lisa an der Weinlade gesessen. Sie hatten ein sonderbar plätscherndes Geräusch gehört. Nachdem sie die Lade schnell zurückgezogen hatten, starrten sie auf ein pinkelndes männliches Glied, wo wie aus einer Wurstpelle eine rote fleischige Erdbeere herausschaute. Wie eine übergroße Eichel im Walde, hatte sie gedacht. Kein Vergleich mit dem dicken Riemen eines Hengstes. Zwei Sekunden waren vergangen, bis ihr kindliches Nachdenken zu einem plötzlichen und erschreckenden Ergebnis gekommen war. Sie waren wie auf Kommando zugleich zurückgezuckt und hatten rasch die Lade vor das Fenster gestoßen. Sie hatten sie mit dem Drehbolzen verrammelt, sodass niemand das hölzerne Gestell nach innen drücken gekonnt hätte. Und sie waren zuerst starr vor Schreck gewesen mit diesem Bild vor Augen und hatten verstanden, dass es, so kurz das Hinschauen gewesen war, ihnen noch lange im Hirn aufflackern würde. Aber dann hatten sie sich in ihre noch schreckstarrenden Augen geschaut, die Köpfe zusammengesteckt und ein herzerfrischendes befreiendes Lachen angefangen, sodass Lisas Mutter gekommen war und erstaunt gefragt hatte, was denn los war. Anna Maria Luisa hatte gemeint: Ich glaube, es fängt an zu regnen. Können sie mich mit ihrem neuen regenfesten Schirm gleich über die Straße nach Hause begleiten? Diesen Wunsch hätte die Mutter Lisas zusammen mit Lisa gerne erfüllt. „Aber es regnet doch gar nicht!"

hatte sie am Tor erstaunt angemerkt. Da hatten Lisa und Luisa vor sich hin gekichert, sich aber beide über die Schulter umgesehen, worüber die Mutter sich wunderte. „Es hat sich eben aber mal kurz so angehört!" hatte Lisa sie daraufhin beruhigt. Die Mutter ließ es gut sein.

Anna Maria Luisa wurde wagemutiger und schlich sich eines Tages aus dem Hinterausgang der Scheune, in der Meister Venusti seine Werkstatt hatte, heraus in das angrenzende Viertel, um zu sehen, ob es hier noch weitere Kunstwerkstätten gab. In ihrer dunklen Kleidung mit langem Rock und Kapuze würde sie sicher niemand erkennen können. Dabei geriet sie aber in das jüdische Ghetto, das im Jahrhundert zuvor in Florenz eingerichtet worden war. Es war ein harter Schritt in der Politik ihrer Familie gewesen, diesen Bereich zu befehligen, und sie hatte als Kind nicht ganz verstanden, warum es sein musste. Hunderte Menschen aus den verschiedenen Orten hier auf engem Raum unter sich zusammengeschoben, weil sie sonst eine Gefahr für Florenz wären. Aber was denn für eine Gefahr? Wirtschaftlich, weil sie tüchtige Händler waren? Hygienisch, weil ihre Bräuche ungewöhnlich waren? Sie waren doch friedlich und hatten strenge Sittengesetze, vor ihnen musste sich doch eigentlich niemand fürchten. Das Viertel wurde immer dichter besiedelt und viele Menschen begegneten ihr, aber sie waren so mit ihrem Tun beschäftigt, dass niemand sie als außergewöhnlichen Besuch bemerkte. Auch die Juden aus den nahegelegenen Ortschaften Montalcino, Torricella, San Miniato, Montepulciano und Prato mussten in dieses Ghetto, das über zwei mit Toren verschließbare Zu- bzw. Ausgänge verfügte. Es war sonderbar, dass der Meister Venusti also einen geheimen Hinterausgang zu diesem Viertel hin hatte. Vielleicht verkaufte er ja auch hier seine eigenen Skulpturen, beispielsweise die des Moses, bei der sie immer gestanden und sich gefragt hatte, warum

15

denn Hörner auf dem Kopf seien, bis der Meister ihr erklärte, dass dies keine Hörner wären, denn dazu seien sie ja unten auch zu breit gearbeitet, sondern dass dies Lichtstrahlen darstellen sollte, die Moses von Gott empfange und mit ihnen die göttlichen Gesetze. Vielleicht aber kaufte der Künstler hier auch seine Farben zu günstigeren Preisen als bei den Händlern am Ufer des Arno. Die Gebäude links und rechts waren hoch und hatten wenig Abstand, und so fiel nur wenig Licht in diese engen Gassen. Sie rutschte mehrfach aus auf dem nassen Kopfsteinpflaster und befürchtete zu fallen, weswegen sie nun langsamer ging und spürte, wie eine große Furcht in ihr wuchs. Keiner würde sie hier kennen, niemand würde ihr glauben, dass sie die Tochter des Cosimo di Medici war. Man würde sie gefangen nehmen und – ach Gott, ihr fielen die Mythen um die jüdischen Gottesdienstgebräuche ein. Man würde das Blut von Kindern als Messwein trinken! Ach Gott, sie hatte das nie geglaubt, so etwas können sich doch nur entsetzliche Menschen ausdenken, die den christlichen Ritus missachteten, obwohl sie selbst Christen waren. Oder Ungläubige. Und sie wusste, dass ihr Vater darauf bestanden hatte, dass die Gesetze in Bezug auf das jüdische Ghetto nicht zu streng sein sollten. Die Familien sollten ihr eigenes Leben führen können. Die Juden hatten die Erlaubnis einer Selbstverwaltung zugesprochen bekommen, es gab Schulen und koschere Geschäfte. Ein Rabbinatsgericht war für rechtliche Angelegenheiten zuständig, das wusste sie, und in ihr stieg die Hoffnung auf eine gerechte und menschliche Behandlung auf. Die Bewohner des Ghettos wurden nicht brutal behandelt, und wohlhabende Juden konnten überhaupt weiterhin in anderen Stadtteilen ansässig bleiben, womit ihr Vater auch an eigene Wohlbefindlichkeiten gedacht hatte. Die Sepharden mussten überhaupt nicht in das Ghetto umziehen. Es gab deswegen ja in Florenz zwei Synagogen – für den italienischen und den sephardischen jüdischen Ritus. Für diese Erlaubnis hatten die Juden sich schon im Vorfeld den Medici gegenüber als sehr dankbar gezeigt, denn bis dahin mussten sie alle dem italienischen Ritus beiwohnen. Außerhalb des Ghettos lebten viele Sepharden. Allerdings hatte der Großfürst sich daran gestört, dass manche in der Nahe von Kirchen wohnten und er überlegte schon seit einiger Zeit, ihre Rückkehr bzw. Übersiedlung ins Ghetto zu erzwingen. Doch im Vergleich mit anderen Ländern war man in Florenz gegenüber den Juden ziemlich großzügig, wie ihr Onkel Kardinal es stets betonte. Aus anderen Ländern wusste er Schreckliches zu berichten – bis hin zu Massenmorden, was Luisa sich nie so richtig hatte vorstellen können, was aber der Wahrheit entsprach, wie sie auch von ihrem Vater wusste.

Nun bekam sie Hunger und Durst, doch bevor sie sich weinend in eine Ecke der Straße vor dem verschlossenen und bewachten Ausgangstor gedrückt hätte, ging sie mutig in eine Taverne und erzählte dort von ihrem Schicksal, dass sie sich aus Neugier in das Viertel verlaufen hätte und die Tochter des Großherzogs Cosimo sei. Der Wirt und seine Frau brachen in lautes Gelächter aus und sie wiederholten mehrfach ihre Aussage, sodass die ganze Kneipe von einem schallenden Gelächter erfüllt war. Sie wurde zuerst rot, dann bleich, dann sackte sie leicht in sich zusammen und schluchzte. Die Wirtsfrau eilte zu ihr, nahm sie in den Arm und drückte sie an sich, wobei sie durch das Hochstreifen des rechten Ärmels an Luisas rechtem Ringfinger einen Brillantring sah. Daran hatte Luisa nicht gedacht, es war ihr Prinzessinnenring und nun eine Art Ausweis. Dieser Lichtblick konnte aber auch gefährlich sein, denn dieser Ring war mehr wert als die ganze Taverne. Nun wurde das Gesicht der Wirtin rot und dann bleich und sie flüsterte ihrem Mann etwas zu. Die Juden stellten ihr Wasser und Wein, Brot und Käse hin und sprachen miteinander, dann ging der Wirt zu einem

Tisch, wo ein ziemlich grobschlächtiger Händler saß und mürrisch aufsah, dann aber nickte. Luisa wusste nicht, worum es ging, und wollte eigentlich in dieser Situation nur noch weglaufen. Nun kam die Frau zu ihr und flüsterte ihr Folgendes ins Ohr: Der Händler dort am Tisch liefert Pomeranzen aus der Toskana in den Palazzo deines Vaters, er ist ein guter Freund eures Kochs Cornelius Poletto und liefert die Früchte auf einem Ochsenkarren, auf dem er aber eine große Kiste stehen hat, in der sich nur wenige Werkzeuge befinden und in der Platz für dich ist. Wir schmuggeln dich der Einfachheit halber jetzt in dieser Kiste aus dem Viertel raus, sonst müssen wir mit dir noch zum Amtsrichter. Der war eben hier und hat ganz schrecklich schlechte Laune, weil er seine Frau in Flagranti ertappt hat und die sich jetzt weigert, die Holzbohlen im ganzen Haus auf den Knien rutschend zu schrubben. Wir wollen uns das ersparen. Und so geschah es. Die Torwächter nahmen sich aus Gewohnheit je eine Pomeranze vom Wagen und einer meinte, man könne ja auch mal die Kiste kontrollieren, ob da nicht ein paar Flaschen Rotwein drin wären. Der andere lachte und meinte: „Beim nächsten Mal, dann müsste ich ja auf den Wagen klettern!" Luisa stieg auf dem Hof des Palastes heimlich aus der Kiste, denn ihr Vater hätte den Händler sicher gleich auf der Stelle verhaften lassen. Das hatte man vorher so abgesprochen. Auf ihrer dunklen Kleidung sah man die Rost- und Ölflecken nicht, aber der Gestank in diesem rettenden Versteck war streng gewesen, sodass Luisa sich gleich auch waschen wollte. In diesem Augenblick kam Lisa angerannt und verweilte dicht vor Luisas Gesicht, roch den Gestank, rümpfte die Nase und fragte: „Wonach riechst du denn?" Da legte Luisa den Zeigefinger auf ihre und andeutungsweise auf deren Lippen und fauchte aufgeregt und vor Beschwörung zischend: „Das erzähle ich dir morgen früh!"

03

Sie stöberte gerne in den Schubladen, aber im Zimmer ihres Vaters hatte sie dies noch niemals gewagt. Heimlich schob sie ihren schlanken Mädchenkörper durch den Schlitz der zum Lüften nicht geschlossenen Tür. Ganz ohne Geräusch würde sie die Schublade am fürstlichen Schreibtisch nicht herausziehen können, aber sie wusste, dass der Kammerdiener, der zu dieser Zeit in der Nähe war, aber das Zimmer nicht betreten durfte, schwerhörig war. So wagte sie es. Und sie erlebte die größte Erschütterung ihres Lebens, denn sie fand einen Brief, den ihre Mutter in der Woche zuvor geschrieben hatte, weil sie ohne Wenn und Aber seitens ihres Vaters in ein Kloster verbannt worden war. Jetzt wusste sie, warum sie ihren Vater laut deklamieren, dann schreien und zuletzt unsäglich erbärmlich schluchzen gehört hatte. Es war dieser Brief, dessen Wortlaut sich wie ein Dolch auch in ihr Herz bohrte und ihre immer wieder noch wie kleine Flammen eines einst großen Feuers aufzuckende und dann verlöschende Liebe zu ihrer Mutter für immer zum Schweigen brachte. Nichts ist ergreifender in der Welt, so fühlte und dachte sie danach oft, als das gänzliche Verlöschen der Liebe einer Tochter. Sie ahnte all dies, als sie den Brief zu lesen begann:

„Durchlauchtigster Ehemann! Als Sie mich in Ihrer unnachsichtigen Strenge vor zwei Jahren vom Hof entfernt haben, wuchs mir sehr viel Zeit zu, über meine Verhaltensweisen nachzudenken. Ich kann nach wie vor nichts Verwerfliches daran finden, dass ich mich in einen jungen unbedeutenden Franzosen verliebt und mich mit ihm vergnügt habe, denn er wusste mir die Spiele der Liebe mit manneskräftiger Ausdauer zu ermöglichen, die ich bei Ihnen nicht finden kann. Ein wildes Herz lässt sich nicht mit Philosophie beruhigen! Noch können Sie mir zum Vorwurf machen, dass ich mit der Gruppe von in Deutschland lebenden Roma urwüchsige abendliche Feste erlebte, statt mit Ihnen am Kamin über die Würde des Menschen zu sprechen, nachdem Sie mir seitenlang aus den Schriften Pico de Mirandolas vorgelesen haben. Ist es nicht dieser Philosoph, der die Willensfreiheit höher als die angepasste Vernunfthörigkeit schätzt? Das herumziehende Volk jedenfalls lehrte mich die Willensfreiheit in einigen anstrengenden Wochen, in denen mich mehr Liebhaber hätten beglücken können als Sie an einem Abend fühlende Worte zum Ausdruck bringen. Nur die Gefahr einer ungewollten Schwangerschaft hielt mich davon ab, mich durch ihre Küsse und Aufdringlichkeiten überrumpeln zu lassen. Ganz unverzeihlich war ihre Intervention in Bezug auf Mademoiselle Bauchmont, als sie die acht wunderschönen Perlen der Krone, die ich ihr geschenkt hatte, zurückholen ließen. Es war mein willensstarker Dank für acht Nächte, in denen sie mich über meine Enthaltsamkeit den zügellosen Männern gegenüber hinwegtröstete und mich vergessen ließ, warum meine blühende Leidenschaft die Kraft des späten Sommers behält, obwohl es Winter wird, denn es war in diesem vorigen Sommer kein Gärtner in meinem Garten, die Rosen zu beschneiden und zu veredeln.

Und nun, da Sie mir im Frühjahr wie auch vor meiner zweiten Schwangerschaft zwangsweise beiwohnten, ich Ihnen aber am liebsten etwas an den Kopf geschmissen hätte, und da ich eine dritte Schwangerschaft feststelle, was mir widerwärtig ist, werde ich wieder alles tun, um diese Frucht der Bitterkeit abzutreiben, wenn es mir auch vor der Geburt der Tochter auf die Art des ungezügelten Reitens nicht gelungen ist. Alles in mir begehrt auf und schreit von Unrecht und Vergewaltigung, da Sie mich tagelang zu den Nächten mit Ihnen verpflichteten unter Androhung drakonischer Strafen und einer erneuten Isolation in einem Kloster. Ich werde wieder reiten, als wenn mich der Teufel einholen wolle, und versuchen das abzuschütteln, was das Schicksal mir aufbürdet.

Mit zorniger Verachtung

Marguerite Louise D'Orléans"

Luise wusste somit, dass sie als zweites Kind eine erzwungene Frucht war, unerwünscht und Gegenstand permanenter im Reiten verborgener Abtreibungsversuche. Jetzt erst konnte sie die Erzählungen der alten Küchenmägde verstehen. Wild wie eine Amazone war ihre Mutter stundenlang durch die Felder und Wälder um Florenz geritten. Einmal musste eine Kutsche sie völlig erschöpft in San Gimignano abholen, einmal lag sie drei Tage mit Bluthusten in Sienas Siechenhaus, nahe den Pestkranken, die nur mit Klappern und Ratschen auf die Straße gehen durften. Als sie weiter in der Schublade kramte, fand sie eine Bestätigung dieses furchtbaren Geschehens. Die Kammerfrau Sybilla de Orsini hatte eine Notiz an ihren Vater gerichtet:

„Sie lässt sich zu ihren Ritten den schwarzen Satansrappen Gorgono mit dem härtesten Sattel zäumen und reitet im Herrensitz, allerdings nicht in den Bügeln stehend, sondern mit dem Schritt sitzend und oft sogar mit den Unterschenkeln nach hinten weggeknickt, sodass sie ungeschützt mit dem Geschlechtsteil auf dem Sattel auftrifft, was nicht nur schmerzhaft sein muss, sondern jedes Mal ihren Gebärtrakt so durchschüttert, dass ihre Leibesfrucht keine Chance haben wird, das Licht der Welt lebend zu erblicken, es sei denn, es geschieht ein Wunder und das Kind hält sich kräftig am Steißbein fest."

Mit einer solch humorvollen Metapher muss sie die Angst des Großherzogs befriedet haben, für den die biologischen Dinge des Lebens nur beiläufig eine Rolle spielen. Dass der Mensch einen Körper habe, registrieren solche Denkertypen wie ihr Vater nur jeweils, wenn sie selbst Schmerzen empfinden oder die Folgen eines zu üppigen Umtrunks verkraften müssen. Aber dann wähnen sie sich irgendwie weg aus ihrem Körper. Sie hatte immer den Eindruck, ihr Vater sei der Meinung, dass nicht er selbst es war, der nun dieses Problem habe, sondern ein anderer, ein dritter, nicht sein Geist oder seine Seele, sondern sein Körper, mit dem er nicht viel zu tun habe. Weiter schrieb die Kammerzofe allerdings noch:

„Nach dem letzten Ausritt blutete die Großherzogin so stark aus dem Schritt, dass ich ernsthaft die Leibesfrucht in der verklumpenden Körperflüssigkeit gesucht habe. Es kann nicht mehr lange gutgehen!"

Luisa hatte gehört, dass ihre Mutter aufgrund der Eskapaden in den letzten drei Monaten der Schwangerschaft das Haus nicht mehr hatte verlassen dürfen und dass die Kammerfrauen ihre Bäder bezüglich der Badetemperatur und –dauer überwachen mussten. Luisa war zutiefst erschüttert, dies alles zu erfahren. Darüber konnte sie mit niemandem sprechen, erst recht nicht mit Lisa oder deren Mutter. Vielleicht mit ihrer Amme Carina, denn diese hatte er sehr wohl von ihrer Geburt berichtet, bei der die Ärzte sich gewundert hatten, dass ein gesundes Mädchen das Licht der Welt erblickte, nach all diesen Perforceritten, und über die Kraft dieser Tochter, die gleich nach der Entnabelung laut geschrien hatte und sich unruhig und mit langen gespreizten Fingern nach der Brust reckte, unkoordiniert wie ein Hackspecht nach der Milchquelle stieß und feuerrote Wangen bekam. Anna Luisa Maria streckte sich unaufhörlich in Richtung des vor ihr liegenden eindrucksvollen Lebens. Das hatte die Mutter verstanden, und nun freute dem Bericht der Amme nach auch sie sich auf die wenigen Stunden Ruhe der Wöchnerin und vor allem auf die Zeit der Unantastbarkeit durch ihren immer wieder aus langen Wochen des Schweigens, Betens und Grollens herausbrechenden ungestümen Ehemann, wenn er sie begehrte.

Trotz dieser belastenden Gedanken blieb das Kopfkissen Luisas nachts trocken, Weinen lag ihr nicht. Wenn sie in ihrem von einem Baldachin überspannten Bett lag und die Seitengardinen zugezogen hatte, betete sie zur Mutter Gottes. Mutter Maria war ihre Zuflucht und der Fluchtpunkt ihres Leids. Egal, wen oder wohin sie einmal heiraten würde, sie würde die Marienwallfahrtsorte der Gegend besuchen und vielleicht mit Gaben und Geschenken unterstützen, indem sie als Förderin auch Fenster stiften würde, denn die kleineren Kirchen waren ihr meist zu dunkel. Der Dom in Florenz strahlte oft so vom Marmorgepränge, dass sie dies als Maßstab nehmen würde. Die Nachtgeräusche sprachen zu ihr, aber sie sah dahinter keine Gespenster wie Lisa, sondern das Klappern der riesigen Fensterläden des Palastes erinnerte sie an die harten Pauken im Orchester beim dramatischen Höhepunkt einer Sinfonia und das Quietschen der Scharniere hatte etwas von der Unbarmherzigkeit schmetternder Clarinentrompeten. Tiergeräusche waren angenehm wie die Bassetthornklänge und der Wind säuselte um die Ecken, als würden die Violinen leise Töne probieren. Mit dem bunten Bild eines Orchesters im Herzen schlief sie dann ein.

Es gab anmutige Stunden des seligen Friedens und der beruhigenden Erfüllung in ihrer Kindheit, wenn ihr Vater mit ihr am Wiesenrand lag und Tiere beobachtete, sich mit ihr unterhielt und auf einem Grashalm Töne produzierte, als würde eine Schalmei schmettern. Er lachte dann herzlich, wenn sie es ergebnislos auch versuchte. Ein Metzger am Rande von Florenz hatte eine ganz lustige Idee gehabt, die ihr Vater ihr zeigte. Aus einer Schweineblase hatte er einen aufgeblasenen Ball gebunden und sie stießen jetzt mit der Fußspitze gegen diese leichte springende Kugel und schossen sie so mit lautem Lachen hin und her, bis sie dann platzte und das scherzhafte Spielchen zu Ende war. Es gab viele glückliche Stunden. Wenn Gian Gastone sie auf der Gitarre begleitete und sie im mezza voce singen konnte. Italienische Lieder waren schwungvoll, aber ihr Musiklehrer hatte ihr auch französische und deutsche Lieder beigebracht, die durchaus anders waren. Hintergründiger oder melancholischer. Bei diesen Liedern leuchtete Gian Gastones Gesicht am meisten. Und wenn Onkel Kardinal Francesco Maria zuhörte, der Bruder ihres Vaters, der in der Villa Lapeggi lebte, die er prunkvoll für sich restaurieren lassen hatte, dann wurde der Raum von einer Weihe erfüllt, wie sie keine Kirche haben konnte.

Als sie dann acht Jahre alt war, hat ihre unglückliche Mutter eine Entscheidung getroffen, die auch aus dem Blickwinkel der Tochter überfällig war. Margarete Luise von Orléans verließ ihre unselige Ehe und ging im Jahre 1675 zurück nach Paris. Anna Maria Luisa zog daraufhin zu ihrer geliebten Großmutter Vittoria della Rovere in deren Palast, wo es einen überschaubaren sehr gepflegten Innenhof gab, in dem Luisa sich oft spielend, lesend oder auch betend aufhielt, umsorgt von einer gealterten Dienerschaft der Großmutter. Luisa nannte diesen Palast ihrer übergewichtigen Oma „del Rovere", aber deren Name war ja Vittoria Della Rovere-Medici und der richtige Name des Gebäudes war Palazzo di Medici Riccardi, von Michelozzo 1444 – 1460 gebaut. Die Oma hatte den Palazzo Pitti verlassen, wo sie streng getrennt von ihrem

Ehemann Ferdinando II. de Medici lebte, da auch ihre Ehe sehr unglücklich war. Und auch sie war von ihrer Großmutter erzogen worden. Deren Mann, ein Vetter der Mutter Ferdinand II. de Medici, ist sozusagen inexistent. Luisas Vater Cosimo III. ist der geliebte älteste Sohn von Luises Oma und sie als seine Kinder waren nun Ferdinando, der Anwärter auf den Großherzogtitel in der Toskana, Anna Maria Luisa, die Medici-Prinzessin, und Gian Gastone. Lisa Lauretana sah die junge Mediciprinzessin nun nicht mehr ganz so oft, aber sie musste sich nicht heimlich zu ihr hin stehlen, sondern bekam in Abständen die Genehmigung, sie zu besuchen. Und bei dieser Gelegenheit ließen sie sich nicht entgehen, heimlich auszubüchsen. Es war ja nicht so, dass Luisa die Schattenseiten ihrer Heimatstadt nicht kannte. Mit Lisa hatte sie sich einmal verirrt nach Oltrarno, jenseits des Flusses Arno, dem anderen Florenz. Dort gab es vier schummrige Stadtviertel südlich des malerischen Flusses. Diese Viertel hatten einen schlechten Ruf. Dort lebten arme Handwerker und Arbeiter. Man fand an ihrem Rand brennende Abfallhaufen auf Müllkippen. Nach einer Pestwelle verscharrte man hier die Toten. Man hieß sie auch falsche Seite des Flusses. Dort wollte niemand gerne hinziehen. Nur in der Not lebte man hier. Wenn man die Preise an anderen Stellen der Stadt Florenz nicht mehr bezahlen konnte. Mit dem Stadtzentrum war diese Gegend durch vier Brücken verbunden: Ponte Vecchio, die, zuerst hölzern, nach einem großen Hochwasser 1333 eingestürzt war und neu errichtet werden musste. So wie Luisa und Anna sie kannten stand sie seit 1345. Die Ponte San Trinitate lag bezogen auf die Flussrichtung unterhalb der Alten Brücke. Die Ponte alle Grazie und die Ponte San Niccolò lagen oberhalb. Wenn der Frühling kam, waren alle Brücken gefährdet. Im Viertel Drago Verde lebten tausend Familien. Das hieß ‚Grüner Drachen' und dort verdienten ungefähr zweihundert Familien ihr Geld als Wollkämmer, Wollwäscher und Wollweber. Florenz war reich geworden wegen der begehrten Stoffe. Von dem großen Verdienst kam nur ein geringfügiger Anteil bei diesen Familien an. Das alles war tragisch. Wie leichtfertig man das in Düsseldorf und, wie sie von einer Bediensteten wusste, auch in Köln sah, wenn jemand auf der anderen Seite des Rheins wohnte und damit im falschen Distrikt, weil man dort wie in Florenz nur mühsam auf sein Auskommen kommen konnte, besagte wohl die in beiden Städten übliche Bezeichnung, allerdings zeigte sich hier die irgendwie ab Benrath andere Ausdrucksweise der Bevölkerung. Während die Kölner „Schäl Sick" sagten, nannten die Düsseldorfer sie „Schäl Sitt".

So schlenderten Luisa und Lisa an einem nebligen Herbstabend durch Drago Verde, wo die Mieten günstig waren, weswegen dort viele Angestellte der Stadt wohnten, die also im Nordviertel arbeiteten, und so gab es jeden Morgen und Abend einen Wechselstrom auf den Brücken. Sie mussten nun aber dringend nach Hause. Dazu betraten sie die Ponte Vecchio, bemerkten aber, dass sie von fünf etwas älteren Jungen überholt wurden, die sie umtänzelten und begannen, sie mit den Fingern ihrer plötzlich ausgereckten Hände wie mit Spinnenarmen leicht zu berühren. Ihnen schauerte. Luisa versteifte ihre Haltung und raunte: „Ich bin die Prinzessin!" Die Burschen lachten laut auf, tanzten sich auf die Schultern schlagend auf der Ponte Vecchio herum und skandierten: „Sie ist die Prinzessin, sie ist die Prinzessin!" Luisa traten die Tränen in die Augen. Sie bekam Angst und fühlte ihre Ohnmacht. Nur die Existenz, so dachte sie, in der richtigen Umgebung sichert Achtung und Würde. Lisa schrie die Burschen derart schrill an, dass sie zumindest kurz innehielten: „Sacchetti sottovuoto!" „Ihr Saubeutel! Macht Platz, sonst rufe ich die Polizei! Sbirri, Sbirri!" Aus dem ersten Haus kam ein fünfzigjähriger Riese mit Schmiedeschürze und Schmiedehammer. Es war Lisas Onkel Pedro, der als einziger Grobschmied auf der Brücke den mittlerweile dort ansässigen Goldschmieden Vorarbeiten leistete. Er hob nur leicht mit einem Arm den Hammer in Schulterhöhe und die Jungen stieben wie junge verletzliche Rehe in Richtung Drago Verde. Sie kamen wohlbehalten und Dank des Onkels Schmied unversehrt jeweils zuhause an. Aber Luisa war an diesem Abend noch lange geistig beschäftigt mit dieser Situation. Sollte sie nur die ihr gebührende Achtung finden in Begleitung von Wachsoldaten oder dem Hoftross? Warum hatte sie nicht wie Lisa einfach mal losgeschrien? Konnte ein Schmied mit einem Hammerdrohen mehr bewirken als die Angst vor der städtischen Ordnungsmacht? In subtiler Form verstand sie die Welt nicht mehr.

04

Anna Maria Luisa feierte am 11. August 1682 in diesem blumenreichen Innenhof des Medici-Rovere-Palastes Riccardi Geburtstag. Sie wurde Fünfzehn. Da sie vor Aufregung nicht schlafen konnte, war sie in den Innenhof geschlichen und hatte im Nachgang der sanft untergehenden Sonne die gleißenden und schimmernden Sterne beobachtet und den großen namenlosen Sternenhaufen in mondloser Nacht. Ein kurz aufzuckender Strahl einer Sternschnuppe erinnerte sie an das Bedürfnis, sich Frieden, Glück und Freiheit zu wünschen. Schon morgens flanierte sie selbst rund und beschnitt mit einer Gartenschere in den breiten Amphoren die verwelkten Blütenköpfe heraus. Mit einem in Olivenöl getränkten Lappen wusch sie die Körper der Statuen. Sie hatte keine besonderen Phantasien dabei, auch wenn die Abbildung der Venus dazu Anlass hätte sein können, aber der weibliche Körper war ihr vertraut. Sie fand es seltsam, dass die Figuren ihre Nacktheit so deutlich präsentierten, wie sie selbst und vor allem auch die älteren Damen des Hofes aus ihrem Körper ein großes Geheimnis machten. Oft sahen ihre Männer sie noch nicht einmal ohne Bekleidung. Bei Lisa hatte sie erfahren, dass dies bei den Arbeitern anders war. Lisa badete manchmal mitten auf dem Hof in einem halbierten großen Weinfass. Als sie 14 waren, fühlte sie sich plötzlich so heftig innerlich berührt von Lisas Körper, ihren kräftigen schlanken Beinen, dem Po so kirschenhaft rund und schön wie der, den sie jetzt mit Olivenöl abrieb, und ihre junge Brust, die kleiner war als ihre eigene, aber straff unter ihrem langen schlanken Hals auf Vorposten war. Da Ludovicas Wangen sich gerötet hatten, lachte Lisas Mutter, die Lisa abrieb, vorsichtig und meinte zu ihr: „Du bist bestimmt genauso schön wie Lisa. Wenn ihr zusammen über die Piazza della Signoria geht, schauen sich ja heute schon die Flaneure um. Man wird euch nicht mehr alleine unter's Volk lassen können. Macht euch das bitte klar, das müsst ihr mir versprechen." Luisa hatte fast stotternd geantwortet: „Meine Oma Viktoria lässt kein Mittagessen vergehen, ohne zu mahnen, dass wir jetzt mit 14 Jahren als Frauen gesehen werden und nicht mehr als verspielte Mädchen. Oft muss ich mehr Unterkleidung tragen, als mir lieb ist, vor allem im Hochsommer." „Wenn du hier auf dem Hof bist und es ist wieder so warm wie heute, kannst du gerne einmal ein Leinenkleid von Lisa anziehen. Hier sieht dich ja niemand, wenn ich Lisa bade, denn das haben wir so besprochen, dass die Männer im Weinberg sind oder bei der Auslieferung der Bestellungen. Freitags von drei Uhr bis fünf darf hier kein Mann den Hof betreten", meinte Lisas Mutter mit einem kontrollierten Lächeln und gab Lisa einen Klaps auf den Po. Lisa motzte vor sich hin. Es war das erste Mal, dass Luisa von der Schönheit eines rehjungen weiblichen Körpers berührt war. Es kam etwas Seltsames in ihr hoch. Ob sie jemals auf der Jagd mit ihrem Vater auf ein Reh würde schießen können? Reiten konnte sie jetzt schon wie ihre Mutter, und wenn niemand sie kontrollierte und ihre ungarische Reitlehrerin mit ihr im einsamen Feld unterwegs war, tat sie es auch wie diese nicht im Damensitz mit Rock, sondern mit ihrer Stallhose auf einem harten Ledersattel wie die Männer. Und schießen übte sie schon mit einem Bolzengewehr, das ihr Vater eigens für die drei Kinder hatte anfertigen lassen. Für die Brüder galt das als selbstverständlich, für sie als Mädchen natürlich nicht. Aber sie schoss schneller und traf sicherer als ihr älterer Bruder Ferdinando. Gian Gastone mit seinen 11 Jahren traute sich noch nicht so richtig. Sie aber wusste ganz bestimmt und entschlossen, dass sie später mit oder ohne Ehemann auf die Jagd reiten würde, denn schließlich war ihr Leben jetzt schon von großer Neugier und Erlebnishunger gefüllt, sodass sie oft ihr Tagesprogramm gar nicht hinzubekommen wusste. Singen und Tanzen gehörten unabdingbar dazu, Reiten und Jagen, Beten und Besuche der langen Predigtgottesdienste. Dazu kommen würden Bälle zu allen Jahreszeiten. Egal, wo sie sich nach einer Heirat einmal befinden würde, auf all dies würde sie nicht verzichten und sie würde gerade die Karnevalszeit mit Tanzen und die Frühjahrszeit mit Singen und mit Ausflügen, den Sommer durch Wallfahrten und den Herbst mit der Jagd genießen. Sie hatte schon früh die Idee, einen Schießwettbewerb mit Schützen zu veranstalten. Ein Schützenfest mit Musik, im Winter Musik im Opernhaus und Orchesterkonzerte. Ihr Leben war so voll von Ideen, dass sie kaum Raum sah für einen Ehemann und für eine Familie. Aber dies würde sich ja von selbst ergeben.

„Das ist übrigens ein ganz neues Thema bei uns zuhause", bemerkte Luisa zu Lisa, als diese sich wieder angekleidet hatte und ihre Mutter ins Haus gegangen war. „Was? Männer?" schallte Lisa fragend über den Innenhof. „Ja mehr das Heiraten. Wenn wir fünfzehn Jahre alt werden, fangen unsere Eltern oder Großeltern an, Namen zu nennen von meist älteren Männern aus adligen Häusern, die für uns in Frage kämen. Manche jungen Frauen, ja manchmal sogar Kinder werden dann auch verlobt. Sie kennen den Auserkorenen oft überhaupt nicht." „Jemanden heiraten, den ich nicht kenne, käme für mich überhaupt nie in die Tüte." lachte Lisa. Unsere Mägde probieren sogar meistens aus, ob die Männer, die sie haben wollen, es überhaupt können." „Was können?" zögerte Luisa ihre Frage heraus. „Du meinst das wie bei den Pferden oder Kühen oder wie bei den Ziegen, wenn die Männchen an den weiblichen Tieren hinten riechen, dann einen Phallus bekommen und die Stuten, die Kühe oder die Ziegen besteigen? Meinst du echt Kinder erzeugen?" „Ja, was sonst, bestimmt nicht Schach spielen." „Oh Gott, das käme bei uns niemandem in den Sinn. Wir haben die

Ehemänner oft vor der Hochzeit noch nie gesehen." „Aber da kauft man die Katze oder, besser gesagt, den Kater doch im Sack!" wieherte Lisa wie ein junges Fohlen. „Ja, das ist halt so, es muss ja ein reicher Adliger aus gutem Geschlecht sein, da spielt ja Geruch und Aussehen zuerst mal gar keine Rolle. Wir sind schließlich dazu geboren, die Menschen zu ihrem eigenen Vorteil zu beherrschen, zu belehren und zu behüten. Da können wir doch selbst nicht Herzgefühle flattern lassen. Wir heiraten mit kühlem Kopf, die Liebe stellt sich durch Gottes Willen schon ein. In unserer Familie der Medici ist es schon vorgekommen, dass welche in der Kirche geheiratet haben, ohne beieinander zu sein. Bei der Frau war dann in einem weit entfernten Ort ein naher Verwandter als Stellvertreter, das ist möglich, wenn das vorher alles schriftlich Genauestens vereinbart wurde." Lisa runzelte ihre junge Stirn und wurde ganz still. Sie ging auf Luisa seitlich zu und flüsterte ihr ins Ohr: „Ich habe was Blödes erlebt. In der Nacht vor einer Woche, als dieses heftige Gewitter über unserer Stadt stundenlang getobt hat, ist nachts in meinem Zimmer, wo auch meine Schwestern schlafen, mein Onkel aufgetaucht und hat sich ohne Worte mir genähert. Meine Schwestern schliefen wie ohnmächtig aus Angst vor diesem Gewitter. Es ist aber nichts passiert, da ich zu ihm gesagt habe: Onkel, ich weiß, dass du da stehst. Da hat er sich rumgedreht und ist wieder in sein Bett gegangen." Luisa flüsterte zurück: „Eure Wohnverhältnisse sind aber auch dumm; wieso musst du in einem Zimmer neben den verwandten Arbeitern schlafen. Bei uns sind die Paläste oft so weitläufig, dass ich gar nicht weiß, wo meine Angehörigen schlafen. Heute noch nächtigt in der Kammer neben meinem Zimmer Carina, meine Amme, die mich sogar schon als Säugling gepflegt hat. Sie kennt jede Schrunde und Hautfalte an mir. Egal, wo ich mal hinziehe, sie muss mit, sonst würde ich untergehen. Das will sie aber auch, darüber haben wir schon gesprochen." In

Lisas inneren Augenwinkeln formten sich zwei kleine glitzernde Tränchen, so dünn, dass sie nicht an den Wangen herunterliefen, sondern wie zwei Perlen dort stehen blieben. Sie seufzte leise: „Luisa, kannst du mich nicht mitnehmen, wenn du heiratest? Ich kann doch in der Küche arbeiten. Meine Mutter zeigt mir jetzt schon ganz oft das Kochen. Ich mach dir auch deine Lieblingsessen, wenn du mir die Rezepte besorgst." Anna Maria Luisa hätte Lisa in diesem Moment am liebsten geküsst, aber das schickt sich nicht und sie kam keinen Moment in Versuchung und ließ es insofern unbedingt. Der Körper des anderen Menschen ist sein Tempel Gottes, hatte sie im Katechismusunterricht bei Pater Girolamo gelernt. Und in einem Tempel darf nur der Tempelpriester Weihrauch erzeugen und beten. Aber sie zischte halb lachend ihrer Freundin ins Ohr. „Aber wehe, du lässt wie neulich das Fleisch verkokeln. Dann kannst du deine Sachen packen und wir schieben dich nach Sizilien ab."

Es war zwei Wochen später, als Luisa nach Versicherung der Mutter Lisas, dass nun wirklich kein Mann auf dem Hof zur vereinbarten Badezeit auftauchen würde und dass nun wirklich kein Dienstpersonal im Hof sei, es wagte, nach Lisa in den Halbzuber, diesen Bottich, in dem schon Hunderte Liter Wein gelagert worden waren, zu steigen. Niemals hätte sie sich mit Lisa zusammen dort hineingesetzt. Sie hatte Bilder gesehen bei ihrem heimlichen Schnüffeln in der väterlichen Bibliothek, wo einfaches Volk abgebildet war, wie es zusammen in Badeanstalten in großen Holzwannen saß. Im Extremfall sogar Männer und Frauen zusammen. Das war entsetzlich, sie roch förmlich ihre Ausdünstungen und spürte den Schmand der Wanne auf ihrer Haut. Sie erschauerte allein schon beim Gedanken an solche Ungeheuerlichkeiten. Nun aber saß sie selbst unbegreiflicher Weise nackt wie ein Kleinkind in der Wanne, in der Lisa vorher gebadet hatte, aber der Belag des Wassers stammte von ihrer besten Gefährtin. Die ließ es sich auch nicht nehmen, am Bottichrand zu stehen und das Wasser in Wallung zu bringen. Mit einem Schwapp bespülte sie Luisas Haare. Diese schrie kurz auf und schämte sich im selben Moment über diese ungebührliche Gefühlsäußerung. Nun denn, sie bat Lisa darum, ihre Haare zu lösen und tauchte deren Rappenschwärze in das Wasser. Das Freiheitsgefühl, das sich in ihr bildete wie aufgehende Hefe, wenn Kuchen gebacken wurde, war genau so überraschend wie nachhaltig, denn wenn sie schon dazu auserkoren war, so dachte sie fast unbewusst, eine Frau aus höherem Geschlecht zu sein, dann wolle sie frei sein in ihrer Bestimmung, ihrem Handeln und in Bezug auf ihren Alltag. Und nun spritzte sie ihrerseits Lisa nass, die sich lachend an die Seite ihrer Mutter warf, denn mit allem hätte sie gerechnet, aber nicht mit Wasserkaskaden von Luisa ausgehend.

Wie zu Steinstatuen erstarrt standen sie wenige Sekunden später. Alle Freiheitsgedanken waren verflogen, alle Lachimpulse erstorben, an Luisas Oberschenkeln lief es rot herunter, der Schmand färbte sich fraktal, die beiden Zuschauer fassten sich an den Mund, Luisa, die selbst überhaupt nichts spürte und sah, war schockiert über diese Schreckenssalzsäulen vor ihr und erstarrte ihrerseits zum Monument. Für Lisa sah es morbide aus, so wie nach einer Schlachtung eines Huhns, bei der sie oft zugeschaut hatte. Aber das an Luisas Körper! Ihre Mutter erwachte zu neuer Beweglichkeit, ging auf Luisa zu, fasste sie an die Schulter und sagte, Mädchen – Mädchen sagte sie zu einer adligen jungen Dame – Mädchen, dein Blut aus der Scham ist das Blut der gereiften Frau, du hast deine Monatsblutung bekommen, du wirst von nun an jeden Monat aus deiner Vulva bluten und es ist der Zyklus, der dir es möglich machen wird, Kinder zu bekommen, denn die Frau muss bluten, bevor sie fruchtbar wird, und du wirst mit deinem Mann zusammen lernen, welche Zeiten dir zur Verfügung stehen, um Kinder zu zeugen. „Ich rechne für Lisa auch jeden Monat damit." Das Wort ,zeugen' sagte Luisa etwas, denn sie hatte durchaus von den Frauen um sie herum erfahren, dass ihre Männer es auf ganz natürliche Weise genauso machen wie die Hengste und die Stiere. Dass aber die Geheimnistuerei um blutige Einlagen in den Unterröcken und Schlitzhosen bei den Frauen, die sie täglich umgaben, mit einem Zyklus zu tun hatten, der indirekt Voraussetzung für eine Schwangerschaft war, das hatte sie noch nicht begriffen. Diese schlichten Bemerkungen der Amme und der Zofe dahingehend, dass auch sie selbst einmal bluten werde und dann die Möglichkeit hätte, Kinder zu bekommen, offenbarten ihren Kern erst jetzt. Aber welchen Sinn hatte das denn, was wollte die Natur denn damit erreichen? Platz machen für Neues? Den Stall ausmisten, damit in neuer Sauberkeit das Wunder des Lebens gedeihen kann? War alles Alte etwa Sünde? Hatte nicht der Pater der Dominikaner bei seiner Predigt einmal behauptet, die Frau müsse leiden wegen ihrer Sündhaftigkeit im Paradies? Weil sie Adam den Apfel gereicht habe? Ob Männer eigentlich ähnliche Unbilden verkraften müssten? Arbeiten im Schweiße ihres Angesichtes mussten doch nur die Armen, und bei ihnen doch beide Geschlechter. Lisas Mutter wusch die inneren Schenkel Luisas mit dem Badewasser, achtete aber sorgfältig darauf, dass diese Brühe nicht an das Geschlechtsteil kam. Dazu holte sie Luisa aus der Wanne und wusch mit Brunnenwasser zwischen ihren Beinen und meinte: „Das dauert jetzt vielleicht fünf Tage." Luisa kleidete sich an, lief mit verhaltenem Schritt nach Hause und beschloss noch auf dem Weg, niemandem etwas zu sagen und dafür zu sorgen, dass für diesen Monat noch keiner erfahren sollte, welches große Ereignis sich gezeigt hatte. Sie würde versuchen, dass ihre Amme in der Nähe ist, wenn es im nächsten Monat wieder soweit sein würde. Das müsste ihr eigentlich gelingen. Und es gelang.

Irgendwie schwebte das Thema ‚Männer' immer in der Luft – im stickigen Dunst binnen des Hauses wie in der frischen oder schwülen Luft draußen. Alle ihre Hauslehrer kamen ihr in den Sinn. Hauslehrer: Der Urenkel des Hauslehrers der Kinder Lorenzos, Angelo Politiano, unterrichtete die drei Kinder des Cosimo. Sie gingen wie Entenküken hinter ihm her, dem Alter nach sortiert, Anna Maria Luisa also in der Mitte ihrer Brüder, dann aber noch zwei Vetter und eine Cousine, Lisa und manchmal zwei Geschwister von Lisa, wenn sie in die Bibliothek gingen oder eine Naturexkursion machten.

Er war ein Vertreter des italienischen Moralismus und hatte immer wieder beschworen, besonders dem Vater obliege nach den Schriften des Alberti die „Verantwortung für die geistige und sittliche Vervollkommnung seines Kindes." Es wurde empfohlen, mit dem Unterricht früh zu beginnen. Palmieri berichtet, dass manche Leute mit dem Unterricht ihrer Kinder warteten, bis diese sieben Jahre alt waren. Das sei nichts als Trägheit: „Noch während das Kind bei seiner Amme lebt, muss der Unterricht einsetzen, und zwar mit den Grundzügen des Alphabets." Eltern, die diesen Rat befolgten, gewönnen einen Vorsprung von zwei Jahren. Knaben bräuchten vom siebten Lebensjahr an einen Lehrer. Maffeo Veggio dringt darauf, Knaben in eine Schule zu schicken, damit sie dort Freundschaften schließen konnten. Andere Moralisten bevorzugten den Privatlehrer – ein Rat, an den sich Giovanni Morelli im 14. Jahrhundert hielt. Lorenzo de' Medici und viele andere sind von Privatlehrern erzogen worden.

Zwischen dem 10. Lebensjahr von Ferdinando und dem 15. Lebensjahr von Gian Gastone, also ca. 12 Jahre lang beschäftigte der Vater insgesamt neun Lehrer. Die Oma hatte als Erzieher für die Kinder den Kardinal Hieronymus Noris engagiert, der den Unterricht koordinierte. Die intellektuellen Interessen und Sprachkenntnisse des jungen Gian Gastone brachten diesem die Verachtung seines frömmelnden Vaters ein. Cosimo tat sich oft schwer, manche Lehrpersonen in ihrer Art zu akzeptieren. Diese Lehrer waren aber auch sehr verschieden. Einer, Lambertus Penscho, versuchte, auch in der Bibliothek alles zu verändern, hatte aber auch ganz viel Geduld, mit elementaren Erklärungen so lange einen Sachverhalt zu erläutern, bis er verstanden war, was bei Gian Gastone schon einmal etwas dauerte. Der Naturwissenschaftler Colletard begeisterte seine Schüler in Experimenten so, dass sie ihn nahezu verehrten, Doktor Paulus unterrichtete Latein auf eine so transparente Art, dass sein Status vor allem bei Luisa als unumstößlich galt, der Maler Muto hatte ganz eigene und eigenwillige Ideen, den Schülern die Perspektive zu erklären, der Biologe Renardus Lusco erging sich gerne in sehr diffizilen Erklärungen zu den Unterschieden in der Vogelwelt, Doktorus Manfredus Ermei betonte stets, dass man in der Physik den mathematischen Kalkülen treu bleiben muss und die eigene Phantasie schweigen lässt, Stencar Avidita war auf allen Gebieten des Daseins bewandert und sehr auf Körperbewegung an der frischen Luft aus, Severinus konnte sich in philosophischen Zusammenhängen leicht und manchmal etwas zu dogmatisch in Rage reden und Gregorius Casanova liebte es, wenn alles schön harmonisch und friedlich war und man auch einmal lachen konnte. So hatten die Kinder des Cosimo einen sehr abwechslungsreichen Unterricht. Diese Lehrer waren selbst Schüler berühmter Professoren der Universität Florenz gewesen, so des Mathematikers Paolo Verini, des Naturwissenschaftlers Lorenzo Lorenzi, des Latinisten Christoforo Landino, in den Septem artes liberales des Angelo Poliziano und des

Leonardo Bruni im Fach Griechisch. Francesco Barbaro unterrichtete nur Anna Maria Luisa in Hinblick auf Ehe, Kinder und gänzlich private Pflichten und Werte. Die Lehrer der Kinder hatten ungehindert Zutritt zu den Zimmern der Jungen, sodass es eine Privat-Fakultät war, zu der man auch schon einmal befreundete ärmere Kinder einlud, wie Luisa Lisa. Im eigentlichen Unterrichtsraum neben der Bibliothek wurden also Kinder verschiedenen Alters in Vertretung der Autorität des Vaters unterrichtet, was auch zur Züchtigung führen konnte. Als ein Pfarrer namens Beiarius, der den Kindern den Ablauf der Beichte erklärte, Ferdinando hinten streichelnd unter das Hemd gegriffen hatte, informierte dieser seinen Vater Cosimo, der in diesen Dingen sehr empfindlich war. Der Pfarrer wurde unverzüglich nach Rom versetzt. Es war die Zeit, als in Verona ein Gymnasialdirektor Brewerius aufgefallen war, weil er reifende Jungen in kurzen Hosen im Sommer beim Einzelunterricht an den Beinen gestreichelt hatte! Man erklärte ihn für verrückt und pensionierte ihn. Hier sollte so etwas nicht vorkommen, weswegen die Großmutter della Rovere im täglichen Austausch mit diesen Lehrern stand und viele Fragen stellte, die zeigten, dass ihr lebendiger Geist und wacher Verstand keine Abweichungen vom Verhaltenskodex zuließen. Sie hatte als junge Frau schon die Ausführungen des Maffeo Veggio mit dem Titel „De educatione liberorum" aus dem Jahre 1440 gelesen: „Heranwachsende Mädchen seien „nach heiligen Lehren zu erziehen, auf dass sie ein geregeltes, keusches und frommes Leben führen und alle ihre Zeit weiblichen Arbeiten widmen." – nur unterbrochen durch das Gebet." Schießen und Jagen gehören dazu eigentlich nicht, dachte sie manchmal, aber das war das von Cosimo geförderte Privileg der Anna Maria Luisa, denn ihre Brüder zeigten sich viel zu weich und ungelenk dazu. Sie sog die klare Luft des Waldes ein, der Wind zwischen Büschen und Bäumen streichelte ihre Hände, die Farben und Formen der Blumen und die Düfte der Natur in den verschiedenen Jahreszeiten betörten ihre jungen Sinne und angenehmes Waldsonnenlicht blendete sie nicht. Erfrischender Regen vertrieb klamme Gedanken und ließ sie im Winde tanzen.

Lisa Lauretana war auf einer der öffentlichen Schulen hoffnungslos unterfordert und ziemlich angewidert vom Verhalten anderer Jungen und Mädchen, weswegen sie von Luisa gefördert wurde und sogar etwas Französisch, Latein, viel Mathematik und ein wenig Griechisch lernte. Das fand auch Luisas Großmutter gut, denn sie hatte nie verstanden, warum die Moralisten – allerdings zweihundert Jahre zuvor – sich gegen die Mädchenbildung ausgesprochen hatten. In Florenz gingen aber nun Kinder beiderlei Geschlechts zu öffentlichen Schulen. Luisa selbst bedauerte es, von den Jungen stets ausgebremst zu werden; sie hatte z. B. das Weltkonstrukt des Aristoteles viel schneller verstanden als die Jungen und auch von sich aus nachgefragt, wie denn Keppler zu seinen Erkenntnissen gekommen sei. Sie vermied aber jegliches Aufsehen und stritt sich nicht mit ihren Brüdern, wenn diese begriffliche Ladehemmung hatten. Denn sie wusste nur zu gut in ihrem jungen Alter, dass häusliche Streitigkeiten leicht außerhalb des Hauses bekannt wurden. Und wo noch hatte sie gelesen: „Stimmungsschwankungen, veränderte Verhaltensweisen und Modifikationen des Aussehens blieben dem lokalen Klatsch nicht verborgen. Ein Nachbar spionierte dem anderen nach. Die Enge der Gassen machte jeden zum Voyeur."? Und hatte es nicht vor kurzem diesen Prozess gegeben, bei dem eine Frau gefragt wurde, ob ihre Nachbarin gegenüber eine Prostituierte sei. Deren Antwort war gewesen: „Sie habe diese unzählige Male nackt gesehen im Bett mit nackten

Männern, wo sie mit diesen alle Schändlichkeiten trieb, die Prostituierte gemeinhin zu treiben pflegen." Dies hatte Luisa wie an alten Tagen unter dem Tisch, wo sie mit Fünfzehn aber kaum noch hinpasste, sitzend im Gespräch zwischen ihrem Vater und dem Advokaten gehört und verstanden, dass Nichts verborgen bleiben würde und dass durch Klatsch alle über alles Bescheid wissen würden.

Man konnte aber auch zu leicht in das Haus anderer gelangen: Bettler, Straßenmusikanten und Galane versammelten sich doch ständig vor den Toren großer Häuser und viele überschritten sogar ohne zu fragen deren Schwelle – auch viele für professionelle Dienstleistungen. Auch bei ihnen ging es oft zu wie in einem Taubenschlag, man konnte kaum etwas geheim halten: Es gab Berufsbettler, Straßenverkäufer breiteten im Toreingang ihre Waren aus, das Dienstmädchen des Nachbarhauses besuchte eine Gefährtin im Haus der Medici, der Barbier kam singend in den Palast, denn adlige Kunden wurden in der Wohnung aufgesucht, der Leibarzt des Vaters sah auch nach einem kranken Bediensteten, die Hebamme nach einer schwangeren Frau der Dienerschaft oder der Familie, die Priester kamen zum Mittagessen, Notare zum Nachmittagswein, sodass Freigiebigkeit und Gastfreundschaft alle Zeit vorausgesetzt wurden. Eine Hand wusch die andere, dachte Luisa ohne Hintergedanken, aber wer dabei sauber wurde und wer nur mehr Unrat an seinen Fingern haben würde, war ihr unklar. Jedenfalls war es ein System der Gegenseitigkeit des Nehmens und Gebens. Gastfreundschaft war ein althergebrachtes Gesetz: Gästen bot man einen Platz am Kamin oder am Esstisch an. Priester und Ärzte setzten sich vertraulich zu einem Kranken an's Bett um Beichte zu hören oder Puls zu messen. Schlafstellen wurden oft angeboten in einem schon belegten Bett, denn es gab abends nach üppigem

Weingenuss und fettigen Speisen immer mehr Menschen am Hof als Betten.

Luisa hatte gelernt, dass Frauen – besonders nach Meinung der Moralisten – bewacht werden sollten; dazu hatte doch Paolo da Certaldo geschrieben: „Das Weib ist ein eitles, frivoles Geschöpf. […] Hast du Frauen in deinem Haus, behalte sie im Auge. Inspiziere häufig alle Örtlichkeiten, und wenn du deinen Geschäften nachgehst, halte sie in Furcht und Schrecken. […] Das Weib soll der Jungfrau Maria nacheifern, die auch nicht aus dem Hause ging, um sich überall zu unterhalten, nach hübschen Burschen zu schauen oder eitlem Geschwätz ihr Ohr zu leihen. Nein, sie blieb daheim, hinter verschlossener Türe, in der Privatheit ihrer Wohnung, wie es sich ziemt." Luisa dachte kurz darüber nach, ob die Lehmhüttenbewohner im Orient denn überhaupt Holztüren hatten. Hatten sie denn nicht nur Sackleinenvorhänge in ihren Türöffnungen? Die Orientalen hatten auch in Steinhäusern schon mal Teppiche in den Türrahmen!

Wie war es denn hier in Florenz? Mädchen zwischen drei und zwölf Jahren durften viele Freiheiten auskosten und sich außer Hauses bewegen, wenn Mädchen aber Zwölf wurden, war es mit der Freiheit plötzlich völlig vorbei: Sie wurden sogar eingeschlossen im Haus, und Väter und ältere Brüder mussten dies überwachen – darauf legten die Moralisten in Italien ausdrücklich sehr viel Wert! In Extremfällen gingen solche „Haftbedingungen" bei verheirateten Frauen weiter. Nun war ihr Vater Cosimo diesbezüglich aber liberal und freizügig, allerdings erst ab dem Moment, wo ihre bedauernswerte für irr gehaltene Mutter weg war.

Wo traf sie sich denn mit anderen Töchtern? Treffpunkte der Arbeitermädchen im Alltag war ja am Brunnen, wo allerdings junge Mädchen immer nur begleitet zu finden waren, aber zum Brunnen zog sie ja nichts, weil dieser Treffpunkt für die Herrinnen der Madonna Fiorentina ungebührlich war. Aber bei Festen im Sommer kamen Jung und Alt, Reich und Schön oder Hässlich beziehungsweise Arm und Hässlich oder auch Schön in den breiten Toreinfahrten der Paläste zusammen – sitzend und herausgeputzt, Lieder singend, tanzend, kokettierend oder vor Liebeskummer schmollend. Bei den angeregten Gesprächen fiel ihr stets auf, dass Schönheit und Klugheit in allen Schichten der Bevölkerung in gleicher Verteilung vorkamen. Niemand in der Welt hatte von Natur aus dadurch Vorrang vor anderen, sondern nur durch die gesellschaftliche Stellung. Also, so schloss sie, müsse man auch als Mitglied eines Herrscherhauses das erst erwerben, was man als Vorteil ererbt hat, um es anderen voraus zu haben. Bildung und geistliche Übung, körperliche Ertüchtigung und eine Grundversorgung durch angemessene Arbeit und in Notsituationen müssten allen zugänglich sein. Dafür wolle sie als Herzogin oder gar in einem höheren Amt später sorgen! Aber noch gefielen ihr die Bibelverse des Matthäus, die sie verinnerlicht hatte: „Und warum sorget ihr für die Kleidung? Schaut die Lilien auf dem Felde, wie sie wachsen: sie arbeiten nicht, auch spinnen sie nicht."

In den Gesprächen, die sie heimlich mithören konnte, ohne sich groß darum bemühen zu müssen, denn sie hatte verschiedene Positionen der Unauffälligkeit, spielte sie selbst jetzt eine immer wichtigere Rolle. Es ging um das Heiraten. Anna Maria Luisa war immerhin die Tochter des Großherzogs von Florenz und ihr Vater besprach mit ihrer Großmutter und manchmal auch einem dritten, so z. B. dem Onkel Kardinal, welche Häuser in Frage kommen würden. Cosimo wollte zwar auch das Beste für Luisa, aber Eheglück oder Liebe spielten keinesfalls eine Rolle. Schön, wenn sie sich einstellten, aber es ging in diesen Gesprächen ausschließlich um die Pfründe einer schwindenden Macht, denn das war das Schicksal der Medici, dass sie aus dem Nichts gekommen waren und dorthin wieder zu verschwinden drohten. Es gab Deutungsversuche aller Art um ihr Wappen, ein Rossstirnschild, mit fünf roten Kugeln, die die einen als Pillen deuteten, da einige ihrer Vorfahren Ärzte und Apotheker gewesen waren, andere wiederum deuteten sie als unreife rote Oliven, da schon die frühen Medici auch Olivenhaine besessen hatten; sie verstand darunter insofern eher fünf rote Weintrauben, denn schließlich stimmte dazu die Form der Kugeln eher. Diejenigen, die den Medici Böses und sie als Kriegstreiber darstellen wollten, redeten von Kanonenkugeln, aber wieso sollten diese rot abgebildet werden? Wegen des Todesbluts, das sie verursachen konnten? Jedenfalls ist die obenstehende sechste Kugel blau und hat die drei goldenen Lilien des französischen Wappens auf sich. Der gute rote Wein ist doch das, was Italien und Frankreich seit eh und je verbindet. Sie hatte Lisa einmal erzählt, dass der eigentliche Ursprung ihrer Familie der Wollhandel und die Schafszucht gewesen seien, woraufhin Lisa frech eingeworfen habe, dann seien die Kugeln auf ihrem Wappen sicher Schafsköttel. Sie hatte das

Arbeitermädchen daraufhin drei Tage nicht besucht, aber dies dann für unangebracht gehalten, denn schließlich wollte Lisa doch nur einen Witz machen. Sie musste an die Sätze des Dies cinerum, des Aschermittwochs denken: „Bedenke Mensch, dass du Staub bist und zum Staub zurückkehrst". Sie musste Lisa bei der Übersetzung des klassischen Lateins helfen, denn das Italienisch, das sie sprach, war noch in sehr starkem Maße ein bloßer Dialekt, der dem Lateinischen zwar sehr ähnelte, aber die Buchstaben ‚c' und vieles andere wie im Alltagsitalienisch sprach und nicht wie im Kirchen-Latein. Ein ‚qu' war also ein ‚k' bei ihr. So sagte Lisa nicht „Memento homo, quia pulvis es et in pulverem reverteris", sondern stieß die Laute mehr aus und ihr ‚o' klang kurz wie ein Ochsenlaut: „Mämänto! Oumo, kia pulvis äs ät in pulväräm rävärtäris!" Manchmal dachte Luisa, dass das Kirchenlatein und dessen Aussprache eine reines Kunstgebilde seien und dass die Römer zu Cäsars Zeiten so gesprochen haben wie sie heute: „Tschäsarr ät Kläopatra, Tschitschero et Martschäljo" und so weiter. Wer weiß, wie das alles war. Jedenfalls deutete sie das Wappen in der Tradition des Weinanbaus, den ja ein Urgroßahne revolutioniert hatte, wie immer noch erzählt wurde. Die Etrusker haben ja schon Wein angebaut. Wie bei anderen Berufen vor drei Jahrhunderten hatte auch der Weinverkäufer seine eigene Zunft, die Vinattieri, eine der vierzehn „Arti Minori", der niederen Zünfte. Die Stadt Florenz hatte dafür gesorgt, dass in einem jeden Sechstel der Stadt ein Keller zum Verkauf und zum Ausschank von Wein öffnete. Luisa wusste das von Pater Girolamo, der ganz viele „Vinattieri" auf der anderen Seite des Arno und im Gebiet rund um den Dom, also im Zentrum zwischen dem alten Markt und dem Fluss, kannte. Einer hieß sogar Vinandro. Aber in einer „bettola", was man auch als Kaschemme beschimpfte, verkehrte er nicht, denn sein Namenspate, Girolamo Savonarola hatte zweihundert Jahre zuvor in solchen

43

Spelunken das Mobiliar auseinandergenommen und den Sittenverfall verflucht, bevor er auf dem Markt die große Verbrennung der Luxusgüter aller Freiwilligen durchgeführt hat, die er von der Notwendigkeit zur Umkehr durch seine Predigten überzeugt hatte. Als eine Steuer auf Wein festgesetzt wurde, die zum Bau des neuen Palastes, des Palazzo dei Priori beitrug, gab es Aufstände und Unruhen. Ein Wirt wurde sogar öffentlich enthauptet. Der alltägliche Wein wurde mit Wasser gemischt wie bei den Römern, aber für Festlichkeiten und in den Tavernen wurde dagegen „vin pretto", Wein pur vorgezogen. Man trank viel Weißwein aus der Toskana, vino rosso war seltener und leuchtend rot, und daran erinnerten Luisa die roten Beeren auf dem Wappen, und wenn man die blaue Kugel als den Rebrispenstiel verstand, dann bildet ihr Wappen doch wirklich eine Weinrebenrispe. Sie war oft mit ihrem Vater im Weinberg zur Begutachtung der Arbeit. Cosimo überlegte in letzter Zeit, ob er ein Gesetz erlassen müsse, da immer mehr Winzer den Wein zu färben begannen und weil mancher minderwertige Wein sich mit den Namen der edlen Weine schmückte, nur weil der Weinberg an die exzellenten Weingebiete angrenzte. Er konnte sich nicht dazu durchringen, weil er selbst etwas Heimliches tat: Er ließ Wein aus der Toskana zu den Habsburgern transportieren und kassierte dafür doppelt so viel wie in Italien zusätzlich zu den Transportkosten. Girolamo hatte ihr zugeflüstert: „Den besten Wein kelterten die Benediktiner in der Via della Vigna Vecchia, in der Straße des alten Weingartens, und die Brüder Vallombrosan. Ich gehe immer ins Kloster, wenn ich guten Wein trinken will. Manche Mönche fallen abends sturzbetrunken auf ihr Schlafbrett und wachen morgens nicht nur mit dickem Schädel, sondern mit Beulen und blauen Flecken auf. Einen Bußgürtel brauchen die nicht, die leiden schon an sich selbst genug."

Welche Namen hatte Anna Maria Luisa in letzter Zeit gehört? Als sie zweiundzwanzig Jahre alt war, wurden die Pläne immer konkreter. Sie erinnerte sich mit einem dumpfen Gefühl im Bauchbereich des Nabels an viele Erwägungen: Viktor Amadeus II., Peter II., Jakob II. sowie Karl II. . In letzter Zeit sprach man von Johann Wilhelm von der Pfalz-Neuburg, dessen erste Frau Maria Anna Josepha am 14. April mit 34 Jahren gestorben war. Die Tochter des römisch-deutschen Kaisers Ferdinand III. und seiner Gattin Prinzessin Eleonora Magdalena Gonzaga von Mantua-Nevers hatte rettungslos schwindsüchtig ein tragisches Leben in völliger Agonie beendet, nachdem sie wenige Jahre zuvor zweimal einen Prinzen geboren hatte, die beide schon am ersten Tag gestorben waren. Zwei namenlose junge mögliche Thronfolger des Wiener Hofes und Kinder des Herzogs. Johann Wilhelm II. musste sehr unglücklich sein, was seinem lebensfrohen Naturell aber eigentlich widersprach. Und welche Titel hatten diese ihr völlig unbekannten Herren? Vittorio Amedeo II. war ein Jahr älter als sie, stammte aus Turin, war seit 1675 Herzog von Savoyen. Da seine Mutter wollte, dass er einst König – vielleicht in Sizilien oder auf Sardinien – würde, kam sie für ihn ja wohl nicht in Frage, denn sie würde Florenz gegen ärmliche Provinzen nicht eintauschen wollen. Dom Pedro II, der Portugiese, war 19 Jahre älter als sie. Sympathisch war seine Friedfertigkeit, er stand in der Reihe der portugiesischen Prinzen aber nicht an Thronfolgerstelle, aber man wusste Ja nie, was passieren würde. Sie als Königin in Portugal, so weit weg von Florenz? „Meine Mutter würde bestimmt intervenieren, denn dann wäre ich ja mächtiger und bedeutender als sie!" entfuhr es Luisa. Nun gut, an die Hitze war sie gewöhnt. James von England und der Kaiser von Österreich beteiligten sich an der Suche eines Ehemannes für Anna Maria. James selbst war sogar 34 Jahre älter als sie und war ja am 23. April zum König von England, König von Schottland und König von Irland gekrönt worden. Er war ein mächtiger Mann, Lord High Admiral und Oberbefehlshaber der Royal Navy sowie Lord High Commissioner von Schottland. Er war militär- und kriegserfahren, ein grober Bursche im rauen Klima einer schroffen Inselwelt. Sie wollte dies nicht, nicht vom sommerlich heißen Florenz in diese Dauerregenregion der Herzenskälte, wo man gelben Gerstenschnaps, den sie Lebenswasser nannten, trank wie hierzulande Wein oder neuerdings auch sogenanntes Bier. Nein, nein, nein! Aber man fragte sie (noch) nicht. Wenn man sie aber fragen würde, hätte sie wahrscheinlich nicht ganz so viel zu sagen. Aber noch hatte sie hoffentlich einige Jahre Zeit und in diesen Jahren konnte noch so viel geschehen, sodass ihr vielleicht das englische Seelenexil erspart blieb. Könige in England und Schottland wurden auch schnell wieder abgesetzt, besiegt oder hingerichtet. Das war kein sicherer Stand. Der Habsburger Carlos II aus Madrid war nur sechs Jahre älter als sie, ein Angehöriger der spanischen Linie, der schon von 1665 an König von Spanien mitsamt dem riesigen Weltreich war. Als Carlo V war er König von Neapel und Sizilien, als Carlos II König von Sardinien. Aber man munkelte, dass er körperlich schwach und weich sowie geistig unberechenbar war. Onkel Kardinal hielt ihn nach Informationen aus dem Vatikan für regierungsunfähig. Man nannte ihn in Spanien sogar „El Hechizado", den Verhexten. Sie als spanische Königin an der Seite eines Schwachsinnigen? Gott bewahre! Darüber hatte sie sogar schon mit Lisa gesprochen, die nur bemerkt hatte, dass sie dann gemeinsam fliehen müssten, am besten schnell nach Afrika. Interessanter fanden sie beide Johann Wilhelm Joseph Janaz von der Pfalz, den man im Niederdeutschen „Jan Wellem" nannte, der zwar auch neun Jahre älter war als sie, aber in Düsseldorf am Rhein residierte; er entstammte der jüngeren Neuburger Linie der Wittelsbacher. Onkel Kardinal hatte ihr das genau erklärt.

Da er ja seit einigen Jahren am Vatikan das genealogische Archiv führte, wusste er in Sachen der Verwandtschaftsverhältnisse bestens Bescheid. Ihr Vater unterbrach immer sofort das Tischgespräch, wenn Onkel Francesco zu plaudern begann. Er wusste vor allem, wer welche Cousine oder welchen Vetter geheiratet hatte, ja sogar, welche Halbgeschwister geehelicht hatten. Allerdings gab es dazu nunmehr keine Erlaubnis, da Papst Innozenz XI. streng war und keine Vetternwirtschaft und keine Inzestehe wollte. Deswegen lebte Francesco Maria de' Medici auch meistenteils in Florenz. Im Vertrauen hatte er Anna Maria Luisa erzählt, warum ihre Oma Viktoria sich von ihrem Großvater Ferdinando getrennt habe, der doch ein witzig unterhaltsamer und quirliger Herrscher der Toskana gewesen sei. Aber das verstand Luisa nicht ganz. Was sollte denn schlimm sein, dass ihr Opa eine Nacht mit einem Pagen zusammen im Bett gelegen habe? Anton Maria Salvini, ihr Griechischlehrer, hatte ihr doch erzählt, dass nach den Ausführungen des Platon auch Sokrates nach einem Symposion eine Nacht lang mit einem Jüngling im Bett gelegen hatte und dass dieser Jüngling sich anschließend gewundert habe, dass Sokrates ihn noch nicht einmal berührt habe, obwohl er doch vorher viel Wein getrunken hatte und Wein doch enthemmt. „Dann hatte er vielleicht zu viel Wein getrunken", hatte Luisa gemeint. „Aber wieso hat der Jüngling sich denn gewundert? Was hat er denn erwartet?" hatte die erst 14-jährige Luisa ihren Lehrer weiter getragt. „Da musst du deinen Biologielehrer am besten mal fragen, das kann er dir genauer erläutern." Als sie den Mediziner und Biologen Giuseppe del Papa in der nächsten Woche gefragt hatte, war sie kein bisschen schlauer als vorher, denn er hatte nur von Liebesumarmungen mit weiteren Folgen gesprochen. Erst ihr Herzensmagister Michelangelo Tilli erklärte ihr: „Wenn sich der Phallus verirrt, kann er auch in die hintere Körperöffnung eindringen, und das

geht auch zwischen Männern." Luisa musste sich tagelang mit dieser Vorstellung auseinandersetzen. Die Biologen enthielten sich einer Wertung, aber sie selbst empfand dies zwar als sonderbar, aber wenn es doch so im
Leben vorkam? „Wenn aber doch die Natur diese Möglichkeit eingerichtet hat?" fragte sie ihren Hauslehrer,
doch der zuckte nur mit den Schultern und antwortete:
„Männer, die Männer lieben, gibt es immer schon viele,
auch innerhalb der Kirche, die dies aber offiziell ablehnt."
Sie überlegte, ob denn nicht Liebe allein in der Welt sei,
um Familien zu gründen und Kinder zu zeugen. Heute,
einige Jahre später, wusste sie, warum ihr Onkel kaum in
Rom lebte. Er verkehrte sehr gerne in einer Runde junger
Männer, die zwar auch über Philosophie sprachen, aber
mehr über Pferderennen und Reiten, wenn sie in der Taverne becherten. Dies wusste sie aber wiederum nicht
aus eigener Anschauung, sondern von ihrer Großmutter
Viktoria, die ihren Nachkommen nicht so gerne in dieser
Umgebung sah: „Er sollte sich mehr in Rom aufhalten
oder den Stand des Geistlichen aufgeben und Kinder bekommen. Die Medici werden aussterben, wenn dieses
Lotterleben weiter um sich greift. Vom Kartenspielen und
Würfeln in der Taverne unterhält man keine Staatsraison
und bekommt man keine Nachkommen!" seufzte sie. Luisa musste an ihren älteren Bruder denken. Ferdinando
hatte auch eine Neigung zu solchen Ausschweifungen
und sie hatte noch nie gesehen, wie er sich etwas intensiver um eine junge Frau bemüht hätte. Wenn er abends
die Hofverpflichtungen erledigt hatte, schlüpfte er in einen
weiten Kaftan, den ein Perser ihm einmal für einen kleinen
Gefallen geschenkt hatte, und schlich zum Wirtshaus. Sie
fand das Leben in dieser Hinsicht, was Heirat und Kinder
anging und das nicht so hoftypische Verhalten der Medi-
cimänner in ihrer Umgebung doch eher befremdlich: „Warum sind unsere Männer eigentlich so eitel und kümmern
sich mehr um ihren Körper und ihre Kleidung als um ihre

Seele, mehr um ihre Schuhe als um ihr Lebensglück, das es doch nur in einer stolzen Familie mit mindestens drei Kindern gibt?" Vater Cosimo schien ihr da die einzige Ausnahme zu sein, denn er lebte für seinen Glauben. Aber bei ihm schien sich diese Feinfühligkeit auch einseitig zu entwickeln, denn er kümmerte sich mehr um die Geschicke des Vatikans und der Geistlichen in Florenz, auch um das Los der Armen, Witwen und Waisen, sodass ihre Großmutter meistens die Regierungsgeschäfte führen musste. Ihr Vater hatte politisch manchmal gar keinen Durchblick. Ein Glück, dass die Oma so klug und stabil war. So wollte sie auch werden: unantastbar im Glauben an Jesus und Maria, unverrückbar in der Treue zur Machtstellung der Medici und damit unbeirrbar in ihrer Arbeit für das Wohl des Staates und des Landes, in dem sie demnächst leben und herrschen würde. Allerdings hoffte sie innig, dass sie in Bezug auf eine bevorstehende Ehe mehr Glück haben würde. Unberührt und ohne Abkömmlinge wollte sie nicht sterben. Der Kaiser von Österreich schlug den Kurfürsten von Rheinland-Pfalz, den Herzog Johann Wilhelm vor.

Lisa fragte nach der Herkunft des Johann Wilhelm und Luisa gab ihr wieder, was sie vom Onkel wusste: „Seine Eltern sind Kurfürst Philipp Wilhelm von der Pfalz, auch ein passionierter Schütze in den dunklen Wäldern und lichten Heiden der Kurpfalz, über den man ein etwas schlüpfriges Jägerlied singt, und Elisabeth Amalia von Hessen-Darmstadt, die ich einmal in München bei einem Konzert getroffen habe. Sie spricht aufgrund der Herkunft ihrer Amme einen sonderbar breiten Dialekt, so ähnlich, wie man ihn an der Saar spricht; so intonierte sie einmal nach einem Konzert der Hofkapelle einer Gruppe von uns jungen Florentinerinnen gegenüber: ‚Die Geie hann awwer widder ganz schee gekrääschd. De Heerna sinn widder vill se laut gewees.' Seither imitieren wir untereinander diesen Satz, wenn wir ein Konzert besuchen. Der Hornist Jurgenius Ottonis fand das nicht wirklich lustig! Eine Cousine aus Bayern meinte: ‚Was ist das überhaupt für ein Wort, gekrääschd? Bei uns würde das so heißen: ‚De Geign homm wieda ganz schee gwimmert. Und de Hearndl san aa wieda vui z'laut gwen.'' Alles lachte, die Stimmung steigerte sich aber noch, als eine Tirolerin aus unserem Kreis skandierte: ‚Die Geign hâm wieder schiach greart. Âber die Hearna sein wieder viel z`laut gwesn.' ‚Schiach, schiach, greart, greart' scherzten wir ungehemmt, dass es den Männern am Buffet auffiel und sie ihrerseits laut prusteten, ohne zu wissen, warum diese Stimmung uns alle ergriff." Lisa und Luisa begannen mehr und mehr mit Lachen. „Aber das ging noch weiter: 'D' Giige hen aber wieder ganz scheen gsiifzget. D' Herner sin wieder viel z' lutt gsi.' rief dann eine Alemannin aus Freiburg in die Runde. Eine Verwandte aus Salzburg, die in Zürich aufgewachsen war, setzte dem Tumult die Krone auf: ‚D' Giige händ wider ganz schön gschluchzget; aber d' Hörner sind wider vil z' luut gsi". Man hatte also offensichtlich kein wirklich gutes Gefühl für die klangvolle Schönheit dieser Sprachen, die aber doch alle irgendwie auf das Germanische zurückgingen, was man ja an so manchen Krächz- und Rachenreiblauten vernehmen konnte. Dass Geigen seufzen und schluchzen können, war ja schon dem einen oder anderen Musikkritiker aus der Feder geflossen, so z. B. dem Franziskus Petrus Severin, aber diese Vergangenheitsformen ‚gsiifzget' und ‚gschluchzget" hatte sie nach dieser Erzählung also noch Minuten lang amüsiert. Was Luisa nun ihrer Herzensfreundin Lisa nicht mehr erzählte, um sie nicht zu überfordern, war der Fortgang der Begegnung in Florenz auf diesem Nachkonzertfest. Ein schlesischer Schriftsteller namens Erhard Gertler, der durch seine vielen Reisen seiner Zeit etwas voraus war, hatte die Damen gehört und hielt ihnen einen kurzen Vortrag: „Man muss sich dabei vor

50

Augen halten, dass es ‚die schlesische Mundart' in einer einheitlichen Form ja gar nicht gibt. Schon in der nächsten Stadt, im nächsten Kreis wird der Dialekt anders gesprochen." „Was heißt jetzt ‚Mundart'? Meint man damit, dass der eine einen schmalen und beim Sprechen eher runden Mund hat und der andere eine breite Mundform hat"? Man lachte, die Fragestellerin wurde rot und Herr Gertler fuhr fort: „‚Mundart' meint die Art der jeweiligen Sprache, also wie das vor Ort lautet, wir nennen das auch ‚pauern'. Bei uns in der Grafschaft Glatz heißt der Satz ‚gepauert': ‚De Geiga hoan oaber wieder ganz schien geschluchzt.' Mit dem Wort ‚geschluchzt' sei er aber nicht ganz so glücklich, denn das ist im ‚Gepauerten' ungebräuchlich. Er schlägt der Runde folgende Formulierung vor: ‚On die Geiglan hoan oaber wieder ganz schien ‚gewenselt.' Man nenne eine Geige beim ‚Pauern' auch schon mal scherzhaft ‚Winsel'. Dann fuhr er fort: ‚Oaber de Härnner sein aach wieder viel zu laut gewast.' Und das Schönste bei dieser Geschichte war noch, dass genau in dem Moment, als alle sich beruhigt hatten, ein Gebirgsschlesier, mit dem Anna Maria verwandt ist und der eigenartiger Weise Friedrich Wilhelm Preuß heißt, kam und mit seinem lauten markanten Tenor rief: „De Geiga sein nee asu gutt gewaast. Ma hierte se flenna. Un de Hörna sein als laut gewaast, ma kinda doas egena Wurt nie merr hiern." Na ja, hatte sie gedacht, er soll ja auch beim Konzert nicht reden, aber leider hatte sie schon in jungen Jahren erfahren, dass das durchaus üblich war, wie auch einige ihre Pfeife rauchten, wenn sie beim Konzert nach den Mädchen Ausschau hielten. Nur die Damen saßen in Habachtstellung wie die Erdmännchen und schauten zu den Musikern oder mit einem kurzen Seitenblick zum Dekolleté einer Konkurrentin. Nach dieser Erzählung Luisas bewunderte Lisa das Gedächtnis und das Sprachvermögen der Prinzessin, die allerdings mittlerweile fließend Deutsch sprach. Lisa wusste nicht einmal genau, wie man diese nördlichen Sprachen bezeichnete; gehört hatte sie, das seien welsche, fränkische, flämische oder sächsische Sprachen, und nun fragte sie unverfänglich ehrlich: „Luisa, wie mag denn das am Rhein lauten?" Diese zuckte nur ihre kräftigen Schultern und hauchte geheimnisvoll: „Wir werden hören und sehen. Hoffentlich vergeht uns hier vorher nicht das Hören und Sehen."

Johann Wilhelm gehörte damit einer Pfälzer Linie des Hauses Wittelsbach an. Die Kaiser Joseph I. und Karl VI. waren Söhne seiner Schwester Eleonore Magdalene von Pfalz-Neuburg und somit Neffen von Jan Wellem. Er war seit 1679 Herzog von Jülich und Berg irgendwo am Mittelrhein und hatte Chancen, einmal Kurfürst zu werden. Da die wenigen Kurfürsten den Kaiser wählten, hätte sie viel Einfluss darauf, und da die Kurfürsten keine Völker regieren mussten, sondern meistens nur Herzogtümer oder große Städte, hätte sie sehr viel Möglichkeit, ihre Kultur dem Volk zu vermitteln und ihren eigenen Interessen nachzugehen. Außerdem war der Mittelrhein bei weitem nicht so weit von Florenz entfernt, auch nicht von ihren Verwandten in Österreich und Tirol, und dann war ihr noch eingefallen, dass die Stadt Karls des Großen, die Urbs Aquensis Urbs Regalis in der Nähe lag und dieses Aachen wiederum nicht weit entfernt von den Künstlerstädten Antwerpen und Amsterdam. Sie würde ihrer Passion, ihrer Liebe zu großen Gemälden nachgehen können. Das könnte sie sich schon eher vorstellen, aber mal sehen, wie sich alles entwickeln würde. Wohl war ihr nicht bei diesen Gedanken, aber ihre Vernunft war schon in diesen jungen Jahren wie ein stabiles Rankenwerk, um das sich die Triebe schmiegen konnten, wenn sie zurückgefunden hatten von den Verführungen des Sonnenlichts zu den Bedürfnissen eines festen Haltes.

Bei ihren ersten Jagden um Florenz und manchmal auch weiter hinein in die Toskana, für die sie durchgesetzt hatte, dass sie statt des Seitensitzes mit der Notwendigkeit, sich stets an einem Sattelsporn festzuhalten, wie ihre unglückliche Mutter aufsitzen durfte, denn nur so konnte sie auch das Gewehr vom Pferd aus benutzen, bei solchen Ritten durch Wälder und Felder, über Täler und Höhen hing sie ihren Gedanken nach, und je älter die Bewerber waren, an die sie gerade denken musste, desto schneller trieb sie ihr Pferd an, einen braunen Hengst, den sie zusammen mit der jungen blonden Pferdepflegerin Katerina heimlich Maximilianulus, also Mäxchen nannte – analog zum Namen so mancher Kaiser. Die wenigen anderen Frauen konnten bei ihren Parforceritten kaum mithalten und rümpften im Gespräch hinterher ihre Nasen, aber das war ihr gleichgültig. Manche Männer kommentierten ihr Reiten nicht, schienen diesen Reitstil bei einer Frau aber sehr argwöhnisch zu betrachten, setzten sie doch innerlich voraus, dass eine Frau in diesen sensiblen Regionen genauso empfinden würde wie sie als Mann – oder vielleicht noch viel intensiver? Die meisten Jagdherren ließ das aber kalt, denn sie waren so mit dem Strecke legen und dem Auswählen deftigster Braten beschäftigt, dass sie keinen Sinn für Extravaganzen hatten. Schließlich traf man sich nach der Jagd auch zum Grappa und zu Wein in der Jägerklause. Dahin durften die Frauen sowieso nicht mit. Luisa ahnte neuerdings – auch weil Katerina, die auf einem Bauernhof groß geworden war und mit der sie sich auf Standesdistanz etwas angefreundet hatte, in dieser Hinsicht Bemerkungen gemacht hatte –, dass die Blicke ihrer Mitreiter von inneren Vorstellungen begleitet waren, deren Inhalt sie nicht ganz durchschaute. Kann man das aus dieser männlichen Sicht heraus als für eine Frau schicklich halten, was man sich da vorstellen konnte. Es gab doch diese Bildwerke mit erotischen Abbildungen auch von dem, was unter den Hosen der Männer und

Röcken der Frauen waberte und wucherte. Waberten und wucherten die Gedanken der Männer in Bezug auf ihr weibliches Gefühl bei einem Ritterlebnis nicht ähnlich krude und kraus?

06

Als die Heiratspläne sowohl bei ihrem Vater nebst Oma und auch bei ihr konkreter wurden, nunmehr mit 23 Jahren, schmiedete sie einen heimlichen Plan. Lisas leider verstorbener Vater war Taubenzüchter gewesen und hatte immer wieder einmal Brieftauben an ihren Vater verkauft, dessen Stallmeister sie in einem Taubenschlag am Boboli-Garten unterhielt und weiter züchtete. Sie hatte davon gehört, dass zwischen den Unterhändlern für den Ehevertrag Reisetauben ausgetauscht waren, damit die Düsseldorfer Vögel im nötigen Fall schnell mit einer Botschaft von Florenz nach Deutschland fliegen könnten und die Florentiner Tauben gegebenenfalls vom Mittelrhein hin zur Toskana. Ob sie nicht eine solche kurfürstliche Brieftaube in Anspruch nehmen könnte, um eine geheime Botschaft nach Düsseldorf bringen zu lassen? Wenn doch Johann Wilhelm von ihrer vagen Zuneigung erfahren würde, vielleicht würde er von sich aus um ihre Hand anhalten. Als Herzog von Neuburg wusste er ja nun leider, dass er vielleicht niemals mehr auf das Heidelberger Schloss zurück konnte, selbst wenn er Kurfürst der Pfalz werden würde, so sehr hatten die Soldaten Ludwig XIV. dort gehaust. Sie hatten sich dort festgesetzt und drohten mit einer Sprengung der Anlage. Als Herzog von Jülich und Berg würde er seinen ständigen Amtssitz in Düsseldorf haben.

Sie hatte sich über ihn im Adelsverzeichnis informiert. Die Erziehung des Kurprinzen hatten Jesuiten übernommen. Das war ihr lieber als wären es Dominikaner gewesen. 1686 wurde er als Ritter in den Orden vom Goldenen Vlies aufgenommen. Am 2. September des gegenwärtigen Jahres 1690 folgte er seinem Vater als Kurfürst, nachdem er ihm bereits eine Dekade zuvor die Regentschaft über den jülich-bergischen Länderkomplex überlassen hatte.

Aufgrund des Pfälzer Erbfolgekriegs residierte Johann Wilhelm nicht im zerstörten Heidelberg, sondern im Düsseldorfer Schloss, das die Residenz der Herzogtümer Jülich-Berg und die Hauptresidenz des kurpfälzischen Territorialverbundes war.

Es war durch einen glücklichen Umstand schnell arrangiert, aber ohne seelische Anteilnahme, die ihre innere Bewegung in Bezug auf dieses abenteuerliche Unterfangen eine kurze Zeit lang übertünchte, ging es nicht. Im Taubensöller, den Lisas Vater lange Zeit gereinigt hatte und in den Lisa sie mit hochnahm, tränten ihre Augen von der Beize des Kotes. Sie musste husten, und da fiel ihr ein, dass Lisas Vater vor drei Jahren gestorben war, nachdem er an einem hartnäckigen Husten gelitten hatte. Dann waren bei ihm Gedächtnisverlust und Orientierungslosigkeit dazu gekommen, er magerte rapide ab und starb. Die Lungenkrankheit schien ihm ins Gehirn gewandert zu sein. Ob es ihres Vaters Umgang mit Tierkot gewesen sein konnte, der dies verursachte? Die glückliche Fügung bestand darin, dass der Stallmeister beauftragt war, einen gesiegelten Zettel mit der Bestätigung einer wichtigen Summe, die mit den Reisekosten zusammenhing, nach Düsseldorf zu schicken. Die kräftigste bereitete der Tierpfleger vor, indem er sie mit einem zusätzlichen Ring passend zum Abflugort versah und den Brief mit dem Zettel zusammen in einem an den Enden mit Wachs verschlossenen Schilfrohr an den Fuß band, sodass es eine leichte Last sein würde und die Taube ihr Ziel erreichen würde. Einer der Reiterkuriere hatte berichtet, dass die Entfernung in reiner Luftlinie gerechnet über 500 Florentiner Meilen sei. Das ist eigentlich einem einzigen Tier nicht zuzumuten. Dennoch versuchten sie es und der Stallmeister verpflichtete sich, ohne dass es hätte ausgesprochen werden müssen, zu schweigen, denn er war noch jung und der besondere Freund von Luisas Bruder

Gian Gastone, wovon die Prinzessin wusste. Nie aber hätte sie diese Erfahrung in die Waagschale geworfen. Schon aus Verlegenheit hatte sie es für sich behalten, als sie beide im hinteren Stall unfreiwillig beobachtet hatte. Die Taube flog weg und Luisa war von diesem Moment an vom Wissen über ihre eigene Zukunft abgeschnitten, denn sie konnte nicht miterleben, wie und ob der am Horizont noch sichtbare Vogel sein Ziel erreichen würde. Diese Taube überquerte die Seen und die Alpen, Wälder und weite Täler, kleine und große Flüsse und landete völlig erschöpft und ausgekühlt in Hehlrath, einem Dorf nahe bei Aachen, auf einem Bauernhaus an einem niedrigen Berg, den die Bevölkerung aber Hohen Berg nannte, und konnte nicht mehr weiter. Sie war leicht vom direkten Kurs abgekommen und hatte sich in den Taubenstall des Helroder Hofes gerettet, wo sie aufgepäppelt wurde, was allerdings fünf Wochen dauerte. Nach kurzer Absprache mit dem adligen Grundherrn von Cotzhausen, Ritter auf Schloss Cambach, hatte Bauer Neulen Brief und Zettel zum Dorfpfarrer gebracht, der auf einem anderen alten Hof des Dorfes in einem Seitengebäude wohnte. Dort versorgte ein Bauer namens Siegers den Pfarrer tagtäglich mit üppigen Speisen, sodass der Pastor kein Interesse an einem eigenen Pfarrhaus hatte. Der Inhalt des Briefes, den der Dorfgeistliche öffnete, bestand nach der Adresse und vor dem in diesem Fall besonders leichten und dünnen gerollten Siegel der Großherzogstochter aus nur einigen wenigen Sätzen:

„Bewundernswerter Herzog von Juliacum, es schreibt Ihnen diese Zeilen die Tochter des Großherzogs von Florenz Cosimo III., Anna Maria Ludovica de' Medici, in Verehrung Ihrer Magnifizenz, eingemischt mit großem Mitleiden in Bezug auf den Tod Ihrer Ehegattin, erschüttert über die Raubritterzüge der französischen Heere im Rheinland, zuzüglich aber in banger Hoffnung. Meine Angst geht dahin, dass Sie mein Anliegen als unbotmäßig und einer jungen adligen Frau gänzlich unwürdig erachten, doch meine Hoffnung trägt mich dahin, dass ich Ihnen heimlich vorab mitteilen möchte, dass mein Vater und meine Großmutter Vittoria della Rovere sich vielleicht an Sie wenden werden mit der Anfrage eines Ehebündnisses mit mir. Ich würde nicht nur die Gegend am Rhein den anderen in Frage kommenden Lebenskreisen vorziehen, sondern auch das überschaubare Gebiet eines Herzogs gegenüber möglichen Königreichen. Und über Sie als kunstsinnigem und jagdfreudigem Herrscher habe ich gehört, dass Ihro Glauben so stark sei wie eine deutsche Eiche. Das würde mir sehr zusprechen, denn bei aller Wankelmütigkeit der zwar stolzen und hohen, aber empfindlichen Zypressen, mit denen ich den italienischen Glauben unserer Patrizier vergleichen würde, ist Ihr Glaube vor allem an die Gnadenhaftigkeit der Mutter Maria felsenfest. Verschmähen Sie bitte nicht das Angebot meiner Ehe und die Möglichkeit unserer unter dem Schutz der Mutter Gottes gedeihenden Liebe!

Anna Maria Ludovica de' Medici"

Der Helroder Geistliche hatte einen Bruder, der bei den Kapuzinern in Düsseldorf Pater war. An seinen Bruder, Pater Damian, schickte er nun diesen Brief zusammen mit dem Zettel mit Bitte um Weitergabe an den Herzog Jan Wellem – mit freundlichen Grüßen aus Hehlrath in der Nähe von Jülich. Den Bauern Neulen, der genau wie sein Verwandter Siegers auch im Kirchenrat tätig war und somit ein guter Vertrauter des Pfarrers, bat der Geistliche, einem Neffen, der nach Rom reisen wolle, eine kurze Antwort für Florenz mitzugeben: „Durchlauchtigste Prinzessin, ihr Anliegen wurde nach Düsseldorf weitergeleitet. In Verehrung und Hochachtung Pastor Antweiler Helrode".

Da die Mitglieder des Kirchenrates lesen und schreiben konnten, musste der Pfarrer das nicht selbst notieren.

So kam dieser Brief Luisas tatsächlich zum Wittelsbacher, der in Düsseldorf auf seinem Schloss residierte, das allerdings nicht mehr das jüngste war und dessen Hauptfassade zur Straße hin sogar mit gewaltigen Balken abgestützt werden musste. Es war sein Ansinnen, durch eine üppige Mitgift anlässlich einer neuen Vermählung finanziell so zu gesunden, dass er nicht nur das Schloss sanieren könnte, sondern dem Drängen der Musiker nach einem Opernhaus nachgeben und auf die ständig geäußerte Offerte der Bürger und Zünfte eingehen könnte, das Material und die Pläne für einen Kunstpalast zur Verfügung zu stellen, damit man mit vereinten Kräften ein solches Bauwerk angehen könnte. Düsseldorf hatte nichts zu bieten, was seine unglückliche Frau Anna Maria Josepha, die den Prunk und die Kultur der Stadt Wien gewohnt gewesen war, nach zwei Geburten leidvoll bedauert hatte, waren doch ihre beiden Prinzen am Tag der Niederkunft gestorben. Schon am ersten Tag ihres Lebens mussten sie als blonde Engel zu Gott gehen. Vielleicht, so grämte der Herzog sich schon wochenlang, hätte sie mit mehr Kultur und Unterhaltung eine neue Lebensfreude entwickelt, denn sie war vor der Zeit ihres Unglücks kräftig, strahlend blond mit langem Haar, wenn es noch nicht gebunden war, rotwangig und vollbusig, wenn ihr Korsett noch nicht anlag, und im Gespräch zugewandt und hellhörig, wenn sie nicht in ihre Grübeleien versank, weil sich noch kein Familienglück eingestellt hatte.

Gerade Pater Damian war einer derjenigen, die ihm schon länger mit den Plänen zu einem Kunsthaus in den Ohren lagen, obwohl er einer der wenigen Maler im Stande der Geistlichkeit war und ihm viele religiöse Motive vorschwebten, die aber allesamt großflächige Formate für

Kirchen- und Klosteraltäre werden sollten. In seinem riesigen Malersaal im Schloss hatte er schon zwei solcher szenischen Gemälde stehen, die er noch bei seiner Lehre in Antwerpen 1662 mit angefangen hatte. Er war es, der als Mitarbeiter zusammen mit Jakob Jordaens in der Werkstatt des Peter Paul Rubens nach der Motivik der Himmelfahrt Mariens mit der Arbeit an diesem Bild begonnen hatte, das nach Vervollkommnung schrie. Es war nun Jacob Jordaens, 1678 gestorben, persönlich gewesen, der 1670 zu einem Besuch nach Düsseldorf gekommen war, um eine Vorlesung im Schloss in jenem Trakt der nur von Damian so genannten Akademie zu halten und dazu diese beiden großflächigen Bilder auf einem Karren hochkant gestellt mitgebracht hatte. Es war Kunst, die sie beide unter Beratung durch Rubens in Antwerpen noch angefangen hatten, einmal ein Bild aus der Großserie „Onze-Lieve-Vrouw Hemelvaart" und dann ein Bild der Anbetung der Hirten an der Krippe. Diese verwaisten Schinken, wie Damian gerne sagte, standen nun im Malersaal eingehüllt in Sackleinendecken an der Wand und harrten ihres Schicksals. Pater Damian hatte Jordaens damals auch einmal besucht in seiner auf fünf Häuser angewachsenen Werkstatt in Antwerpen. Dort in der Hoogstraat arbeiteten um einen großen Innenhof herum an seinem Geburtshaus, das er zurückerworben und erweitert hatte, fleißig über hundert Personen und man produzierte das, weswegen man ihm später als Hauptrepräsentant der flämischen Malerkunst titulierte. Der italienische Einfluss war schon bei Jordaens nach dessen Italienreise, um die Rubens ihn beneidet hatte, unverkennbar und war Anlass dafür, dass auch Damian später den Kurfürsten davon überzeugte, ihm einen Studienaufenthalt in Florenz zu ermöglichen. Man studierte die Lichtführung des Caravaggio, darüber hinaus auch die andersartige Güte des italienischen Essens. Im Empfehlungsschreiben des Kurfürsten an die italienische

Verwandtschaft wurde auf die Notwendigkeit hingewiesen, für Damian reichliche Essensportionen bereit zu halten, denn nicht nur sein Appetit auf Kunst sei unstillbar. Als junger Maler war Jordaens Mitglied und sogar der jüngste Vorsitzende der St. Lukas-Gilde gewesen. In der Spätphase des Malers „Jacques Jordaens", wie er auch genannt wurde, experimentierte er mit Lichtflächen, was die Figuren für Großformate mehr stilisierte und im Ganzen genommen ästhetisch anmutiger und gefälliger wirken ließ. Die Ziseliertheit der frühen kleineren Formate eignete sich ja eh nicht für große Kirchengemälde. Und er malte ja auch reihenweise auf den schnellen Verkauf der Bilder hin, denn sein Anwesen und die Personalkosten fraßen ihm die Ohren ab. Er besprach vorher mit dem Besteller das Motiv und die Details ab und war um 1670 auf dem Höhepunkt seiner späten Schaffensphase, in der er viele Auftragswerke für katholische Kirchen und Klöster rasch und mit viel Hilfe durch seine Mitarbeiter und Schüler herstellte, obwohl er ja schon 1648 zur calvinischen Konfession übergetreten war, was aber ob seines guten Rufes und seiner im Verhältnis zu Konkurrenten preisgünstigeren Produktionsweise für beide Seiten kein Hinderungsgrund war – so schuf er jährlich ca. 40 Großformate mithilfe seiner Mitarbeiter und in Anlehnung an die Werke Rubens' nach dessen Tod 1640. Auch praktizierte Jordaens seinen „neuen" Glauben in flämischer Gegend, denn die Begegnungsstätten waren rar gesät und nicht ohne Beobachtung durch die Herrschaft in der beginnenden Phase der Rekatholisierung im Herzogtum Jülich. Mehrfach war Jacob Jordaens in der Nähe von Aldenhoven im Gebet mit der calvinistischen Gemeinde auf der Burg Engelsdorf; auch in Lürken und in Kinzweiler praktizierte er seinen Glauben, denn die „neue Lehre" war ihm genauso wichtig wie früher die alte, als er jeden Morgen um sechs Uhr den Frühgottesdienst in Antwerpen besuchte, bevor er überhaupt zu malen begann. Es wirkte in

Jülich eine reformierte Gemeinde, die schon im Jahre 1611 bestand, und 1676 gab es elf große reformierte Familien in der Nähe der Marktfeste Aldenhoven, nämlich in Barmen, Floßdorf und Merzenhausen.

Johann Wilhelm hatte das von Festungsanlagen umgebene Verwaltungszentrum der Herzogtümer Jülich und Berg zu seinem neuen Regierungssitz erhoben und damit noch vor einer möglichen neuen Hochzeit eine kulturelle und städtebauliche Blütezeit der Stadt eingeleitet. Aber noch gab es an vielen Ecken und auf vielen Plätzen Baustellen und er hoffte, dass eine Mitgift von Gulden in Höhe einer größeren sechsstelligen Zahl möglich sein würde. Jedoch befürchtete er auch, dass die Medici Bedingungen stellen und Klauseln formulieren würden, die an eine Nachkommenschaft geknüpft sein würden, sprich an einen Prinzen des großherzoglichen Hauses der Toskana. Über die Probleme der Medici in Bezug auf Nachkommenschaft war er durch seinen italienischen Sekretär Rapparini bestens informiert. Auch dessen Schwester, die als Sängerin im Rheinland tätig war, wusste auf's Informativste und nicht ohne ironische Spitzen von der Lebensweise der männlichen Nachfahren, den Ausschweifungen der Enkel und den ausbleibenden Urenkeln der Vittoria della Rovere zu berichten. Man setzte alles auf Anna Maria Luisa und einen in jeder Hinsicht potenten Ehemann. Ob er dieser sein könnte? Ob er vielleicht als Vater eines Thronfolgers ersatzweise Großherzog von Florenz werden könnte? Ob Anna Maria Luisa eine Frau ist, die er auch wirklich lieben könnte? Denn diese Frage war ihm schon sehr wichtig, da er doch ein herzinniges Verhältnis zu seiner verstorbenen Gattin gehabt und mehrfach in der Kapelle der Kapuziner in Aldenhoven beim heimlichen Gebet sehr heftig geweint hatte. In dieser kirchenartigen Kapelle des Klosters im ganz frischen Wallfahrtsort Aldenhoven in der Nähe von Jülich und

Aachen hatte er einen Privataltar gestiftet und nur er alleine durfte dort zusammen mit einigen auserwählten Patres des Ordens, die das officium wahrnahmen, beten. Er überlegte, ob er seiner ersten Frau dort nicht einen Altar mit einem großen Gemälde widmen sollte. Es könnte ein moderner Barockaltar sein wie der in Antwerpen mit dem berühmten Bild der Himmelfahrt Mariens von Rubens, von dem Pater Damian ihm vorgeschwärmt hatte. Aber dazu müsste man eine Reise nach Antwerpen machen und einen solchen Altar in einer der Werkstätten kaufen, die sich auf Marmorimitatsäulen und auf Holz gemalte Goldgirlanden und Fruchtbänder spezialisiert hatten. Vielleicht wäre eine solche Kunstreise ein sehr schönes Geschenk für eine neue und hoffentlich der Kunst zugetane Frau, sozusagen eine Kulturhochzeitsreise nach Antwerpen, wo es ja auch sehr viele bekannte Juweliere gab, die anspruchsvolle Colliers und Diademe herstellten. Auf seiner eigenen Kavalierstour war er vor dreizehn Jahren dort gewesen und kannte vieles aus eigener Anschauung. Nur den Votivaltar des Rubens hatte er nicht beachtet, denn er hatte in einer fürstlichen Privatkapelle der Messe beigewohnt, die sich in dem Stift befand, in dem er gelebt hatte. Als Junggeselle auf der abenteuerlichen Männerfahrt wie ein Ritter auf der Aventüre möchte man nicht auffallen. Den Maler Jacob Jordaens, den Pater Damian so sehr verehrte, hatte er aber persönlich in dessen eigener Werkstatt kennen gelernt. In diesem Areal von mittlerweile fünf Häusern erzeugte der begnadete Maler zusammen mit seinen vielen Beschäftigten ein großes Gemälde nach dem anderen, seitdem Rubens gestorben war und sein Konkurrent Van Dyck nach England abgewandert war. Seitdem konnte er sich auch viel besser bezahlen lassen. Schon ab 1640 bekam er die wirklich großen Aufträge, da bzw. sodass er der Hauptmaler der Antwerpener Malerschule wurde, wie man heute weiß – Angebot und Nachfrage sind ja gleichursprüngliche Phänomene. Er war und galt als reich, angesehen und unabhängig und baute für sich und seine Familie ein großes Haus im Spätbarockstil, das er von diesem Zeitpunkt an allerdings auch abbezahlen musste, weswegen er so ziemlich alles annahm, was an Aufträgen einkam und auch Mitarbeiter auf Verkaufstour bis hin ins Rheinland schickte. Er versuchte davon zu überzeugen, dass nun der prunkvolle große und hohe Altar die feingliederigen Schnitzereien der breiten Flügelaltäre aus den vergangenen Jahrhunderten ablösen müsse. Zugegebenermaßen konnte er selbst wesentlich besser malen als schnitzen.

Es war eine Phase von wenigen Wochen, als sich entschied, dass alle ungeliebten möglichen Aspiranten einer Ehe mit Luisa vom Schicksal als Gatten ausgeschlossen wurden, sei es aus politischen Gründen oder wegen höherer Gewalt, zu der Krieg, Krankheit und Tod ja auch zu rechnen sind, insofern diese Ereignisse nicht selbstverschuldet waren. Anna Maria Luisa, die nach ihrer allseitigen Ausbildung nicht nur in den „septem artes liberales", sondern auch in den neueren Wissenschaften und in wichtigen europäischen Sprachen, in Kunst und Musik gleichermaßen und bezüglich historischer und religiöser Themen nach fünfzehn Jahren Privatunterricht auf dem Höhepunkt einer tief in ihrer Persönlichkeit liegenden Vielfalt angekommen war – kreativ in der Musik und in der Malerei, sportlich beim Reiten und Tanzen, musikalisch beim Singen und Spinett spielen war sie ja aus sich heraus – empfand in der Unmündigkeit eines insofern noch nicht ausgereiften gesunden Menschen einen selbstverschuldeten Zustand. Sie hatte sich vorgenommen, allen Menschen, vor allen Dingen denjenigen, die nie Unterricht gehabt hatten und weder lesen noch schreiben konnten, zu helfen, die Bibel zu verstehen und im Leben zurechtzukommen. Nun hatte die Suche sich einzig und allein auf Jan Wellem, wie sie ihn still in ihrem schmunzelnden

Herzen nannte, gerichtet. Wie groß war er eigentlich? Ob er auch körperlich ein Schwergewicht war? Sprach er laut oder eher sanft wie ihre Brüder? Jedenfalls wurden drei Personen nach Florenz geschickt, um den Ehevertrag auszuhandeln, im Gegenzug würden dann drei Personen nach Düsseldorf reisen. Es war noch nicht klar, wo eine Unterzeichnung sein sollte, vielleicht in Mannheim. Jedenfalls schien wegen der Situation des Franzoseneinfalls in die Pfalz alles plötzlich zu pressieren. Der kurpfälzische Hofbeamte Giorgio Maria Rapparini aus Bologna würde als Hauptunterhändler dabei sein.

Mauersegler umschwirrten scharftönend den Palast, ruhelos und schlaflos war auch Luisa in diesen Tagen, sie befürchtete, dass die italienischen Verhandlungsführer ihr Anliegen in den Teich setzen könnten und dachte sehr viel nach über die italienischen Hofbeamten. Die Bienen flogen summend hin und her und verrichteten emsig ihr wichtiges Geschäft. Wenn Florenz blühen sollte, mussten ihr Fleiß und ihre Umtriebigkeit stimmen. Ihren Hofmarschall hielt sie ja für verlässlich, aber in vielen bei Hof angestellten Menschen sah sie reine Egoisten. Sie holten stets das Beste für sich selbst aus den schwierigen Verhältnissen des Staates heraus, feierten Feste, die in Gartenorgien endeten, liebten im Gebüsch am Schlossweiher hörbar ihre Mätressen, die epikureisch in den Tag hinein schlunzten: Sie nannte die Hofbeamten gerne „Politiker", sie taten immer freundlich und dachten insgeheim düster. Sie hatte bei ihrem Hauslehrer ein deutsches Gedicht von einem Schriftsteller namens Friedrich von Logau gelesen, das sie zu diesem Begriff geführt hatte:

Heutige Weltkunst

Anders sein und anders scheinen,

Anders reden, anders meinen;

Alles loben, alles tragen,

Allen heucheln, stets behagen,

Allem Winde Segel geben,

Bös' und Guten dienstbar leben;

Alles Tun und alles Dichten

Bloß auf eignen Nutzen richten:

Wer sich dessen will befleißen,

Kann politisch heuer heißen.

Am Abend erhoben sich aufkrächzend die Geier der Toskana und flogen über die Abfallstätten, wo man Fleisch- und Fischreste einen Abhang hinunterwarf und der Natur ihren Lauf ließ. Leichte Beute für Aasfresser. Nachts kreisten die Gedanken in ihrem Kopfe: Zählt hier nur der unmittelbare Egoismus? Ungefähr zur selben Zeit wie das Gedicht war eine Schrift eines Engländers entstanden, die sie in Lateinisch gelesen hatte, von Thomas Hobbes. Sollte der Mensch wirklich „dem Menschen ein Wolf sein?" Wenn der Satz „Homo homini lupus" so stimmen würde, auf wen könnte man sich dann noch verlassen? Zumindest galt das doch nicht für alle; ihr frommer Vater, ihre treue Amme, Lisas hilfsbereite Mutter – das waren doch keine Egozentriker? Natürlich hatte ihr Vater den Machiavelli gelesen, aber die anderen nicht, und sie waren ja auch keine Herrscher. Natürlich mussten Fürsten manchmal hart sein, um ihr Volk zu schützen, indem sie mit allen Mitteln ihre Macht zu erhalten versuchten. Natürlich würde auch sie später einmal konsequent und rigide sein müssen, aber erstens war das für sie kein Egoismus, sondern zweckgerichtete Einsicht in Notwendigkeiten zum Schutz der Bevölkerung, und zweitens konnte man das ausgleichen durch gute Taten, durch Volksmission und Almosen. So würde sie handeln. Nun saß sie auf einer Bank im Boboli-Garten hinter dem Palazzo Pitti und hing solchen Gedanken nach. Die Pflanzen im Garten sahen sehr verdorrt aus und es staubte bei jedem Windstoß, es war heiß und trocken, ein Kuckuck rief, ein Specht bearbeitete einen Baum. Vielleicht würde in Düsseldorf am Rhein ein viel wechselvolleres und spannenderes Klima sein, im Sommer mehr Wasser und im Winter auch Schnee. Sie beobachtete den Gärtner Christophero, den sie mit dorthin nehmen wollte, denn seine Blumenarrangements waren die schönsten und überraschendsten, was er sicher von seinem Vater Heriberto gelernt hatte, der der private Friedhofsgärtner der Medici war und die Gruft und ihre Umgebung um die Kirche St. Lorenzo herum mit Blumenschmuck versorgte. Beide pflegten den großen Medici-Garten und den Park am Palast della Rovere, den ihre Großmutter deswegen den Giardino Kozzecki nannte, gemäß ihrem aus dem Polnischen stammenden Nachnamen. Abends tranken sie gerne Weizenbier, dieses neu eingeführte Getränk aus Baiern, über das die Weinhändler schimpften. Allerdings mühten sich beide hier in Florenz im Sommer ziemlich erfolglos ab. Aber im Land am Rhein würden sie ihre Fähigkeiten austoben können.

Nun waren die Parteien zur Diskussion des ausgehandelten Ehevertrags wieder im heimischen Schloss. Tagelang hörte man zum Teil auch heftige Auseinandersetzungen, von denen Luisa ihrerseits zuerst einmal ausgeschlossen blieb, bis man sie zum Gespräch bat, um ihr das fertige Ergebnis der eristischen Ergüsse mitzuteilen. Sie selbst durfte dann noch einige Zusätze in Bezug auf den Schmuck, die Diademe, Skulpturen und Gemälde aufsetzen, die ihr gehörten und die sie selbstverständlich mitnehmen durfte. Die Brillanten waren doch quasi nur jeweils kurz abgelegte Bestandteile ihrer Persönlichkeit. Sie hatte einen Hang zu teuren Colliers. Drei Tage vor dem ausgemachten Treffen am 21. April 1691 in Mannheim sah man sowohl einen Tross aus dem Stadttor von Florenz wie auch in Düsseldorf herausreiten. Die Ehe war beschlossen, Luisa würde Florenz verlassen. Bei ihrer Vermählung mit dem Kurfürsten am 29. April 1691 im Florentiner Dom würde es sich um eine Trauung per Stellvertreter handeln, denn in dieser Eile war eine Reise des Kurfürsten nach Florenz mit allem Prunk und allen nötigen Sicherheitsvorkehrungen, da es ja durch Süddeutschland ging, wo immer noch die französischen Heere ihr Unwesen trieben, nicht möglich. Ihr Bräutigam würde durch den Bruder Luisas, Ferdinando de' Medici vertreten werden. Kaiser Leopold persönlich bestand auf dem Vollzug dieser Schnellheirat, denn die Bindung entsprach vor allem seinen politischen Ambitionen. Der Habsburger hatte zum Anreiz dieses politisch geschickten Vollzugs dem Großherzog Cosimo im März des Jahres den Titel einer „Königlichen Hoheit" verliehen. So wusch eine Hand die andere. Anna Maria Luisa aber, die von der Bevölkerung als duldendes Schaf bedauert wurde und schon bald als geduldige Hirtin ihrer Herde vermisst werden würde, nahm es äußerlich mit Gelassenheit und innerlich mit Freude. Allerdings würde sie sich in Düsseldorf eine neue Kammerzofe suchen müssen, denn ihre jetzige wollte Florenz nicht verlassen. Durch Luisas harmlos gesprächigen Hang zum Personal bedingt, durfte sie eine große Schar an Mitarbeitern für die Küche, den Garten und die Stallungen mitnehmen. Da sie schon monatelang mit diesem Wunsch umgegangen war, hatte sie ihnen heimlich schon etwas Deutsch beigebracht.

Der Ehevertrag selbst enthielt tatsächlich Klauseln, die die Medici sich ausbedungen hatten und die der Kurfürst angesichts seiner schlechten und kriegsbedingt miserablen Lage zugestehen musste, um in Düsseldorf eine angemessene Umgebung zu erzeugen, denn er war im Jahr zuvor tatsächlich zum Kurfürsten aufgestiegen und musste entsprechend Hof halten. Die Mitgift in Höhe von 400.000 Reichstalern würden der Kurfürst, das Herzogtum Jülich und Berg und die Stadt Düsseldorf den Medici und der Stadt Florenz zurückzahlen müssen, wenn dereinst die Ehe sich kinderlos endigen sollte – unabhängig von den jeweils gegebenen ursächlichen Umständen. Sämtlichen Schmuck und alle Kunstwerke, die Anna Maria Luisa ins Rheinland mitbringen würde, dürfte sie im Falle einer Rückkehr nach Florenz ungeschmälert mitnehmen.

07

In der Gegend von San Gimignano hatte es ein leichtes Erdbeben gegeben. In Lisas Elternhaus rappelte es gewaltig im Karton, wie die Landbevölkerung sagte. Lisa, die ja ein Jahr jünger als Luisa war, schrie ihren Ziehvater an: „Ich bin erwachsen und lasse mir von dir nicht mehr vorschreiben, was ich mit meinem Leben anfange!" Die Familie war in den Grundfesten erschüttert. Die sonst so tapfere Mutter weinte, Stiefvater Bruno schrie zurück: „Das haben wir jetzt davon, dass du dich täglich bei diesen hochherrschaftlichen Würdenträgern aufgehalten hast und dir von Luisa die Ohren hast voll quatschen gelassen. Eine junge Frau wie du aus der Toskana gehört am Wochentag hinter den Herd, am Sonntag in die Kirche und abends so früh ins Bett, dass ihr Mann sie noch begatten kann, bevor er vor Müdigkeit einschläft. Nein, nein, nein! Aber du willst etwas Besseres sein." Vorsichtig und weinerlich versuchte Lisas Mutter einzuwerfen: „Lisa ist doch viel gebildeter als die Toskanamädchen, die nur bäuerlich arbeiten können oder als Bedienung in den Tavernen. Ihr Vater, wenn er noch leben würde, würde das auch so sehen." Bruno Tedeschi geiferte: „Der ist doch erst recht alles schuld; er hat sie dauernd mitgenommen, wenn er auf dem Weinhof gearbeitet hat. Die Küchenmagd hat mir erzählt, dass die Mädchen sogar zusammen nackt gebadet haben. Wie kann man da noch normal im Kopf sein?" „Da war nur Mama dabei!" schluchzte Lisa. „Wie, du warst dabei, hast davon gewusst, hast es vielleicht sogar gewollt?" fixierte er mit starrem Blick seine Frau"; „Ihr könnt von Glück sagen, dass die Großherzogin sich vom Acker gemacht hat, sonst würde ich ihr jetzt etwas flüstern!" „Die Verrückte ist selbst sogar mit dem ziehenden Volk nackt durch die Felder gelaufen und hat tanzend Liebeslieder gesungen", meinte Carla Lauretana vorsichtig. „Ja, weil sie bekloppt war, und ihr seid jetzt auch schon auf diesem

Trip! Wer soll denn hier Geld verdienen? Ich alleine schaffe es nicht, für unsere große Familie zu sorgen. Da müssen schon alle Geld mitverdienen. Lisa könnte ja, wo sie schon rechnen, schreiben und lesen kann, versuchen, eine Schreiberin zu werden. Da ist viel Bedarf, denn die Bauern und Handwerker können alle nicht schreiben und wollen doch Briefe verschicken und Anträge an die Behörden der Medici richten. Abends kannst du schreiben und morgens waschen, mittags kochen und nachmittags nach den Buben gucken. Beten kannst du nachts vor dem Einschlafen." „Das könnt und werdet ihr mit mir nicht machen", seufzte sie voller Ingrimm. Der Vater schickte sie weg: „Gehe jetzt in das Nebenzimmer zu deinem jüngeren Bruder und warte dort, bis ich das jetzt alles mit deiner Mutter besprochen habe!"

Lisa weinte vor sich hin und gehorchte unwillkürlich wie gewohnt, wenn es Stress gab. Aber innerlich tobte in ihr der Widerstand. Als sie eine Zeit lang mit ihrem Bruder im Nebenzimmer war, der übrigens überhaupt nicht wusste, worum es genau ging und dem Lisa auch nichts erklären konnte, da sie zu aufgewühlt war, öffnete sie eine Schublade, in der Küchenmesser lagen. Sie nahm ein scharfes Gemüsemesser, dessen Klinge an der Schneide schon bogenförmig abgeschliffen war, und setzte es auf die Pulsadern des linken Armes gleich hinter dem Handballen und begann hauchdünn zu ritzen. Hin und her, aber so leicht, dass kaum die Hornhaut aufplatzte, aber sichtbar. Dabei schaute sie ihren erst fünfzehnjährigen Bruder an, der nicht richtig verstand, was abging, aber der unruhig auf seinem Stuhl hin und her schaukelte. „Was machst du da, was soll das werden?" fragte er und stand auf. Sein Atem ging plötzlich unruhiger und er hatte verstanden, dass Lisa sich verletzen wollte, und zwar an einer Stelle, die so viele Adern zeigte, dass man verbluten konnte, wenn man dort schneiden würde. Er erinnerte sich an den

Knecht, der mit dieser Stelle in die Sense gefallen war und geblutet hatte wie ein geschlachtetes Schwein. Sie erhöhte den Druck und erreichte durch die Hornhaut die obere Schicht der Ader. Da hielt der Bruder es nicht mehr aus, lief zur Tür, riss sie auf und rief: „Lisa will sich umbringen!" Die Mutter stürzte herzu, nahm Lisa vorsichtig das Messer aus der Hand, begann heftig zu weinen und packte sie links und rechts an den Oberarmen unterhalb der Schulter und schüttelte sie und krächzte heulend: „Was machst du denn, Lisa? Das darf doch nicht wahr sein! Habe ich nicht immer alles für dich getan?" Lisa war kaum in der Lage zu antworten: „Das geht nicht gegen dich, aber wenn du dich nicht durchsetzt gegen deinen Mann, der sich aufspielt, als wäre er auch mein Vater, dann verlasse ich dich sowieso und ihr hättet viel weniger von mir, als wenn ich euch vielleicht aus Düsseldorf etwas Geld schicken könnte. Also lass mich mit Luisa nach Deutschland ziehen, dort wird alles gut und du kannst mich ja auch dort vielleicht einmal besuchen." Ihre Mutter gab sich einen Ruck, ging zu Bruno und erklärte ihm: „Lisa ist meine Tochter, ich alleine bestimme, was aus ihr wird, und ich erlaube ihr, mit nach Düsseldorf zu gehen. Du kannst sagen, was du willst, es ist beschlossene Sache!" Das leichte Erdbeben in der Toskana hatte sich beruhigt und es gab erstaunlicher Weise kein Nachbeben. Im Hause Lauretana kehrte Ruhe ein.

Der Garten der Medici und die Gärten des Bobuli waren in dieser Zeit etwas verwildert, denn über die gut bezahlte Vermittlung des in Italien durchreisenden Freiherren von Palant vom 12. Juli 1675 wurde Kozzecki an die Grafen von Hatzfeld verliehen. Diese beiden Adelsgeschlechter teilten sich die Weisweiler Herrschaft als alte, niederrheinische Dynastien von Cleve und Geldern sowie aus dem Lahngau Hessens. Dort an den beiden Weisweiler Burgen neben der Kirche St. Severinus sollte ein wunderschöner

Garten nach toskanischem Vorbild entstehen, direkt an der Burgmauer neben einem alten Wachturm. Und so spielten dort in Weisweiler schon bald die Erbtöchter Lena und Emelie mit der einfallsreichen schwarzen Katze und dem Cousin Jona, dessen blonde Locken im Sonnenlicht strahlten wie Flocken aus frischem Stroh. Till, sein kleiner Bruder, konnte noch nicht laufen. Er lag in seinem Bettchen gut eingewickelt auf dem Rücken und lugte in den Himmel. Da meinte ihr Cousin Johann Alfons: „Der sieht ja aus wie ein Weckmännchen!" Man lachte, freute sich des Lebens und sprang vergnügt über die von der Sonne ausgedörrten Wiese.

08

Wenn auch die Einführung von Johann Wilhelm als Kurfürst ein riesiges Fest für die Düsseldorfer war, so hatten die Bevölkerung und der Adel am Rhein von der Hochzeit des Kurfürsten zuerst einmal überhaupt nichts. Am 2. September 1690 waren die Adligen der Neuburger Linie der Wittelsbacher mit 180 Personen in Düsseldorf anwesend, als Johann Wilhelm, Herzog von Jülich und Berg und nun auch Erzschatzmeister des Heiligen Römischen Reiches, Pfalzgraf-Kurfürst von der Pfalz und Pfalzgraf-Herzog von Pfalz-Neuburg in der Franziskanerkirche des Hl. Antonius die Krone aufgesetzt bekam und einige Choristen das lateinische Te Deum sangen, in einer damals noch bekannten Fassung des Augustinus, die wohl entstanden ist, als er zu Ostern 387 in Mailand die Erwachsenentaufe empfing. Bischof Ambrosius habe diesen Hymnus angestimmt und Augustinus habe versweise darauf geantwortet. Viel später erst wurde diese überlieferte Melodie in Metz in der Form von Neumen aufgeschrieben. Es gab Stellen darin, die man improvisieren durfte. Es war nicht die strenge gregorianische Fassung, wie sie Luther seiner Übersetzung zugrunde gelegt hatte. „Te Deum laudamus" klang es durch die Kirche, wie die Hirten den Stall mit Jesus angebetet haben mögen, und der Kurfürst sang mit seiner tiefen ungehobelten Stimme vor sich hin: „Großer Gott, dich loben wir!" und diktierte seinem Hofmarschall Schaesberg, er wolle Pater Damian bitten, für die Kirche St. Antonius zu Padua im Franziskaner Kloster ein großes Altarbild der Anbetung Gottes zu malen, das er stiften werde. Nun also folgte er seinem Vater als Kurfürst, nachdem dieser ihm bereits eine Dekade zuvor die Regentschaft über den jülich-bergischen Länderkomplex überlassen hatte. Aufgrund des Pfälzer Erbfolgekriegs residierte Johann Wilhelm nicht im zerstörten Heidelberg, sondern im Düsseldorfer Schloss als Residenz der

Herzogtümer Jülich-Berg und Hauptresidenz des kurpfälzischen Territorialverbundes.

Der Vogt, der Schultheiß, die Schöffen, der Hofschreiber und der Gerichtsbote sowie die Lehenmannen mussten auf die Artikel des Weistums von 1539 schwören. In einem feierlichen Akt auf dem Schlosshof standen sie ringsum, jeweils zwischen ihnen ein Fackelträger, Fanfaren bliesen zur Einleitung und mit Trommeln marschierte die Düsseldorfer Soldateska auf. Ein Herold rief die Schwurartikel und die Gefolgsmänner riefen „Volumus!". Bemerkenswert fanden die Neuburger, dass Johann Wilhelm II. auch die Asylartikel aus dieser frühen Zeit aufrecht erhielt und damit das kurfürstliche Appellationsgericht höher setzte als das Schöffengericht: „Wer nach Totschlag in dem Hofe eintrete, unbekleidet und unbescholten, der möge drinnen bleiben ein Jahr, sechs Wochen und drei Tage und nach dem Ausgang der Reuezeit drei Schritte gegen die Hofkreisgrenze tun, auch unbekleidet, so möge er noch einmal so lange und so fort in diesem Hofe bleiben." Man hörte den Marschall aus Neuburg, der schwerhörig war, laut raunen: „So schafft man sich hörige und billige Arbeitskräfte!". „Volumus!" schallte es über den Platz. „Wisset, dass in diesem Hofe kein Angriff noch eine Hinrichtung getan werden mag, denn der Hof ist befriedet und privilegiert." „Volumus!" tönte es in die Stadt hinein. „Wir sind treu dem Grundherrn und dem Gericht und geben ihre Güter nicht weg, zerteilen sie nicht und lassen sie nicht verwahrlosen." „Volumus!" hallte es bis zum Rhein. „Wir weisen und erklären das Hofrecht allen Unkundigen und allen Untertanen." „Volumus!" „Wir achten die Waldgerechtsame und die Wasserrechte, den Mühlenbann und die Bendenalmende." „Volumus!" Und zuletzt wurde der Spieß umgekehrt und der Herzog musste gegenüber den Hofleuten schwören, dass er ihre Rechte einhalten, sie pünktlich besolden und in allem unterstützen werde. „Volo, dum deus vult!" Und hier hörte man wieder den Marschall brummen: „Jedes noch so große Schloss hat auch eine Hintertür."

Nach der Feier kehrten einige wenige ins Haus ein, weil der Kurfürst den engeren Kreis seiner Hofherren um sich wünschte. Der Graf Schaesberg als sein Hofmarschall meinte: „Alle Welt hält uns zwar nach wie vor für reich, wir sind aber im Moment eigentlich so gut wie pleite, Herzog. Deswegen mache ich ihnen, als Kurfürst, jetzt einen Vorschlag, den sie nicht ablehnen können, denn unsere finanziellen Bedürfnisse sind ja jetzt noch angewachsen. Um diese befriedigen zu können, verpfände er das Amt Boxberg für 300.000 Gulden an das Hochstift Würzburg. Mein Vetter, der Bischof von Würzburg, hat das Geld schon parat liegen." „Das trifft sich gut", sagte der Kurfürst etwas angespannt, als wenn er dem engeren Kreis seiner Mitarbeiter noch etwas zu sagen hätte, und genau so war es auch, „denn ich werde im April des nächsten Jahres Anna Maria Luisa de Medici heiraten. Hoffentlich kann ich selbst dahin, denn die Kurfürstentreffen fallen genau in diese Zeit, aber wir wollen nicht mehr warten, also wird es wahrscheinlich eine Ferntrauung im Florentiner Dom. Bei den Medici ist eine solche Trauung per Stellvertreter nicht unüblich, bei der der Bräutigam nicht selbst anwesend ist, sondern vertreten wird, vielleicht durch ihren älteren Bruder Ferdinando. Ihr wisst, dass wir Habsburger dem Druck und den Ambitionen Kaiser Leopolds nachgeben müssen, denn unsere Vorherrschaft in Europa hängt am seidenen Faden." „Prost!" sagte der Neuburger Marschall mit seiner sonoren Stimme. „Mahlzeit!" meinte Schaesberg und wies auf die Diener und einladend auf den Tisch, der nun gedeckt wurde. Damen in dieser erlauchten Runde waren zu diesem Zeitpunkt noch Mangelware, aber das sollte sich schon bald ändern. „Wir müssen dann morgen besprechen, wer an den Florentiner Hof reist zum

Aushandeln des Ehevertrags. Da müssen wir höllisch auf-
passen, denn die toskanischen Fürsten ziehen einem
leicht das Fell über die Ohren." „Wir aber werden uns verhalten wie der Fuchs in Äsops Fabel, als er den blutüber-
strömten Esel dort sterbend stehen sah." raunte Schaesberg. „Was machte er?" fragte der Vogt, der ja durch seine
juristische Ausbildung sich weniger mit Literatur beschäftigt hatte. „Wir werden dem Löwen alles geben, damit er
sich mild zeigt." „Schließlich ist eine reiche, schöne und
wahrhaft gebildete Frau nicht mit Gold zu bezahlen", intonierte der Bass des Neuburger, „aber sie soll auf's Äu-
ßerste Diamanten lieben und alles, was mit Kunst zu tun
hat. Leicht wird man sie nicht zufriedenstellen können.
Aber die Jagd im Hambacher Wald, die wird ihr gefallen,
denn sie reitet wie der Teufel und schießt besser als ihre
Brüder." „Hoffentlich ist das Pulverhorn des Herzogs,
'tschuldigung, des Kurfürsten, man muss sich noch gewöhnen, auch immer schön gefüllt und sie will nicht immer
nur alleine donnern!" ließ ein kleiner Beamter verlauten,
den Johann Wilhelm von der frühen Jugend an kannte
und der bei ihm einen Stein im Brett hatte, und man
lachte, als man sich an die Tranchen des Fasans heran-
machte.

Die weiteren Verhandlungen gestalteten sich aus Sicht
des Kurfürsten als sehr schwierig, denn sie kamen nicht
um Zugeständnisse herum. Cosimo III. bestand auf der
Bedingung, dass die gesamte Bargeldsumme der Mitgift,
das waren immerhin 400.000 Reichstaler, an Florenz zurückgezahlt werden müsste, wenn sich die Ehe kinderlos
beendige – durch Tod oder Trennung. Na ja, dachte der
frisch gebackene Kurfürst, das ist ja eine Motivation, beieinander zu bleiben für den Fall, dass die Liebe nicht stark
genug sei. Jedenfalls von seiner Seite aus gesehen, denn
aus der anderen Perspektive sah es ja wohl gegenteilig
aus: Sollte das Band der Zuneigung zu schwach

ausgeprägt sein, würde sie sich gerne von ihm trennen wollen, weswegen er auf dem Passus bestand, dass ein unabhängiges Gericht im Vatikan und der Papst persönlich im Falle der eigenständigen willkürlichen Trennung der Anna Maria Luisa von ihm befinden müsse, ob seinerseits ein Verschulden vorliege. Sollte dies nicht der Fall sein, würde man nur die Hälfte der Summe an Florenz zurückzahlen müssen, allerdings die Gerichtskosten in Rom auch zu begleichen haben. So vereinbarten sie es nach mehreren Reisen hin und her und insgesamt sieben beiderseitigen offiziellen Brieftaubenflügen.

Von Erzählungen her wusste Luisa, dass Johann Wilhelm kräftig gebaut, aber etwas kleiner war als sie, was sie aber eigentlich immer schon bevorzugt hatte, da sie sich so in einer gefühlten Dominanz sehen zu können vermeinte. Vor der Fernhochzeit in Florenz bekam sie von ihrem Deutschlehrer ein Bild des Herzogs geschenkt, das dieser über die Schwester des Rapparini besorgt hatte. Es war ein kleines ovales Portrait-bild, das die im Rheinland bekannte Sängerin für die zukünftige Kurfürstin hatte anfertigen lassen, denn sie war darum bedacht, von ihrer neuen Gebieterin von Anbeginn an wertgeschätzt zu sein. Anna Maria Luisa betrachtete dieses Bild vor dem Eckaltar in ihrem Schlafzimmer zwei Stunden lang und richtete immer wieder ein Stoßgebet zum Himmel. Der Eindringlichkeit dieser roten Wangen und dieses durchdringenden Blicks wusste sie keine Bedenken entgegen zu bringen. Hoffentlich hatte der junge Maler – ein Holländer mit Namen Jan Frans van Douven – nicht allzu viel übertrieben. Die Waden schienen schon etwas sehr kräftig zu sein, aber im Rheinland ging man sicher auch oft auf die Jagd und frönte mehrfach im Monat dem Gesellschaftstanz. Sein Vater soll in Heidelberg sogar vor Publikum getanzt haben; wenn er dort im Schlosssaal zusammen mit der Kurfürstin seine Schritte machte, standen einige Damen und Herren des Hofstaates auf der Hofloge – ein sehr großer teppichverkleideter Balkon – und schauten den galanten Bewegungen der Beine, Arme und Hände, dem Aufeinander-Zu und dem Voneinander-Weg der beiden beschwingt Wippenden konzentriert zu und klatschten am Ende. Man rief ‚Bravo' und ‚À la bonne heure' und drehte sich auf dem Absatz, um zum Buffet zu eilen. Johann Wilhelm war neun Jahre älter als sie, gerade Witwer geworden und hatte noch keine Kinder, das war ihr bewusst. Umso sicherer spürte sie ihre zukünftige wichtige Rolle am Kurfürstenhof. Zwei seiner Schwestern waren Königinnen in Spanien und Portugal und eine war gar Kaiserin von Österreich. Seine Machtstellung war unantastbar und ihm gebührten auch königliche Ehren. Er galt als ultrareich, gebildet, Musik- und Kunstliebhaber, ging gerne auf die Jagd oder zum Angeln – alles passte zu ihr. Sein Gesicht war markant und strahlte eine schlitzohrige Heiterkeit aus. Sein Aussehen entsprach nicht der klassischen Vorstellung von Schönheit. Unwillkürlich dachte sie an das Polieren der Statuen im Garten ihrer Großmutter und ahnte einen doch etwas breiter ausladenden rückwärtigen Bereich ihres zukünftigen Mannes. Am 15. November war der offizielle Heiratsantrag des Kurfürsten von der Pfalz an Cosimo III. eingegangen. Drei Reiter überbrachten diesen umfangreichen Akt, zu dem auch kostbare Geschenke gehörten. Allerdings lag die junge Medici mit Frostbeulen im Bett, jedenfalls nannten die Italiener diese knotigen, rotbläulichen Hautveränderungen infolge von Kälte so, die häufig bei jungen Frauen auftraten, die einen langen Sommer hindurch ihre Haut durch ziemlich leichte Kleidung verwöhnt hatten. Sie litt an Innenseiten der Finger und unten an den Zehen, hinten an den Fersen und an den Unterschenkeln an diesen Perniones, wie die Ärzte sagten. Die Hochzeit wurde auf den 29. April terminiert.

Der Dom von Florenz erstrahlte durch das Licht von tausend Kerzen, als mit Prunk und Pomp die Messe inszeniert wurde. Bischöfe und Priester bevölkerten den Altar, Onkel Kardinal zelebrierte die Trauung. Ihr älterer Bruder Ferdinando vertrat den Bräutigam und ringsum standen die Granden der Toskana und ihre Frauen. Zärtlich nannte der Kardinal Francesco Maria de' Medici sie nur mit den beiden ersten Vornamen – Anna Maria. So machte er es schon immer und dies zeigte für sie sein sehr persönliches Empfinden für die nunmehr dreiundzwanzigjährige blühende junge Frau. Ein Bild der Wonne und Fruchtbarkeit, so dachte er, als er ihr den Brautsegen spendete. Die Namensliste unter der Heiratsurkunde wuchs und wuchs und war eine Anwesenheitsliste des Florentiner Adels, insofern er den Medici gesonnen war: Salviati, Corsini, Panciatichi, Riccardi und viele andere. Einige Patriziernamen aber fehlten. Die Unterschriften der Grafen Pazzi und Riario findet man unter dem Testimonium nicht. Diese schrecklichen Namen konnte sie nun hinter sich lassen. Am Rhein in Düsseldorf, da würde es keine Ruf-, Meuchel- und Glücksmörder geben! An die Kaufmannskollegen, die mit ihnen zusammengearbeitet hatten, würde sie sich gerne zurückerinnern. Die Beziehung zu ihnen wollte sie aufrechterhalten, besonders zu den Familien Dati, della Casa, Olivieri, Soderini und den schon genannten Salviati, die ja neben den Familien Pazzi und Riario einst an der berüchtigten Verschwörung gegen Lorenzo und Giuliano hundertfünfzig Jahre zuvor federführend teilgenommen hatten. Natürlich hatten die Medici ihr Machtstreben ungemein übertrieben und durch die Manipulation der Losbeutel bei den Wahlen für die Signoria dafür gesorgt, dass diese Widersacher keinerlei Chance auf offizielle Vertretung ihrer Interessen hatten, aber dennoch bekannten sich die Salviati vor fünfzig Jahren zu ihren Intrigen, bezeichneten sie als Schandtaten und schworen Abbitte. Seitdem kooperierten sie, vor allem mit dem neuen Zweig der Herrscherfamilie und den unmittelbaren Vorfahren von Anna Maria Luisa.

Tagelang hatte Anna Maria Luisa nun fast schlaflose Nächte, bis die Reise der jungen Kurfürstin nach Deutschland am 6. Mai dann endlich losging. Der Abschied war schmerzlich und freudenvoll zugleich, vom Vater tränenreich, von der Großmutter mit vielen Küssen, von den Brüdern mit Scherzen und vom geliebten Florenz mit einem kleinen Liedchen, das auch einige umstehende Landfrauen mitsangen: „Madonna Fiorentina ..." tönte es über die sanften nahe gelegenen Hügelchen. Die Frauen sangen das Lied noch, als die Kutsche der Kurfürstin sich schon immer weiter entfernte. Von der Toskana nahm sie Abschied mit schweifenden melancholischen Blicken aus der Kutsche, die sich den Hügeln der sanftgrünen Landschaft, den Zypresse und Olivenbäumen anschmiegten, als wollten sie flüstern: Ihr bleibt bei mir und kommt mit auf die Reise. Doch in ihr leuchtete der Gedanke auf, dass man von hundert Gegenständen in den überladenen Schlössern des Lebens neunundneunzig ja eigentlich gar nicht brauche. Mit leichtem Gepäck trat sie diese luftige Reise an, allerdings hatte sie ihren gesamten Schmuck unter Extrabewachung dabei. Um den Hals gelegt hatte sie für diese Reise ein neues Schmuckstück aus Silber gearbeitet mit vier feinen Diamanten. Es stellte den Silbermond über Siena dar. Die Reise von Florenz nach Düsseldorf dauerte fünfzehn Tage. Über Bologna und Modena begleitete ihr jüngerer Bruder Gian Gastone sie bis Verona. Mit seinen achtzehn Jahren fand er diese Wochen als sehr spannend, ja fast neidisch betrachtete er seine Schwester und blieb in der Kutsche sogar ruhig sitzen, was ihm zuhause ja immer schwergefallen war. Aber die Kutsche selbst ratterte ja heftig und holperte über Stock und Stein. Er würde Ludovica später am Rhein besuchen, vielleicht mit einem Abstecher nach Paris, wo er auf jeden Fall hinreisen wollte. In Trient kam das italienische Hofgefolge nur schwer in Gang, was aber nicht nur am trüben Wetter lag, sondern auch an den vom Abendtrunk dicken Köpfen der Männer quer durch die gesellschaftlichen Schichten. Nicht nur die Kutscher stöhnten bei jeder Erschütterung der Kutsche leise vor sich hin, sondern auch der Beichtvater, der seine heimliche Trunksucht bereute. Leibarzt und Chirurg erklärten sich solidarisch mit den Kopfschmerzen und dem Magendrücken zahlreicher Diener. Nur die Amme Carina, die auf Wunsch der Großmutter mit nach Düsseldorf auswandern musste, war nüchtern wie die Kurfürstin selbst und stieß einen dezenten Fluch nach dem anderen aus. Als der Gepäckmeister vor Kälte zitternd jammerte, meinte sie in ihrem derbsten Italienisch: „Es frieret selbst im stärksten Rock der Säufer und der Hurenbock." Das fand dieser gar nicht lustig und machte ihr ein zornrotes Gesicht. Nun ging es bis Innsbruck weiter über Bozen nach Brixen, wo das deutsche Gefolge sich dem edlen Zug anschloss. Er allerdings, das rief man ihnen sogleich entgegen, er – so betonte man mit gewichtiger Kehlkopfstimme, sei noch nicht in Innsbruck, wo sie ihn aber schon bald erwarten dürfe. An der Stadtgrenze von Innsbruck, am Südtor würde sich ganz Innsbruck versammeln, um die junge Prinzessin zu empfangen. Allerdings wusste Anna Maria Luisa schon, dass er noch nicht in Innsbruck war, denn ihre neue Erste Hofdame Gräfin Dorothea Fugger, die Johann Wilhelm für sie ausgesucht hatte, war schon in Bologna zugestiegen, wie es vorher vereinbart worden war, und hatte berichtet, dass der Kurfürst noch wichtige Geschäfte in Düsseldorf erledigen müsse, ehe er losreisen könne. Zum nun ankommenden Gefolge gehörten vorab Graf Schaesberg und Graf Hamilton. Erwartet würde der Tross und allen voran die Kurfürstin von der Königswitwe Eleonora Maria von Polen, allerdings nicht auf dem Schloss Ambrass, da dieses wegen der Vernachlässigung Tirols nicht mehr herrschaftlich, sondern nur noch militarisch genutzt war. Das fand Luisa schade. Man würde sie im Bischofspalais empfangen. Noch für den Abend sei eine Andacht bestellt.

Welche Überraschung war es aber, als am Südtor von allen anderen mit Abstand umringt er selbst, er persönlich hoch zu Ross in den Steigbügeln stand und so groß und imposant wirkte und sie mit hochglühendem Kopf erwartete, denn er hatte mit dem heißen Geblüt eines Einunddreißigjährigen das Warten in Düsseldorf nicht mehr ausgehalten und dem Drang nachgegeben, endlich seiner Braut zu begegnen. Auch er hatte ja ein kleines Portrait von ihr erhalten, das er anzustarren nicht mehr aufhören konnte. Also reiste er unmittelbar und viel früher, als geplant, von Düsseldorf ab und erreicht in Zwangsritten auch durch die halbe Nacht Innsbruck. Nähern darf er sich aber seiner Dame noch nicht, denn er muss sie im Beisein des Bischofs aus den Händen der Brautführerin und Königswitwe persönlich empfangen. Sie lugt aus dem Wagen und darf ihrerseits nicht aussteigen und auf ihn zugehen. Es geht alles seinen vorgeschriebenen Lauf – wie das Geschehen der Gestirne am Himmel. In den Zimmern der Königin sehen sich die beiden Verlobt-Verheirateten zum ersten Mal am 25. Mai 1691.

Zuerst stehen sie sich stumm gegenüber. Man hört das Vich in den benachbarten Ställen blöken. Sie sehen sich wie in einem Museum gegenseitig an, ohne zu sprechen. Dann verbeugen sie sich voreinander, als wenn sie sich zum Tanz auffordern wollten. Nun bricht Eleonora Maria das vielsagende Schweigen und bittet sie, ihr in die Privatkapelle zu folgen, wo im Beisein des Bischofs das Ehegelübde wiederholt werden solle. Auch hier sang man das Te Deum. Nun setzte man sich zu Tisch und es gab so viele Gänge an Speisen und guten Getränken, dass man

bis vier Uhr am Nachmittag zusammensaß. Das Fürsten-
paar verzog sich dann am Abend ohne Förmlichkeiten.
Der Rest war sicherlich kein Schweigen, aber für die Ohren der Gäste unhörbar.

Fröhlich schien die Sonne am frühen Morgen. Das Paar
betrat den Salon um 12 Uhr mittags beschwingt und heiter. Der Königswitwe, zu der Luisa eine innige Zuneigung
spürte, zeigte Anna Maria nun voller Wonne die herrlichen
Morgengaben und freute sich über die nicht zu über-
schwängliche, aber sehr gefühlvolle und freudige Reso-
nanz der Witwe. Nun nahm das weitere Programm seinen
Lauf, aber es bedeutete keine Belastung, sondern erfül-
lende Höhepunkte des Tages: Andachten, Segnungen,
Mittagessen, gute Musik und viele Gespräche zwischendurch. Und der eigentliche Hochlichtmoment war ein
spontanes Musizieren des Brautpaares im Zimmer der
Königin: Die Kurfürstin sang eine Psalmen-Kantate von
Dieterich Buxtehude, die der Kurfürst auf dem Spinett begleitete. Das war eine Überraschung, aber kein Wunder,
denn beide waren so gut ausgebildet, dass sie vom Blatt
musizieren konnten. Geschenke trafen ein, Aufwartungen
füllten den Abend, und an den nächsten Tagen wurden
viele Feste arrangiert – auch an anderen Orten Inns-
brucks. Noch Jahrzehnte lang sprach der Inns-brucker
Adel von diesem Ereignis in einer Zeit der Tiroler Berge-
insamkeit. Man war sich einig: Es gab sie also, die viel
beschworene Liebe auf den ersten Blick.

09

Nun ging die Reise weiter. Der feierliche Einzug in die Neuburger Residenz, wo der größte Teil des Düsseldorfer Hofstaates das neu vermählte Ehepaar erwartete, war einzigartig, sollte aber ein bemerkenswertes Nachspiel haben, denn Anna Maria Luisa missbilligte schon während der Messe in der Neuburger Hofkirche nicht nur mit Blicken das eigens für diesen Zweck unverhüllt präsentierte Altarbild „Das jüngste Gericht" von dem von ihr sehr geschätzten Antwerpener Maler Peter Paul Rubens. Sie flüsterte ihrem Mann raunend zu: „So viel Nacktheit in einer Kirche ist aber der besinnlichen Erbauung zu abträglich. Solche Bilder gehören in ein Museum!" Der Kurfürst diktierte Graf Schaesberg eine Notiz: „In Düsseldorf dem Kardinal wegen Rubens in Neuburg schreiben".

Direkter wäre nun die Route über Würzburg und Nürnberg gewesen, aber man wollte die Konfrontation mit diesen Erzbischöflichen Städten umgehen und so näherte der Tross sich Mannheim, wohin man im Übrigen eine Einladung zu einem Konzert bekommen hatte, das einige Musiker aus der Umgebung für die musikfreudige Kurfürstin vorbereitet hatten. Einige begabte Streicher und wenige kräftige Bläser mühten sich an einer Partitur zweifelhafter Herkunft ab und man saß in einem verfallenden Kirchenbau etwas in östlicher Richtung abseits vom Neckar in der Nähe einer alten Römerstraße und fror aufgrund der noch kühlen Frühjahrswitterung heftig. In der verständlicher Weise kurzen anschließenden Begegnung lobte Anna Maria die Streicher und gab ihnen den Rat, doch in Mannheim eine feste Hofkapelle zu gründen, um mehr Spielsicherheit zu erlangen: "Mannheim kann vielleicht Residenzstadt werden und wenn Sie Kontakt aufnehmen zu Salzburg, wo sich der Geigenvirtuose Heinrich Ignaz Franz Biber gerade einen Namen macht, können Sie vielleicht auch einige Musiker hierhin ziehen. Die Calvinisten meiden Salzburg ja immer noch. Biber komponiert auch spielbare Stücke für die Blechbläser, da er ja in einem Jesuiten-Gymnasium im schlesischen Troppau seine musikalische Ausbildung in Kompositionstechnik bei dem bekannten Trompeter und Kapellmeister Pavel Josef Vejvanovský genossen hat. Das weiß ich von ihm selbst, sein bekanntes „Salve Regina" habe ich in Florenz schon selbst gesungen und er hat die Gambe dazu gespielt. Es war so traumhaft schön, dass er selbst die Noten in Kopie auf dieser seiner heimlichen Romreise in Florenz hinterlassen hat, denn er ist wegen seiner Unzufriedenheit mit seiner Anstellung in der Hofkapelle des Olmützer Bischofs von einer Reise nach Innsbruck unerlaubterweise nicht dorthin zurückgekehrt. Der berühmte Geigenbauer Jakobus Stainer hat ihn selbst in einem Brief an meinen Onkel, den Kardinal Francesco, als vortrefflichen Geigenvirtuosen erwähnt, nun ist er in Salzburg als Kapellmeister." „Hat Kaiser Leopold ihm nicht vor zwei Monaten das Adelsprädikat verliehen?" wusste der Cellist aus der Gruppe, weil er, wie er nachschob, selbst vor kurzem in Salzburg musiziert habe. „Das ist wohl wahr", ergänzte Luisa, denn er gilt nun dort als der momentan genialste Violinvirtuose, aber die Ehrung gilt seinen anrührenden Kompositionen." „Seine noblesse Bezeichnung ist aber sehr notabel", scherzte der Trompeter Hermann Cremer, der für seine ulkigen Bemerkungen bekannt war." „Er darf sich jetzt ‚Biber von Bibern' nennen." Man lachte verhalten und erwies sich durch angedeutete Verbeugungen der sich zum Abgang drehenden Kurfürstin demütig.

Noch im November erfolgte der Brief des Kurfürsten an die Neuburger Geistlichkeit. Johann Wilhelm holte auf diese entschlossene Art „Das Jüngste Gericht" von P. P. Rubens nach Düsseldorf. Im Schreiben an die Kongregation der Kardinäle betonte er, dass auf dem Bild „viele nackte Personen angebracht sind, so dass man es wegen seiner Ungeeignetheit zur kirchlichen Erbauung ständig verdeckt hält. Daher bittet er Euer Eminenzen Ihm die Erlaubnis zum obigen Austausch zu erteilen, um das Bild in eine unverfänglichere Umgebung zu bringen." Mit dem Ersatz durch ein Bild von gleichem Wert war man einverstanden. Dieses andere Bild desselben Künstlers war schnell gefunden, denn er selbst schlug eine Arbeit aus seiner Reihe „Aufnahme Mariens in den Himmel" vor. Als das aus Neuburg verbannte Bild dann später in seinem Düsseldorfer Exil ankam und die Kurfürstin sich für ihres Onkel Hilfe bedankte, meinte sie, er müsse nun aber auch noch den Saal schicken, wo man es aufhängen könne, denn es gäbe keinen Raum, der groß genug dafür wäre. Sie schrieb dem Onkel Kardinal auch, dass sie noch mehrere „Kirchenkäufe" vorhabe. Onkel Francesco merkte deutlich, dass ihr Stil dann wohl eher der sinnlich weniger aufreizende und sittlich weniger herausfordernde war. Dazu würde sie in der aktuellen Antwerpener Malerschule wie der des Jacob Jordaens, der auch Stifterpersönlichkeiten in seine Gemälde einbezog, sicher etwas finden.

Nach der Ankunft in Düsseldorf, das sie als noch zu unansehnlich und provinziell empfand, sollte sie noch des Öfteren in Staunen versetzt werden, nicht alleine durch das rheinisch lang gezogene Französisch des heimischen Adels.

10

Johann Wilhelm hatte das von Festungsanlagen umgebene Verwaltungszentrum der Herzogtümer Jülich und Berg zu seinem neuen Regierungssitz erhoben und damit noch vor seiner Hochzeit mit Anna Maria Luisa de Medici eine kulturelle und städtebauliche Blütezeit der Stadt eingeleitet. Damit waren große persönliche Hoffnungen verbunden. Als der Namensvorgänger Johann Wilhelm I. 1609 ohne Nachkommen starb, kam es zum Jülich-Klevischen Erbfolgestreit, in dessen Folge Jülich-Berg ohne den Teil Ravensberg 1614 an die wittelsbachischen Herzöge von Pfalz-Neuburg fiel. Jene nahmen 1636 ihren Hauptsitz in Düsseldorf, da Jülich-Berg gegenüber Neuburg deutlich größer und bedeutsamer war. Und über dem Namensnachfolger Johann Wilhelm II. hing also das berüchtigte und von allen bewusst wahrgenommene Damoklesschwert der folgenschweren Kinderlosigkeit.

Aber bei der Hochzeitsfeier im Rheinland war das vergessen und neuer Hoffnung gewichen! Anna Maria Luisa war mit einem großen, aber wenig prunkvollen Gefolge eingetroffen und der Zug war vom stolz aufrecht in den Steigeisen stehenden kräftig gebauten Johann Wilhelm angeführt worden. Nun fand eine Art Zweitaufführung der Hochzeit statt. Anna Maria Luisa war wirklich glücklich, auch noch, nachdem sie den Sekretär Rapparini und den Hofmarschall Schaesberg näher kennen gelernt hatte. Sie meldete in einem Brief an ihren Vater voller Pflichtgefühl nach Florenz, dass sie nun „die glücklichste Prinzessin und die zufriedenste Frau der Welt sei." Scherzhaft meinte sie nun zu Schaesberg: „Genau genommen bin ich jetzt zum dritten Mal verheiratet worden, denn in Innsbruck hatten wir ja auch einen Akt des gegenseitigen Versprechens. Andere heiraten, wenn es gut geht, nur einmal im Leben, ich bin jetzt mehrfach verheiratet – aller guten

Dinge sind drei, wie man so sagt." Schaesberg bejahte ihre Aussage vorsichtig, denn ihren Humor musste er noch ausloten. In Deutschland würde man solche Äußerungen auch leicht als Ironie verstehen können. „Ich glaube, Ihre Durchlauchtigste, dies bedeutet aber nicht, dass ein Eheversprechen eine leichtfertige wiederholbare Alltagsaussage ist, so nach dem Motto: Wie versprochen, so gebrochen." „Oh nein, Sie ahnen, dass ich das auch so nicht meinte. Aber sagen Sie, wieso übersetzen Sie hier „Illuminissima" als „Durchlaucht"? Müsste das nicht Durchleuchtete heißen?" „Ja, besser noch ‚Erleuchtete', aber man nimmt hier eine nominale Vergangenheitsform von durchleuchtet und sagt Seine oder Ihre Durchlaucht."

Als eine der Bediensteten beim Abtragen der Schüsseln zur anderen hörbar flüsterte: „Durchlaucht erinnert mich immer an dieses dünne Stängelgemüse, an Schnittlauch" und Luisa sich das erklären ließ, wuchs in ihr zum ersten Mal eine innere Verzweiflung. Sie war erschrocken über ihre neue mittelmäßig attraktive Heimatstadt mit nur 10.000 Bürgern, die den Namen ‚Stadt' im Vergleich mit ihrem geliebten Florenz, das 90.000 Einwohner hatte, kaum verdiente – und es heißt ja auch ‚Dorf'! Und in dieser neuen und zuerst einmal unbefriedigenden Umgebung entwickelt sie von diesem Moment an unmerkliche Überlebensstrategien, die aus ihrer kulturellen Reaktion auf Düsseldorf herrührten und sich als unverzichtbar zeigen sollten. Da ihr Gatte erst im Jahre 1690 zum Kurfürsten erhoben worden war, war ganz Düsseldorf noch im Aufbau. Architekten und Maler gaben sich die kurfürstlichen Klinken in die Hand, in der Stadt wurde allerorts gemauert und gepinselt. Das war ihre Basis um aufzublühen; auf diese Art residierte und wirkte sie nun zusehends in Düsseldorf und Umgebung. Sie begann Gemälde zusammenzutragen, mit Rubens-Werken orderte sie Bilder der Antwerpener Malerschule, mit Gemälden Rembrandts

Resultate der Amsterdamer Werkstatt und mit Meisterstücken Raffaels Lichtblicke der italienischen Kunst. Sie kaufte dabei weiterhin ganze Altäre aus Kirchen frei, um die üppige Nacktheit – wie bei Rubens' „Jüngstem Gericht" – dem einfachen Volk zu entziehen.

Luisa und die anderen Mitglieder der Begleitung verstanden zuerst in Düsseldorf das gesprochene Deutsch gar nicht; am Hofe redeten sie ja untereinander Italienisch oder Französisch. Schriften wurden in Französisch abgefasst; man erzählte sich, dass Rapparini an einer umfangreichen Biographie seines Lebens am Hofe in Düsseldorf in der französischen Sprache arbeite. Besonders die Damen machten sich auch über die neue Stadt und ihre Sprache lustig, ohne dass sie dies abwertend in Bezug auf die Menschen dort selbst empfanden. Auch aus Florenz kannten sie die Gemeinen und deren Marotten, aber hier fanden sie einige Bräuche und Gegebenheiten als bemerkenswert.

In der Kemenate witzelte die Gräfin Fugger über die Unsitte beim einfachen Volke, aus einem Suppentopf zu essen, sich in der Nase zu bohren, zu rülpsen und laut zu blähen: „Sie sagen dazu ‚furzen'. Als wenn solche flatulenza etwas mit Kraft zu tun hätten!" „Es klingt zwar manchmal ‚con tutte le forze', wenn man unversehens in den Stall eintritt, aber dieses Wort hat mit dem italienischen für ‚Kraft' gar nichts zu tun. Es ist eine Lautbeschreibung von ‚Wind machen'." Freiin Fritza von Thorr zu Bovenberg bemerkte: „In Aachen saaren se auch ‚fozze'. Bohnen, Erbsen und auch Linsen lassen unser Ärschlein grinsen!" Man lachte laut auf, denn so genau wollte man es ja eigentlich nicht wissen, aber gegen Erfahrungswerte, die man auch an das Küchenpersonal weitergeben könnte, hatte man natürlich nichts einzuwenden. Wer es genau war, konnte man an der flüsternden Stimme zuerst gar nicht genau erkennen. Dann wurde klar, dass die hochwohledle Gräfin Fugger es zischelte: „im Französischen heißt ‚furzen‘ ‚péter‘, und weil die Deutschen oft das ‚r‘ hinten mitsprechen, meinte mein Mann einmal zu seinem Schneider, der Peter Lauter hieß, er könne es aber noch lauter, was dieser allerdings wohl kaum richtig verstanden hat. Nur zuhause haben wir uns darüber noch ziemlich lange amüsiert." Die Amme Carina säuselte etwas verschämt: „Viel schlimmer finde ich andere Unsitten, die auch so manche Adligen vom Land hier gar nicht als störend empfinden. Wenn sie zum Beispiel vom Buffet kommen und sich vor aller Augen mit den Fingernägeln etwas zwischen den Zähnen wegpulen." „Da finde ich es aber schlimmer, wenn sich sogar ihre Frauen schon mal etwas aus der Nase popeln. Als wenn es keine Taschentücher gäbe", schloss Freifrau von Rolshausen naserümpfend an. „Das war aber doch nur die Gräfin von Overbach, Johanna Adolpha von Hatzfeld-Wildenburg, die ja auch unkontrolliert daherredet wie ein Wasserfall. Also Wörter muss man der nicht aus der Nase ziehen!" rief die Gräfin Fugger von der Fensterbank her, wo sie sich ins rechte Licht gerückt hatte, um eine besonders komplizierte Stickerei herzustellen. Sie fuhr fort: „Am Schlimmsten finde ich das laute Rülpsen, das ja auch unter unseren Männern nach Biergenuss so verbreitet ist. Als wenn man das nicht leise könnte, wenn einem etwas aufstößt. Ich kenne einen Herrn, der das unter Freunden besonders genießt, weil er sich damit an Zuhause erinnert, wo man unter sich war und in dieser Beziehung keine Hemmungen hatte. Jeder männliche Rülpser reanimiert die Mutterbindung, besonders, wenn die Mutter tot ist." „Das habe ich einmal erlebt, als ich auf der Burg Lürken mit dem Hausgesinde zusammen essen musste. Übrigens wollten die alle aus einem großen Tontopf ihre Suppe essen, was ich aber für mich dadurch vermied, dass ich mir in der Küche einen eigenen Teller holte, bevor es losging, und mir etwas von der speckigen Erbsensuppe abfüllte. Sie sagten mir damals, dass dies auf dem Lande dort üblich sei, aus einem Topf zu essen, und dass nur jemand, der etwas Besonderes sein wollte, seinen eigenen Teller nehme." Lisa Lauretana entgegnete der Anna Maria von Rolshausen: „Die meisten Familien in der Toskana, die auf dem Lande wohnen, essen auch ihre Suppe aus einem großen Topf. Wir zuhause haben auch erst aus eigenen Tellern gegessen, als wir von Luisa ein Porzellanservice geschenkt bekommen haben, denn sie wollte einmal mit uns zusammen speisen, durfte dies aber nur unter der Versicherung ihrem Kammerfräulein gegenüber, dass sie sich ein eigenes Gefäß mitnehmen würde, woraufhin sie vom Kammerdiener gleich ein ganzes Service rüber transportieren ließ." „Ja, letztlich ist es also keine Frage des Anstandes, sondern der Erziehung und gleichermaßen des Wohlstands. Wohlstand bedeutet also nicht Luxus, sondern, dass man sich alles so leisten kann wie die meisten, dass man zufrieden, sauber und glücklich ist." Lisa kannte diese Wörter nicht: „Anstand heißt, dass ich mich anstellen muss? Und Wohlstand, dass ich dabei richtig stehen muss?" Man lachte verhalten, zeigte Lisa aber sogleich, dass man sie nicht auslachte, sondern es nur harmlos witzig fand, wie sie diese Wörter deutete. „Anstand heißt ‚decensa' und Wohlstand ‚prosperità', übersetzte die Fuggerin, und nun müssen wir das Bankett vorbereiten. Dieser kurze Satz genügte, dass alle ihre Handarbeiten weglegten und sich in den Bankettraum begaben, der sich zwischen Küche und Speisesaal befand.

Nur Lisa eilte in die Küche, wo ihr Platz war, wenn ein wichtiges Essen vorbereitet werden musste und die drei Küchenfrauen zusammen mit ihr Gemüse schnitten, Salate vorbereiteten und vor allem Fleisch brieten. Man hatte ihr schnell beigebracht, wie man einen Puter mit Früchten und Zierpapier drapierte, nachdem man ihn ausgenommen und gebraten hatte. Als sie dies nun zum ersten Mal übernehmen durfte, hatte sie aber keine Ahnung vom Entfernen des Kropfes. Sie hatten zuhause ja eh nur Huhn und Gans gebraten, und für das Ausnehmen der Tiere war ihr Vater zuständig gewesen. So hatte sie einen Puter zwar ausgenommen, aber die Zuarbeiterin hatte ihr offensichtlich bewusst nichts vom Kropf erzählt, und als der Puter gebraten war und von ihr fein verziert stolz in den Speisesaal getragen wurde, kam die Erste Küchenfrau, Petronella Erdingsberg, rasch hinzu und schlug die Hände über dem Kopf zusammen. „Du hast den Kropf nicht entfernt, und wenn der Kurfürst nun den Braten anschneidet, indem er zuerst den Kopf abtrennt, weil das bei Jägern so üblich ist, ergießt sich ein Brei von halbverdauten Körnern über den Braten und alle sind bis hin zum Erbrechen angeekelt. Komm mit, ich schneide ihn ab, das geht, wenn man es kann, auch noch beim gebratenen Geflügel." Und schnell packte sie in der Küche das große Tranchiermesser und waltete ihres Rettungsamtes. Die Zuarbeiterin Margareta Dederichs hatte sich aber schon verkrümelt, denn dass diese Lisa darauf hinweisen hätte müssen, war der aufmerksamen Erdingsberger sofort klar gewesen, was auch noch ein Nachspiel haben sollte, denn über Lisa ließ sie nichts kommen.

Lisa bekam nach diesem Vorfall eine gesonderte Unterweisung in der Zubereitung eines Puters. Froh war Lisa als neue Küchengehilfin, dass das Rupfen von einer Zuarbeiterin aus Benrath übernommen wurde, der die Erdingsberger nun den gerupften Puter mit einem kurzen wortlosen Fingerzeig auf den Kropf gerichtet hinlegte. Diese legte den Puter auf den Rücken und durchtrennte die Sehnen und Bänder der Fersen. Dann säbelte sie mit Hilfe eines Hautschnittes den Kropf ab, ohne den Hals zu durchtrennen und so den ganzen Kopf abzuschneiden. Sie entnahm die Innereien durch die zu den Seiten hin aufgeschnittene Bauchdecke, trennte den Darm heraus, löste die Galle vorsichtig von der Leber, damit sich kein bitterer Gallensaft in den Braten ergösse, weswegen man ihn wegschmeißen müsste, und sie entfernte die anderen inneren Organe, die zum Teil gewaschen und mitgebraten wurden. Lisa war so in die Beobachtungen des Geschehens vertieft, dass sie gar nicht bemerkt hatte, wie die hinter ihr stehende Petronella sich leicht an sie gedrückt hatte und mit der rechten Hand wie bei einem Trickdiebstahl in ihre rechte Schürzentasche geschlichen war und nun ihre Finger in Richtung Schamhügel bewegte. Als der Kropf herausgeschnitten wurde, lagen die Fingerkuppen auf diesem Bereich, wurde aber durch die üppige Schambehaarung Lisas in ihrem vorsichtigen Druck so weit zurückgehalten, dass Lisa unter der Anspannung ihrer Beobachtungen dies noch gar nicht bemerkt hatte, zumal sie selbst sehr nah an der Tischkante stand. Als das Werk gelungen war, drehte sie sich befreit vom Druck ihres Fehlers und verwundert über die Nähe der Erdingsberger, die ja seit einigen Tagen darauf bestand, dass Lisa sie einfach Petra nenne, und fragte sich, welchen Druck sie im Schambereich denn gerade gefühlt hatte. Die Erdingsberger atmete etwas schneller als eigentlich nötig, fand sie, und sie konnte sich darauf aber noch keinen Reim machen. Es war halt alles sehr aufregend gewesen.

Lisa wollte wirklich alles lernen, um sich dann zu entscheiden, was sie auf Dauer am Hofe verrichten würde. Viele Ämter wie etwa Mundschenk, Hofmarschall oder Kämmerer kamen für Frauen ja gar nicht in Frage. Da sie nun aber überall im Haus verkehrte, an der Kemenatenrunde teilnehmen durfte und auch noch in der unmittelbaren Nähe der Kurfürstin schlief, wurden einige Frauen argwöhnisch. Frau Petronella Erdingsberger aber war eher neidisch auf die Nähe zur Kurfürstin und in zunehmendem Maße auf die Nähe der Kurfürstin zu Lisa und vor allem auf die wohlige Wärme im Kemenatenzimmer – weniger auf die Ofenheizung als vielmehr auf die körperliche Nähe zu anderen interessanten Frauen höheren Standes. Natürlich war Lisa immer nur unter der Begleitung von Hofdamen in der Nähe Anna Maria Luisas, aber trotzdem handelte sie sich ohne ihr Zutun den Ruf einer Spionin der Medicifürstin ein und geriet so unter einen zuerst unmerklichen, aber dann doch stetig steigenden Druck. Marianne Baumholz, die Zweite Küchenfrau, und Elisabeth Schings, die Bäcker- und Bräterin, machten zuerst nur Witze über Lisa, die – wenn die Kurfürstin sie gehört hätte – heimliche Begehrlichkeiten verrieten. „Ob sie weiß, wie die Kurfürstin ihre Hosen unter dem Mieder trägt?" „Ob Lisa ihr bei der Toilette hilft?" „Warum duften die beiden manchmal so deutlich nach demselben Parfüm?" „Neulich hatten beide wieder ein puterrotes Gesicht, als sie aus dem Ankleidezimmer kamen." „Das kann ja auch ganz nett anstrengend sein, das Ankleiden, meine ich." Dass dies auch harmlose Ursachen haben könnte, zogen sie in ihren Überlegungen eher nicht in Erwägung. Ihre eigene Form des Zusammenlebens in den Dachschlafzimmern des Schlosses, bei der sie auf ihre zuhause lebenden Männer nur angewiesen waren, wenn diese das meinten und sie zu sich diktierten oder wenn eheliche Pflichten erfüllt sein wollten, kannte niemand außer sie selbst. Petronellas Mann war Rheinfischer und lebte zusammen mit Mariannes Mann, der die Fähre zwischen Langst und Kaiserswerth bediente, am Ufer in einer ehemaligen Schiffskajüte, und Wolfhard Schings war Schuster und wohnte im kleinen Nebenraum seiner Werkstatt mit Ladenlokal an der Heyestraße.

Wenn der Kurfürst mit Bauern zusammen in einem Wirtshaus war, gab es schon einmal sehr deftige Töne zu hören. Der Kurfürst ritt wieder einmal gegen jede Etikette alleine durch die Ortschaften der unmittelbaren Umgebung von Düsseldorf. In Benrath traf er auf den Ackerer Willi Weidenhaupt und seine nicht maulfaule Gefährtin Trude Schmitz, die für ihr exzentrisches Lachen bekannt war. Sie sprachen den Kurfürsten auf die Benrather Linie hin an. Bauer Willi fragte Johann Wilhelm: „Sind ihro Durchlaucht wiedo ausjerissen?" Trude Schmitz lacht so exzentrisch, dass die Frauen am Dorfweiher aufmerksam werden und näherkommen. „Ihro Gnaden, wir wollten jerade zur Kneipe jehen, um mal zuzuhören, was die Männern zu beraten haben. Wat hier passieren soll, iss unjeheuerlisch." Eine andere Frau fährt fort: „Ihr Wegebaumeister war hier und hat uns die neuen Pläne zur Begradigung der Hauptstraße vorgestellt. Unsere Männer sind sehr aufgebracht." Der Kurfürst entschließt sich, diese Versammlung unerwarteter Weise einfach zu besuchen. Er mischt sich unter die Frauengruppe und bittet darum, ihn nicht zu verraten, sondern ihn zwischen sich zu verdecken. Trude Schmitz lacht so heftig, dass die anderen Frauen zischen und sie warnen: „Wenn du uns verrätst, dann bist du nächste Woche reif und wir tunken dich in den Dorfteich!" Zimperlich waren in Benrath auch die Frauen nicht. „Wir wollen die verschlungenen und ausgefahrenen alten Grachten so begradigen, dass sie schnurstracks über den uralten Römerweg verlaufen und so über eine gerade Linie führen, das ist doch für uns alle besser." Damit war der Kurfürst sehr zufrieden. „Wir können doch nicht einfach die Benrather Linie, die nur für Fußgänger gedacht ist, auch von den Fuhrwerken zerstören lassen. Die sollen sich ruhig weiter durch die Grachten schlängeln, dann sind sie auch weiter von der Bebauung entfernt." Hier nun schaltete sich der Kurfürst in die Versammlung ein und es ging ein lautes Raunen, ein „Ah" und „Oh" durch den Saal. „Wir wollen das alte Pflaster der Römerstraße auf der gesamten Benrather Linie neugestalten, sodass die Fuhrwerke und Kutschen viel schneller vorwärtskommen und die Straße nicht zerstören können." Als eine Gruppe von grün gekleideten Gärtnern den Kurfürsten bemerkt hatten, wechselte das Thema. Christian Frisch, ihr Wortführer, echofierte sich: „Werter Herr Kurfürst, mit Verlaub, sie sind der Machthaber hier. Sie müssen etwas tun gegen die Menge an Gülle, die hier jeden Tag in den Bach läuft und das Wasser zusätzlich belastet. Von vielen Häusern landen ja noch die Abwässer und sogar Fäkalien in den Bach. Wenn dann noch Schafe, Ziegen, Pferde und Kühe auf den Weiden den Bach verunreinigen, dann stinkt das nicht nur erbärmlich, sondern wir können das Wasser für die Viehtränken gar nicht mehr brauchen." Christa Marek ergänzte: „Und unsere Zisternen und Brunnen haben dann auch kein sauberes Wasser mehr, denn so viel kann die Erde nicht ausfiltern." Die anderen Grünröcke riefen Beifall und Zuspruch, die anwesenden Bauern waren etwas überrascht über die Wende des Gesprächs. Der Kurfürst nahm das Wort noch einmal an sich und versprach: „Wir haben das mit der kurfürstlichen Wasserbehörde besprochen. Wir werden zwischen dem Bach und den Weiden einen Streifen mit Brombeerhecken anpflanzen lassen, damit das Vieh nicht zu nah an die Uferböschung kommt. So habe ich es auch für den ganzen Dorfrand veranlasst." Es gab vereinzelten Applaus und der Kurfürst verließ die Veranstaltung, während das Thema der neuen Inbetriebnahme der Benrather Linie wieder aufflammte. Aber das war ja beschlossene Sache, darüber wollte Johann Wilhelm nun nicht mehr reden. „Un wat mache me mit all die Brombeere?" rief Trude Schmitz noch hinterher und lachte laut und nachhaltig auf, sodass ihr Echo bis auf den Markt widerhallte und sich am Kirchturm brach.

Luisa und ihr Mann tranken mit der Gräfin Fugger ihren Kaffee an einem schönen sonnigen Herbstnachmittag. „Warst du wieder einfach mal so unterwegs? In Benrath erzählt man, dass bei einer Versammlung plötzlich der

Kurfürst aufgetaucht sei." „Ja, so war es, und ich habe es nicht bereut." Die Gräfin Fugger gab zu bedenken: „Wenn Sie das aber jetzt öfter vorhaben, würde ich schon zwei Reiter aus der Schlossgarde mitnehmen. Es gibt immer mehr unberechenbare wildgewordene Querdenker, die es übertreiben und die Randale machen wollen. Man könnte Sie attackieren!" „Das sollen sie mal wagen! Ich habe stets mein Rapier und einen Dolch bei mir." „Aber was ich für viel bedenklicher halte, ist deine Offenheit, auf Versammlungen einfach die neuesten Beschlüsse aus dem Kabinett preiszugeben", warnte die Kurfürstin, „man könnte gegen sie intrigieren!" „Das sehe ich etwas anders. Je früher man mit den Menschen spricht, zum Beispiel über die Neubauten um das Rathaus herum, desto wohlgesonnener sind sie, weil sie ja auch mal ihre Meinung sagen können und so Dampf ablassen dürfen. Außerdem intrigiert man eher gegen etwas Ominöses als gegen etwas Transparentes!" Da gaben die beiden Damen ihm Recht.

Die Gedanken Johann Wilhelms waren in den vergangenen Wochen etwas durcheinander gewesen. Er war der Stallmagd, der 15-jährigen Katharina Klein im Reitstall – sie war die Tochter des Stallmeisters – begegnet. Diese schilderte ihrer Freundin Pia Dienstler zuhause auf deren Bauernhof diese Begegnung. „Er kam auf mich zu und unsere Blicke begegneten sich. Aber wir lächelten nicht und blickten uns nur an. Wir grüßten uns auch nicht, es blieb bei dieser längeren Blickbegegnung." Wenn er über diesen Moment nachdachte, kam ihm in den Sinn, dass in einem Reitstall die Animalität des Pferdes die Handlungen diktiert. Oft war es ihm so, als sei alle Vernunft beiseitegeschoben. Schon die sinnlichen Gerüche verlocken, so dachte er, man beschreitet die Gewölbe der Triebe. Er dachte an die großen Hallen der Wiener Hofreitschule und gab durchaus einigen Bildern der Begierlichkeit Raum. Er sah bewegte Bilder vor sich von ungestümen Pferden und wilden Hengsten. „Das geschah aber dreimal, und dreimal auf dieselbe Art und Weise. Es wird mir immer unheimlicher." Pia riet ihr, den Kurfürsten demnächst laut und vernehmlich anzusprechen mit der offiziellen Anrede und vielleicht noch einer Höflichkeitsfloskel. Der Kurfürst dachte, dass er beim nächsten Mal dem Mädchen die Angst nehmen müsse, denn Schweigen erzeugt Angst.

Lisa, die beim dritten Mal diese Szene zufällig beobachtet hatte, weil sie ja in allen Räumen und Ställen des Schlosses zuhause war und überall dazwischen hing, wenn etwas Bedeutsames geschah, hörte dann später durch Pia von der dreimaligen Blickbegegnung ohne Lächeln und ohne Worte, und meinte: „Als ich sie gesehen habe, ist Katharina aber rot geworden, und das verrät dem Kurfürsten vielleicht etwas Falsches. Es ist die falsche Botschaft. Ich würde mich an Katharinas Stelle ihrem Vater, dem Stallmeister, mitteilen, der ein gutes Verhältnis zum Kurfürsten hat – sag ihr das!" Aber dazu kam es nicht, und heimlich bewahrte Katharina dieses kurfürstliche Lächeln wie einen Schatz in ihrem Herzen, und als sie sechszehn geworden war, bekam sie einen heimlichen Zettel von Johann Wilhelm, in dessen Seele auch ein unbeschreiblich schönes Freundschaftsgefühl für dieses junge Mädchen hängen geblieben war. Die Begegnungen hatten tatsächlich zu einer zarten Verliebtheit bei beiden geführt, denn der Kurfürst war schließlich noch kein alter Mann und sie nun im heiratsfähigen Alter. Und es kam so tatsächlich zu einem heimlichen Treffen an einem langen heißen Sommerabend in der Remise, wobei der Kurfürst keine unlauteren Absichten hat, sich aber ihr im Gespräch unweigerlich annähert, sich neben sie stellt, den Arm um ihre Schulter legt und mit der rechten Hand ihr Kleid berührt, den Stoff streichelt, wo ihr Schamhügel an ihrem jungen und schlanken Körper leicht hervorragt. Als er sie an sich drücken will, die rechte Hand schon rückwärtig auf dem Stoff über der Steißbeingegend gelegt, entzieht sie sich ihm, lächelt zwar, aber räuspert sich mit hochrotem Kopf, beugt sich nach vorne und hält sich den Bauch mit der linken Hand, mit der rechten drückt sie leicht gegen den linken Oberarm des Fürsten. Und aus seiner Not heraus entschuldigt sich dieser bei ihr mit der Aussage: „Ich begehre deine Schönheit und Unschuld, aber du bist sehr jung und nicht von Adel, ich werde dich aber nicht verraten wegen deines heimlichen Treffens mit mir, das ich ja durchaus gewünscht und dadurch hergeleitet habe, dass ich dich als meine Pferdeführerin hierhin habe abordnen lassen. So werden wir uns jetzt öfter sehen." Es kam auch in der Folgezeit zu mehreren ähnlichen Situationen, die die junge Pferdeführerin aber stets so beherrschen konnte, dass sie nicht auf das heftiger werdende Drängen des Herzogs eingehen musste. Dieser betonte mehrfach, dass ihr blitzend-freier Blick in seine Augen diese Zuneigung verursacht hätte. Er war schon wirklich von Amors Pfeil getroffen und nahm als Fetisch insgeheim ihren Schal mit in seine Schlafstelle – wegen Schnarchens schlief er alleine – und dort fand ihn eines Tages die Putzfrau, die ihn für einen alten Schal der Kurfürstin aus Jugendzeit hielt und ihn ihr brachte mit den Worten: „Hier, gnädige Frau, hier bringe ich Ihro Gnaden einen Schal mit darauf abgebildeten roten Moosröschen und Schleierkraut. Diesen Schal aus ihrer Jugendzeit habe ich gewaschen und Sie können ihn gerne selbst dem Kurfürsten für seine Bettstatt zurückgeben." Die adlige Frau lief rot an, eilte mit dem Schal in der Hand zu ihrem Mann und fragte ihn frank und frei: „Muss ich denn ein Gerücht für wahr halten, dass du eine Affäre mit der Tochter des Stallmeisters Hieronymus Klein namens Katharina hast? Sie ist täglich im Stall deines weißen Hengstes." „Nein, nein, nein!" ruft er zur Antwort; sie hat mich dreimal mit ihrem Stahlblick so angerührt, dass ich wie magisch hinter ihr her geträumt habe. Aber sie ist lieb, sie ist keine Hexe, sie hat nur unwissentlich und unwillentlich mit meiner Sehnsucht nach jungen Menschen gespielt. Zwischen uns ist nichts gewesen." „Und wie lange geht das Theater schon?" wollte Anna Maria Luisa von ihm erfahren. „Ich will diese Situation beendet wissen!", denn schließlich habe schon ihr Schreiber in Florenz solche Situationen, allerdings gegenüber unverheirateten jungen Männern beschrieben: „Es sind diese jungen Nymphchen im heiratsfähigen Alter. Jedermann kann sie erblicken, wie sie am Fenster postiert sind, um zu sehen und gesehen zu werden. Jedes Fräulein lächelt ihrem Galan zu. Oder sie wirft ihm Blumen hinab, Obst, Nüsse, alles, was als Zeichen der Liebe dienen kann. Liebesschwüre und Wortgeplänkel fliegen hin und her." „Sie hat nie gelächelt und nie ist ihr etwas Derartiges über die Lippen gegangen!" schrie der Kurfürst halblaut, aber sehr angespannt, sodass Luisa zutiefst erschrak, denn aus seiner Tonführung ging hervor, dass er sich in diese sehr junge Frau verliebt haben musste. Aber bedenke, wie unser Florentiner Stadtpoet weiterschreibt: „Wenn ein Vater seine Tochter bei solchem Treiben ertappt, bestraft er sie nicht, auch dann nicht, wenn der Galan bereits gut befreundet mit ihr ist. Eingesperrt, wie das Mädchen ist, kann sie keinen Schaden anrichten, wenn sie zärtliche Worte mit ihrem Auserwählten wechselt. Daraus kann nichts Ernsthaftes werden." Wir hörten in Florenz an allen Ecken und Enden die Melodien nachmittäglicher und abendlicher Serenaden. Bedenke aber, dass du als Herrscher des Landes jedes Mädchen in dein Bett beordern könntest, wenn du keinen Wert darauf legen würdest, mich nicht zu verletzen. Ich würde es um der Raison willen dulden müssen wie mein Vater Cosimo es hat erleiden müssen, als meine Mutter in ihrer Bourbonengeilheit es im Kornfeld neben den Zelten der Gaukler mit einem jungen feurigen Spanier trieb, wie ich selbst es gesehen und gehört habe. Erspare mir die Schmach einer noch kinderlosen verprellten jungen Fürstin!" Sie dachte daran, dass in Italien die Liebesaffären, ob in Florenz, Genua, Venedig, Rom oder Mailand häufiger waren als irgendwo sonst, und alle belächelten dies oder beklagten es, aber die das öffentliche Leben beherrschenden Männer hielten es für ein unumstößliches Recht. In allen Schichten gab es Seitensprünge und folglich uneheliche Kinder. Die Wohnverhältnisse beförderten es ja, wenn Cousinen oder Nichten in denselben Räumen wie Männer schliefen. Manchmal kamen auch Fälle von Inzest vor Gericht. Der Kurfürst vereinbarte mit seinem Stallmeister, dem Vater der Katharina, dass sie das reithungrige Mädchen nach Wien in die Hofreitschule schicken würden. Und nun war das Problem gelöst und einer glücklicher als der andere. Der Vater erhoffte sich, dass Katharina einmal nicht wie er Ställe ausmisten müsste, sondern Paraden koordinieren dürfe. Den Schal aber behielt der Kurfürst mit dem Einverständnis seiner Frau.

Was spielten Kinder in Düsseldorf untereinander, wenn sie auf Wegen und Plätzen lärmten? Sie spielten alles, was sie nicht ganz verstehen konnten, nach, sogar Gottesdienste mit Verehelichungen, aber auch ganz normale lateinische Messen. Sie spielten sogar Begräbnisse und Hinrichtungen. Väter bauten den Knaben Galgen mit Holzstäben und dünnen Seilen, Mädchen hatten Puppen aus Lumpen auf dem Arm und spielten Kinderkriegen, Stillen und Bestrafungen. Es war diese raue Welt, in der auch Erwachsene die Orientierung verlieren konnten, wenn sie denn dazu gekommen waren, jemals eine zu entwickeln. Es gab viel Wildwuchs an Geschäftsgebaren und vor allem auch im Bereich des Vergnügens. Da es keine geregelte Prostitutionsordnung gab, wussten einige männliche ledige Bedienstete der Anna Maria Luisa nicht, wohin sie gehen sollten. In Florenz war klar, wo die Bordelle zu finden waren. In Düsseldorf waren sie überall und nirgends. Die Syphilis grassierte, und wenn die Mädchen mit fünfzehn Jahren schon verkuppelt wurden, gingen sie ohne spezielle Untersuchung in die Liebesnächte. Aus ihrer Backfisch-Schwärmerei wurde im Handumdrehen ein hartes Dasein in einem von hartherzigen Frauen beherrschten Haifischbecken. Mit vierzehn schon wurde theoretisch ein Mann gesucht, mit sechszehn konkret und spätestens mit achtzehn wurde geheiratet. Allerdings hatte Anna Maria Luisa durch Briefe aus Florenz erfahren, dass dort wegen ihres ausschweifigen neun Monate anhaltenden Sommerlebens die Mädchen des gehobenen Standes immer älter wurden, sodass sie oft erst mit zwanzig oder einundzwanzig Jahren heirateten und dann ein Kind nach dem anderen bekamen. Sie wunderte sich bei der Betrachtung der Kleidung ihrer Bediensteten in Deutschland, dass diese Knöpfe hat. In Florenz waren wirkliche Knöpfe mit Fadenstiel und Knopflöchern an Frauenkleidern verboten. Man verzierte Kleider allenfalls mit Kupellen. Wenn die Sittlichkeit in Florenz einer einflussreichen Familie auf dem Spiel stand, ließen die Medici sogar Privatkorrespondenzen überprüfen. Lisa hatte plötzlich einen kurzen Rock an, der wie eine Hose gefertigt war, allerdings trug sie darunter kurze Beinkleider, die nicht herunterrutschen konnten. „Wieso trägst du dies?" staunte Luisa nicht schlecht. „Das hat mir die Dritte Küchenfrau genäht. Damit geht doch alles viel schneller. Schau hier, ich habe in der Unterhose einen Knopf, den ich rasch öffnen kann. Auch der Rock hat hier vorne Knöpfe, sodass ich ihn leichter hochnehmen kann. Beim Setzen öffnet sich dann der Schritt." Nun diskutierten sie tatsächlich über die Vorzüge eines Rocks mit Knöpfen und einem Knopf im Schritt in Bezug auf verschiedene elementare Lebenslagen. Die Kurfürstin war Lisa sicher wohlgesonnen, aber sie verbot trotzdem diese neuartige Kleidung, weil sie Männer zum Beischlaf animieren könne. Es sollte nicht viel nützen, denn wenn Frauen etwas entdeckt haben, was anmutig und praktisch zugleich ist, hilft wohl kein Verbot der Welt. Als Anna Maria Luisa sich daran gewöhnt hatte und sich nicht mehr darüber ärgerte, saß sie einmal in einer Messe im Wallfahrtsort Aldenhoven. Ein Priester hatte seine Ärmel im Bereich der Oberarme und Schultern ausgestopft, damit er muskulös aussah und an den heiligen Georg erinnerte. Ihn reglementierte die Kurfürstin in einem Brief. Aber sie gewann daraus auch eine Erkenntnis für sich und ihren Hofstaat. Sie eilte zur Freifrau von Rolshausen, die die Oberaufsicht über die Schneiderei hatte und die beiden Hofschneider und ihre Näherinnen befehligte. Sie gab ihr nach kurzer Diskussion eine Anweisung: „Die Damen sind sommertags in der Kirche leicht gekleidet und ich ertappe auch meinen Mann des Öfteren dabei, mit verstohlenen Seitenblicken unter offenstehende Knopfleisten schauen zu wollen, wo sich ein Bein oder der Busen ahnen lässt." Frau von Rolshausen wusste gleich, worauf die Kurfürstin hinauswollte: „Werte Kurfürstin, dieses Problem liegt auch an der festen Sitzordnung in den Kirchen, wo Frauen rechts sitzen müssen." Anna Maria Luisa fragte sie: „Stimmt es, dass am Französischen Hofe die Knöpfe der Frauen aus einem ganz anderen Grund links genäht werden?" „Ich hörte davon und habe berichtet bekommen, dass die Zofen am Hofe sich beschwert hätten, das Zu- und Aufknöpfen sei so anstrengend, da sie ja zumeist Rechtshänderinnen seien." „Dann möchte ich, dass wir auch hier ab sofort das Praktische mit dem Anständigen verbinden und die Knopfleisten und Knopflöcherseite bei den Frauen vertauschen. Wenn schon Knöpfe, dann geschickt und sittlich einwandfrei." Die Freifrau von Rolshausen schmiedete heimlich einen Plan. Wenn sie die entscheidende Instanz zur Durchsetzung dieser Änderung sein sollte, dann müsste da-raus auch eine neue Mode werden, die man nach ihr benennen sollte. Einen Namen dafür hatte sie noch nicht. Ihr schwebte „Geknöpftes a la

Rolshausen" vor. An dieser Stelle des Gesprächs und nach der entstandenen Gedankenpause ergriff die Zweite Kammerfrau Fritza von Thorr zu Bovenberg das Wort und schlug vor, ihren Bekannten, den englischen Adligen Carolus Warehousefield zu rufen, der im Gästehaus wohnte. Wie gesagt so auch getan und dieser erzählte schier Unglaubliches: „In Bezug auf diese Frage, auf welcher Seite Knöpfe angenäht werden sollten, hat man bei uns in England eigentlich immer schon die Frauenmode zugrunde gelegt. Mir hat ein Geistlicher erzählt, das gehe auf die Kelten zurück, die zwar von Cäsar besiegt worden seien, deren Linkshändigkeit sich aber erhalten habe. Früher sind doch nicht nur bei uns in England die Reiter auf der linken Seite geritten, da es doch auch viel einfacher ist, wenn man von links aufs Pferd steigt, wenn man am Wegesrand steht. Überall hat es doch keltische Völker gegeben. Deswegen fuhren dann auch überall zuerst die Kutschen links, weil die Reiter auch links ritten. Aber die Soldaten und Schwertkämpfer fanden es besser, rechts zu reiten, weil die meisten Rechtshänder waren und das Schwert oder später das Gewehr oder die Pistole rechts trugen. So waren sie bei Angriffen von rechts schneller im Kampf und somit besser geschützt. Ich glaube aber, bei uns in England stammen so viele Menschen von den linkshändigen Kelten ab, dass wir bestimmt irgendwann alle wieder links fahren werden. In Frankreich soll es einen Drang von verschiedenen Generälen des Heeres geben, jetzt schon verbindlich rechts zu reiten und zu fahren, damit ein Armeetross mit gezücktem Schwert sich nach außen hin besser schützen kann und die Soldaten sich nicht in der Mitte mit den Schwertern verheddern." Die Rolshausen ergänzte dies noch: „Mein Vater hat immer darauf bestanden, dass die Knöpfe rechts aufgenäht waren, denn wenn er als Rechtshänder das Schwert zog, dann hätte er mit der Parierstange des Schwertes in der gerade bei dieser Bewegung klaffenden Knopflochleiste hängen bleiben können, und das könnte tödlich sein – wie er stets betonte."

Die Kemenatenrunde – diesmal wie so oft ohne die quirlige und manchmal anders orientierte Lisa – hatte ein neues Thema, und das war die Empfindlichkeit der Kurfürstin, wenn es um Gespräche über den Geschlechtsakt ging. „Dabei waren wir doch alle mehr oder weniger indirekte Zeugen ihres ersten Beischlafs in Düsseldorf! Wir standen dem Reglement gemäß zusammen mit Verwandten des Kurfürsten am Ehebett, als die beiden hineinstiegen. Und morgens um neun Uhr kamen wir alle wieder und ließen uns das blutbefleckte Laken zeigen, auf dem der Kurfürst die Kurfürstin entjungfert hatte. Das ist doch so vorgeschrieben, allerdings nicht mehr überall üblich", sinnierte die Fuggerin. Aber Freifrau von Rolshausen entgegnete – und da ließ sie nicht mit sich reden: „Das ist doch alles Humbug. Manche Frauen bluten gar nicht viel, nachdem sie entjungfert wurden. Das Hymen ist oft nur ein dünner Kranz und blutet selbst überhaupt nicht. Und Lisa und ihrer Freundin, unserer Herrin, traue ich alles zu. Vielleicht war Ihro Gnaden nach Innsbruck doch schon gar keine Jungfrau mehr. Vielleicht war das Düsseldorfer Blut von einem Huhn. Wer weiß!" „Das sind ungeheure Gedanken", geiferte die Fuggerin und überließ ihre Stickarbeit sich selbst und ebenso ihre Gesprächspartnerinnen.

Der Kurfürst spendete für alle männlichen Bediensteten einmal im Jahr in der Adventszeit neue Wämste, sodass sie Weihnachten alle gleich aussahen und als seine Männer auch außerhalb des Hofes auffielen. Heinrich Müller, der Vorsitzende dieser Carnevalsbrüder, wie sie sich nannten, schwor alle ein: „Ihr tragt diese Jacken alle genau bis Aschermittwoch, das gibt es nur in Düsseldorf!" Sie zogen Karneval gemeinsam zum ersten Mal durch die

Straßen Düsseldorfs. „Wir sind eine Bruderschaft der Freude", rief Möllisch Hein, wie die Ulkbrüder ihn nannten, der jubelnden Menge zu, und diese antwortete „Helau!" Diese uralte Antwort am Niederrhein aus dem Niederdeutschen bedeutete „Wir alle auch!" Johann Wilhelm förderte diese Jungen, denn sie brachten frohe Laune und lenkten von der Alltagsnot ab. Eines Tages aber eilte Graf Schaesberg zu ihm und sprudelte: „Wir müssen den Ulkbrüdern nun doch Einhalt gebieten. Gestern Nacht haben sie vor den Häusern ihrer Liebsten oder Liebschaften, so genau weiß man das bei denen ja nie, flockige Lieder ohne Laute gesungen. Und gebrüllt haben sie, als wenn ein Wagenrennen stattfinden würde. Ihr rhythmisches Rufen endete dann immer in dem gemeinsamen Stoßseufzer „Ah peng!" Nachbarn haben sich beim Büttel beschwert, es sei unerträglich, aber der Cardaun alleine konnte gar nichts gegen diese Brüder unternehmen. Sie waren auch alle schrecklich betrunken, denn vorher besuchten sie zusammen die Schnapsbrennerei ihres Mitglieds Herbert Braun und tranken von dem starken Likör." Der Kurfürst warf ein: „Dieser Likör ist doch mehr ein Schnaps mit über 40 Prozent Alkohol. Sie nennen ihn Pillekitsch, weil er aus Zuckerpillen und bei den Bäckern übriggebliebenen Apfelkitschen gebrannt wird zusammen mit Kräutern. Nach der Jagd haben wir davon getrunken und waren froh, dass unsere Pferde den Weg kannten." „Sie ziehen jetzt zu ihren Wämsern braune Landsknechtshüte auf mit so vielen Federn, dass sie belacht wurden als Hähne. ‚Do komme de Hahnreie‘ haben die Frauen gerufen." Dies nahm nun der Kurfürst zum Anlass, eine neue Verordnung für den Niederrhein aufzusetzen: Karnevals- und Schützenbrüder am Niederrhein dürfen ab sofort keine Federhüte tragen, sondern nur einfache Strohhüte! Dazu hatte die Kurfürstin nach dem Vorbild der toskanischen Strohhüte geraten, die sie eigens schicken und als Beispiel zu Kappen umarbeiten ließ. Außerdem hatten einige junge Freudenbrüder Altbierflaschen am Rhein zertrümmert. Sie wurden bestraft, indem sie ein ganzes Jahr lang Woche für Woche die Ufer des Rheins in Düsseldorf sauber halten mussten – auch von Tierkot, vor allem auf der Flaniermeile der Anna Maria Luisa. In Bezug auf Alkohol hieß die Verordnung: Alkohol darf auf der Straße und am Rhein nicht getrunken werden, nur nach den Umzügen in Kneipen und auf Bällen ab 22 Uhr! Das Kurfürstenpaar Jan Wellem und Anna Maria Luisa belohnten die Bürger, die sich nun ordentlicher verhielten, im spanischen Kostüm durch ihren Besuch des Maskenballs, was in einem Gemälde von Jan Frans van Douven dann auch festgehalten wurde. Und man ließ den Kranken im Siechenhaus einen Zuschuss zum „vastelavent" zukommen. Am Düsseldorfer Hof feierten sie viele Maskenbälle nach venezianischem Vorbild, aber bei den Fêten der Untertanen lärmten auch die Frauen so stark, dass der Dichter Hans Schlösser den Karneval als vulgär und viel zu laut brandmarkte. In seiner damaligen Ausprägung war der Karneval auch der Obrigkeit suspekt. Man überlegte, ob man eigens eine Karnevalspolizei einführen müsste als Voraussetzung dafür, dass man sich in der Öffentlichkeit verkleidet oder maskiert aufhalten dürfte. Oder man musste den Karneval auf den Straßen verbieten.

Anna Maria Luisa befürchtete heimlich, dass jetzt irgendjemand so wie damals der Mönch Savonarola in San Marco auftauchen und alles Amüsement ächten würde. Sie hatte ein Buch des Predigers Bernhardin gelesen, der vor S. Francesco in Siena 1430 predigte, nachdem er wochenlang in einer Einsiedelei gelebt hatte und verarmt und halb verhungert vor die Menschen trat und ihre sozialen Sünden geißelte: Wucher, Völlerei, Gewalt – es waren vor allem die männlichen Granden der Toskana, die sich kritisiert und angegriffen fühlten und beim Vatikan eine Ächtung als Häresie erreichen wollten, was ihnen aber nicht gelungen war. Sie konnte diese Position ja gut und gerne verstehen, besonders nach ihrem letzten Gespräch auf dem Hof des Schlosses mit dem Schneider und einigen seiner Näherinnen. Der Schneider mit dem kunstvoll gezwirbelten Bart und der Brille mit den runden Gläsern hatte sich beschwert: „Sind es nicht die Frauen selbst, die jetzt von mir verlangen, das Oberteil an den Brüsten immer kürzer zuzuschneiden, damit ihre Brustwarzen unter der Samt- oder Seidenbluse hervorstechen und für jeden sichtbar sind, da ja der Stoff im Licht oft auch etwas transparent ist." „Das geht doch aber nur bei großen Brüsten", blinzelte die Näherin Neumann in die Sonne." „Aber neulich kam eine Frau mit ganz wenig Brust, aber knolligen Brustwarzen zu mir und wollte im Prinzip gar kein Oberteil, nur eine Bauchbinde über dem Nabel und über der Bluse unter dem Brustansatz, also eine Leibbinde, so wie die ungarischen Musiker sie tragen." „Und?" fragte ihre Mutter Margretchen. „Ja, das habe ich ihr aus Brokat geschnitten und genäht und es sah ganz hervorragend aus. Man sah so, dass es für die erotische Wirkung gar nicht auf die Größe der Brüste ankommt." „Und wo hat sie das getragen?" fragte eine dritte Näherin, die lustiger Weise Schneider mit Nachnamen hieß. „Sie hat es auf der Vermählung der Freiin von Kambach getragen, allerdings auf dem Ball, nicht in der Messe. In der Kirche hatte sie eine schwarze Samtweste darüber angezogen." Nun berichtete Anna Maria aus Florenz in der Zeit vor ihrer Jugend. Sie wusste dies aus einer Reisebeschreibung, die sie gelesen hatte: „Die Heiratsvermittler verlangten frivole Oberteile mit manchmal sogar ganz freien Brustwarzen, wenn sie ihre Mädchen, die sie im Angebot hatten, in Fenstern oder Toreinfahrten drapierten und die Jünglinge auf Brautschau gingen. Die adligen Männer ritten dann auch stolz dazwischen und ließen sich nichts entgehen. Angeblich, um zu kontrollieren, ob auch alles mit rechten Dingen zuging." Nun mischte sich der Böttcher in das Gespräch ein und bemerkte: „Hier in Düsseldorf haben Frauen eine alte Sage neu erzählt, um den jungen Mädchen, aber auch den jungen Männern Angst zu machen, damit sie nicht ins Nachbardorf gehen, um dort zu freien. Das ist die Sage vom Werwolf, der sich einem dann zeige. Ein ganz normaler Mann kann sich plötzlich zum Werwolf verwandeln, keiner weiß, wer von den Männern durch das Anlegen eines Wolfsgürtels plötzlich die Zähne fletscht und zu knurren anfängt. Das wirkt, denn hier würden sich keine jungen Frauen halb nackt tagsüber in die Hofeinfahrten stellen. Die Mütter reden ihnen auch wöchentlich vor dem heiligen Sonntag ein: Das ist die Nacht, in der sich manche Männer in Werwölfe wandeln. Wenn du wüsstest, wer das vermag, würdest du dich wundern." Da raunte die Mutter Margretchen, die selbst Schneiderin war: „Das ist doch alles Unsinn, Mir ist noch nie irgendwo ein solcher Wolfsgürtel aufgefallen, und ich habe sehr oft, wenn Männer verstorben waren, ihre getragene Garderobe gegen eine geringfügige Bezahlung abgeholt, um sie umzuarbeiten."

Bei Luisa war die „ductio ad maritum", die Übersiedlung der Braut in das Haus des Gatten, eine lange Reise über Innsbruck nach Düsseldorf gewesen. Liebe aus Pflicht wurde zur Pflicht aus Liebe, denn zwischen den beiden entwickelte sich vom ersten Moment an, wie die Kaiserin es geschildert hatte, eine tiefe Zuneigung und Verbundenheit. Wer hatte, so dachte Luisa nun, ihrem Mann unmittelbar nach dem Jawort den Klaps auf den Rücken gegeben, mit dem die Florentiner ihren Unmut darüber bezeugten, dass ihnen eine hübsche junge Frau aus dem Angebot weggeführt wurde. Selbst bei manchen Darstellungen auf Fresken von der Vermählung der Jungfrau ist dieser Klaps doch zu sehen! Sie konnte sich nicht erinnern, dass das in Innsbruck erfolgt war, vielleicht beim Stellvertreter in Florenz? Sie dachte an diese alten Bräuche, die ja auch meistens etwas Schlüpfriges an sich hatten. So streng wie früher war es allerdings in Florenz schon lange nicht mehr gewesen. Die italienischen Moralisten waren durch die italienischen Humanisten überholt worden. In Italien war die Eignung des Italienischen zur Literatursprache ein intensiv erörtertes Thema. Manche Humanisten betrachteten die Volkssprache, das ‚volgare', als prinzipiell minderwertig, da es eine verderbte Form des Lateinischen und somit ein Resultat des Sprachverfalls sei. Aber was sollten denn da die Düsseldorfer sagen, wenn es um ihre wirkliche Muttersprache ging. Wie hörte sich das denn an: „Düsseldorf, mie Perlsche am Reng" und so fort. Neue Anstöße kamen aus Flamen und Holland. Die Kurfürstin bemerkte dies, als sie einige Auszüge aus den von der Katholischen Kirche verbotenen Schriften des Erasmus von Rotterdam las, die bei der Befreiung der Niederlande eine wichtige Rolle gespielt hatten. Der an stoizistische Tradition des europäischen Humanismus anknüpfende Justus Lipsius, der als Lehrer einer praktischen Vernunft vor allem durch sein Werk ‚De constantia' zum Erzieher staatstragender Schichten auch in Deutschland und calvinistischer Fürsten in Flamen, Holland und am Niederrhein wurde, gehörte auch zu ihrer Lektüre. Die „Politicorum libri" von 1589 waren für sie ein wichtiger Grundstein für die moderne Staatslehre, aber würde eine solche absolute und resolute Politik nicht zu hart für die Menschen sein, sodass Revolten vorprogrammiert wären? Sie war sich nicht mehr ganz sicher, auf welcher Seite sie nun stand. Als Fürstin natürlich auf der Seite der Herrschenden, aber als Frau und Freundin mehr auf der Seite derjenigen, denen sie Chancen einzuräumen versuchte, die diese von sich aus nicht haben konnten. Dass das allerdings nur wenige sein konnten, wurmte sie, ließ sie aber nicht am Sinn ihres Tuns zweifeln.

11

Ein Brief aus Florenz war eingetroffen, durch den Anna Maria von mehreren Frauen, die sie sehr gut kannte, – bürgerliche sowie adlige Damen – erfuhr, dass sie in guter Hoffnung seien. Ist denn ganz Florenz plötzlich schwanger? Sie fragte sich das ohne Neid auf diese Frauen – einige kannte sie sehr gut – und ohne Angst in Bezug auf ihre Erfüllung dieser ihr gestellten Hauptaufgabe für die nächsten Jahre. Schwanger werden wird ja wohl kein so großes Kunststück sein! Sie kannte einige, die alles darum gegeben hätten, nicht schwanger geworden zu sein in einer Phase, als jeder wache Beobachter – und das waren nahezu alle Frauen in Florenz – wusste, dass der Ehegatte kaum für den glücklichen Umstand verantwortlich zeichnete. Dramen hatten sich abgespielt, wenn ein Bastard die Erfüllung seines aus ihrer Sicht vermeintlichen Erb- und Titelrechtes verlangt hatte. Die Historiker der Medici-Geschichte konnten davon ein Lied singen. Hatte die notgeborene Inthronisation eines Bastards, den ein Medici mit einer schwarzen Sklavin gezeugt hatte, nicht sogar zu einer Mordtat geführt, verübt durch einen anderen ihrer Blutsverwandten, um die Familienehre zu retten? Sie hatte diese Geschichte nur inoffiziell von einem Pater des Franziskanerklosters in Assisi erfahren, als sie dort im Rahmen ihrer Mädchenbußfahrt mit siebzehn Jahren geweilt hatte, die den jungen Damen des Adels vor ihrer Reifung anstand – etwas eher als die männliche Jugend auf die gegenteilig ausgerichtete Kavalierstour ging. Mädchen sollten halt in sich hinein, Jungen aus sich heraus gehen lernen, ganz so, wie die Natur es vorgesehen habe. Dieser Bastard, Alessandro de` Medici hatte 1531 mit zwanzig Jahren die Herrschaft in Florenz übernommen. Es war die unselige Zeit, in der ihre Familie über alle Gebühr herrschen wollte, den größten und prächtigsten Palazzo der Stadt, den die Familie Pitti fast hundert Jahre davor gebaut hatte, kaufte und sich dort einnistete – nicht wie Leiter einer Republik, sondern wie die Herrscher einer Monarchie. Das befürwortete sie zwar und gegen Prunk und Grandezza hatte sie ja auch nichts einzuwenden, aber in seiner Herrschaft die Rechnung ohne das Volk zu machen, lehnte sie kategorisch ab. Alles Regieren musste zum Wohle des Volkes stattfinden. Die Medici hatten aber in dieser Situation einen Krieg gegen sich selbst angezettelt. Für sie würde es nie in Frage kommen, einen Bastard auf den Thron zu setzen. Es war sicherlich eine Notsituation gewesen, als die Herrschaft des Zweigs der Familie, der auf Cosimo den Älteren zurückging, zu dem sie ja nicht gehörte, am Ende der Fahnenstange angekommen war, aber es gab doch eben auch ihre Linie, die auf dessen Bruder Lorenzo zurückging, doch es war wohl die Schuld des anderen Lorenzo gewesen, den sie den Prächtigen nannten, den Bürgern in Florenz zu suggerieren, es gebe nur diesen einen Zweig der Medici. Man hätte sofort einsehen sollen, dass ihre unmittelbaren Vorfahren mit dem großen Cosimo I., der ja den Titel des Großherzogs errang, als Nachfolger eingesetzt hätten werden müssen. Zwar war Alessandro kein unfähiger Herrscher gewesen – er etablierte den Herzogtitel und konstituierte damit unabwendbar eine Erbmonarchie in Florenz. Aber er riskierte den inneren Frieden, da er nach Jahrhunderten die Bürgerregierung der Signoria abschaffte, deren Mitgliedschaft doch der ganze Stolz der Männer gewesen war, sodass Missgunst gegenüber dem neuen Fürsten und damit auf die Medici gerichtet entstand. Man hing an der Republik, und Oberitalien und Rom formierten Widerstand, der in einem Mord endete. Der tote Fürst hinterließ mehrere Geliebte mit Kindern, aber man entschied sich nun gegen Bastarde. Nun dachte sie an ihren Vater, Cosimo III., mit dem sie durch häufigen Briefwechsel in Verbindung stand, und über ihre Pflicht einer Schwangerschaft nach, was ein sonderbares Gefühl der Hilflosigkeit in ihr hervorrief. Resignation war ihr fremd, sie kannte zwar das französische Wort, das aber nicht Verzweiflung bedeutete, wie sie oft in Übersetzungen gelesen hatte, sondern eigentlich eher nüchterne Abdankung, Einsicht in die Nichtabänderbarkeit eines Geschehens, Rücktritt und Rückzug aus Berechnung. Sie wurde weder von Verzweiflung noch von Resignation befallen, sondern beschlichen von der stillen Furcht, dass sie wie ein hilfloses Mädchen in der Hinsicht einer möglichen Schwangerschaft gar nichts bewirken könne.

In den folgenden Monaten halfen ihr alleiniges Beten und Schreiben von vielen Briefen nach Florenz, Rom, Wien, Mannheim und Paris, und das Auswählen von neuen Diamanten für die nächsten Hofbälle, die ja sorgfältig vorher poliert und vielleicht sogar von ihrem Düsseldorfer Goldschmied Urbart überarbeitet werden mussten. Manchmal erwog sie selbst, ob diese Diamantenverliebtheit nicht eine hinter Gläubigkeit versteckte Dekadenz war – aber im Hintergrund sah sie stets auch den Ehevertrag über die Rückzahlung der 400.000 Reichstaler im Falle der Kinderlosigkeit. Sie hoffte insgeheim, dass ihre Haltung eher eine hinter Dekadenz versteckte Gläubigkeit war, denn eines war für sie unumstößlich klar: Alles Glück, das sie je erleben werde, würde ausschließlich als Fundament ihre eigene Familie haben. Dazu gehörten die Verwandten in Florenz genauso wie ihr Ehemann, bedingt auch dessen Familie, und dann vor allem schon bald hoffentlich auch eigene gemeinsame kluge wissbegierige lebensfrohe Kinder. Allerdings kamen auch Momente, in denen sie gewissen Überlegungen nicht entgehen konnte, die sie überkamen wie Fledermäuse einen nächtlichen Olivenhain. Um etwas mehr Ruhe vor den neugierigen Blicken der Gesellschaft zu haben, könnte man doch auch eine legale Schwangerschaft vortäuschen, wovon dann nur ihr Mann und die drei ihr nahekommenden Frauen wissen mussten. Aber sie wusste, dass genau dies an vielen Fürstenhöfen grob schiefgegangen war. Bei den Bourbonen hatte man doch einmal versucht, auf eine solche Art einen Inzest zu kaschieren. So, wie sie nie log, würde sie auch nie falsche Tatsachen vortäuschen.

In dieser Zeit wuchs die Kunstsammlung in Düsseldorf immer weiter, da sie ihren Gatten von dem einen oder anderen Bild überzeugen konnte, das dann aus dem Etat des Kurfürstenhofes gekauft und nicht auf ihre Mitgift angerechnet wurde. Die Galerie wuchs um Großformate und Skulpturen und man bemühte sich endlich auch darum das „Jüngste Gericht" von Rubens unterzubringen. Wie ungefähr hatte sie den Neuburger Geistlichen noch zurückgeschrieben? „Dankbar wäre ich Ihnen, wenn Sie mir mit dem Bild auch den dazu passenden großen Saal geschickt hätten." Man überlegte nun in Düsseldorf, wie man dies ändern könne, und Jan Frans van Douven regte in einem kühnen Plan an, ein Museum zu bauen, das viele Räume, aber auch Bereiche mit großen Flächen für solche immensen Formate haben sollte. Die Gemälde der Galerie würden dann in einem dreiflügeligen, zweigeschossigen Galeriegebäude beheimatet sein, auf der Südseite des Residenzschlosses am Rhein. „Das wäre in Europa ein ganz außergewöhnlicher Museumsbau" hatte sie vermerkt, davon träumen wir in Florenz schon lange. Als Vorbild diente ihnen das Gebäude der Uffizien, die Cosimo I., der fast vier Jahrzehnte lang das Sagen hatte, als riesiges Verwaltungsgebäude hatte errichten lassen.

Allerdings erwähnte Anna Maria Luisa in diesem Zusammenhang stets, dass die Ausstattung der Kirchen und Klöster darüber nicht leiden dürfte. Dazu gab sie ja auch viel von ihrem eigenen Geld, das nicht Gegenstand der Hofkasse oder der Aussteuerkasse war. In diesem Zusammenhang drängten sich ihr aber auch stets Gedanken auf wie aufdringlich schreiende Möwen, die sie anflogen, kurz vor ihr die Kurve kratzten und mit Schwung irgendeine andere Beute ansteuerten. Viele Geistliche in den verschiedensten Ornaten und Kutten verlangten ständig neu empfangen zu werden oder gar Audienzen. In Florenz hatte sie das zwar aus der Ferne beobachtet, aber ihr Vater hatte es ja geliebt, wenn die Empfangsräume von geistlichen Herren bevölkert waren. Sie dachte über ihre diesbezüglichen Erfahrungen im Unterricht nach. Unter den Hauslehrern waren ja auch Geistliche gewesen, junge Kapläne, Priester und Patres. Was tut ein Mönch im Nachthemd im Schlafzimmer einer adligen Frau? Das hatte sie selbst natürlich nicht erlebt, aber im „Decamerone" gab es doch eine solche Geschichte! Den hatte sie zwar nie offiziell im Unterricht gelesen, aber ein Pater hatte ihr die Geschichte als Beispiel für eine unkeusche Handlung genüsslich vorgelesen, sodass sie den Eindruck bekommen hatte, dass er selbst es war, der dort durch Astlöcher in Türen spinkste und in Hochbetten steigen wollte. Sie hält deswegen nun die Geistlichen samt und sonders auf Distanz; beim Essen setzt sie sie an das andere Kopfende des langen Tisches, daneben ihren Mann, der die Gespräche führen soll.

Wenn sie zur Nachtruhe die stoffbezogenen Stufen zu ihrem eigenen Hochbett ersteigen musste – es war so eine Art Leitertreppe – vernahm sie den Kanonendonner des nicht mehr sehr fern tobenden Kriegs. Ihre Furcht vor den Franzosen im Rheinland wuchs mit jeder Treppenstufe und kaum lag sie im Bett, musste sie sich wieder eine Zeit lang aufrichten – wie sie denn sowieso lieber mit erhabenem Oberkörper auf hohen Kissen einschlief. Flaches Liegen bedeutete – das wusste sie von vielen ihrer Gesprächsfreundinnen – so etwas wie Tod und irgendwie arbeitete die Atmung nicht so richtig. Sie versuchte, jede Nacht genügend lange zu schlafen, denn sie wusste, dass es auf sie ankam. Alle erwarteten von ihr die Maßgaben für den Tag und die Woche und der Kurfürst setzte mal mehr und mal weniger einen reibungslosen Ablauf des Geschehens im Schloss und im Ort voraus. Sie musste stark bleiben und wollte dazu körperlich kräftig, vom Willen her gut aufgerichtet und ausgerichtet auf das Wichtige sein. In Kleinigkeiten ließ sie ihrem Personal freie Hand. Oft hatte sie gelesen: „Die Atmosphäre im Schloss ist abhängig von dem Geschick der Schlossherrin". Darin sah sie eine große Aufgabe, übertrieb es aber nicht mit der Sorgfalt und Rücksicht. Wenn sie auf Jagd war, war sie auf Jagd, wenn sie in der Kirche saß, saß sie in der Kirche, und wenn sie einem Konzert lauschte, lauschte sie einem Konzert. Überhaupt trug Musik im Zimmer oder im Saal sowie in der Kirche sie wie auf Adlerflügeln raus aus dem Alltag hoch in die Höhe über ihr eigenes Leben weg von allen Sorgen und Gedanken an Nöte in ihrer und aller Welt, sodass sie mit dem Adler aus hoher Luft frei und froh auf ihr eigenes Leben hinunterschauen konnte, und was sie da sah, war größtenteils gut und schön. Auch das Hauptproblem ihrer jetzigen Existenz, das ja auch ein immer wiederkehrendes Problem der Medici gewesen war, belastete sie nun nicht über die Maßen, denn ihr eigenes Leben war ja erfüllt von vielen Tätigkeiten, die ihr zu- und angewachsen waren und in denen sie sich selbst so entwickelt hatte, dass sie diese Betätigungen als selbstgewählte betrachtete und empfand. Sie fühlte sich nicht fremdbestimmt, obwohl sie durch ihre Freundschaft zu Lisa ja wusste, dass ein Leben unter anderen Vorzeichen völlig anders verlaufen konnte wie eine Melodie sogar trübe klingen konnte, setzte man sie zum Beispiel bei denselben Vorzeichen eine kleine Terz tiefer. Am 11. August 1691, als sie 24 Jahre alt wurde, hatte sie alleine heimlich betend und mit einem Glas Wein in diesen Geburtstag hineingefeiert, da Johann Wilhelm auf Reisen war. Sie hoffte auf Weihnachten und auf das nächste Jahr. Sie würde den Weihnachtsbaum für die große Empfangshalle in diesem Jahr selbst im Hambacher Forst aussuchen, fällen und mithilfe der Jäger aufstellen. Oder besser noch, sie würde einen Baum ausgraben lassen, ihn mit beschnittener Wurzel in einem großen halbierten Weinfass mit einem Gemisch aus Sand und Erde aufstellen lassen und im frühen Jahr, wenn es hier am Rhein wieder milder wurde, im Schlossgarten eingraben lassen. Hegen und pflegen würde sie ihn selbst. Sie sehnte sich nach diesem Weihnachtsfest in Erinnerung an die italienische Weihnacht in Florenz. Lange vor dem Advent an diesem Geburtstag schrieb sie ihrem Vater Cosimo: „Ich verzehre mich vor Sehnsucht nach Ihnen, mein lieber Vater. Von ganzem Herzen wünschte ich, leben zu können, wo ihr lebt. Meine einzige Angst ist, sterben zu müssen, bevor ich euch noch einmal gesehen habe." Sie ermahnte sich zwar selbst, diesem Anflug von Wehmut in diesem langen Brief viele ausgleichende Aspekte entgegen zu setzen, aber sie bekannte sich zu diesen Worten nach kurzer Überlegung hinsichtlich einer möglichen Überarbeitung der ehrlichen Zeilen – es gab durchaus neue Radierkratzer aus Naturschwamm, mit denen man geschriebene Tinte, wenn sie trocken war, leicht wieder wegbekam, oder sie würde den Brief neu schreiben. Doch diese Worte erreichten den Vater an dessen Geburtstag, als er neunundvierzig wurde, in Florenz an seinem Schreibtisch im Palast. Er vergoss glühende Tränen, die niemand sah, ohne dass er wirklich unglücklich war, denn er sah aus dem Brief keinen Anlass zur Sorge. Aber seine Sehnsucht nach seinem Mädchen und ihrer nüchternen, aber beherzten Art, ließ ihn beten, dass sie noch einige Jahre zusammenleben können würden, wie auch immer. Er wusste, dass er mit diesem Wunsch, der sich wie üblich für überraschende Gedanken ihm aufdrängte, eine ungewollte Wette mit dem Leben einging, denn zu ihm nach Florenz würde Anna Maria Luisa nur wieder kommen, wenn der Kurfürst sterben, sie kinderlos bleiben würde und das Kurfürstenamt in andere Hände gelegt werden müsste. Einen kurzen Moment stellte er sich Anna Maria Luisa als Kurfürstin vom Rhein vor. Das passte. Sie würde es können. Man würde ihr folgen und gehorchen. Aber mit diesem Gedanken liefen seine schon versiegenden Tränen in lächelnde Mundwinkel hinein und er putzte sich Augen, Nase, Mund mit einem kurfürstlichen Sticktaschentuch und erhob sich, um in den sonnigen Schlossgarten zu gehen.

Der nächste Brief aus Wien war der traurigste ihres Lebens. Ihre erst vierzehnjährige Schwägerin Leopoldine Eleonore war gestorben, nachdem sie drei trübe Wochen lang in einem hohen Fieber gelegen, nur schwer zu atmen vermocht und vor sich hin fantasiert hatte. Luisa notierte in ihr Tagebuch: „Der Tod zog wieder seine zerstörerische Bahn. Unsere Familien kennen den Kummer in allen seinen Schattierungen, von der Melancholie bis zur Verzweiflung. Trotzdem überlebten wir, denn der Kummer war nur die Kehrseite der Zuneigung, welche die Familien zusammenhielt. Je größer der Schmerz war, desto mehr wurde er von den Familienmitgliedern geteilt; das gemeinsame Leiden führte uns noch enger zusammen." In ihrem Beileidsschreiben hieß es: „Tränen vergießt man vornehmlich in den privaten vier Wänden und meiner Tränen darf die Seele Leopoldines gewiss sein." Sie war zwar sehr gefühlvoll, aber Tränen gehörten für sie zum rein persönlichen Dasein, und so weiß niemand, ob sie auf ihrem Zimmer und am Altar der Maria tatsächlich geweint hat. Der Tod der anbetungswürdigen Leopoldine Eleonore brachte in Luisa eine Erinnerung hoch an eine Lektüre und ihre intensive Nachempfindung der Trauer des Petrarca um seine unsterbliche Geliebte Laura, die gestorben war, was Petrarca in einer zärtlich-feierlichen Reminiszenz später so reflektierte: „Laura, berühmt dank ihrer eigenen Tugenden und dank meiner Gedichte, die sie nach Herzenslust besangen, trat mir zum ersten Male vor die Augen in meiner frühesten Jugend, im Jahre des Herren 1328, am sechsten Tag im April, des Morgens, in der Kirche der hl. Clara zu Avignon; und in der nämlichen Stadt, im nämlichen Monat April, am sechsten Tage des Monats, zur nämlichen Stunde am Morgen, ging sie ein ins Licht, während ich in Verona weilte, ach! und nichts wusste von dem Schicksal, das sich erfüllt hatte. Die traurige Kunde erreichte mich in Parma durch einen Brief meines lieben Ludwig, am Morgen des zehnten Tages im Mai 1348. Ihr so reiner, so schöner Leib fand bei den Minderbrüdern seine Ruhe, am Tage ihres Todes, gegen Abend. Ihre Seele aber kehrte, wie die des Afrikaners, von der Seneca spricht, zum Himmel zurück, von wo sie gekommen war: Das ist mein unerschütterlicher Glaube." Sie hatte dies alles vom Lateinlehrer erfahren und sich seine Worte wortwörtlich aufgeschrieben: ‚Es war Petrarcas häufiger Kontakt mit der Literatur des Vergil, der seinen Worten wiederholt das Gefühl einprägte, alles verloren zu haben. In einem Schreiben an den verehrten Philippe de Cabassoles schreibt er deswegen: „Ich sterbe täglich" („quotidie morior"). Ein Mensch hinterlässt nur Spuren. An den Rändern des Canzoniere, dem einzigen Ort, wo Petrarca fortlaufend seine Gedanken notierte, beschrieb er seine tägliche Mühsal: eine Erinnerung, die fünfundzwanzig Jahre lang vergessen war und in einer schlaflosen Nacht wiederkehrte; eine Einladung zum Essen, deretwegen er einen Moment der Inspiration versäumen musste. Nur Gott vermöchte aus solchen Notizen, solchen Momenten das Geflecht eines ganzen Lebens zu rekonstruieren; aber das Werk ist da, mit seinen Schreien und seinem Geflüster.' Sie war noch Wochen lang erfüllt von tiefer Traurigkeit und sah das Bild Leopoldines, wie man es ihr zugeschickt hatte, tagtäglich morgens und mittags und abends und in einer jeden Stunde, die der Tag ihr schenkte. Und beim Gebet schlichen sich Tränenspuren in ihre Augenränder.

Ihr Kopf war manchmal noch so voller vom Ich geprägten Gedanken aus Zeiten ihrer Erziehung und sie hatte den Eindruck, dass eine innere Stimme ständig aus ihr herausdrängte, die sie als über ihr schwebend empfand und also einen Über-Ich-Standpunkt einnahm. Sie hörte diese Stimme mit dem Ton ihrer Großmutter Vittoria della Rovere. Wenn sie mit ihrem Mann zusammen war, verstummten manchmal diese Mahnungen und sie gab sich mit wachsender Freude ganz dem Blick ihres Freundes hin, dem dann oft ein Scherz über die Lippen kam. Und mit seiner Baritonstimme sang er an diesem Abend nach dem Genuss mehrerer Gläser des Sylvesterpunschs und eines süßen Schaumweines ein altes Lied aus Österreich: „Es, es, es u-und es, es ist ein harter Schluss, weil, weil, weil u-und weil, weil ich nach draußen muss, i-ich schlag mir Weishei-eit aus dem Sinn und geb' mich ganz de-er Anna hin. Ich muss mein Glück probie-ieren – kopulieren." Er lachte laut auf, sie murrte und knurrte, aber hatte durchaus verstanden, was er anzeigen wollte. Sie hatten sich eigens für diese Nacht verabredet. Er saß auf dem langen und breiten roten Brokatsofa und zog sie an sich, indem er sie am Handgelenk anfasste und ihre Taille mit dem anderen Arm umschlang, um sie sanft niederzuziehen. „Komm zu mir, meine Herzenssüße." Dabei hatte er ihr Podelta gespürt und anregend bemerkt, dass sie schon unter ihrem langen Nachthemd nackt war. „Ich liebe dich und möchte nur noch für dich da sein." Nackt wie das Sterntalermädchen im Mondlicht, denn bleich war sie wie alle Damen des Hofes, vor allem die männerfressenden Mätressen. „Alle Mädchen der Welt leben in dir." Als sie sich auf sein Bein setzte, schon bis auf ihr langes Nachthemd ausgezogen, spürte er ihre Weichheit und sie seine reibende Beinbehaarung. Die Beine eines dreiunddreißigjährigen eifrigen Reiters waren zur Jagd gestählt, sein Drang auf zu schnelle Beute in druckhafter Rücksichtslosigkeit drohte Überhand zu nehmen. „Warte, mein ungestümer Geliebter und lass mir meine Zeit." Er spürte, dass sie schneller zu atmen begonnen hatte, griff nun unter das Sofa, zog mit einem heftigen Schwung, dass sie fast erschreckt wurde, einen flachen blauen Karton heraus, und flüsterte ihr hinter das Ohr mit einem Kuss auf den Ohrrand, dass sie dieses Paketchen öffnen müsse, weil es eine Überraschung enthalte. „Nimm dir Zeit und öffne langsam, was unsere Bindung zeigen wird." Sie öffnete die rote Schleife aus Samt und glänzte und lächelte mit ihren Vierundzwanzig, ihm durch eine kurze Zuwendung des Kopfes unwiderstehlich anrührend in die Augen schauend, wobei sie den Deckel hob und vier weitere rote Samtschleifen fand. „Rot wie unser wallendes Blut". Seufzend übernahm sie seine Rede: „und weich wie mein angefachtes Gemüt." Fragend nahm sie die Bänder aus der Kartonage und hielt sie ihm vor den Mund, sodass er dagegen blies und erklärte: „zwei für die Fesseln, zwei für die Pülschen und eine für deinen schlanken Hals." Und nun drehte er sie über seinen Schoß hinweg auf ihren Rücken, schlüpfte unter ihr fort, kniete sich vor sie hin und band ihr die roten Schleifen um diese Stellen, wo nun die Adern kräftig klopften. Sprachlos und leicht hauchend betrachtete sie seine geschickten Finger. Als er ihr das Band um den Hals fügte, atmete sie stoßweise, und als er spürte, wie sich die Begierde seines ganzen Körpers in ihre Schönheit hineinbewegte, verfiel er in einen Zustand unbewussten Glücks und feierte seinen kräftigen Leib mit unumstößlicher Vehemenz. Sie war nicht nur eins mit ihm, sondern eins mit dem Kosmos und eins mit allem, was sie jemals entzweit hatte.

Die Amme Carina, Lisa und die Fuggerin, die sich noch heimlich ins Anziehzimmer vor den Zudringlichkeiten gewisser Hofherren geflüchtet hatten, um eine ergatterte Flasche Perlwein noch gemeinsam auf das neue Jahr zu trinken, lächelten sich an, lagen sich trunken – halb wirklich und halb vor Freude – in den Armen, während Carina den beiden im breiten Florentinisch halb lallend zuflüsterte: „Ora ha dato i suoi fruttite". „Jetzt hat es gefruchtet!"

12

Es hatte gefruchtet, aber das wusste sie noch nicht. Luisa fragte sich schon länger, wieso die Lust des Körpers täglich neu kommt. Bei ihrem Mann hatte sie das auch schon erfahren. Obwohl sie sich bis auf ihre erotischen Begegnungen ja nie nackt sahen, weil sie ja auch nicht im selben Zimmer schliefen, wusste sie, dass er morgens ganz früh nicht mehr auf dem Bauch schlafen konnte, weil sein Glied steif war. Ist dies denn dasselbe Bad der Seele, das auch sie kannte? Wenn sie Lisa irgendwo traf und ihr ihre rechte Hand vorsichtig um den Unterarm im Bereich des Ellbogens legte, dann passierte etwas mit ihr, das sie auch körperlich spürte. Sie war überhaupt schnell erregbar. Manchmal wusch man ihr die Brüste und sie erlag sehr plötzlichen Empfindungen, wehrte sich aber auch innerlich gegen sie, damit sie ihnen nicht nachgab. Wenn ihr Gatte beim Beischlaf richtig ansetzte, war sie schon so erregt, dass sie fürchtete, nach einer Eruption des Unterleibs nicht mehr weiter zu können, wenn er sie noch gar nicht begattet hatte. Sie wurde dann so empfindlich, dass jede weitere Berührung ihr fast heftige Schmerzen verursachte, jedenfalls einen großen Unwillen. Sie fiel so stark in sich und ihre Empfindlichkeiten zurück, dass sie Johann Wilhelm wegdrücken musste. Wenn sie Zeit hatten – da sie ja unbedingt ein Kind wollten – warteten sie zwei Stunden, aber er war oft so aufgewühlt, dass er sich seitlich an sie drückte und seinen Samen ergoss. Dann schlief er ein und sie legte das Betttuch zurück und betrachtete sein Gemächt. Danach hatte sie stets ein schlechtes Gewissen. War das denn nun der Fall des Noah. Noah war doch der biblischen Erzählung nach ein Ackersmann und ein Winzer. Noahs Sohn Ham entdeckte den betrunkenen Vater in seinem Zelt unbekleidet eingeschlafen. Er erzählte seinen Brüdern Sem und Japhet davon, die daraufhin die Blöße des Vaters mit einem Tuch bedeckten, ohne diesen dabei anzusehen. Aber Ham hatte das Geschlecht des Vaters gesehen. Als der Vater erwachte und erfuhr, was passiert war, verfluchte er Hams Sohn Kanaan und alle seine Nachkommen dazu, Knechte seiner Brüder zu sein. Der Religionslehrer in Florenz hatte ihr gesagt, dass auf Ham alle Afrikaner zurückgehen würden, weswegen sie als minderwertig zu betrachten seien. Aber dann wären sie ja auch minderwertig. Er, der Kurfürst hatte seinen Samen ins Bettlaken gesetzt. Wie Onan im Buch Genesis, der sich geweigert hatte, die Frau seines verstorbenen Bruders zu schwängern und den Samen in den Sand gegeben hatte. Wie auch immer, selbst oder durch Rückzug im Gefecht. Er wurde auch verflucht. Die Befriedigung seiner selbst war doch für den Menschen eine Sünde. Sie dachte an das Buch, das Onkel Kardinal ihr geschenkt hatte, das Buch von Poggio, das alle ihre Frauen am Hof gelesen hatten und das auch in ihre Hände gefallen war, als sie bei Kardinal Francesco Maria den Sonntag verbracht hatte. 1414 hatte Poggio und einer ihrer Medici-Vorfahren den Gegenpapst Johannes XXIII. zum Konstanzer Konzil begleitet. Der Schriftsteller war mit den florentinischen Humanisten befreundet und ein bekannter Sammler antiker Handschriften. In diesem Buch schrieb er von einer Zürich-Reise 1416, als müßiger Betrachter in Baden bei Zürich, und was er dort beobachtete, erstaunte ihn, und wie er es niedergeschrieben hatte, erstaunte sie ebenso. Sie las leise vor sich hin:

„Baden ist eine recht blühende Stadt; sie liegt in einem Tal, das von sehr hohen Bergen beherrscht wird, an einem breiten, rasch strömenden Fluss, der 6000 Schritte von der Stadt entfernt den Rhein gewinnt. Nicht weit von der Stadt, vier Stadien entfernt, befindet sich am Flussufer eine prachtvolle Badeeinrichtung. Ein riesiger Innenhof wird von großartigen Gebäuden umgeben, die enorme Menschenmengen aufnehmen können. In diesen

Gebäuden sind Bäder, zu denen jedoch nur gewisse Leute Zutritt haben. Einige der Bäder sind öffentlich, andere privat; insgesamt sind es dreißig.

Öffentlich sind zwei Bäder, die von jeder Seite des Hofes her zugänglich sind. Sie sind für das gemeine Volk und die breite Masse, für Männer, Frauen, Kinder und junge Mädchen, die hier in großer Zahl zusammenkommen. In diesen Becken hat man eine Art Palisadenzaun errichtet, obwohl die Menschen friedlich sind; er trennt Männer und Frauen voneinander. Es ist wahrhaft lächerlich, hinfällige alte Weiber neben jungen Schönheiten baden zu sehen. Sie steigen nackt ins Wasser, unter den Augen der Männer, und weisen ihnen den Hintern oder ihre Schamteile. Ich habe oft über ein solches malerisches Schauspiel gelacht und es mit Blumenspielen verglichen, und im Innersten musste ich die Unschuld dieser Menschen bewundern, die diese Dinge nicht anstarren und nichts Böses denken oder sprechen.

Die Bäder in Privathäusern sind recht stilvoll und werden ebenfalls von Männern und Frauen gemeinsam benutzt. Einfache Gitter trennen die Geschlechter; sie weisen zahlreiche Fenster auf, so dass die Menschen miteinander trinken und sprechen und einander ansehen und sogar berühren können, wie es der Brauch ist. Über den Becken sind Galerien, wo die Männer sich niederlassen, um sich zu unterhalten und die Badenden zu beobachten. Denn jeder darf in das Bad der anderen gehen, sinnieren, plaudern, spielen und den Kopf auslüften. Die Männer bleiben auch sitzen, wenn die Frauen das Becken betreten oder verlassen und jedermann ihre Nacktheit präsentieren. Kein Wächter passt auf, wer kommt, kein Tor verhindert den Zutritt, und von Lüsternheit ist keine Spur. Meist benutzen Männer und Frauen sogar denselben Eingang, und die Männer begegnen halbnackten Frauen, während die Frauen nackten Männern begegnen. Die Männer tragen bestenfalls eine Art Badeanzug, während die Frauen Gewänder tragen, die oben oder an der Seite offen sind und weder Hals noch Brüste, weder Arme noch Schultern verhüllen. Oft nehmen die Leute im Wasser auch eine Mahlzeit ein, für die sie beim Eintritt bezahlen; man stellt Tische im Wasser auf, und oft essen Besucher zusammen mit den Badenden.

Was mich betraf, so sah ich von der Galerie aus zu und verschlang mit den Augen die Sitten, Gebräuche, Annehmlichkeiten und Freiheiten, ja die Großzügigkeit dieses Lebens. Es ist wirklich erstaunlich, die Unschuld und Wahrheit zu sehen, mit der die Menschen hier leben. Ehegatten sahen zu, wie ihre Frauen von Fremden berührt wurden, und nahmen keinen Anstoß daran, ja achteten nicht einmal darauf, weil sie alles im günstigsten Licht ansahen. Dank dieser Bräuche werden sogar die delikatesten Dinge leicht. Sie hätten sich leicht mit Platons Staat anfreunden und alles miteinander teilen können, denn ohne seine Lehren zu kennen, gehörten sie instinktiv zu seinen Anhängern. In manchen Bädern mischen sich die Männer direkt unter Frauen, die mit ihnen blutsverwandt sind oder ihnen sonst nahestehen. Sie baden jeden Tag drei- bis viermal und verbringen einen guten Teil des Tages mit Singen, Trinken und Tanzen. Sie singen sogar im Wasser, zum Klang der Zither, indem sie leicht in die Hocke gehen; Und es ist bezaubernd, die jungen Mädchen zu sehen, bereits reif für die Ehe, in der Fülle ihrer mannbaren Formen, das Gesicht von Adel gezeichnet, mit Gebärden und Bewegungen wie Göttinnen. Beim Singen treiben ihre Gewänder wie eine schwimmende Schleppe auf dem Wasser, so dass man sie leicht für geflügelte Venusse halten könnte".

Später beschreibt Poggio Spiele auf einem weiten, baumbestandenen Feld am Fluss, insbesondere Speerwerfen und Tanzdarbietungen, und bemerkt dazu: „Ich glaube wirklich, dass die ersten Menschen an solchen Orten geboren wurden – diesen Orten, die der Jude Eden nennt; sie sind wahrhaftig der Garten der Lüste. Wenn Freude das Leben glücklich machen kann, dann wüsste ich nicht, was hier fehlt, um die höchste Vollkommenheit zu erreichen".

Aber sie hatte Bauchschmerzen – nicht nur zuerst wehende unterhalb des Nabels. Wenn sie dies las, hatte sie Leibschmerzen im Rücken und auch Kopfschmerzen ganz eigentümlicher Art, weil sie nicht glauben konnte, dass dieser Schriftsteller Poggio das so wirklich erlebt hatte. War das nicht nur der feuchten Feder seiner flotten Vorstellungen entsprungen? Konnte der Körper entblößt und zugleich rein sein? Als sie einen neuen, jungen Biologielehrer bekommen hatte – sie war damals fünfzehn Jahre alt – raffte sie all ihren Mut zusammen, diesem jungen Deutschen mit dem Namen Phillipe Braunstein, dessen Mutter eine Französin war – diese Fragen zu stellen. Sie wollte nicht unaufgeklärt in eine Ehe gehen, weder körperlich noch geistig. Wie in einem Tagtraum verliert in ihren Augen dieser beobachtende Mann von Welt und Kultur, dieser Poggio seine Maßstäbe – die literarischen und die moralischen. Und er genießt seine Visionen und leidet gleichzeitig sichtlich darunter! Sie hat also ihren Biologielehrer gefragt, und der hat ihr in einem Brief geantwortet, weil er es für unschicklich hielt, ihr bei ausgesprochenen Gedanken dabei in die braunen jungen leuchtenden Augen zu schauen; es waren Antworten, die sie zwar inhaltlich verstand, die sie aber geistig und seelisch nicht verarbeiten konnte; bei deren Lektüre ließ ihr Kopf sie alleine: „Das freudige Schauspiel, das Jung und Alt, Männlein und Weiblein zusammenführt, bringt sein Gefühl für

Schicklichkeit durcheinander. Die alte Frau verbirgt nicht ihre verwelkte Gestalt, löst aber auch nicht Heiterkeit aus. Fast nackte junge Leute streifen einander mit den Blicken, ohne dass in ihren Augen Begehren aufflammte. Die Scheidelinie zwischen Gut und Böse ist auf geheimnisvolle Weise ausgelöscht; Körper berühren einander, Frauen bedecken weder Hals noch Brüste, weder Arme noch Schultern. Poggio ist es, der sie mit den Augen, mit seinen lasziven Gedanken entkleidet. Die Szene atmet Schlichtheit und Gesundheit; das Unschickliche existiert einzig im Lexikon des Humanisten. Hat er Angst davor, sich selber zu entblößen? Die wohlgesetzte Rede ist sein Geschäft. Kann ein Intellektueller neben jungen Damen im Bade sitzen, ohne blenden zu wollen? […] Gleichviel – er wandelt sich zum Voyeur vor dieser harmonischen Gemeinschaft im Fleische, die freudvoll und begierdelos ist, weil ihr nichts fehlt. Doch quält ihn der Gedanke, bei diesem Schauspiel ein Außenseiter zu sein." An der Ostsee, so hatte sie gehört, würden ganze Familien sich unverfänglich nackt bewegen, schwimmen gehen und spielen, tanzen und essen und ohne Gram zu Bett gehen. Das konnte sie sich nicht vorstellen. Das Rheinland war heiter und lebendig, aber kommunikative und spielerische Offenheit gab es nur unter gleichgesinnten Menschen. Ansonsten war es im Rheinland eher, wie Bruder Damian ihr schon öfters gesagt hatte: Und willst du nicht mein Bruder sein, so schlag ich dir den Schädel ein!

In diesem Zusammenhang darf nicht verschwiegen werden, was die Kurfürstin leise ihre Lippen bewegend noch in dem Brief ihres genialen und verehrten Biologielehrers las, den sie erst jetzt verstand: „Zu Poggios Unbehagen trägt der Umstand bei, dass dieser Garten der Lüste, dieses Eden, nördlich der Alpen liegt. Platons Idealstaat scheint zum Leben erwacht zu sein, in einem neuen Gesellschaftsvertrag, harmonisch, ohne Gewalt und Rivalität

– es gibt keine Wächter an den Toren und keine eifersüchtigen Ehegatten wie in Italien. Trotzdem liegt Zürich jenseits der nördlichen Grenze von Poggios Zivilisation. Mit Leib und Seele ist er ein Kind des Mittelmeers. Für ihn ist der Norden der Ort der antiken Handschriften, die er karrenweise aus Cluny, Köln und St. Gallen abtransportiert. Manches davon war seinen Zeitgenossen gänzlich unbekannt, beispielsweise dreizehn Reden des Cicero, die Institutio Oratoria des Quintilian und alles von Lukrez. Die Kultur der Antike war seine wahre Heimat. Was vermochte der beunruhigende Anblick eines hyperboreischen – sie wusste im Gegensatz zu uns heute, dass dies ‚veraltet‘ hieß –, also dieses bezüglich aller Vorstellungen überkommenen Paradieses dagegen auszurichten? ‚Ha ha‘ dachte sie. Poggios kurzer Augenblick der Betroffenheit mag mit der zeitweiligen Unterbrechung seiner Karriere im Zusammenhang gestanden haben. Jedenfalls hatte er sich bald wieder in der Gewalt, und eine enigmatische [auch hier wusste sie im Gegensatz zu mir, dass dies ‚veraltet‘ oder ‚rätselhaft‘ meint] Bemerkung beschließt die Episode der fröhlichen Badenden, diesen Vorgriff auf die Renaissance mit Michelangelos muskulöser Muttergottes im Kreise sportlicher junger Männer und den hüllenlosen Lustbarkeiten bei Lucas Cranach." Sie war fürbass erstaunt, dass er die Zeit des Wirkens Michelangelos mit einem Begriff belegte: „Renaissance" – das hieß doch Wiedergeburt oder Wiederaufkommen einer alten Richtung des Denkens und Gestaltens. Und sie sinnierte auch kurz darüber, ob denn nicht die zentrale gesehene Perspektive in den Gemälden des Brunelleschi aus Florenz die entscheidende künstlerische Revolution der letzten Zeit gewesen sei, denn vorher habe man die Welt der Häuser, Bäume und die Krippengebilde auf Bildern der Geburt Jesu nicht so sehen können, wie sie wirklich ist – als wenn man in Wirklichkeit davor stünde. Und Botticelli sowie dieser Leonardo da Vinci hatten doch auch in Florenz angefangen und für Aufsehen gesorgt. Das waren doch alles auf ihre Art Erfinder, Genies und Neuerer gewesen. Kunst war seitdem viel mehr als bloße Darstellung; sie war doch Gegenstand der Gespräche, aber auch selbst eine ganz neue Art von Sprache, Denk- und Sichtweise. Sie hatte die ganze denkende Welt verändert. Aber egal; dabei dachte sie jeden Tag über den Begriff der ‚Erbsünde' nach. War Nacktsein nicht schon Sünde an sich? Aber dann wären Adam und Eva doch Sünder gewesen, und dann wären doch kleine und frisch geborene junge Menschen Sünder. Und alte, die man gewaschen hatte und wie sie auf dem Totenbette lagen nackt und bloß und blau und kalt sündige Menschen. Nun trat ihr sehr lebhaft das Bild „Geburt der Venus" des Botticelli von 1485 vor Augen. Ihr Vater hatte es gerühmt und zugleich hinter vorgehaltener Hand geraunt, dass dies die erste nicht christliche Darstellung einer nackten Frau sei. Und ihr Onkel Kardinal hatte zurück geraunt, viel mehr störe ihn die deutliche Darstellung der Geschlechtsszene oben links, wo doch eindeutig ein Beischlaf in der Stellung zweier ineinander gelegter Löffel gemalt sei. Und Anna Maria hatte nur hinzugefügt, dass die Dame rechts mit dem Kleid der Venus etwas zu spät anrücke. „Die Maler haben mehr Phantasie in das Bild hineingelegt, als die Betrachter verstehen. Dass die Venus aus einer Muschel als Perle der Schönheit geboren sei, kann man leicht nachvollziehen, aber dass sie ihre Hand so spreizt, dass ein V auf ihrem Herzen liegt, bedeutet doch wohl, dass die geistige Liebe mehr bedeutet als die körperliche, denn ihre Brüste seien wie auch stets bei Michelangelo unnatürlich aufgesetzt wie Fruchtkörbchen und deren Verbindung mit dem Hals fehle. Und alles andere ist nicht zu sehen, weil es mit dem wallenden blonden Haar verhüllt ist, wodurch der Maler verrate, dass auch er noch nie eine nackte Frau in Natura gesehen hat." Das laute Räuspern des Onkels überdeckte ihre Aussage wie das blonde Haar der Venus die Scham. Und ihr Vater murmelte so etwas Ähnliches wie: „Man darf in keuchen Mauern nicht nennen, worauf wir Fürsten nicht verzichten können."

Sie hatte gehört, dass der Heilige Franziskus sich kurz vor seinem Tode ausgezogen hatte und sich in der von ihm erbauten kleinen Kirche vor den Altar gelegt hatte und in seinen letzten Worten gesprochen hatte: „Nimm mich, wie ich in die Welt kam; nimm mich arm und nackt." Nackt war sie ja auch gewesen, aber nicht arm. Aber ohne Hab und Gut, ohne ihren Brillantschmuck aus Antwerpen und ohne ihre Antwerpener Bilder würde auch sie dereinst in die ewigen Gefilde Gottes gehen müssen. Und darauf freute sie sich jetzt schon, denn ihr war ihr Besitz wertvoll und wichtig, aber mehr und mehr eine Last, und ihre Kunst war ihr Lebenselixier, aber nichtsbedeutend zu dem Glück, das das Leben ihr nicht geschenkt hatte: eine gesunde Familie, eigene Kinder und handlungsfähige Thronfolger für Florenz. Eigentlich war nichts von den Blütenträumen ihres Lebens in Erfüllung gegangen. Alles, was ihr zum Lebensinhalt geworden war – so dachte sie mit einem schweifenden Blick aus dem Fenster auf den dahinfließenden gleißenden Rhein – war von ihr selbst gewählt, gewirkt und gewollt. Es erfüllte sie aber nur bis zu einem gewissen Grad. Reiten, Jagen, Tanzen, Musizieren und Schauspielern, Feste feiern, Schützenwettbewerbe, Maskenbälle zu Karneval, alles dies waren wichtige Bestandteile ihres Glücks, aber es füllt nicht die Lücke der eigenen großen Familie, wie sie selbst es als Kind erlebt hatte. Und deswegen würde sie das Regieren weiter ernst nehmen und sich für die Menschen bemühen, die Hilfe brauchten – Hilfe zum eigenen Überleben, zum rechten Verhalten und zum Glauben. Sie wollte die Aufgaben des Regierens weiterhin sehr sorgfältig ausfüllen und auf dem höchsten Stand des Wissens sein, was die Situation ihrer Untergebenen anging.

Durch das Bombardement in der Nähe von Düsseldorf durch die französischen Truppen des Sonnenkönigs zogen dunkle Wolken im Geist von Luisa auf. Sie litt an Visionen von viel schrecklicheren Kriegen mit großen Pulverwaffen und Explosionen in einer Zeit, in der man aus ihrer Sicht, dem Blickwinkel einer Frau, die Sinnträchtigkeit des Kriegsführens nicht mehr so recht nachvollziehen konnte. Aber es dominierten auch zu diesen vielleicht zukünftigen Zeiten Männer, die felsenfest auf die Bedeutung des Krieges für die Sicherung der eigenen Macht und für die richtige Entwicklung einer gläubigen Gesellschaft schworen. Aber diese Männer schworen auch abends auf ihre Karten beim Spiel und auf ihre Steine beim Schach. Ob sie auf das falsche Pferd setzten? Ob nicht Friede und ein gutes Gespräch ohne Ränke mehr Gerechtigkeit in die Gesellschaft bringen würden? Ob es nicht auch so etwas wie Glück gäbe, dass die Menschen anstreben sollten? Glück, dieses Wort kam weder in der Bibel vor noch in den Kartularien der Gesetze. Aber müsste nicht irgendjemand, und sei es auch ein Philosoph, hingehen und die Glückseligkeit der Menschen, ja aller Menschen und vielleicht sogar aller Lebewesen, als höchstes Ideal den Menschen in's Stammbuch schreiben? Genau in dieser Zeit ihrer Verunsicherung ereignete sich in Düsseldorf ein schrecklicher Mord an einem unschuldigen Mädchen, das in der Dämmerung sich selbstverloren und im Spiel an den Rhein begeben und Uhr und Zeit vergessen hatte. Es war schnell klar, wie der Mord geschehen war. Eine Person muss ihr gefolgt sein und hatte sie von hinten erwürgt. „Es wird wohl ein Mann gewesen sein." „Aber er muss überrascht worden sein, denn mein Mann sagte, dass er sich nicht an ihr vergangen habe." „Oder es war einfach ein Irrer, dem es nur auf die Tötung ankam." „Der sich daran ergötzte, wie ein Kind starb." „Vielleicht hätte er auch einen Jungen ermordet." „Er war wahrscheinlich doch verwirrt, das war bestimmt der Landstreicher, der alle paar

133

Wochen hier aufkreuzt, um sich etwas zu erbetteln oder um zu stehlen." „Einige raunen, es könne der Satan persönlich gewesen sein, denn die Male am Hals ließen auf Krallen schließen." „Schiebt nicht immer alles auf solche armen Teufel oder auf den Leibhaftigen, wenn es ihn denn gibt, persönlich. Vielleicht war es einer von unseren ehrenhaften Männern aus unserer unmittelbaren Umgebung!" Die Gespräche versiegten nicht, tappten aber genau wie die Behörden im Dunkel.

Die Kurfürstin kannte es aus Florenz so, dass ein zum Tode verurteilter Mensch nicht alleine gelassen wurde auf seinem Weg zum Henker und in den Tod. So regte sie nach dem Vorbild der Florentiner eine „Bruderschaft des Todes" an, die bei der Hinrichtung diesen Menschen auf seinem letzten Weg begleiten und ihn auf dem Weg durch die grölende Menge schützen sollten. Sie würden ihn trösten durch Gespräch und Gebet und bei seinem letzten Gang vor ihm her schreiten, wobei sie Bibelverse beten sollten wie die Worte Jesu am Kreuz: „In Deine Hände befehle ich meinen Geist!" Sie konnte den Kurfürsten aber von dieser Idee nicht überzeugen. „Bei uns in Düsseldorf übernimmt diese Aufgabe der Gefängnisgeistliche. Vor dem Landesherrlichen Bergischen Schöffengericht verhandeln wir gerade gegen fünf Frauen, die der Stadtdechant angezeigt hat mit vielen Unterschriften aus den Zünften und von Gutsbesitzern, deren Vieh sie verhext haben sollen. Sie haben aus Not dort schon einmal etwas gestohlen, und dem Dechanten bleibt gar keine andere Wahl als diesem Druck nachzugeben. Ich werde aber versuchen zu zeigen, dass sie zwar des Diebstahls schuldig sind, der aber nur als Mundraub zu werten ist, aber nicht der Hexerei. Eine der Frauen ist erst sechszehn Jahre alt. Das Vieh in den Ställen ist an der Maul- und Klauenseuche gestorben. Ich habe ihnen den guten Anwalt Andreas Vogt an die Seite gestellt, dem es sicher gelingen wird, die Richter und Schöffen zu überzeugen." „Das ist tragisch", antwortete Anna Maria Luisa ihm, „denn aus diesem Grund willst du nach dem schrecklichen Mord an diesem blutjungen Mädchen durch diesen unglücklichen Menschen nicht riskieren, dass das Volk meint, du würdest Mörder schützen wollen. Das kann ich schon verstehen. Aber wenn in einigen Monaten diese Phase vorbei ist, dann werde ich mich an den Magistrat wenden und für die Gründung dieser Bruderschaft in Düsseldorf werben."

Auch beschloss Anna Maria Luisa, eine Aufklärungsproklamation an die Bürger von Düsseldorf gerichtet zu schreiben. Sie würde auch entsprechende Verordnungen erlassen, die zum Beispiel Eltern mehr Aufsicht über ihre Kinder gebieten und fahrendem Volk verbieten würden, sich ohne vorherige Anmeldung in Düsseldorf bei der Außenstelle des Amtsgerichts gleich hinter den Stadttoren an den Rhein zu begeben. Diese Verordnung würde enthalten, dass man die jeweiligen Aufenthaltsorte mit Zeitangaben dokumentieren müsste. Kontrolle ist besser als das ewige Nachsehen, wenn etwas passiert ist! Davon war sie fest überzeugt. Ihr „Brief an das Volk zur Unterrichtung und Aufklärung" begann mit den Sätzen: „Diese Lehre soll die Befreiung des Volks von Unmündigkeit und Unvernunft sein. Wer nicht von sich aus das Vernünftige erkennt, muss angeleitet sein, sich seines Verstandes richtig und frei von Irrlehren zu bedienen. Die Freiheit seines Denkens vermag ihn dazu zu bringen, mit Hilfe der richtigen Anleitung das Gute zu erkennen und dieses dann auch zu befolgen. Wer das Gute kennt und es nicht befolgt, muss als krank am Geist und Herzen bezeichnet werden und entsprechend angeleitet werden, bis er das Gute eingesehen hat. Ansonsten muss er, wenn er Böses verübt hat, bestraft und umerzogen werden. Wer sich der Umerziehung verschließt, kann nicht mehr auf die Menschheit losgelassen werden."

„Das auch noch!" polterte der Kurfürst, jetzt müssen wir alle Übeltäter einer geistigen Therapie zuführen, die bei den meisten doch völlig zwecklos ist. Einmal Straftäter, immer Straftäter. Das sitzt doch drin." Graf Schaesberg erlaubte sich eine noch weiter aufreizende Bemerkung: „Die Kurfürstin ist im Moment auf dem großen Feld hinter dem Campus. Sie möchte bei den Zünften beantragen, dort feste, aber günstig zu mietende Häuser zu bauen, bei denen alle Gewerke sozusagen von den Armenkassen gefördert werden. Auch möchte sie in einer groß angelegten Häuserrettungsaktion neben der Universität günstige Wohnungen für alleinstehende Studenten, Frauen und auch Witwen sanieren lassen." „Meine Frau soll sich auf die Volksmission konzentrieren, der Hausbau ist Männersache, Angelegenheit der Zünfte, des Rates und von Architekten und Baumeistern. Natürlich sind viele Häuser hier uralt und völlig marode. Aber in einigen dieser kleinen Katen an der Stadtmauer haben sich junge Menschen eingenistet, die gar nicht mehr weichen wollen." „Wir können Rapparini sagen, er soll darüber ein Theaterstück schreiben und darin eine Szene mit dem Kampf: Der Kurfürst im Gefecht mit seiner Gattin um das Recht der Stadtmauerherumlungerer." „Dann hätten wir eine Hausbesetzerszene!" merkte der Kurfürst sich belustigend an. Aber mir ist ja eigentlich lieber, wenn die Nichtsnutze in verlassenen Häusern einigermaßen friedlich zusammenleben, als dass sie am Rheinufer in schlechten Zelten die Spaziergänger verunsichern!" Die Kurfürstin orientierte sich aber in all ihren Vorstellungen über Rettung und Heilung am Bild von Florenz, das sie hatte: Fachwerkbauten erstrahlen im Mittagslicht des Flussgleißens, Schilder zieren die Hauswände der Händler, Werkstätten mit großen Fenstern lassen die Arbeit betrachten und Läden mit ausklappbaren Verandadächern zeigen ihre Waren. Die Menschen flanieren und erfreuen sich der Güter, es herrscht eine friedliche Stimmung der Zufriedenheit. Die Kurfürstin war in ihrem Verordnungseifer nicht mehr zu bremsen, der Kurfürst ließ sie gewähren. Sie ließ eine vom Volk selbst durch Zwangsabgaben bezahlte Verordnung zur Säuberung des Wassers und der Straßen in Kraft treten, über die sich dann viele beschwerten – entweder, weil sie zu rigide sei, oder, weil sie zu wenig rigide sei. Es gab eine Gruppe, die sich ‚Allgemeine Freuden Diener' nennt; sie forderten alles und zwar sofort. Ihren Regelungen legte die Kurfürstin eine Schrift aus dem 16. Jahrhundert zugrunde, nämlich Jean Gersons Schrift „Wider die Un-zucht", die sich gegen „Familienbetten" richtete: Noch hundert Jahre zuvor gab es große Betten, die nicht nur Ehe-, sondern tatsächlich Familien-Betten waren. Aus dem Stundenbuch der Jeanne de France wusste sie dies. Gleichwohl galt ein solches nächtliches Gruppenbeiei-nandersein nicht als wünschenswert – aus Gründen der vermuteten Krankheiten und der Moral. In Jean Gersons Schrift „Wider die Unzucht" heißt es: „Wolle Gott, dass es Brauch in Frankreich werde, Kinder in ihrem Bettchen al-lein schlafen zu lassen, oder allenfalls Brüder, Schwes-tern und andere miteinander, wie es in Flandern der Brauch ist." Einzelbetten waren in den meisten Klöstern und in manchen Universitäten die Regel. In Krankenhäu-sern indes machte der Mangel an Betten den Helfenden zu schaffen; im Hotel Dieu zu Paris beschwerten sich die Schwestern, sie seien gezwungen, „kleine Kinder, Mäd-chen und Jungen zusammen in Betten zu legen, in denen zuvor andere Patienten an einer ansteckenden Krankheit gestorben sind, weil es keine [Anstalts-]Ordnung und kein eigenes Bett für die Kinder gibt, die zu sechst, zu acht, zu neunt, zu zehnt oder zu zwölft in einem Bett, an Kopf- und Fußende schlafen müssen". Zu mehreren schlafen zu müssen war ein Kennzeichen der Armut. Jeder, der es sich leisten konnte, allein zu schlafen, wollte allein schla-fen, oder jedenfalls nur mit Menschen seiner Wahl. Anna

Maria Luisa verbat die Herstellung von Betten, die größer waren als für zwei Personen nötig.

Eine sehr kluge Kritikerin ihrer Entscheidung, die ihrer Zeit weit voraus war, eine französische Edelfrau mit Namen Danielle Régnier-Bohler, formulierte: „Dagegen wurde es nicht beargwöhnt, wenn der vornehme Herr oder die feine Dame mit seinem Kammerdiener oder ihrer Kammerzofe im selben Raum nächtigte. Der Diener schlief in einem kleinen Bett im Zimmer seines Herrn oder im benachbarten Ankleidezimmer, oder es schliefen mehrere Domestiken gemeinsam in einem Nebenzimmer. Im „château" Madic beispielsweise war das Schlafzimmer neben dem der Hausherrin für die „filles de Madame" reserviert. Und im „château" von Rouen „schliefen in der kleinen Kammer die demoiselles der Frau des Hauptmanns". Antonio de Beatis vermerkt, dass in den Zimmern in den Gasthäusern der Picardie nur jeweils ein Bett für den Herrn und für seinen Diener aufgestellt war, anders als in Deutschland, wo jeder Raum mit Betten vollgestopft werde. Commynes erinnert sich in seinen Mémoires, dass er als Kammerherr des Herzogs Karl von Burgund gelegentlich im Zimmer des Herzogs genächtigt habe. Der „mignon", also der Liebling des Königs oder vornehmen Herrn teilte natürlich regelmäßig mit ihm das Schlafzimmer. Und im Ménagier de Paris gibt der brave Biedermann seiner jungen Frau folgenden Wink: „Hast du Dienstmädchen oder Kammerzofen von fünfzehn oder zwanzig Jahren, in welchem Alter junge Mädchen närrisch sind und die Welt noch nicht kennen, lass sie in deinem Ankleide- oder Schlafzimmer schlafen, will sagen dort, wo es keine Lukarne, also kein Dachfenster oder niedriges Fenster zur Straße hinaus gibt." Das soll heißen, dass nicht alle Domestiken den Vorzug ständiger Unterbringung im Haus genossen und dass man sie nicht nur deshalb im Schlafzimmer ihrer Herrschaft schlafen ließ, weil sie dann jederzeit dienstbereit waren, sondern auch, um sie unter Kontrolle zu halten. In literarischen Werken wie den Cent nouvelies nouvelles ist von diesem Doppelzweck mehrfach die Rede. Er hat auch die Intimitätsvorstellungen des Zeitalters geprägt – das Wechselspiel zwischen sozialer Statusbekräftigung und privater Selbstbestimmung.

Nicht nur die Bekanntschaft mit anderen Menschen, sondern die wirkliche Gemeinschaft mit ihnen war für den Status entscheidend. Man war als einzelner wichtig, wenn man es in der Gruppe war, wozu das gemeinschaftliche Wohnen die Grundvoraussetzung war, und zwar in den Klöstern genauso wie in Schulen, bei Soldaten ebenso wie beim Handwerkerpersonal. Macht, Prestige und Reichtum zeigten sich vor allem in der Zahl der Menschen, die einen ständig umgaben.

Der Status der Kurfürstin wird durch Titel vorbereitet durch ein Pamphlet mit der Aufforderung, dass die ‚utilitas‘ über die ‚commoditas‘ zu setzen sei. Dem erstarkenden Bewusstsein der Bürger musste ja etwas entgegengesetzt werden. Es war noch ein Mittelaltergedanken, dass das Private als das selbstsüchtige Niederträchtige, Nichtswürdige galt. „Außerhalb des öffentlichen Geschehens war keine Reputation zu gewinnen: „Fama non est nisi republica." "

Nun ergab sich eine brisante Situation für die Kurfürstin. Sie hatte anonym eine Schrift von Ulrich von Hutten zugeleitet bekommen, die plötzlich auf einer Fensterbank lag. Ein früh morgens schon in der Remise beschäftigter Knecht hatte Calvinisten aus Engelsdorf gesehen, die sie dort wohl abgelegt hatten. Natürlich dachte sie zu diesem Zeitpunkt über Reformen nach, aber die Situation der Calvinisten im Herzogtum und bis tief in die Eifel hinein war doch sehr zwiespältig. In der Zeit, als der Herzog Wolfgang Wilhelm im Jahre 1611 große Probleme in Bezug auf Rivalitäten in Münstereifel schlichten musste, war er selbst doch zuerst heimlich zum katholischen Glauben übergetreten, um die bayrische Prinzessin heiraten zu können. In Münstereifel verweigerten Katholiken unter Anführung ihres Dechanten ansässigen calvinistischen Familien das Begräbnis ihrer Toten auf dem Kirchhof, woraufhin diese sich mit Gewalt gewehrt hatten, was zu einer Prügelei am Sonntagmorgen geführt hatte, als die Calvinisten mit bäuerlichen Waffen die unvorbereiteten Katholiken beim Kirchgang aufwarteten. Diese rächten sich monate-, ja jahrelang durch subtile Intrigen unter Einbezug der Obrigkeiten. Ein Prediger der Calvinisten wusste allerdings auch lange Zeit nichts vorzulegen, das ihn als ausbildeten Theologen legitimiert hätte. Aufgrund der Tatsache, dass die Calvinisten aber aufgenommene Bürger des Ortes waren, hatte der schon konvertierte Wolfgang Wilhelm reguläre Begräbnisse angeordnet und die Katholiken in die Schranken des Gesetzes der öffentlichen Ordnung verwiesen. Nachdem er sich dann selbst als Katholik offenbart hatte, sah man darin einen Skandal. Und von ihrem Onkel Kardinal wusste Anna Maria Luisa, dass nun der Herzog von Jülich unter besonderer Beobachtung des Heiligen Stuhls stand. War Johann Wilhelm auch kein leiblicher Nachfahre des Wolfgang Wilhelm, so übertrug man doch die Skepsis auf ihn, da auch er als reformfreudig und offen für andere religiöse Denkweisen galt. Jedenfalls duldete er ja solche Stationen, Stellen und Orte, an denen die Calvinisten sich versammelten. Gerade aber auch in Aldenhoven gab es spöttische Menschen, die sich über die Calvinisten lustig machten: „Sie stehen in Holland oder sitzen sogar bei der Kommunion an einem Tisch, brechen ein Brot mit den Händen und reichen es sich, als würde man Hunden etwas geben." Neuerdings war es auch zum Beispiel in Lürken völlig unmöglich, dass ein evangelischer Mann eine katholische Frau heiratete. Man schimpfte über Johann Werner, der eine katholische

Frau namens Annalisa aus Hehlrath geheiratet hatte. Sie zogen dann irgendwo hin, wo das keiner wusste. Aber die Kurfürstin bedauerte bei solchen Fällen, dass solche Erfahrungen die Menschen vom Glauben abbrachten. „Wen man bearbeitet, um ihn von seinem Glauben abzubringen, den bringt man nur vom Glauben selbst ab. Das müssen wir zu verhindern versuchen" hatte sie zu Johann Wilhelm gesagt, als in ihr zum ersten Mal der Gedanken einer Volksmission aufblühte, des sie aber mit einer Doppelstrategie dachte: „Indem wir die Patres predigen lassen und sie dazu anhalten, insgeheim toleranter zu predigen als sonst, könnten wir einerseits deinen Ruf in Rom verbessern und andererseits einigen schrecklichen Fanatikern bei den Katholiken den Wind aus den Segeln nehmen und darüber hinaus die Gruppe der Querdenker bei den Protestanten durch eigene Einsicht zur Mäßigung bringen." Johann Wilhelm befürwortete diese Vorgehensweise zwar, konterte aber die toleranzfreundliche Äußerung der Gattin mit Pessimismus: „Querdenker und Querulanten haben das irgendwie im Blut. Bei denen stimmt es im Kopf nicht, und darin gleichen sie leider Fanatikern, die allerdings mehr zu äußeren Aktionen neigen. Dagegen ist kein Mittel gewachsen außer die Staatsmacht." Dennoch hieß er den Gedanken einer umfassenden Volksmission für seine Reputation in Rom sehr gut, und Luisa konnte diesbezüglich auf eine große Erfahrung aus Italien verfügen.

Heimlich las sie nun die Schrift Huttens:

»Das Land, das ist der Lärm und die Hast.

Du sprichst von den Reizen des Landlebens, du sprichst von Ruhe, du sprichst von Frieden. [...] Mag die Burg auf einem Hügel errichtet sein oder in der Ebene, sie ward nicht zur Lust errichtet, sondern zur Wehr, umgeben von Gräben und Wall, innen eng, belastet mit Ställen für Rinder und Kleinvieh, mit dunklen Kammern für die Bombarden, mit Vorratslagern für Pech und Schwefel, mit Räumen für die Waffenlager und Kriegsmaschinen; über allem der Gestank von Pulver; und dann die Hunde und der Hundekot - fürwahr, ein lieblich Gedüft! Reiter kommen und gehen und mit ihnen Räuber, Banditen und Diebe; denn meistens stehen unsere Häuser weit offen, und wir wissen nicht, wer ist, und wir kümmern uns auch nicht groß darum. Man hört Schafe blöken, Kühe muhen, Hunde bellen, Menschen auf den Feldern rufen, Karren und Fahrzeuge kreischen und klappern, ja an unserem Hause Wölfe heulen, da der Wald nicht fern ist. Jeder Tag bringt aufs neue Mühe und Sorge, der Betrieb muß weitergehen, die Jahreszeiten wechseln, der Acker ist zu pflügen und zu bestellen, der Weinberg zu bearbeiten, Bäume sind zu pflanzen, die Wiesen zu wässern, man muß rechen, säen, düngen, ernten, dreschen; es kommt die Zeit der Ernte, es kommt die Zeit der Weinlese. Und wenn in einem Jahr einmal die Ernte schlecht ausfällt, welch verwunderungswürdiger Mangel, welche verwunderungswürdige Armut; und so fehlt es nie an etwas, das einen bewegt, einen beschäftigt, einen ängstigt, einen bedrückt, einen betrübt, einen zum Wahnsinn treibt - oder in die Flucht." (Ulrich von Hutten an Willibald Pirckheimer, Vitae suae rationem exponens, 1518)

Sie las diese Schrift an mehreren Abenden heimlich und versteckte sie in einer Truhe. All das war ihr nicht neu, aber bei einer solch drastischen Schilderung von Lärm und Gestank und Mühe der geknechteten Bevölkerung in Stadt und Land zerplatzte ihre idyllische Weltsicht. Sie knabberte an diesen Gedanken. Diese Gedanken bildeten die Grundlage einer Reform, die sie anstieß: Analog zu ihren Volksmissionsbestrebungen und zur

Rekatholisierung der Rheinlande, die nun im Wesentlichen von ihr ausgeht, rief sie eine Bildungsbewegung ins Leben, indem die Lehrer in Düsseldorf an einem eigens dafür geschaffenen Seminar der Universität besser und umfassender ausgebildet werden sollten und sie plante eine Verbesserung der Wohnverhältnisse sowie der Arbeitsbedingungen mit einer ersten Lärmschutzverordnung. Sie selbst stand allerdings eher auf dem Standpunkt: „Saepe in turba solus sum!" Dass sie sich selbst am Hofe zwar immer selbstbestimmt, aber auch einsam fand, passte in dieses Bild.

Sie erinnerte sich daran, wie sie als Mädchen einen immer wieder einschlafenden Lateinlehrern einfach stets mit einer versteckten Feder wachgekitzelt hatte, damit er sie zehn Minuten weiter unterrichten würde. Wenn sie nun ganz einsam war, ging sie in den intimsten und verlassensten Raum des Anwesens, wo selbst die nackten Wände blind vor sich hinstarrten. Dann saß sie zwei Stunden lang im Wöchnerinnenzimmer und träumte sich weg in eine Mutterwelt, die sie vielleicht nie erleben würde, und starrte sie ins Leere. Wenn die Einsamkeit zu groß wurde, ging sie auf die Jagd. Von besonderem Reiz war die Falkenjagd, die sie zusammen mit zwei anderen Adligen aus Düsseldorf im Kammerbusch durchführte. Im Nu war ihre Einsamkeit verflogen, wenn sie mit den anderen Damen in das Leben der Arbeitswelt von Bauern eindrang. Die eine der Damen aus dem Geschlecht der Vogelweides kannte ein überliefertes uraltes Gedicht eines ihrer Vorfahren, das sie auch zuhause in einem Kodex aufgeschrieben bewahrte. Sie konnte es inhaltlich in jüngerer Sprache auswendig aufsagen: „Ich zog mir einen Falken mehre danne ein Jahr. Do ich ihn gezähmt hatte wie ich ihn haben wollte, da hob er sich hoch auf und flog davon in ein anderes Jagdrevier. Seitdem sah ich den Falken sehr schön oben hoch fliegen. Sein Gefieder und seine bunten Riemen glänzten im Sonnenlicht. Ach Gott, sende doch zusammen, die füreinander bestimmt sind!" Und als ihr Falke einmal weggeflogen war, fand sie ihn in einem Pingenloch in der feuchten Braunkohle sitzend, die von Einheimischen ausgebuddelt worden war. Das war hier eine Eigenheit, aber auch ein Kontrast zu diesem schön geschilderten Flug der Freiheit. Gegen die Kälte des Rheinlands hatten die Bewohner der Ortschaften am Hambacher Forst ein Mittel gefunden. Sie pressten Braunkohle zu Steinen und nannten diese Briketts. Die Dörfler sahen diese braune Kohle voller Lob, weil sie so schön brannte, sie wärmte und damit über den Winter brachte. Man konnte einen solchen Brennstein in eine Eisenschatulle zwischen den Füßen in einer Kutsche legen, sodass es zwar stank, aber schön warm war. Zuerst waren die Jäger, Bauern und Holzfäller im Hambacher Forst gegen das Braunkohlenbuddeln gewesen, aber nachdem sie ihre Vorzüge kennen gelernt hatten, befürworteten sie deren Abbau. Nur die Kräuterfrauen in den Dörfern und einige Naturburschen schimpften gewaltig, heizten aber im Winter auch gerne ihre Öfen mit dieser Kohle, die man an manchen Stellen auch überirdisch fand. Gegen Wärme war ja nichts einzuwenden.

13

Was hatten ihr die letzten Jahre gebracht? Die Bemühungen, einen Thronfolger zu bekommen, wurden nicht von Erfolg gekrönt, denn nach der langen und intensiven Liebesnacht zu Sylvester 1691 war sie zwar schwanger gewesen, erlitt aber im Mai 1692 eine Fehlgeburt und lag danach Monate lang durch Krankheit und Niedergeschlagenheit im Bett. So kam es denn nunmehr nicht von ungefähr, dass doch etwas durchsickerte und in der Bevölkerung das Gerücht umging, der Kurfürst habe eine Affäre gehabt, ja er unterhalte Verhältnisse zu anderen Frauen – und seine Kinderlosigkeit liege daran, dass er sich die Französische Krankheit geholt und seine Frau angesteckt habe. Dies erfuhren die Verantwortlichen bei Hofe durch Lisa, die ja allseitig viele Kontakte zum Volk hatte. Dieses Gerücht der Syphilis beim Kurfürsten und seiner Frau war so hartnäckig, dass es in Florenz einen nicht unerheblichen Widerhall fand. Besonders die Familien der Kontrahenten schürten das Feuer, indem sie Schreiberlinge fanden, die sich nicht zu schade dafür waren, entsprechende Meldungen in Journalen heraus zu streuen, was wiederum bis nach Düsseldorf drang. Man musste sich wehren! Einerseits gegen das Krankheitsgerücht, andererseits mit dem verbalen Femeurteil, es sei beschlossene Sache, dass Anna Maria Luisa kinderlos bleibe. Diesem Verdacht der in einer verbreiteten Geschlechtskrankheit begründeten Unfruchtbarkeit musste der italienische Leibarzt der Prinzessin, Giovanni Cosimo Bonomo, entgegentreten, der schon früh nachgereist war und seit Längerem in Düsseldorf weilte. Er untersuchte Luisa wöchentlich, um dann eigens in einer Streitschrift, die auch in italienischen Journalen erschien, gegen die Verleumdung anzugehen. Wehren musste der Leibarzt sich hauptsächlich gegen die Behauptungen der Schriftsteller Conti und Baccini, die aber auch von deutschen Neidern verbreitet wurden, der

Kurfürst habe eine durch seinen doch manchmal amourösen Lebenswandel eingefangene Geschlechtskrankheit an seine Frau weitergegeben, ja deswegen könne sie auch nicht mehr schwanger werden. Ihre Briefe, die sie dem geliebten Onkel Kardinal und anderen Vertrauten geschrieben hatte, erzählten aber die wahre leidvolle Geschichte. Am 12. April 1692 berichtet die Kurfürstin von Reisevorbereitungen; geplant war eine längere Kunstreise nach Holland, am 19. April teilt sie aber mit, dass der Kurfürst aus Gründen, „die sich auch Florenz wünscht", alleine fahren werde. Damit meinte sie unmissverständlich – und beschrieb es auch selbst so, dass sie sich „werdende Mutter fühlt" und dadurch ist die Erbnachfolge auch für Florenz angesprochen, da ihre Brüder ja kinderlos blieben. Dann notiert Schaesberg am 21. Juni 1692: „Die Kurfürstin bat mich mitzuteilen, dass sie am Schreiben gehindert sei." Alle wussten aus diesen Umständen heraus, dass sich das Leiden Anna Maria Luisas aufgrund einer Fehlgeburt entwickelt hatte. Die gemeinsame Reise nach Holland wurde erst im Juni 1695 nachgeholt. Zwischen dem 19. April und dem 21. Juni schrieb sie noch zwei Briefe, bei deren Abfassung ihr Zustand der Schwangerschaft noch ungebrochen ist, der letzte vom 10. Mai 1692. Die Fehlgeburt ist also zwischen dem 10. Mai und dem 21. Juni 1692 geschehen. Im Mai und Juni verfasste sie auch keinerlei geschäftliche Schreiben. Wenn Anna Maria Luisa zu dieser Zeit nicht das Freifräulein Elisabeth Amalie (auch Emilie genannt) geb. von Metternich, also aus der Linie der Familie von Metternich von Gracht, die also von Schloss Gracht stammte, an ihrer Seite ganz für sich gehabt hätte, wäre sie in ihren jungen Jahren wahrscheinlich im Bett nach der Fehlgeburt verzweifelt. Elisabeth Amalie Walpurgis von der Gracht, die auch 1667 geboren war und somit gleichalt war, heiratete 1692 ihren einflussreichen Ehemann Leopold Friedrich Wilhelm von der Gracht, Baron von Wangen, also aus der anderen Linie der von Gracht von Wangen, der genau wie Johann Wilhelm 1658 geboren war. Er war von 1690 an Geheimer Rat des Kurfürsten und Aspirant auf den Posten des Hofmarschalls, da der Kurfürst in Erwägungen war, den Grafen Schaesberg von diesem Amt abzuziehen und mit einem Doppelamt als Kämmerer und als Präfekt für Erziehung der Adelskinder im Herzogtum einzusetzen. Emilie war von 1691 – 1692 Erstes Kammerfräulein der Kurfürstin gewesen, dann auch nach ihrer Verehelichung als solche angestellt, ihre Schwester hieß wie die Kurfürstin Anna Maria Louisa.

„Werte Kurfürstin, was Sie nach ihrem Mairitt erlitten haben, war keine Kolik. Ich habe neben dem Blut der Reithose in ihrer Unterwäsche einen Klumpen gefunden, den ich dem Bader aus der Rheinmühle gezeigt habe. Er war zufällig mit einer Mehllieferung in der Remise. Nachdem er mit einem Stab den Blutklumpen genau untersucht hatte, sagte er mir: „Es ist ein Fötus, ein kleiner Junge, ja ein Embryo von vier bis fünf Monaten, ich nehme die Wäsche mit und vergrabe ihn darin." „Aber sagen Sie uns bitte nicht, wo, denn es wird ein großer Schock für die Kurfürstin sein." Dies gab Emelie gegenüber Luisa nun sehr dezent und verklausuliert wieder. Diese brach zusammen, lag im Speisesaal auf dem Boden, begann schluchzend zu schreien und schreiend zu schluchzen, ihre Lenden und ihr Bauch bewegten sich heftig auf und ab. Dann saß sie zuerst auf dem Boden, danach auf einem Stuhl, war kreidebleich und gekrümmt und raufte sich die noch offenen Haare. „Ich habe mein Kind getötet, meinen Prinzen, unseren Prinzen, den Medici-Prinzen und die Hoffnung der Pfalz. Ich habe ihn aus Freude über den Mai und die Sonne, die blumige Wärme und den leichten Wind zuschanden geritten. Ich hätte Rücksicht nehmen müssen. Es ist allein meine Schuld." Emelie versuchte, sie zu beruhigen: „Wenn Sie nicht geritten wären, wäre es doch wohl auch passiert, denn es ist doch alles in unserem Leben höherer Wille." „Bis auf das, was wir selbst verursachen, indem wir es nicht vermeiden!" „Wir wissen aber nicht, was wir alles selbst verschulden und was Gottes Wille ist. Wenn es um unseren Nachwuchs geht, sind wir doch alle in Gottes Hand!"

Als der Kurfürst es hörte, sagte er auch: „Wir sind alle in Gottes Hand!" Am 5. Juli schrieb sie, sie liege mit Fieber im Bett, am 11. Juli berichtete sie davon, dass das Fieber vorüber sei. Im August klagt sie darüber, dass die Franzosen schon in der Nähe schießen würden, es werde hektisch. Dann, am 23. August heißt es in einem ersten positiv gestimmten Brief, dass man schon wieder auf die Jagd gehe und in Schloss Benrath gegessen habe. Man blieb auch bis spät in den November und sie berichtete von der Wildschweinjagd. Die Kurfürstin habe sich an das Winterwetter gewöhnt und schon im zweiten Winter keine „Frostbeulen" mehr wie in Italien in jedem Winter gehabt.

Am 5. März 1694 stirbt in Pisa Luisas Oma. Luisa sitzt abends auf dem Bett, als eine Depesche gebracht wird. Sie hätte den Brief gar nicht öffnen müssen, denn das schwarze Kreuz im Wappen der Del Rovere signalisierte die Todesbotschaft. Sie liest den Wortlaut mehrere Male. Dabei liegt eine Botschaft von Onkel Kardinal und in diesem Brief beschreibt er, was genau in Florenz vorgegangen ist: „Nonna hat wochenlang sehr gelitten. Wir haben nun nach ihrem erlösenden Tod ihre Innereien entfernen, den Leichnam reinigen und mit antiseptischen Harzen, Kautschuk, Balsam und Duftstoffen auskleiden lassen. Dann wurde der Leichnam wieder eingekleidet, damit Besucher ihm seinen Respekt zollen konnten. Die inneren Organe wurden in große Terrakottagefäße gelegt, die mit einem Deckel verschlossen wurden. Die Gefäße wurden in einem kleinen Loch im Boden unter einem Altar verstaut, mitten in der Alten Sakristei von San Lorenzo." Als Anna Maria Luisa dies las, entschied sie sich, nach ihrem Tod genauso wie ihre über alles geliebte Großmutter begraben und vorher behandelt zu werden. Im Brief ihres Onkels hieß es weiter: „Als es Oma Vittoria immer schlechter ging, gaben die Ärzte ihr Nelkenwein zu trinken. Sie war sehr müde und habe es ja schon immer geliebt, viel zu schlafen. In ihren letzten Tagen litt sie an Atemnot und habe extreme Schwellungen an ihren Beinen gehabt. Dadurch war deine liebe Nonna ans Bett gefesselt. Die Ärzte verzweifelten und meinten, Ihre Körpersäfte würden verrücktspielen. Blut, Gelbgalle, Schwarzgalle und Schleim hätten ihr Gleichgewicht verloren."

Nach dieser Depesche aus Florenz, die ihr die Möglichkeit zu trauern nahm, sah man sie nur noch in Aktion. Es zeigte sich bei ihr eine panische Flucht ins Private, um das jähe schwere Schicksal der Fehlgeburt und den Tod der Oma zu verdrängen. Danach kamen sowohl Monate der Ablenkung als auch der politischen Einflussnahme. Am 17. Juli 1694 berichtete die Kurfürstin von Schloss Benrath aus, dass der Kurfürst in Jülich war und nun nach Düsseldorf gekommen sei, wo sie an einer Prozession teilnehmen werden, um sich anschließend bei einem Mittagessen mit den Karmelitinnen auszuruhen. An eine mögliche Schwangerschaft dachte Anna Maria Luisa zu dieser Zeit nur selten, denn sie gingen im August auf die Jagd und sie erlegte einen Hirsch. An solche Reitjagden war sie ja gewöhnt, sie war keine ängstliche Frau.

Nun aber rückte ihr Kinderwunsch wieder mehr in den Mittelpunkt. Am 17. September 1695 erzählte die Kurfürstin in einem Brief darüber, dass sie Bäder mit Aachener Wasser nehmen möchte, welches sie von dort in großen Fässern kommen lasse. Sie bezahlte ihren Kammertrabanten gut für seine Arbeit, für Transport, Gefäße,

Pferdeunterbringung und Gasthauskosten. Einmal in der Woche hatten sie und Johann Wilhelm eine gemeinsame Nacht, aber folgenlos kamen die nächsten Monate und man stürzte sich wieder in die Karnevalszeit. Trotz aller Bemühungen der Mediziner, trotz des Aachener Schwefelwassers und trotz der verordneten Gebete in den Kirchen in und um Düsseldorf/Jülich/Berg blieb die Ehe weiterhin kinderlos. Deswegen nahm sie 1695 den Plan zur Reise nach Antwerpen wieder in Angriff. Da Johann Wilhelm sich in dieser politischen Lage der Franzosengefahr unmöglich diese Zeit nehmen konnte, kamen sie überein darin, dass Pater Damian, Lautenist und Maler wie sein verehrter Lehrer Jakob Jordaens, sich mit auf den Weg begibt, natürlich nicht alleine, sondern neben den Bediensteten. Er spricht des Öfteren von einem unfertigen Bild in Antwerpen, das man für einen Altar verwenden könne, der groß und modern sein müsse und den man insofern auch in Antwerpen kaufen müsse. Das Bild könne er dann erweitern und in mehreren Schaffensschüben fertigen. Im Kloster Aldenhoven sei noch eine ganze Wand frei für ein solches Bild. Er habe diesen Platz und den dazugehörigen Segen der Patres schon einmal reservieren lassen. Jordaens habe das von Rubens angefangene Bild gemalt, aber als er 1678 gestorben war, sei es in Vergessenheit geraten und stehe verwaist, aber gut zugedeckt im hinteren Teil des vierten Schuppens der Werkstatt in der Ecke.

Die Reise selbst war abwechselnd beschwerlich, erlebnisreich und besinnlich. Die Stationen luden jeweils zum Besichtigen flämischer Kirchen, zum Verweilen in Gasthäusern und zum Übernachten in Nobelherbergen ein, die ein Kurier vorher schon gebucht hatte. Die Reiseroute führte über Kaarst, Viersen, Dülken, Amern, Swalmen, Maasniel, Roermond, Horn, Baexem, Weert, Keent, Hamont, Vossemeren, Boeretang, Tenaard, Grobbendonk,

Hovorst, Wijnegem zum Eiermarkt von Antwerpen, wo sie in einem Gasthof für eine Nacht einquartiert waren, bevor sie in der Steinburg fürstliche Zimmer beziehen konnten, die der Baron von Vreemde ihnen zur Verfügung stellte. Ehe sie dorthin fuhren, schlugen sie sich auf dem Eiermarkt noch ihre Bäuche voll, denn die Pannekoeken dort waren lecker und üppig und die ideale Speise gleichermaßen für eine Fürstin, ihren geistlichen Begleiter und die Vasallen. In einer Pfanne zerlaufende Eier machen keinen Unterschied zwischen Herrschaft und Knechtschaft.

Nun versuchten sie schon fünf Jahre lang, einen Prinzen zu bekommen. Es war ein Wechselspiel an Gefühlen, das sie in dieser Zeit erlebte, teils schicksalhaft vorgegeben, teils selbst verursacht, teils gewollt, teils unbeabsichtigt, teils gepriesen und teils heimlich dezent verflucht, alles persönlich sehr belastend, was sie durch ihre Amtsgeschäfte, durch Wallfahrtsbesuche in Aldenhoven und Düren, durch Jagden in einem der damals größten zusammenhängenden Wälder Europas, dem Hambacher Forst, und durch Bälle und Messbesuche übertünchte. In Wirklichkeit waren beide, ihr Mann und sie sehr erschöpft, was Pater Damian beobachtete und für ein Bild als Eindruck speicherte.

Die Kurfürstin verlangt von ihrem Mann, dass er wie in Florenz eine Beamtenschaft einführe, die im Leben gut versorgt sei, einige Privilegien habe und dadurch dem Kurfürsten zu Dienstbeflissenheit verpflichtet sei. Man habe in der Regierungszeit unter der Federführung ihrer Väter und Vorfahren nicht nur die Rotation der Bediensteten abgeschafft, sondern dieses willfährige Wahlbeamtentum zugunsten eines festen Einsetzungsbeamtentums auf Lebenszeit ersetzt. Die Bevölkerung sei oberflächlich entrüstet, aber im Grunde ihres Herzens demgegenüber positiv gestimmt gewesen, denn sie war es leid, dass

Beamte auf Zeit zwar die Vorzüge dieses Zustands wahrnahmen, aber nichts anpackten und umsetzten sowie in
Konfliktsituationen sich Jahre lang raus und rein redeten.
Der Kurfürst nickt zwar, aber ist skeptisch, denn seine Be-
amtenschar war ja nicht gewählt, allerdings unter großem
Einfluss der Zünfte und Stände von ihm eingestellt worden – bis auf Schaesberg und Rapparini, die er sich ausbedungen habe. „Also müssen wir das Heft mehr selbst in
die Hand nehmen", polterte die Kurfürstin, „denn schließlich wollen wir viel Gutes bewirken. Wir wollen die Volksmission durchführen, wir wollen Katen und Häuser für
Verarmte bauen und vermieten und wir wollen doch dieses große Stadthaus bauen, in dem 50 Wohnungen für
Obdachlose sich befinden sollen." „Ein Mietshaus wäre
mal etwas ganz Neues in Düsseldorf – und überhaupt!
Davon habe ich noch nie etwas gehört. Machen wir es
also, denn man muss sich immer wieder weiterentwi-
ckeln." Ein Truchsess namens Thomas Heinrichs spielte
sich ganz schrecklich auf und wollte die Kirchenvertreter
nicht in die kurfürstliche Beratungsrunde reinlassen, weil
er selbst nicht in seinen Machtbefugnissen beschnitten
werden mochte und „sich für das Non plus Ultra hält", wie
die Kurfürstin sagte, und weiter: „Seine Freundschaft mit
dem roten Michel tut ihr Übriges. Sie halten sich für die
Heilsbringer Düsseldorfs!" Der Kurfürst meint, es gebe
halt solche Statusmenschen, die dann oft mit vielseitigen
Machern befreundet seien, darauf dürfe man nichts geben, im Gegenteil, man solle sie geschickt die Werbe- und
Koordinationsarbeit tun lassen. „Thomas Heinrichs wird ja
sowieso von niemandem ernst genommen, aber keiner
will diese blöde Arbeit tun, denn die Termine in Düsseldorf
müssen ja schließlich koordiniert werden." fügte der Kurfürst bei, aber Luisa sah das etwas anders, weil die meisten Termine sowieso feststünden und die Vereine darüber
hinaus selbst bei den Zunfttreffen und nach den Gemein-
demessen sonntags die Absprachen treffen würden. „Du

musst die Beamten kontrollieren und für ihren Diensteifer belohnen, da musst du dir ein geschicktes System einfallen lassen!" „Nichts leichter als das. Da kommt mir meine Erfahrung aus dem Militär zugute!" „Du musst die Verwaltung in Gremien aufgliedern, die sich gegenseitig beäugen und Konkurrenz machen; vor allem auch musst du ihnen glaubhaft machen, dass du genügend Bewerber von außen noch im Käscher hast, die sich auf die leitenden Positionen bewerben wollen, dann strengen sie sich besonders an." „Hervorragend, meine Teure und Liebste, und dich stelle ich dann mit dem geladenen Gewehr auf den Balkon und du zielst auf Nichtsnutze und Tunichtgute!" „Du musst die Beamten soweit bringen, dass sie alles ohne dein Zutun verordnen und ohne deine Unterstützung durchsetzen, damit wir genügend Zeit für die Jagd und für so einige andere nicht mehr verschiebbare Angelegenheiten haben." Und der Kurfürst ergänzte: „Vor allem die unangenehmen Dinge lasse ich sie entscheiden, denn das bereitet mir Kopfschmerzen und schlaflose Nächte." „Weißt du, mir wäre es auch lieber, wenn nicht wir die harten Entscheidungen treffen müssten. Ich will zum Beispiel keine Hexenprozesse mehr zulassen, aber erzähle das einmal den Bischöfen von Worms und Speyer. Als man in Frankreich den Mord an zweitausend evangelischen Hugenotten im Jahre 1572 in einer einzigen Nacht durchführte, gab man Catarina de Medici die alleinige Schuld daran, und das höre ich heute noch von historisch vermeintlich Gebildeten. Ich lehne diese Schuld ab und ich wasche meine Hände wie Pilatus in Unschuld, denn ich will keine Morde an wehrlosen Frauen, nur weil Geistliche und Wohlhabende Hand in Hand wegen eigener Vorteile in Bezug auf Besitz und Vermögen sie ausschalten wollen." Der Kurfürst kam nicht umhin, seufzend hinzuzufügen: „Und weil sie sich daran aufgeilen!" Die Kurfürstin ließ dieses Thema ausklingen: „Sie war kompromisslos und unnachgiebig, aber nur, weil sie die

Monarchie in Gefahr sah." „Diese Gefahr gibt es hier im Rheinland nicht, denn hier besteht ein gewisser Humor darin, die Fürsten a priori nicht ernst zu nehmen, damit man sie nicht a posteriori absetzen oder ganz abschaffen muss. Hier im Rheinland wird nie eine Revolution wie in England eine Chance haben, aber niemals wird man sich den Manifesten und dem Terror eines Tyrannen beugen. Widerstand im Denken mit der Waffe des Humors gepaart mit Schlitzohrigkeit verändern mehr in der Welt als brachiale Waffengewalt." „Das stimmt, denn sie verändern die Menschen und nicht die Verhältnisse." Der Kurfürstin war noch etwas Wichtiges eingefallen: „Ach ja, es wäre dann wohl auch besser, wenn alle Beamten in einem großen Gebäude arbeiten würden und genügend Schreiber vor Ort hätten." „Na ja, da gibt es am Rhein ja genügend Platz für, aber im Moment sehe ich gar nicht, wie wir es bezahlen könnten." „Und noch etwas fällt mir in diesem Zusammenhang ein." „Was denn, meine Waldfee?" raunzte der Kurfürst nach dem vierten Glas Wein. „Ja, wir müssen auch hier in Düsseldorf eine völlig von der Kirche unabhängige Universität gründen, denn diesbezüglich können wir auch von der Erfahrung des Fürsten Cosimo II. partizipieren, denn als man ihm mangelndes Herrschen vorgeworfen hatte, lud er als Hofmathematiker Galileo Galilei ein – und siehe da, man war so begeistert von den frischen revolutionären Gedanken dieses Genies, dass man darüber die politische Kritik vergaß." „Gut, nenne mir Wissenschaftler, die vergessen machen, dass ich ein fauler Herrscher bin!" entäußerte er sich laut, aber nicht unwirsch, und er legte sie auf ihrem Sofa nach hinten, küsste sie, umklammerte sie und riet ihr, sich nur ja nicht zu wehren, denn sonst würde er ihr auf der Stelle das Korsett lösen. Tatsächlich wehrte sie sich.

14

„Der Kurfürst isst zu viel!" beklagte die Baronin Fritza von Thorr zu Bovenberg. „Er ist ja im Speisen und Trinken ein Epikureer," fügte sie noch hinzu, handelte sich aber sogleich eine Korrektur ein: „Epikur wollte nicht, dass man durch zu üppiges Essen und Trinken krank wird. Er wandte sich nur gegen die fleischlosen Asketen, bei deren Anblick man nur Haut und Knochen wahrnahm und die behaupteten, nur dadurch könne man weise werden." „Ja, aber er wird zu dick und schwerfällig, träge und lahm, dass man Angst bekommt, ihm könnte etwas zustoßen."

„Ich werde darauf achten und mit ihm darüber sprechen", versprach die Kurfürstin, aber in Wirklichkeit hatte sie beobachtet, dass Johann Wilhelm wieder Lust bekommen hatte, mit ihr nachts zusammen zu sein und nicht nur zu plaudern und Wein zu trinken. Und als er neulich im Rahmen ihres Ausritts zur Eller Heide bei ihrem Spaziergang im Halbdunkel in einem Birkenhain auf sie einzureden begann, zu flüstern, an ihrem Mieder nestelte und sich seiner Hosen entledigen wollte, hatte sie ihn gemaßregelt. Am anderen Tag las sie ihm aus einem Quartbüchlein vor, das sie von ihrer Großmutter erhalten hatte, ein Mann solle, wenn ihm zur Unzeit die Lust überkomme, einen heftigen Spaziergang unternehmen, dass er ins Schwitzen und außer Atem gerate. Und in einem dort enthaltenen Kapitel eines Moralisten wurden die Maßgaben noch deutlicher: „Eheliches Recht und Pflichten dürfen nur an „angemessenem Ort" ausgeübt werden, nicht aber in der Fastenzeit und der Zeit kanonischer Buße, nur in naturgemäßer Weise, d. h. nicht durch Analverkehr, was eine schwere Todsünde ist, und nicht in ausgefallenen Positionen, was auch Todsünden sind." Aber sie las nicht weiter, denn nun sah sie die ganze männliche Seite ihrer Familie in der Hölle – nach Dantes Schrift „Die göttliche Komödie" im dritten Kreis. Sie hatte diese Ausschnitte der

„Göttlichen Komödie" im Unterricht vorlesen müssen, weigerte sich aber, das ganze Buch zu rezipieren. Sie wusste noch auswendig, was nach dem dritten Gesang über dem Höllentor stand, und das rezitierte sie jetzt ihrem Mann:

„Durch mich geht man hinein zur Stadt der Trauer,

durch mich geht man hinein zum ew'gen Schmerz,

der dem verlor'nen Volke wird zur Dauer.

Gerechtigkeit trieb meines Schöpfers Herz,

geschaffen haben mich die Allmacht Gottes,

die höchste Weisheit und die erste Liebe.

Vor mir ist nicht einmal die Kraft des Spottes,

nur Ewiges, des Geistes hehre Triebe.

Lasst, die Ihr eintretet, die Hoffnung fahren!"

Anna Maria Luisa beschloss nach diesem Vorfall, alleine in Aldenhoven in der Klosterkapelle zu sitzen und zu beten, denn sie dachte an ihre unglücklichen Brüder und ihre Vorfahren, die im Geflecht der Macht – vor allem gegen die Pazzi und in Rom gegen die Borgia – vielfach sündhaft gehandelt hatten. Und sie dachte an das Leid der Frauen, die es ertragen hatten, ohne selbst – anders als ihre Mutter – eine subtile Form des Machtgehabes entwickelt zu haben.

In Florenz kannte das Mädchen Anna Maria jede Nische der drei Paläste, in denen sie gewohnt hatte, und jeden Winkel des Domes, aber hier hatte sie in den ersten Wochen abends fast nur auf ihrem Schlafzimmer gehockt.

Nach Lehrmeinung der Humanisten sei das Schlafzimmer (mit der Gebetsecke) der Mittelpunkt des religiösen Lebens der adligen Frauen: Gebete würden eine rechte Therapie zur Bändigung der fünf Sinne sein! Dann entdeckte man die eigene innere Einsamkeit selbst in der Kirche unter anderen, sogar in der Menge des Volks, im Salon der Auserwählten und beim Bankett der Privilegierten, ja sogar auf der belebten Straße. Diese existenzielle Einsamkeit gelte es, durch das Gebet zu bekämpfen. Das Schlafzimmer solle das Refugium sein, es wurde zur Klosterzelle, zum Ort der religiösen Identität. Generationen von betenden Frauen und Büßerinnen haben dies berücksichtigt, aber Anna Maria Luisa verbannte den Privataltar aus ihrem Zimmer. Die Jesuiten versuchten, das Marienbild zu verdrängen und das Kreuz in die Schlafzimmerecke zu bringen. Sie passte sich also nicht aus Angst an, sondern befreite sich vom angestaubten Denken. Sie formulierte in diesem Zusammenhang in einem Brief an Onkel Kardinal ihre frischen Gedanken der Selbstgesundung und -heilung durch Widerstand gegen herkömmliche Theorien und absurde Normen, denn die Frömmigkeit der zurückgezogenen Frauen entfremde diese von der Wirklichkeit, was sie nicht wolle. Ihre Einsamkeit wurde in der Korrespondenz mit Onkel Kardinal immer wieder deutlich, sie empfand ihr Dasein als Illusion, weswegen sie sich in Kunst- und Schmuckkäufe flüchtete sowie Reisen anregte und antrat. Sie ging auch immer wieder alleine spazieren und reiste per Kutsche nach Jülich und Aldenhoven, wenn der Kurfürst auf Reisen war – und das des Öfteren. Sie litt sogar körperlich unter den lammfromm gelesenen Anweisungen, die auf sie nun wirkten wie Worte im Schafsfell. Waren es nicht in Wirklichkeit wölfische Worte, die sich schon in jungen Jahren in ihre Privatheit hineingeschlichen hatten, nach Robert de Blois, vornehmlich an Frauen gerichtet: „Immer, wenn ihr am Hause eines anderen vorbeikommt, müsst ihr darauf achten, dass ihr nicht verstohlen hinblickt oder Euren Schritt verhaltet. Offenen Mundes und müßig vor anderer Leute Haus auf und ab zu gehen, ist weder klug noch höflich; es gibt oft Dinge, die man privat in seiner Wohnung tut und nicht den Blicken anderer preisgeben will, die unvermutet in der Tür stehen. Und wenn ihr eintreten wollt, hustet ein wenig beim Eintreten, damit man auf Euch aufmerksam wird, sei es durch dieses Husten oder durch ein Wort. Wisst also, dass man nicht unangemeldet eintritt." Es war schwierig, einen geeigneten Ort und Zeitpunkt für ein unbelauschtes Gespräch unter vier Augen zu finden, so auch einen Treffpunkt für heimlich sich Liebende.

Sie fühlte insofern eine tiefe Schuld in sich, nachdem sie sich im Verborgenen mit Sekretär Rapparini getroffen hatte, um über ein Geburtstagsgeschenk für Johann Wilhelm zu sprechen. Sie hatten lange Zeit auf der Sonnenterrasse im Lichtaltan gestanden, waren sich in Heimlichtuereien immer näher und zu einem Ergebnis gekommen. Beim Abschied umarmten sie sich, die Umarmung dauerte länger als gewöhnlich, dabei hörte Rapparini plötzlich und unerwartet einen Seufzer aus ihrem Munde und mit einem sanften Ruck zog Luisa den Oberkörper des Sekretärs gegen ihre Brust. Noch während sich der Widerspruch in ihm aufzulösen begann, hörten sie Schritte und lösten die Umarmung. Wenn sie an diese Szene dachte, fühlte sie Ja und Nein zugleich und sich sowohl widersprechen wie ergänzen. Das Gespür des anderen Leibes war abenteuerlich gewesen und sie sehnte es erneut herbei. Aber die innere Stimme ihrer Vernunft intervenierte.

Für den anderen Morgen hatten sich Anna Maria Luisa und Johann Wilhelm zwecks Absprachen mit dem Hofmarschall von Gracht zu Wangen, dem Kämmerer und Ministerialen Schaesberg, dem Sekretär Rapparini und der Fuggerin zu einem Gabelfrühstück verabredet. Als sie alles besprochen hatten und fertig waren mit Essen gingen sie zum Portwein über. Schaesberg fragte die Kurfürstin: „Hatten Sie in Florenz auch Portwein? Bei uns hier gibt es ihn noch nicht so lange, aber wegen des Austauschs von Fischereirechten liefert Portugal an England und wir bekommen hier in Düsseldorf über den Rhein etwas davon ab." „Nein, gab es nicht, wir haben dort unseren Chianti, den wir in allen Lebenslagen und zu jeder Tageszeit trinken, allerdings immer mit dem Krug Wasser daneben." „Aber sicher nicht Wasser aus dem Arno?" warf der Kurfürst in die Runde. „Das Wasser des Arno ist ungenießbar. Im Mittagssonnenlicht sieht man oft die leuchtenden Farbtöne von Abwässern aus den Fabriken und Werkstätten von den mit Pferdeurin durch die Gerber ausgewaschenen Stoffen und Ledern und vor hundert Jahren muss es an der Ponte del Gaddi, wie meine Vorfahren sie nannten, gestunken haben wie die Pest, denn auf der Brücke hatten ausschließlich Fleischer und Metzger ihre Läden und Schlachtküchen, weil sie ja bequem den Abfall ihrer Tätigkeit in den Arno schmeißen konnten. Es gab eine alte Geschichte über eine Familie, die zwei Hunde abgerichtet hatte, wie Enten auf dem Arno zu schwimmen und dann – Köpfchen in das Wasser, Schwänzchen in die Höh' – abzutauchen und noch brauchbare große Fleischreste herauszufischen. Ratten lungerten am Ufer und warteten auf ihre Batzen. Es muss unerträglich gewesen sein. Ursprünglich waren auf der Brücke also hauptsächlich Schlachter und Gerber ansässig. 1565 wurden diese jedoch per Dekret von Cosimos I. durch Goldschmiede ersetzt, da diese keinen Abfall produzieren. Und deswegen ging ich als Mädchen nicht immer durch den Vasarikorridor zum Palazzo, sondern stolzierte über die Brücke und überlegte, welches Diadem ich mir zur Hochzeit aussuchen würde." Rapparini erzählte von den neuartigen Geschäften, die die witterungsunabhängigen Händler mit gegerbtem Leder und mit Schafswolle abschlossen, denn er stammte aus einer Händlerfamilie: „Ich habe erlebt, dass wir in einem Herbst, als die Ernte schlecht war, mit Leder und Wolle unseren Gewinn um hundert Prozent steigern konnten. Wir schlossen Wetten auf bestimmte Termine und Mengen ab und ließen uns vorab dafür bezahlen. Wenn wir pünktlich und vertragsgemäß lieferten, behielten wir das Agio neben dem Kaufwert." „Das haben bei uns hier im Norden Landwirte mit Getreide versucht, und dann fiel die Ernte aus und sie hatten nichts und mussten noch ein Disagio darüber hinaus wegen der verlorenen Wette bezahlen. Das Gestüt Arlinghaus ging darüber bankrott", erzählte der Kurfürst, „und damit entschwand aus unserem Blickfeld unser Deckhengst Attila. Das war eine Katastrophe für unser Gestüt!"

In den folgenden Wochen bemühte Anna Maria Luisa sich im Nachklang dieser Reminiszenz, die Töpfereien, Korbflechter und Schneider zu besuchen und ihnen davon zu berichten, wie man in Florenz die Waren in ganz ausgefallenen Formen und Farben herstellte und dass man z. B. Dosen und Marktkörbe, Tassen und Spielkarten, Kämme und Handtaschen in vielfältigen Formen und Farben von Künstlern entwerfen ließ. Deren Entwürfe nannte man ‚Designa' und ließ sie dann von Handwerkern umsetzen und in dieser Fertigung konnten auch viele Kräfte mitarbeiten, die kein Handwerk gelernt hatten, aber geschickt waren. So brachte sie neue Formen und Farben an den Rhein und sorgte zugleich dafür, dass die ärmere Bevölkerungsschicht auch Arbeit bekam. Schwieriger war es im Baugewerbe. Sie schaffte es aber, dass einzelne Baumeister nun Bi- und Triforien zum Standard ihrer Entwürfe und Bauten machten.

Sie ließ ein Waisenhaus errichten. Dieses Haus war so gebaut, dass es um eine zentrale Wohnung mit Küchenraum, Schlaf- und Waschraum je fünf Zimmer hatte, in denen fünf verwaiste Kinder wohnten. Von diesen Wohneinheiten schuf sie einundzwanzig neben- und übereinander, also aufgeteilt auf sieben Häuser je drei Wohnungen mit je fünf Kindern und einer Kinderhausmutter. Wenn es voll belegt war, konnten also hier einhundertfünf Kinder von 21 Kinderhausmüttern betreut werden. Das Ganze wurde finanziert durch ledige und verwitwete adlige Stiftsdamen vom Niederrhein. Diese Kinder lernten, gut miteinander umzugehen. Sie erinnerte sich an die Kinder der Schuhmacher, Schmiede und Steinmetze, Kleinhändler, Wollfärber und Kesselflicker in Florenz und San Gimignano, die um die wehrhaften Wohntürme herum wohnten. Sie waren ständig im Streit in Wort und Werk. Sie kümmerten sich nicht um Frieden und Freundlichkeit, ihren Eltern war offenbar nicht bewusst, dass sie täglich sich um ihr eigenes Seelenheil bemühen mussten. Die Geschlechtertürme waren Adelshäuser und riefen natürlich auch den Neid der sie Umgebenden wach, das wusste sie ja. Die Consorteria hießen diese Bündnisse mit den in der Umgebung wohnenden ‚Anhängern'; insofern dienten diese Geschlechtertürme nicht, um dem anderen Adel zu imponieren, wie manche dachten, sondern um die eigenen Machtbefugnisse über die von ihnen beanspruchten Untertanen zu demonstrieren. Es waren Sippenbündnisse, Cliquen, wie die Franzosen sagten. Sie selbst dachte täglich an ihr Seelenheil. Dieses Waisenhaus sollte irgendwie auch ein Gegenbild zur Hölle sein, wie Dante sie beschrieb, und ein Ebenbild des Himmels, wie sie ihn gemalt gesehen hatte: Viele Etagen um die Herrlichkeit herum. Als sie dies erzählt hatte, sagte man in Düsseldorf hinter vorgehaltener Hand despektierlich, wenn man sich über die immer wieder aufkeimenden Berichte und Geschichten der Kurfürstin über ihre Verwandtschaft in Florenz mokierte, „sie hat wieder von den Medici und Konsorten erzählt." Aber Anna Maria Luisa verstand es durchaus, der Bevölkerung ihre Pläne schmackhaft zu machen, leider stand die Frage der Finanzierbarkeit immer wieder im Raum. Dem Prior und anderen Geistlichen des Kapuzinerklosters erzählte sie von einem Häuserviertel für verarmte Familien und einzelne Personen am Arno, wo die Einsiedler-Mönche des Kamaldulenser-Ordens unter Federführung ihres mutigen Abtes Dutzende Häuser für solche Weber und Arbeiter der Wollindustrie gebaut hatten: „Die Häuser gleichen sich fast vollständig und unterscheiden sich nur in der Geschosszahl: In den zweigeschossigen Häusern befindet sich unten eine Werkstatt mit Webstuhl oder anderen Handwerkereinrichtung. Die Miete ganz gering, oft nur symbolisch – eine Lira pro Jahr. So viel verdient ein Hilfsarbeiter in drei Tagen. Allerdings leben die großen Familien mit oft zehn Kindern alle zusammen in einem großen Raum. Das müssen wir hier in Düsseldorf anders machen. Und viele Elende leben in Florenz trotzdem auf der Straße. Da die Winter nicht so lang und kalt sind wie hier bei uns, überleben sie das auch viele Jahre. Bei unseren Wintern hier ist das aber doch gar nicht möglich." Der Schaffner des Klosters warf ein: „Dafür kommen bei uns viele im Winter in den Klöstern, bei Bauern, Schäfern oder Handwerkern unter, denn unsere Häuser sind ja schon etwas größer als die Bruchbuden am Arno und Tiber!" Er war zwei Jahre in Rom gewesen und kein Freund der leichtfertigen luftigen Lebeweise der Italiener gemäß dem Bild, das er sich von ihnen gemacht hatte. Die Kurfürstin hatte das letzte Wort: „Die Bruderschaften in Florenz haben aber stets das Wohl der Obdachlosen im Blick, während hingegen hier doch viele Bruderschaften nur ihre eigene Erlebniswelt zelebrieren! Sie besitzen zwar auch bei uns in Italien einige Häuser und Ländereien vor der Stadtmauer, aber sie vermieten immer einige Wohnungen auch an Bedürftige und von den Mieteinnahmen insgesamt berappen sie oft die Mitgift von Mädchen aus armen Familien, damit sie auch heiraten können und nicht zu Hetären werden. Daran müssen sich alle hier auch ein Beispiel nehmen!" Sie hatte sich durchaus in Rage geredet.

Immer wieder erinnerte sie sich an ihren alten Freund in Florenz, der an einem jeden Samstagmorgen auf den Treppenstufen im Hof saß, dort ein Bier eingeschenkt bekam und von der Zeit seiner Jugend erzählte, von den Textilarbeitern, von den Fischern, Händlern und Handwerkern, auch von den Angestellten und der Signoria sowie vom Urin in der Stadt und der Herstellung des Wollfettes. Seine Themen gingen wahllos durcheinander, aber Luisa hatte ihm stets ununterbrochen zugehört und für sich die Informationen herausgezogen, die sie jetzt brauchen konnte, um das Leben des Volkes zu verstehen. Dieser Herr Cornelius Cranio war in der vierten Generation der Totengräber der Familie und der Innenstadt gewesen, betreute aber immer noch die Familiengruft: „Ich musste dann immer wieder zum Palazzo Bargello. Dort erhängte man die zum Tode Verurteilten. Ich musste sie abschneiden und in einen einfachen Holz-sarg legen. Der blieb aber noch offen. Der Schreiber notierte den Todeszeitpunkt. Ich fuhr den Sarg mit der Leiche mit dem langen Handkarren vor das Stadttor. Dort vergrub ich sie im Boden. Sie bekamen kein Kreuz und hatten für mich keinen Namen. Es waren nicht immer einfache arme Schlucker. Dabei waren auch Künstler und verarmte Händler. Einen habe ich wiedererkannt. Das war einer der Radschläger auf der Kirchweih gewesen. Keiner von ihnen hat sicher je einen Goldflorin in der Hand gehalten. Ich ja auch nicht." Am Tag vor ihrer Abreise aus Florenz hatte Anna Maria Luisa ihn in seiner Kate aufgesucht und ihm wortlos und hurtig einen Goldflorin in die Hand gedrückt. Und auf dem Heimweg hatte sie einen alt hergebrachten Spruch der Familie laut vor sich hergesagt, der zur Sparsamkeit ermahnte: „Lass' das nur den Bicci nicht wissen!" Bicci hatte einst ein strenger Verwalter und Geldeintreiber geheißen.

Sie bedauerte, dass weder die Kurpfalz noch das Herzogtum so vermögend waren wie sie es in Florenz genießen durfte. Die Medici hatten vielen Länderherrschern Geld geliehen, aber Deutschen nie, denn gerade die Kaufleute aus Norddeutschland galten als unzuverlässig. Bicci hatte damit angefangen, systematisch alles Mögliche aufzukaufen: Tuchmanufakturen, Landsitze, fast 60 Bauernhöfe, Wassermühlen für Getreide und für die Kupferformung, Giovanni de Medici verwaltete einst das gesamte Vermögen der wiedervereinigten Kirche unter Papst Martin V. und übertrug diesen gewaltigen Fabrikfond den Söhnen Cosimo und Lorenzo. In 23 Jahren erzielte Bicci 150.000 Goldflorin Reingewinn, allerdings versäumten sie es nicht, eine Steuerreform zugunsten der Armen durchzuführen und gleichzeitig, weil alle Welt ihnen wohlgesonnen war, verwandelten sie jeden Florin in politische Macht. Sie konnten eine glänzende Kriegskasse ihr Eigen nennen. Das riesige Kriegsbild des Vasari war ihr aber stets ein Dorn im Auge gewesen. Sie kannte Frauen, die ganz verzückt vor diesem Schlachtengemälde standen und sich gar nicht satt sehen konnten an der Unzahl männlicher Körper. Im Vergleich dazu waren doch die fast unkontrollierbaren Söldner traurige Gestalten. Hätte ich mehr Gulden zur Verfügung, könnte ich noch viel mehr Gutes tun und zum Beispiel an jeder längeren Straße Hospize bauen lassen und eigene fürstliche Armenküchen! Das muss ich leider alles den Klöstern überlassen. Neulich noch hatte sie ein großes Pergamentbuch gefunden, in dem sie selbst ihre Finanzeintragungen gemacht hatte. Die Bankiers der Medici führten Codices aus Pergament wie Bibeln zum Eintrag ihrer Gewinne, berechnet aus Einnahmen und Ausgaben, als wenn es ihre Bücher für die beschworene Ewigkeit wären. Aber die jeweils zu einem Drittel im Voraus zu bezahlenden Söldnerheere verschlangen Unsummen. Und so ließ sich ein solcher Krieg dann später nur noch durch Anleihen finanzieren – Kredite auf den Tod von Menschen in Pisa, Genua und Florenz. Über den Unsinn dieses Unterfangens konnten aus ihrer Sicht dann auch die wochenlangen Festlichkeiten nach einem Sieg nicht hinwegtrösten. Aber was sollte man machen! Die Männer hatten das Sagen und Kampf und Drohung war ihre Sprache, Liebe und Rücksicht nur ein schlecht gesprochener Dialekt zwischendurch. Der Mammon regierte Florenz, aber die Reichen waren unter einander nicht eins und Intrigen, Verleumdungen und Ränke an der Tagesordnung. Ihr blieb das Refugium der Musik, die Erbauung bei der Betrachtung eines Gemäldes und die körperliche Anstrengung beim ausgiebigen Reiten und Jagen – damals wie heute. Und das Beten, aber auch die vielen erlösenden Gespräche unter Frauen.

Für den 23. Juni 1705 hatte die Herzogin den Landadel eingeladen. Sie erzählte ihnen, warum: „Hunderte Menschen drängen sich in jedem Jahr in Florenz am Peter-und-Paul-Tag auf dem Domplatz, Gerber und Näherinnen, Becker, Beamte und Notare, der komplette Adel der Stadt. Riesige aufgespannte mit Sternen bedruckte Leinentücher schützen vor der Sonne und leuchten. Die Prozession ist äußerst lang, mit 500 Mönchen aller Orden, die in Zweierreihen schreiten, mit Domherren in Gold und Seide, eingehüllt in Weihrauch, Priester unter Baldachinen halten goldene Reliquiengefäße, dann die Bruderschaften mit zu Heiligen oder Eremiten verkleideten Männern, Kinder laufen vor und hinter dem Umzug her und Trompeten und Fanfaren verkünden den Festzug zu Ehren des Apostels Petrus, auf dessen Glaubensfestigkeit Jesus nach persönlichem Wunsch die Kirche aufgebaut hat, und des Nachfolgeapostels Paulus, der Jesus nie persönlich gesehen und das Christentum bis zu seiner

Bekehrung bekämpft hatte, dann aber zum größten Eiferer für die Nachfolge Jesu geworden war. Das waren die eigentlichen Patrone von Florenz, und deswegen möchte ich eine Kirche nach diesen Heiligen in Düsseldorf weihen." „Jetzt müssen wir wieder bezahlen", raunte eine tiefe undeutlich zu hörende Männerstimme, aber Lisa, die ja das Gras wachsen hören konnte, entgegnete: „Sinnvoller als noch eine Weinstube oder eine Brauerei zu bauen!" Die Kurfürstin verriet: „Und zwar in Ratingen wird Peter und Paul entstehen." „Da ist guter Rat teuer", tönte der Bass wieder unmerklich. „Wir werden den Menschen außerhalb der Mauern auch neue Gebetsstätten schenken, damit sie uns wohlgesonnen sind, weil wir uns so um ihr Seelenheil sorgen. Denn nicht nur Gesetz und Lehre stärken die Vernunft der Menschen, sondern auch Beten und Büßen läutern die Seele und erhöhen so das Vertrauen in Gott, in sich selbst, in seine Umgebung, die eigene Tätigkeit und die Gelungenheit der eigenen Werke. Ohne das Gebet bleibt der Mensch entfremdet in all diesen Punkten." Das leuchtete allen ein, vor allem auch dem Zunftmeister Marx und seinem Schreiber Karlmann.

Die gemeinsame Kunstliebe sollte noch weitere Blüten der mehr akademischen Beziehungssehnsucht treiben. Der Hochsommer hatte lange auf sich warten lassen. Es hatte ja noch am 26. Mai Schneefall gegeben; das war hier im Rheinland noch nie dagewesen. Umso freudiger empfing man die Wärme des Sommers und Rapparini hatte wieder einmal begonnen, das Libretto für ein Singspiel zu schreiben. Er wollte die Kurfürstin begeistern, die Musik zu komponieren und zusammen mit seiner Schwester und einigen Sängern des Opernensembles dann zur beginnenden Karnevalszeit aufzuführen. Es gab viele lustige Szenen und er wollte es am 11.11.1705 um 11.11 Uhr aufführen lassen. Nun präsentierte er der Kurfürstin eine Szene, in der ein lebendiger junger Mann um eine etwas reifere Frau herumtanzt und sich ihr dabei spiralförmig näher rückend mit seinem Gesicht dem ihrigen nähert. Da er voller Inbrunst und Vehemenz den Text skandierte, den er ablesen musste, näherte er sich, da er ja kleiner als die Kurfürstin war, mit seiner Perücke ihren großen ausladenden Ohrgehängen, und so geschah es, dass seine Perücke halbseits herunterrutschte und er, um sie aufzufangen, sich mit seinem Mund unaufhaltsam ihrer Wange näherte, bis zwei Ereignisse so unglücklich aufeinander stießen, dass es das Zeug zum Skandal gehabt hätte, wäre da nicht die Besonnenheit von Kämmerer Schaesberg gewesen. Der Mund klatschte genau in dem Moment auf die Wange der Kurfürstin, als Schaesberg den Raum betrat, da er das Deklamieren gehört hatte und neugierig geworden war. Und nun tritt auch der Hofmarschall ein und sieht die Dreierszene. Flott eilt er hinzu und nun sind sie zu viert. Der Hofmarschall richtet dem Sekretär die Krone, sprich die Perücke und drückt ihn einen Meter von der Kurfürstin weg, Schaesberg hebt das Regiebuch auf, das auf den Boden geklatscht ist, und als der Kurfürst ob des Tumultes herbeieilt, spielen sie eine Viererszene, allerdings ohne die nötige Eleganz, was der Kurfürst bemängelt. Da aber der Kurfürst in den letzten Monaten nicht mehr mit seiner Gemahlin geschlafen hatte und immer wieder Schwindelanfälle bekam, zu viel aß, dass man schon vom Verfressensein sprechen musste, und dabei auch zu viel trank und am Schreibtisch einen Zusammenbruch erlitten hatte, war das Ehepaar in letzter Zeit im Zwiespalt; einerseits waren sie tolerant gegenüber dem anderen bezüglich der täglichen Kommunikation, andererseits waren sie verzweifelt in Bezug auf ihre eigene innere Distanz zueinander. Diese Gefühle widersprachen sich durchaus nicht, nein, sie passten zusammen wie so oft Gleichgültigkeit und Verzweiflung nur verschiedene Seiten ein- und derselben Medaille sind. Von Gracht zu Wangen ruft Schaesberg, Schaesberg ruft die Fuggerin, sie griffen also rechtzeitig ein und verlangten von Rapparini in der anschließenden Sitzung, die etwas von einem Tribunal hatte, eine schriftliche Ehrenerklärung, dass er nie planmäßig eine Verbindung mit der Kurfürstin gewollt habe, sondern dass es ein Versehen aus Zuneigung gewesen sei! Damit war die ungewollte Affaire vergessen und wäre aus der Welt geschaffen gewesen, wenn sie denn jemals in ihr gesessen hätte. Nur die Frauen des Hofes amüsierten sich in der Kemenate über den Vorfall, da Rapparini ja noch kleiner sei als der Kurfürst und schon mit jungen Männern im Verdacht gewesen sei.

„Als er vor zwei Jahren im Pferdestall mit dem Stallburschen übte, wie man ein Pferd zu striegeln hat, habe ich gesehen, wie er das Pferd mechanisch striegelte und dem leicht gekleideten Jüngling dabei auf die Hose schaute." „Ja, das hast du erzählt, und als dieser lachte und meinte, Sie schauen auf meine Hose und striegeln das Pferd in der falschen Richtung gegen die Borsten, war er rot geworden und hatte den Stall verlassen." „Und da war da noch diese Geschichte im Wintergarten zwischen den Palmen. Wir hörten ein heftiges Atmen und sahen Rapparini in den Schilfbüschen stehen. Er beobachtete den Gärtnerlehrling, wie der sich von ihm weggewandt niedergebückt hatte, um Buchsbaum zu beschneiden." „Was, meinst du, er hätte da…?" Ehe sie das aussprechen konnte, glättete man die Wogen der Phantasie: „Also, er war schon aufgeregt, aber in der Hand hielt er einen Zeichenbogen und einen Kohlestift. Er war ihm wohl nachgegangen und wollte ihn heimlich in dieser Stellung zeichnen." „Von hinten und in gebückter Haltung, da wäre er schnell fertig gewesen." „Das Thema der Zeichenstunde waren bestimmt strotzende und hängende Rundungen!" Man lachte laut, aber verschieden intensiv auf. „Jemand aus der Schule der Kantoren, wo seine Schwester Gesang unterrichtet, hat auch erzählt, dass er bei den

Proben von Chorpartien immer gerne bei den jungen Männern stehe. Geht das jetzt nicht in dieselbe Richtung?" „Bei uns in England spricht man darüber mit den Begriffen, die es für Gewehre gibt: Vorderlader und Hinterlader!" Man lachte. „Das ist aber nicht sehr galant!" Man lachte wieder. „Nein, aber markant!" Wiederum lachte man, aber das Lachen erfror auf ihren Lippen, als die Kurfürstin hereinkam. „Meine Damen, markant ist nur, von dem man sich eine besondere Wirksamkeit versprechen kann. Ich hoffe, Sie haben den Speiseplan für nächste Woche fertig besprochen. Wir werden hohen Besuch bekommen!" Man sah sich an und schwieg.

Rapparini seinerseits begann nun, Huldigungsmünzen zu zeichnen und in Holz vorproduzieren zu lassen, um sie dem Kurfürsten zur freudig gegebenen Genehmigung zu präsentieren, und er verfasste eine Huldigungsschrift für den Kurfürsten als Entschuldigung, die wie eine Biographie angelegt sein sollte; der Kämmerer Schaesberg sah es mit Wohlwollen, bestellte die Kemenatenrunde zum nächsten Frühstück zu sich in die Kämmerei und beruhigt die Gemüter. „Spekulieren Sie nicht, denn alle Phantasie verrät nur die Tiefe des eigenen Abgrunds" – und nun dachte er an die Aussage eines verstorbenen Freundes, des Priesters Wilhelm Kursawa, und er sagte es, obwohl es wahrscheinlich vor männlichen Ohren zielgerichteter angebracht gewesen wäre: „Und Sie wissen, dass es kein Grauen gibt, das der Mensch sich ausdenken kann, was er nicht auch versucht hätte zu verwirklichen!"

15

Johann Wilhelm II. war 1675 für mehrere Monate Gast am Hof des Sonnenkönigs in Paris gewesen – nicht ahnend, dass dieser damals schon am liebsten das ganze Rheinland in Schutt und Asche gelegt hätte. Er lernte die Prachtentfaltung der Schauspiele, Opern und Ballette kennen. So wurde er zum Bewunderer der Kunst in jeder Hinsicht, und durch seine zweite Ehe mit der Kunstmäzenin Anna Maria Luisa schaffte er mit Hilfe ihrer Mitgift von 400.000 Reichstalern und ihrer zahlreichen Verbindungen als Mitglied der Medicifamilie die Grundlage für eine neue kulturelle Blüte in Düsseldorf. Die Errichtung des ersten feststehenden und zweckgebundenen Theatergebäudes 1696 war nur eine seiner zahlreichen Unternehmungen.

Der Druck der Stände und vor allem der gebildeten Menschen in ihnen nahm permanent zu. Neben der Kunsthalle verlangte man in vielen Petitionen, Briefen und Gesprächen den Bau einer Oper in Düsseldorf im Barockstil am Rhein. Anna Maria Luisa ver-handelte mit Schaesberg und setzte 80.000 Gulden dazu frei, die allerdings dem Budget für den Straßenbau abgezogen wurden. „Wer Kunst will, muss leiden!" meinte der Freiherr und Graf Sigismund von Schaesberg und spielte damit darauf an, dass die Kutschfahrten durch Düsseldorf weiterhin über Holperstrecken führen würden. Die kurze Überlegung, einiges an Schmuck zu verkaufen, wurde schnell beendet, indem die Kurfürstin auf die Folgen für ihre Nachfahren verwies: „Wenn ich nun statt zwei Söhne und eine Tochter zwei Töchter und einen Sohn gebären werde, dann müssen wir den Schmuck aufteilen und dann ist es zu wenig für zwei Mädchen." Schaesberg erwiderte darauf nichts, denn er wusste, wie brisant dieses Thema war. Klar dabei war natürlich, dass die 400.000 Reichstaler, die sie mit in die Ehe gebracht hatte, und das Vermögen ihres Mannes schmolzen wie Butter in der Sonne, und prompt kam aus der Pfalz sowie aus Wien die heftigste Kritik an solchem Gebaren und die Mahnung, dass man über die Kunst die Staatsgeschäfte finanziell vernachlässige; und in der Tat blieb der Bau des Opernhauses im Resultat dieses Laufs der Dinge eine gewagte Angelegenheit. Man kam nicht um den Verkauf einiger Liegenschaften in und um Düsseldorf sowie die Verpfändung einiger Besitztümer in der Pfalz herum. Aber das spaltete man getrost von sich ab, denn man hatte ja den Finanzexperten der Düsseldorfer Zünfte auf seiner Seite, der sich für die Handwerker eine populäre Kunststätte wünschte und sehr bildungsfreundlich war. Es ergab sich trotzdem ein Disput, denn die Fuggerin und Graf Schaesberg waren nicht der Meinung, dass man die Rücklagen gnadenlos antasten sollte. Graf Schaesberg wurde redensartlich: „Und wenn der bloße Schein auch trügt, der Geldbeutel wohl niemals lügt! Im Ehevertrag mit den Medici ist doch vereinbart, dass die Mitgift der Anna Maria Luisa, die größer war als bislang bei allen anderen Frauen ihrer Familie, im Falle der Kinderlosigkeit zurückgezahlt werden müsste – eine ziemlich ungewöhnliche Bedingung, da ja eigentlich der Frau die Schuld an Kinderlosigkeit zugeschrieben wird." Hier zeigte sich also ein großer Zündstoff für spätere Auseinandersetzungen, falls der Kinderwunsch nicht in Erfüllung gehen sollte. Die Fuggerin skizzierte das Problem knallhart: „Da nun schon die erste Ehe Johann Wilhelms als Herzog von Jülich kinderlos geblieben ist, zeichnet sich ein gravierendes Problem ab. Der Kurfürst hofft auf seinen Stammhalter, aber er lebt nicht danach. Und alle Reproduktionsvorhaben der Medici in Florenz sind doch auch gescheitert." Allerdings war ihr bewusst, dass Johann Wilhelm immer guter Hoffnung im Geiste war; er hatte am Tag zuvor geträumt: „Ich hoffe auf die Möglichkeit, eines Tages in Florenz stellvertretend für unseren noch zu jungen Stammhalter zu residieren. Und ich will

Düsseldorf nicht so verlassen, dass die Stände und Zünfte behaupten können, ich hätte hier nichts Bedeutendes geschaffen!"

Das Kurfürstliche Opernhaus wurde in einem bestehenden Gebäude an der Mühlenstraße in der Nähe des Schlosses innerhalb von nur vier Monaten eingerichtet. Die bauliche Oberleitung hatte Graf Mattheo Alberti. Die aufwändige Innenausstattung besorgte Antonio Bernardi. Wie man in einem zeitgenössischen Bericht des Opernliebhabers Wikilius Pediata nachlesen kann, war der Zugang für die arbeitende Bevölkerung zuerst einmal nicht gewährt, obwohl die Zünfte bei der Realisation des Hauses kräftig mitgeholfen hatten: „Das Kurfürstliche Opernhaus dient vorwiegend der höfischen Gesellschaft. Veranstaltungen finden nur in der Karnevalszeit (Dezember bis März), an fürstlichen Geburts- und Namenstagen oder bei Besuchen ausländischer Fürsten statt. Einen regelmäßigen Spielbetrieb kennt das höfische Theater noch nicht. Die Aufführungen dienen der Unterhaltung, aber auch der Darstellung von Macht und Bedeutung des Fürsten. Für höfische Bälle lässt sich der Zuschauerraum, der Platz für bis zu 350 Personen bietet, frei räumen und auf Bühnenniveau erhöhen. Fast alle der Textbücher geben szenische Hinweise, deren Realisierung den hohen Standard der Bühnentechnik erfordert. Zur Bedienung der Theatermaschinerie ist daher ein Spezialist aus Italien am Hof angestellt, und um die Opernaufführungen angemessen ausstatten zu können, stiftet die Kurfürstin 80.000 Gulden jährlich aus ihrem eigenen Vermögen. In vielen Szenen der gespielten Stücke müssen neben den Auftritten von Geistern und Ungeheuern auch mehrere Schlachten durch den ‚regolator delle Scene', den Bühnenmeister und den Bühnenbildner in Szene gesetzt werden. Am Schluss schwebt aus den Wolken der Deus ex Machina hervor."

Wie oft war die Kinderlosigkeit Gesprächsstoff in der Kemenate. Frauen, die in einem ihnen vorbehaltenen Gemach zusammenlebten, saßen abends bei Stickarbeiten oder mit Lektüre beieinander. Oft verstummten die Gespräche, wenn die Herzogin hinzukam. Wenn sie nicht dabei war, drehten die Themen sich um Geld und Gold oder um Familie und Kinder. „Wenn die Kurfürstin nicht aufpasst und nicht etwas ruhiger lebt, wird das nichts mit einem Kind." „Dauernd am Abend unterwegs oder morgens schon zwei Stunden in der kalten Kirche, sind einer Schwangerschaft nicht förderlich." „Die Abwesenheit des Kurfürsten ist aber auch keine günstige Beförderung des Kinderwunsches." Man lachte. „Mancher Fürst hat an anderen Orten das, was man zuhause sucht." „Aber mancher Mann findet anderweitig auch genau das, was er zuhause meidet." Man lachte. Manchmal ging es auch über das Redensartliche hinaus: „Johann Wilhelm würde nie etwas mit einer anderen Frau anfangen, dazu ist er viel zu rücksichtsvoll. Gelegenheiten gäbe es sicherlich, aber seine Liebe zu Anna Maria Luisa ist ungetrübt." „Bei ihr weiß man aber manchmal gar nicht, ob sie dem Verkehr der Geschlechter überhaupt etwas abgewinnen kann." Nun griff die Kammerzofe von Rolshausen ein; ihr sei das Gespräch nun zu persönlich. Eine lebenslustige Frau sei sie ja schon. In diesem Moment betrat die Kurfürstin das Zimmer und das Gespräch versiegte. Anna Maria war die Frau von Graf Johann Heinrich von Harskamp und lange Jahre schon Hofdame am kurfürstlichen Hof. Sie stammte von der Burg Nothberg bei Eschweiler und verdiente zuerst 75 Gulden pro Monat, was die Familie von Rolshausen, der auch die Burg Türnich gehörte, wirklich gut brauchen konnte, denn sie drohten zu verarmen, da die Nothberger Burg zusehends verfiel, ohne dass sie das Geld gehabt hätten, sie zu sanieren. Auch hatte ja ein langwieriger Prozess der Erben aus dem Hause der Palandts, zu denen Baron von Rolshausen ja gehörte, gegen Erben der weiblichen Seite, so Freiherr von Bongart zu der Heyden und andere zu einer Teilung der mit der Burg verbundenen Rechte geführt. Als Nachfolgerin der Fuggerin im Amt der Obristhofmeisterin würde sie aber schon 500 Gulden im Monat verdienen und konnte ja jetzt schon als vertraute Kammerzofe der Kurfürstin so manche Spesen abrechnen. Sie wollte da nichts riskieren.

Anna Maria Luisa erinnerte sich an ein Gespräch in einer Kemenate in Florenz, das sie als Kind von sieben Jahren unwillkürlich miterlebt hatte, da sie unter dem Tisch saß, als die Damen in den Raum schwirrten und ihr heißes Thema heftig vertieften. Ihr Gespräch kreiste um lustige Begebenheiten und Erlebnisse mit anderen Frauen und mit Männern. Diese so entfesselten Frauen kommentierten diese Vorfälle so knapp und kurz aus dem Bauch heraus, dass man alles am liebsten in Ruhe aufgeschrieben und es den anderen schriftlich gezeigt hätte mit der Gelegenheit, das eine oder andere Postierte zu tilgen. Am besten hätte man eine Tafel gehabt, sodass man einzelne Aussagen hätte rückstandslos löschen können. Stattdessen wieherten und prusteten die Damen, tauschten glasige Blicke sowie auch kleine Bilder und Zettelchen aus; eine Engländerin sagte dauernd mit hochrotem Kopf: „I will like it. Like, like, like!" Die noch sehr junge Luisa hatte beobachtet, dass Frauen in solchen Situationen, wo ihre Vernunft ziemlich ausgesetzt hatte, wenn man intensiv auf sie einredete und ihnen dabei tief in die Augen schaute, den Mund analog, ja zeitlich synchron mitbewegten. Wie mag das denn möglich sein? Ob es eine solche manipulative Gedankenübertragung gab? Sie fragte sich: Gibt es eine kommunikative Hypnose? Kann ich vielleicht auf diesem Weg andere Menschen zuhöchst beeinflussen? Es wurde berichtet: „Pater Hilarius stand heimlich im Dunkeln in einer Ecke des Schlafzimmers der Gräfin Overstolz und auf dem Bettrand der Adligen saß der

Markgraf Kortzen, als diese dessen Hand unter ihrem Nachthemd spürte. Es war aber ihr Ehemann, der weder den Pater noch den Markgrafen gesehen hatte. Als dieser im Nachthemd aus dem Fenster sprang, brach er sich das Bein und blieb dort liegen, bis der Kustos ankam und ihn entdeckte. Graf Overstolz hatte sich von seiner Frau dermaßen eine kräftige Ohrfeige eingefangen, dass er in den verlöschenden offenen Kamin gefallen war. Das hohe Aufjaulen deutete man auf der Straße als Höhepunkt des Geschlechtsaktes und das Jammern der Frau als dessen Fortsetzung." Luisa, die diese Geschichte mit anhörte, hatte nur gedacht: Was haben Mönche auch im Schlafzimmer zu suchen und wieso jault man, wenn man Kinder zeugt. Dann aber fiel ihr ein, dass in ihrer ethischen Lektüre Chevalier de La Tour Landry tadelt: „Frauen, die versucht sind, ihrem Gatten den Gehorsam zu verweigern, „zumal vor anderen Leuten"', müssten bestraft werden. Aber, so fügt er in Richtung der Frauen hinzu: „Wenn ihr privat mit ihm allein seid, dürft ihr eure Wünsche freimütiger äußern, ganz nach Eurer Kenntnis seines Betragens." Wer weiß, was die Overstolzen sich von Männern gewünscht hat! Nach außen hin sollte sie also den Schein wahren; auch mehr scheinen als sein! Die Weisung mündete in den Sätzen: „Ihr sollt zu Eurem Gatten vor allen anderen lebenden Geschöpfen sehr liebevoll und sehr vertraulich, zu Euren guten und nahen Blutsverwandten und den Verwandten Eures Gatten in Maßen liebevoll und vertraulich, zu allen anderen Menschen sehr distanziert vertraulich und zu den dreisten jungen Müßiggängern absolut distanziert" sein. So wird dort auch gesagt, dass im intimen Bereich eine gute Frau den Körper ihres Ehemanns streichelt und seinen Kopf zwischen ihren Brüsten ruhen lässt. Sie dachte daran, dass dies wichtig sein könne, denn eine Empfehlung verzaubernder Intimität hörte sie in diesem Moment auch in ihrem Tischversteck, indem eine der Bediensteten eine alte Bauernregel zitierte: „Drei Dinge treiben den braven Mann aus dem Haus: ein undichtes Dach, ein nach innen rauchender offener Kamin und ein zänkisch Weib." Man lachte. Sie hörte nun auf die Geräusche nach dem Lachen. Hatten sich da gerade zwei Frauen geküsst?

Nur zu gut kannte sie selbst schon als Mädchen die Schwierigkeit für eine Frau, sich angemessen zu verhalten. Dazu hatte ihr Ethiklehrer ihr eine andere Schrift gezeigt, von Robert de Blois: „Sind sie herzlich und entgegenkommend, laufen sie Gefahr, dass die Männer ihre Absichten missdeuten. Sind sie dagegen weniger höflich, als man es von ihnen erwartet, wird man ihnen vorwerfen, sie seien arrogant. Eine Frau muss bei jedem Schritt, den sie tut, über jeden Tadel erhaben sein. Sie muss ihren Körper jederzeit in ihrer Gewalt haben, denn sie ist ständig Blicken ausgesetzt (und das Auge ist die Quelle des Bösen). Sie muss wissen, in welchen Situationen sie sich entblößen darf, und sie muss dabei bedacht sein, jeglichen Makel zu verbergen. Selbst in der Kirche muss sie den Eindruck bedenken, den sie macht, wenn sie eine andächtige Haltung einnimmt – sie darf weder lachen noch sprechen, und sie ist gehalten, ihre Blicke zu zügeln. So z. B. in der Kirche beim Beten nicht „zur Schildkröte oder zum Wendehals" werden, „wenn sie ihr Gesicht dahin und dorthin dreht und den Hals reckt und den Kopf vorstreckt wie ein Wiesel. Haltet den Blick stetig nach vorne gerichtet und den Rücken straff, wie ein weiblicher Spürhund, der stracks nach vorne sieht! Steht ruhig und seht gerade vor euch hin, und wenn ihr euch umsehen wollt, so wendet mit Eurem Gesicht den ganzen Körper."

Ihre arme kranke Mutter hatte im Sinne einer französischen Redensart immer gesagt: „Wenn das Auge nichts sieht, ficht das Herz nichts an." Sie selbst konnte ihre Mutter dahingehend sehr gut verstehen, denn oft hatte sie einen anderen Satz gehört, den sie ganz und gar nicht teilte: „Die gefährliche Unbotmäßigkeit liegt immer im Auge des Betrachters." Sie dachte an ihr gemeinsames Baden mit Lisa. Wenn denn nun just zu diesem Zeitpunkt der Galan von gegenüber doch irgendwie in den Hof gekommen wäre? Was würde er gefühlt haben können? Zuerst einmal hätte er sich sicher erotisch angestachelt gefühlt, bevor dann sein Verstand eingesetzt und seine Vernunft reagiert hätte. Aber verschuldet hätte er die erste Reaktion doch nicht. Erst in der dritten Phase würde ihrer Meinung nach Schuld einsetzen, wenn der Galan versucht hätte, sich ihnen anzunähern. Also, so dachte sie, es gehören schon beide Seiten dazu, Unheil zu vermeiden.

Luisa war ein frommes, aber auch freies Gemüt, ebenso ehrlich wie lebenszugewandt. Bei ihr führte es nicht dazu, dass ihre Frömmigkeit in die Entfremdung von der gesellschaftlichen Wirklichkeit geriet und ihre Gebildetheit trieb sie auch nicht weg von der Freundin! Ihr Lehrer wusste das und konnte offen mit ihr umgehen: „Angeprangert wird auch die unziemliche Hast, beispielsweise angesichts von Modetorheiten." Eine Frauengruppe war in der Kirche nach neuester Mode gekleidet gewesen, sodass sie vom Bischof von der Kanzel aus gerügt worden waren, sie sähen aus wie Nacktschnecken und Einhörner. Sie würden sich benehmen wie die Spinnen beim Fliegenfangen. Man solle sich nicht wie Betsaba am Fenster waschen und kämmen. Wenn es also nach den Geistlichen ginge, wären die Frauen wie Eva im Paradies die Schuldigen, obwohl doch Adam es war, der nach dem Apfel gierte, den Eva als dienende und verwöhnende Partnerin ihm ja doch nur gereicht hatte. Sie hätte ja nie gewagt, als erste davon zu essen. Und beide waren es im menschlichen Verein, die nach Gen 2,9 des Alten Testaments den Baum des Lebens und den Baum der Erkenntnis von Gut

177

und Böse in der Mitte des Gartens in Eden besuchten. Gott aber hatte den Menschen verboten, von den Früchten des Baums der Erkenntnis zu essen, da dies den Verlust des Lebens bzw. ewigen Lebens zur Folge hätte. Eva sagt gegenüber der Schlange nur vage, dass man vom Baum „in der Mitte des Gartens" nicht essen dürfe. Als Adam und Eva – wie die Kurfürstin noch jüngst nachgelesen hatte, von der Schlange verführt, wobei sie dies als das triebhaft Beherrschende der eigenen inneren ständig kriechenden und züngelnden Neugier verstand – das göttliche Gebot übertraten und von den verbotenen Früchten gegessen hatten, vertrieb Gott den Menschen „aus dem Garten von Eden", wie es dort stand, damit er „jetzt nicht die Hand ausstreckt, auch vom Baum des Lebens nimmt und ewig lebt". Dies hätte also ein ewiges Leben bedeutet, das Gott nicht wollte, so dachte Luisa, weil er ja mit dem Menschen eigentlich ein spielerisches Experiment veranstaltet. Als Wächter stellte Gott „die Kerubim auf und das lodernde Flammenschwert, damit sie den Weg zum Baum des Lebens bewachten". Luisa sah darin die Gesetze und das Feuerschwert der Nemesis als Strafbehörde. Der Genuss auch noch der Früchte vom Baum des Lebens war somit für Adam und Eva unmöglich. Aber die Sehnsucht nach dem Jungbleiben drückte sich ja auch in vielen Bildern aus. Sie hatte doch dieses leidenschaftliche Bild mit dem Titel „Der Jungbrunnen" gesehen. Es war ein Gemälde von Lucas Cranach dem Älteren aus dem Jahr 1546, wie Pater Damian ihr auf ihrer gemeinsamen Reise erklärt hatte. Es zeigt einen Jungbrunnen, in dem ältere Frauen, aber keine Männer baden, verjüngt werden und sich schließlich bei Musik, Tanz und gutem Essen vergnügen. Also eine Frauen-Jung-Mach-Oase zum Wohle der Männer? Cranach stellt in dieser Illusion die Hoffnung dar, dass bestimmte Bäder heilen und verjüngen könnten. Sinnliche Freuden gehörten also nach dem Bad dazu. Traumhafte Felsenlandschaft, ein kindliches

Märchenschlösschen, eine mittelalterliche Stadt mit steinerner Bogenbrücke über einem Fluss, rechts ein mächtiges Bergmassiv und am Horizont üppige Felder und Obstbäume. Karge Felsen, Symbol für das beschwerliche Alter der Frauen mit Gelenkschmerzen, Gebärmuttervorfall und Venenleiden; rechts das Aufblühende der fruchtbaren Jugend. Im Zentrum des Beckens steht als Wasserspender eine Säule bekrönt mit den Figuren von Venus und Amor, was darauf hindeutet, dass dieses Bad der Erneuerung der Liebeskraft dient. Sie verstand nicht, warum dann Männer nicht auch in dieses Bad mussten oder wollten oder sollten. Oder dürften? Nicht mochten? Hatten sie die Nase voll von der eigenen Anstrengung vorher, währenddessen und hinterher? Denn bei der Frau war es doch ein Langzeitglühen, beim Mann immer nur ein gieriges Höhepunktheischen. In Cranachs Bild sind alle Männer jung. Und nun musste die Kurfürstin einen Gedanken sehr schnell verdrängen, der sich ihr wie die gierige Schlange selbst aufgezwungen hatte. Die Natürlichkeit, mit der diese übernatürliche Verwandlung dargestellt wurde, ist doch das Resultat der Macht des Geldes. Es ist die Suche nach dem Paradies durch den Mammon. Das Bild zeigt einen Männerwunschtraum und einen Frauenwunschtraum zugleich. Sie dachte, dass es nur ein Ehepaar gewesen sein könne, das das Bild zur Goldenen Hochzeit in Auftrag gegeben habe.

Alle Schuldgefühle kamen in ihr hoch, denn Luisa war einmal fast verführt worden durch den jungen Freiherrn Christoph Friedrich von Rolshausen auf seiner Kavalierstour in Florenz, als sie den Enkel des Marsilius von Trimporten und Berge kennen gelernt hatte und ihn faszinierend fand. Sie war blühende siebzehn Jahre alt und fühlte sich fürsorglich zu ihm hingezogen, als dieser die Nachricht vom plötzlichen Tod seines Vaters Christopherus erhalten hatte. Tagelang war er apathisch gewesen, dann

hatte er sich in einem Moment der wunderlichen Abend-
zweisamkeit am Hofbrunnen unverhofft in ihre Arme geworfen, sie hatte ihn umarmt und nicht gerne wieder losgelassen, und was sie dabei gefühlt hatte, war für sie voll-
kommen neu gewesen, denn von den Haaren bis in die
Zehen hinein prickelte ihre Haut, ihr Atem begann zu fliegen und ihr Herz rasend zu pumpen. Sie nahm, als sie
sich beruhigt hatte und einige Worte an den nunmehr wei-
nenden Jüngling gerichtet hatte, seine rechte Hand zwischen ihre Handflächen und streichelte sie leicht. Er nun,
als er sich seiner Verantwortung gerade auf dieser Kavalierstour der Ehrhaftigkeit bewusst wurde – denn die von
seinem Vater finanzierte Bildungsreise hatte nichts ge-
mein mit einem Aventureritt der Artusrecken – besann
sich, zog ruhig und rücksichtsvoll seine Hand zurück,
legte seine Unterarme gekreuzt wie die Ruder im Wappen
der Rolshausen vor die Brust, verbeugte sich vor der jungen Prinzessin von Florenz und schwand in die Dämmerung. Es war die Ehrhaftigkeit des alten Geschlechts, das
im Wappen zum Ausdruck kam: Die gekreuzten Ruder,
oft als Spaten missverstanden – bedeuteten, dass einer
ihrer Vorfahren per Schiffsreise an einem Kreuzzug teilgenommen hatte. Nun aber hatte er sich in sie verliebt,
eines Abends im Birkenhain geküsst und wollte sie mit
nach Paris nehmen, notfalls auch dorthin entführen. Sie
erinnerte sich genau an diesen Dialog: „Ich bin nun zwar
einige Jahre älter als Sie, aber meine Liebe zu Ihnen ist
jung wie ihre Wangenfrische. Ihre braunen Kugelaugen
erinnern mich an rote Weintrauben und ihr geheimnisvoll
dunkles Haar mutet an wie die Schwärze einer Nacht im
Wald." Lächelnd hatte sie geantwortet: „Ihr heller Haar-
schopf und Ihre blauen vorwitzigen Augen verlocken in
mir eine große Abenteuerlust, aber meine Zukunft ist für
höhere Ämter reserviert, mit Verlaub gesagt, und nicht für
eine heruntergekommene Niederburg in Nothberg, wie
man ihren Heimatort neuerdings wegen der dort verehrten

Schmerzensmadonna nennt. Sie haben mir selbst davon erzählt!" Zwar sei seine Donjonburg mit den vier runden Türmen einzigartig im Rheinland, aber sie sei so hinfällig, dass „Sie selbst sich auf den Stammsitz zurückziehen mussten. Wie bei Ihnen zuhause das Dach des Palas bald einstürzt, würde bei uns hier die ganze Erzfamilie der Medici ruiniert sein, wenn ich Ihrem verlockenden Ansinnen nachgeben würde." Er drängte sich an sie und verlangte flüsternd zumindest einige heimliche Nächte mit ihr: „Geben Sie meiner ungestümen unabweislichen Liebe für einige Nächte nach!" Doch Luisa hatte gerade kurz zuvor von einer jungen Borgia gehört, die nach einigen solcher Nächte und Tage im Bett mit einem niedrigen Adligen – man habe sich vierzehn Tage lang noch nicht einmal mehr zum Essen angezogen – von diesem nun einen Bastard erwartete und todesunglücklich war, weil die jüngere völlig aus dem Ruder gelaufene Generation dieser so entsetzlich ruchlosen Familie sie verstieß. „Seien Sie mir nicht gram und bleiben Sie mir gewogen – zumindest für die wenigen Tage, die Sie noch bei uns verweilen! Ich kann auf Ihren mutigen, aber unbotmäßigen Antrag nicht eingehen und jedwede körperliche Annäherung verbietet sich fürderhin." Mit diesen Worten hatte sie ihn verlassen, als er sich durch die rechte mit Brunnenwasser aus dem Schöpfeimer angefeuchtete Hand sein Gesicht nässte. Nun galt es, kühlen Kopf zu behalten. So hatte sie diese Situation in guter Erinnerung und sie konnte ihre Schuldgefühle wieder einmal beschwichtigen. Ganz ablegen würde sie diese wohl nie, zumal dieses Gespräch eine unangenehme Nachgeschichte gehabt hatte. Als sie drei Tage später im Pferdestall den Herrn von Rolshausen mit eigenen Augen erlebte, wie er sich eine heimliche Freiheit nahm, nämlich mit der Stallmagd auf einem Heuhaufen im hinteren Bereich kopulierte, hatte sie nicht gleich weggeschaut, sondern die Bewegungen zu diesen Geräuschen, die sie herbeigezogen hatten, betrachtet. Sie als Adlige konnte Avancen leicht ablehnen und sie sich verbitten, aber Mägde hatten kaum die Möglichkeit, sich solchen Angelegenheiten zu entziehen, sodass sie ihr wirklich leidtaten. Sie kannte ja auch einen Fall, wo der Versuch, sich der Leibesfrucht durch Sprünge vom Heuboden zu entledigen, für eine junge Frau tödlich geendet war.

Sie hatte jedenfalls auch die Kurve dadurch bekommen, dass ein ganz junger Höfling, ein Neffe des Hofmeisters oder, wie der aus Wien stammende Hofmeister sagte, „ein Florenzer" den jungen von Rolshausen mit Blicken und Reden anhimmelte. Über diesen Begriff für einen Mann, der einen anderen Mann liebte, regte die Prinzessin sich enorm auf, aber das Verhalten des Christoph Friedrich fand sie abstoßend, da er − vielleicht auch nur zum Schein oder aus Spaß − darauf einging. Für Männer war die Kavalierstour ja in der Tat auch eher eine Seelentherapie, fand sie, und wenn sie sich bei Frauen ganz sicher war, dass sie sich auch innig innerhalb ihres Geschlechts verlieben konnten, so wusste sie in Bezug auf Männer darüber nichts. Bei manchen hatte sie schon das Gefühl, dass es diese Liebe zueinander auch bei Männern geben konnte, aber offiziell geißelte man doch die einzig ihnen mögliche Form des Geschlechtsverkehrs als Sodomie. Dieser Begriff kam doch sicher aus der biblischen Geschichte vom moralischen Durcheinander in Sodom und Gomorrha. Sie hatte auch gehört, dass sich einige der Minnesänger, die ja dem äußeren Schein nach ungemein heiße Frauenverehrer waren, in dieser Beziehung auffällig verhalten hatten. Unter Minnesängern gab es ja große Freundschaften, die bei abendlichen Burgfesten immer darin endeten, dass sie sich halbtrunken in den Armen lagen, ganz im Gegensatz zu den Meistersingern, die sich spinnefeind waren und vor und nach ihren Wettbewerben sich entweder nicht mehr anschauten oder sich nahezu prügelten. Einer hatte gegen andere einen Beckmesser-song verfasst:

„Auf Blitz folgt ein Donnerschlag, es heißt Gomorrhatag.

Wo der Fressnapf ist, da sitz', dass man frisst"

Hoffentlich zerrt mich nun keiner vor ein Gericht mit der Behauptung, ich hätte diese Hans-Sachs-Stollen gestohlen, dachte sie kurz. Es ist doch nur ein Stollenabgesang, der nichts wert ist. Aber ich habe diese Holperverse ja verändert, verbessert, geglättet, ja zu einem verständlichen Deutsch umformuliert. „Das ist ein ungemein simples Gerappel und Gezappel von Silben wie Milben ohne Sinn und Zweck, nur Staub und Dreck, nur Kampf und Krieg und Männersieg, das will ich nicht hören, es soll nicht betören der Kinder wilde Jugendkraft, die gerne Friedensfreude schafft, wo alter Streit, der rüde ringt, nur Tod und Unheil mit sich bringt!" Sie gefiel sich im Spiel der Endreime, denn ihr heutiger Deutschlehrer Pater Gideon Busch aus Warden bei Alsdorf hatte ihr aufgewiesen, wie die Meistersinger aus dem althochdeutschen Langvers mit Stabreimen eine eigene künstlich gestelzte Form des Knittelverses gemodelt hatten und die Erlösung von dieser starren und konstruierten Lyrik der Endreim war, als er zum Beispiel von einem Dichter namens Opitz für das Deutsche propagiert wurde. Sie war dankbar dafür, dass ihr Lehrer ihr anrührende Gedichte vorgelesen hatte und nicht einen solchen gebosselten Unsinn. Sie liebte auch in der Literatur das Natürliche, Friedliche, Luftige und Tänzelnde. Hoffentlich achten Eltern darauf, dass ihre Kinder einen bunten und grünen Segensweg gehen und nicht der teuflischen Schwärze der Nachtgestalten verfallen. Wenn sie abends betete, bat sie Gott und Maria darum. In Florenz hatte sie einmal mitbekommen, dass man die Entwicklung von Kindern chirurgisch veränderte, damit sie später auch als Männer noch sehr hoch singen konnten. Sie wusste zwar nicht, was genau man mit ihnen anstellte, aber sie hatte vernommen, dass es den Jungen lange weh tat und dass diese Operation nicht immer von Erfolg gekrönt war, wenn diese dicklichen Burschen später gar nicht singen konnten, denn die Opernpassagen zum Beispiel in Orpheus und Amphion aus dem Jahre 1585, auf einer Bühne anlässlich der Hochzeit von Johann Wilhelm von Jülich-Kleve-Berg mit Markgräfin Jakobe von Baden in Düsseldorf aufgeführt, waren doch sehr schwer, auch wegen der Koloraturen. Sie selbst beherrschte diese Art zu singen schon ganz gut, aber sie wollte bei der Schwester Rapparinis nunmehr bald Unterricht nehmen. Der Komponist Andrea Gabrieli, den sie ja aus Italien persönlich kannte, hat die Sängerinnen und Sänger ja nie geschont. Neben der Partitur im Düsseldorfer Spinettzimmer hatte sie eine Notiz über die Schönheit dieser Opernmusik gefunden: „daß es denselben / so dazumahl nit zugegen gewesen / und solchen Musicum concentum & Symphoniam gehört haben / onmüglich zu glauben." Schwer zu singen waren auch die Sopranpartien der 'Missa in angustia Pestilentiae'. Anna Maria Luisa hatte sie in Florenz durch ihren Musiklehrer, ein Schüler des Komponisten, kennen- und singen gelernt. Die „Messe in der angstvollen Qual der Pestplage" von 1656, von Orazio Benevoli komponiert und in der Basilika von San Pietro hinter verschlossenen Türen uraufgeführt, in Anbetracht der strengen Bestimmungen und des strikten Verbots von Ansammlungen und Feiern in der Stadt, hatte es wirklich in sich und setzte eine hohe musikalische Bildung und gesangliche Ausbildung voraus, war es doch fast ein Oratorium, veranlasst durch Papst Alessandro VII., beauftragt durch den Capitolo der Basilika, um die Gottesgnade anzurufen, so dass die Epidemie aufhören würde.

Wie schon gesagt, in Florenz kannte das Mädchen Anna Maria jede Nische der drei Paläste, in denen sie gewohnt hatte, und die geheimen Wege auch zum Dom und zu den Uffizien. Hier sah sie für sich und für andere viele ständige Gefahren lauern. Sie schrieb ihrem Onkel Kardinal von der Vorstellung, dass jeder Mensch sich durch Bildung und Selbsterkenntnis aus dem jeweiligen Sumpf, der nur auf ihn wartete und nur für ihn gefährlich war, befreien könne, indem er ihn, nachdem er am Rande des Morastes genügend Gefahr gespürt hatte, erst gar nicht zu betreten bereit war. Das war doch so eine innere Kraft, die im Menschen schlummerte. „Für jeden von uns wartet ein Sumpf, für jeden ein anderer, ein nur für ihn vorhandener, auf den sein Lebensweg zusteuert und an dem er früher oder später ankommt. Selten wurde dieser Sumpf durchwatet, noch seltener hat jemand mehrere Sümpfe durchqueren müssen und ganz selten können. Mein alltägliches Leben ist doch auch Illusion wie das der vielen einfachen Menschen, die sich im täglichen Morast vor ihrem Sumpf abquälen müssen. Nur der richtige Glaube ist ein schmaler Weg an den Sümpfen des Daseins vorbei – aber es gibt auch außerhalb der Moore hundert falsche verlockende Holzwege.“

Es war kein einfaches Leben in diesen Zeiten, vor allem auch im Winter, wenn das Dunkel und die Kälte die Nächte draußen und in den Schlafzimmern beherrschten. Eisblumen morgens auf den Fenstern hatte es in Florenz nicht gegeben. Wenn man mit dem Finger versuchte, Löcher in die Eisblumen zu brennen, fiel der Frost in den Fingerknochen und bevor es heftig schmerzte, überließ man die Ästhetik sich alleine. Aber was war denn schön oder hässlich, wenn kein Mensch in der Nähe war, dies als solches zu empfinden? Schön und hässlich gab es also nur in den Köpfen der Menschen! Das Heizen verursachte Rauch, der oft in die Stube stieg, wenn der Kamin oder der Ofen nicht gut eingestellt war. Man hustete und die Augen tränten. In der Kutsche konnte man zwischen seine Knöchel in einem eisernen Kasten brennende gepresste Braunkohle setzen lassen, die eine Zeit lang vorhielt. Aber sie hatte sich daran schon einmal einen Knöchel verbrannt und der Rauch stieg unter dem Rock hervor und ätzte den Innenraum der Kutsche so stark, dass man manchmal anhalten und aussteigen musste. Schlimm war es auch, wenn man im Freien Urinieren musste. Ältere Frauen hatten ihr das Leid geklagt, nach der Geburt mehrerer Kinder mit ihrem Gebärmuttervorfall sich in Eiseskälte in die Hocke begeben zu müssen, dass die Blase herausguckt und der Faltenbauch auf die Erde rutscht, wenn er nicht fest genug hochgebunden war. Die Männer humpelten mit ihren Hüftleiden vor dem Rauch davon, wenn er überhandnahm. Anna Maria Luisa hatte beschlossen, eine neue Kaminverordnung beschließen zu lassen. In Holland hatte sie gesehen, dass man die Kamine alle viel höher zog und auf einer gemeinsamen Höhe enden ließ, wo, wenn der Rauch austrat, er nicht mehr den Boden erreichte, bevor er vom Wind zerstäubt wurde. Und wenn kein Wind war, schoss der Rauch von der Hitze des Feuers angetrieben kerzengerade in die Luft. Hier in Deutschland baute jeder seinen Kamin so, wie er wollte. Das musste sich ändern! Dagegen war das Reisen im Mai eine Wonne. Sie war einmal unterwegs gewesen nach Aldenhoven und von dort nach Hehlrath, da dort in der Nähe eine Verwandte der Rolshausen wohnte, denn die Kammerzofe wollte zwar noch am Hofe bleiben, aber von der Kurfürstin als bloße Gesellschafterin bezahlt werden und ihrer Nichte die Position der Kammerzofe vermachen, wozu Anna Maria Luisa diese selbst kennenlernen wollte. In Hehlrath stieg man ab und ging in die Kirche hinein; ein kleines altes Gotteshaus mit einem hässlichen gotischen Altar: Wenn diese Kirche einmal erweitert würde, müsste hier ein prunkvoller Barockaltar hin! So dachte sie und erinnerte sich an die Erzählung ihres Gemahls von einem hier vor über zwei Jahrhunderten verschwundenen

Helroder Ritter namens Jordaen und sie fand es lustig, dass dies eine zufällige Namensgleichheit mit Jacob Jordaens ist, der doch mit der Familie ihres Mannes befreundet gewesen war.

Zurück in Düsseldorf vertiefte sie sich in ihre Literatur aus Italien, weil sie Erziehungsrichtlinien aufstellen wollte. Geistliche kritisieren darin Eltern, die das ungesunde Schwelgen ihrer Söhne in kindlichen Spielen zulassen, ja sich darüber belustigen oder sich daran erfreuen. Lisas Brüder hatten stets mit dem Zorn des Stiefvaters zu rechnen, wenn sie sich so gaben. Nach diesen Ausführungen neigten viele Frauen zu heimlichen Liebkosungen, die auch in erotische Berührungen ausarten konnten. Kein Wunder, dass die Küchenfrau diese Idee mit dem natürlichen Hilfsmittel dazu gehabt hatte. Regelmäßiges Essen wurde als wichtig bezeichnet, aber Frauen sollen demgemäß an drei Tagen in der Woche fasten; und nicht noch einmal heimlich essen, wenn die Eltern zu Bett sind. Sie sollen keine Langschläfer sein, damit man auch andere, zum Beispiel die Bediensteten nicht vom Besuche der täglichen Messe abhält. Licht und Kerzen seien bereit zu halten: Wenn ein Mann von nächtlichen Ausgängen heimkommt, habe eine Kerze zu brennen und Handtuch und Wasser seien vorzufinden; Luisa ist das von zuhause gewöhnt, als Kurfürstin aber will sie es nicht, wenn der Kurfürst sich in Zivilkleidung unter das Wirtshausvolk gemischt hatte. „Ich war im Uerigen!" lallte er dann und sie freute sich, wenn er sich im Dunkeln eine Beule holte.

Anna Maria Luisa betete allein, allerdings in einer improvisierten Kapellenkemenate neben dem Schlafraum ihrer Bediensteten, da sie aus ihrem Zimmer den Eckaltar verwiesen hatte, denn sie wolle den zusätzlichen Rauch der Kerzen nicht mehr im Schlafzimmer haben. Das war die offizielle Version ihrer Weisung. Ihr leichtes Hüsteln würde sich vielleicht dadurch bessern. Immer kontrollierte sie abends selbst, ob nach alter höfischer Sitte alle sieben Türen geschlossen waren: An der Hoftür nach außen wünschte sie den Stallbediensteten eine gute Nacht, an der Schlosstür sprach sie mit dem Hofmeister über den nächsten Tag, die Tür zum Schlosstrakt verriegelte hinter ihr ihre Erste Hofdame, die dann mit ihr zu den Frauengemächern ging, wo die Amme Carina und die Kleidungszofen zugange waren und mit ihr abendliche Scherze austauschten. Wenn Carina die Tür mit einem großen Schlüssel, den sie alleine verwaltete, zugesperrt hatte, zog der engere Stab der Zofen sich in den Bereich der Herzogin zurück, wo eine Tür mit Innenriegel zur kürfürstlichen Kemenate führte; dort erwartete ihre Freundin Lisa sie meistens abends. Nebenan stand auch neuerdings der Altar, also in einiger Entfernung von der Reihe Betten, die unterschiedlich belegt waren – je nachdem, wie die Situation es gebot. War die Kurfürstin erkrankt, schliefen hier das Erste und Zweite Hoffräulein, Lisa und die Amme Carina sowie die Kammerzofe. Mittlerweile war es ja Fräulein von Rolshausen, die Anna Maria Luisa auf der Nothberger Burg kennen gelernt und um die Besetzung dieser zu diesem Zeitpunkt vakanten wichtigen und arbeitsreichen Position gebeten hatte. Da die Familie des Christoffel von Rolshausen sich permanent in Geldnöten befand, hatte sie diese Stellung angenommen. Die Tür zum Schlafgemach der Herzogin hatte einen Riegel, den man auch von außen öffnen konnte, sodass sie sich vor einem unbemerkten Zutritt schützen, man aber jederzeit von außen in das Schlafgemach hineingehen konnte. Nur selten schlief Anna Maria Luisa irgendwo ganz anders im Schloss, dann aber nie ohne ihre Freundin Lisa. Luisa machte diesen abendlichen Schließgang gerne selbst, da sie – als Reiterin – diese sanfte Bewegung abends brauchte. Lisa schaute jeden Abend unter den Betten nach, ob sich nicht dort jemand versteckt halte. „Das ist eine Marotte meiner

Mutter in Florenz, weil sie als Kind einmal erlebt hat, wie sich ein betrunkener Schweinehirt unter ihrem Bett gelagert hatte." „Was wollte er denn dort?" fragte Luisa. „Weiß ich nicht, aber sein Gestank hat ihn ja schon verraten. Vielleicht sollte man jeden Menschen auf eigene Weise stinken lassen, dann wäre man vor einigen Überraschungen sicher!" Die Kurfürstin bedankte sich für dieses Ansinnen, denn ihre außerordentlich feinsinnige Nase würde ihr das Leben täglich zur Hölle machen. Im Haus Parfums, Essen, Punschs, Tee und Kaffee, vermischt mit den diversen Körpergerüchen der Damen und Herren des Hofes, außerhalb des Hauses vor allem Kot, Urin und Abwässer aller Sorten sowie der beißende Gestank der Schmiedeessen und Kamine, Pökel- und Räuchergeschmauch bei den Metzgern vermischt mit anlockenden Brotbäckergerüchen, Leder und Holz im raschen Wechsel mit Bier und Weindünsten an den Kaschemmen, die allerdings hier in Düsseldorf Kneipen mit langen Theken hießen, die man Tresen nannte. Am Rhein gab es angeblich die längste Theke der Welt, wie ihr Mundschenk behauptete. Irgendwann wolle er sie und den Kurfürsten einmal dort hinführen und am günstigsten dazu wäre der Karneval, an dem man sich zusehends mehr und mehr verkleidete, sodass sie in ihrem Ornat gar nicht auffallen und vielleicht sogar wegen Fürstenbeleidigung verhaftet würden.

Nach dem ersten Konzert im Opernhaus erzählte die Kurfürstin den Umstehenden die Geschichte aus Florenz, als sie mit mehreren jungen Frauen – entfernte Verwandte und aus anderen Gründen Verbändelte – aus verschiedenen deutschsprachigen Landen zusammengestanden hatte und eine der Damen mit einer Reaktion auf breitem Saarländisch den zu süßlichen Sound der Geigen und vor allem den harten Anstoß und lautperligen Ton der Naturhörner ohne Klappen auf den wenigen

189

Tonvariationslöchern ironisch gepriesen hatte. Die Freifrau Ursel von Moritz aus Oldenburg fragte dann auch, wie denn der Satz lauten würde. Anna Maria Luisa sagte ihn nun auf Deutsch, wie sie es durch ihren Lehrer in Florenz gelernt hatte. Und dieses Deutsch war das Sächsische – von Luthers Schriften her hatte es sich als die klarste Sprachform der germanischen Dialekte durchgesetzt. Auch hatte sie von ihm gelernt, dass der Begriff ‚deutsch' von ‚theotiscam' kam, aus dieser lateinischen Form herrührend für ‚volkstümlich' stand und in anderen Dialekten auch ‚tuitsch' hieß. Das, was sie als Deutsch gelernt hatte, wurde von den meisten bevorzugt gesprochen und, was noch viel wichtiger war, von allen auf Anhieb verstanden. Bekannte Schriftsteller, so der Hesse Christoffel Grimmelshausen, der Schlesier Friedrich von Logau und Andreas Gryphius aus Niedersachsen schrieben ihre Texte in Sächsisch, und würden einmal noch bekanntere Dichter auf den Plan treten, dann würden sie sich dieser Sprachform bedienen müssen, um allseits bekannt zu werden, sonst würden sie keine Chance haben. Nun also sagte die Herzogin den Satz in ihrem Deutsch: „De Geigen hamm aber widder ganz schön geschluchzt. Aber de Hörner sinn widder viel zu laut gewesen." Man war immer wieder erstaunt über die klare Diktion der Kurfürstin und über ihr sprachliches Vermögen. Ihr preußischer Deutschlehrer hatte auch großen Wert darauf gelegt, die langen offenen Vokale nicht nach ‚ö' klingen zu lassen, wie es aussprachemäßig in Sachsen und Thüringen und in östlichen Gebieten der deutschen Sprache durchaus der Normalfall war, denn er meinte, das klinge etwas ‚verdödelt', wie er sich ausdrückte. Er schrieb solche Wörter mit einem niederrheinischen Längungs-e, sodass sie den Satz folgendermaßen verschriftlicht hätte: „Die Göegen hööm öbe wöeder göenz schöen geschlöechzt. Öbe die Höerne söen wöeder vöel ze laet gewöesen." Luisa dachte, dass das Sächsische sauber ausgesprochen doch eigentlich von jedem zwischen Maas, Memel, Etsch und Belt verstanden werden könnte. Im Geographieunterricht hatte sie diese Flüsse als Sprachgrenze der deutschen Diktion kennengelernt. Ihr Lehrer hatte gesagt: „Wenn jemand richtig Sächsisch spricht, werden Sie ihn immer noch verstehen. Wenn jemand hingegen tiefstes Schweizerisch sprechen würde, bekämen Sie nichts mehr mit." Ihr Lehrer beherrschte alle Sprachformen des Spätgermanischen. Er hätte gerne die Urformen des Gotischen, Sächsischen oder auch des nicht germanisch beeinflussten Keltischen kennengelernt, aber dazu gab es halt keine Literatur. Sächsisch sei eben das sauberste Deutsch. Der schwergewichtige Bürgermeister von Düsseldorf, Peter Eylertz, ein Bierbrauer, scharrte unruhig mit den Füßen. Sein Großvater hatte ein Braunbier aus Korschenbroich bei Mönchengladbach in Düsseldorf eingeführt, das sich bestens verkaufte, weil es nach dieser herkömmlichen aus Norddeutschland stammenden Gärungsart gebraut war, weswegen viele Düsseldorfer es auch ‚Altbier' nannten. Der Kurfürst trank es nicht, denn seine Geschmacksrichtung richtete sich auf süddeutschen oder italienischen Wein. Wenn er Bier trank, dann am liebsten Bairischweizen. Bei einem Besuch in Köln hatte ihm allerdings dieses süffige helle Neubier aus den kleinen Gläschen, die sie dort ‚Stößchen' nannten, auch sehr gut geschmeckt. Aber die Männer allerorten, die viel Bier tranken, hatten entsprechende Spitzbäuche und oft spitze Brüste, groß wie bei Frauen, und das wollte er ja nicht, denn seine gedrungene Gestalt war kompakt und kräftig und unweiblich, wobei er schon als Jugendlicher beim Reiten und Fechten Wert gelegt hatte. Und nun erklang dieser Satz in einem exzellenten Rheinisch der Biertrinker: „De Jeije hant evve werem janz schönn jeschlochz. On de Hööre sent werem völl ze laut jewess." Man schwieg, denn die einen hielten diesen rheinischen Dialekt für etwas primitiv und die anderen, die ihn

191

selbst beherrschten, schmunzelten, denn sie wussten, dass schon einige Ortschaften weiter dieser Satz etwas anders klingen würde. Dies bemerkte der Bürgermeister und meinte: „Das klingt doch noch ganz passabel. Wenn ihr jetzt z. B. in Aachen an der holländischen Grenze diesen Satz hören würdet, würdet ihr schier vom Glauben abfallen. Ich versuche mal, es zu imitieren: ‚Dee Geeijee haant ävver wärem jaanz schüönn jeschlueezt, ond die Hööere seent wärem vööl zue friier jewees.' ‚Frier' heißt eigentlich ‚hart', aber die Aachener haben in manchen Punkten ihre eigenen Wörter und Wege." „Na ja", warf der Vetter des Bürgermeisters, Uwe Joachim von Moritz aus Oldenburg ein, bei uns klingt es zwar für eure Ohren auch gewöhnungsbedürftig, aber irgendwie runder und direkter, nicht so ein gedehnter Singsang." „Wie nennt ihr eure Sprache denn?" fragte Luisa. „Plattdüütsch, ich stamme aus Jenhorst in Niedersachsen zwischen Petershagen und Uchte und wir würden sagen: „De Geigen hebbt oawer weer ganz schön e'schnuckert. De Höernoar sind weer veel to luut e'wäsen."

Es gab Probleme mit den Bühnenarbeitern, die sich seit zwei Wochen im Inneren des Opernhauses im Streik befanden, denn sie waren der berechtigten Meinung, dass sie gemessen an den großen Anstrengungen und Gefahren ihrer Tätigkeit zu wenig verdienen würden. Der Bühnenbaumeister, der nach der Opernaufführung das Gespräch der Adligen mithören durfte, da er für die Nachaufführungsfête der Premiere des neuen Singspiels Rapparinis eingeladen war, hatte das Gespräch der sprachbeflissenen Damen und Herrn mitgehört und aus Solidarität mit den hart arbeitenden Bühnenschreinern, den Kulissenschiebern und Schnürbodenkletterern hatte er den roten Michel, der wie er ein Flame war, wegen dessen sorgfältigen Organisation des verborgenen Protestes gelobt. Er ging noch einmal zu ihnen hin, erzählte von dem

sinntriefenden Inhalt des Gesprächs der Noblen und skizzierte den gehörten Satz auf Flämisch, was alle hier verstanden: „Maar de violen snikten weer heel nices. En de
hoorns waren weher viele teil luzid." Man lachte und vergaß den Ärger. Keiner vom Hof hatte bemerkt, dass sie in
genau denselben Kulissen gespielt hatten wie beim Stück
vorher, nur hatten sie es etwas anders angeordnet. „Beim
nächsten Mal lassen wir sie einfach auf der nackten
Bühne singen und spielen, dann werden sie schon zu uns
kommen und fragen, warum wir unzufrieden sind", been-
dete der Drechsler den Abend, bevor man sorgfältig alle
Öllichter löschte.

In dieser Zeit profitierten viele Handwerker in Düsseldorf
vom Bau des Opernhauses, als aber andererseits die
landwirtschaftlich arbeitenden Menschen sich sehr vom
Schicksal gequält und von der Herrschaft vernachlässigt
fühlten. Es gab immer wieder Vorfälle auf den Straßen,
bei denen betrunkene entlassene Feldarbeiter oder Pfer-
deknechte randalierten und eine große Schar von Gesin-
nungsgenossen hinter sich brachten, da die durch das
schlechte Wetter im kurzen Sommer und die langen eis-
kalten Winter bedingten mageren Ernten und viele Krankheiten die Bauernhäuser und Katen so sehr belasteten,
dass die Familien fremde Wanderarbeiter nicht mehr mit
ernähren konnten. Nun kam wieder der Mai und damit das
Fest des Zenobius. Nach einem alten römischen Rezept,
das Anna Maria Luisa aus Florenz mitgebracht hatte und
zusammen mit den Küchenfrauen in jedem Jahr um-
setzte, bereitete die Küche Pasta arrotolata. Das Rezept
für diese Speise hatte man auf einer bei Ausschachtun-
gen für den Medici-Palast gefundenen originalen römischen Wachstafel entdeckt, deren Schrift man noch prob-
lemlos entziffern konnte, da das Wachs sich in einer zu-
sammenklappbaren Holzkassette befand. Luisa hatte als
Jugendliche dieses Rezept für sich abgeschrieben und

193

speiste nun an einem jeden 25. Mai zu Ehren des zweiten Stadtpatrons von Florenz diese gewalzten Langnudeln. Sie verehrte den Bischof Zenobius von Florenz schon von Kind auf an. Er wurde ja gegen seinen Willen Bischof in Florenz und als er verehrt und begraben wurde, blühte eine vertrocknete Ulme wieder auf. In Florenz hatten sie eine Ulme im Hof des neuen Palastes gepflanzt.

Die Kurfürstin und der Kurfürst hatten in diesem Jahr Graf Schaesberg und die Gräfin Fugger zum Nudelessen eingeladen. Es gab wegen der aufständischen Herumtreiber eine harte Kontroverse, denn die Zunftmeister deuteten ihr Verhalten als Verbrechertum und verlangten eine Verfolgung, Inhaftierungen, ja vielleicht auch eine beispielhafte Hinrichtung, damit wieder Ruhe in Düsseldorf einkehre. Die Kurfürstin versuchte darauf hinzuweisen, dass man für die Not der Menschen Verständnis haben und ihnen irgendwie helfen müsse, ohne ihre Verhaltensweise zu beschönigen. Sie befürwortete bei der Betrachtung dieses Konfliktes mit den Düsseldorfer Zünften die kontrollierte Demokratie nach dem alten Beispiel der Florentiner Signoria, aber ohne Manipulation der Losbeutel, in denen man nach dem Vorbild der Attischen Demokratie per Los die jeweiligen Vertreter im Räteparlament der Stadt Florenz bestimmt hatte: „Es ist gar kein Wunder, dass viele Menschen unzufrieden sind, weil sie weder etwas zu sagen haben hier in unserem rheinischen Land noch auch alleine ihre Meinung äußern dürfen, ohne dass sie als aufmüpfig gelten. Es gibt gerade den jungen Menschen das Gefühl, ohnmächtig zu sein, was ich aus der Schützenbruderschaft weiß, dem Verein der St. Sebastianus Schützen, der ja schon fast 400 Jahre alt ist, wie ich in den Herzogs- und Grafenunterlagen nachlesen konnte." „Meinst du denn, deine Vorfahren in Florenz hätten mit diesem System etwas Sinnvolles zustande gebracht? Wie war das denn mit Lorenzo dem Prächtigen?

Die träge und schwierige Umsetzung von Beschlüssen der Signoria hat doch fast eure Herrschaft erschüttert: Es muss also zumindest zusätzlich eine Regierung geben, die große Ausführungsgewalt hat; außerdem zeigt doch gerade die Geschichte eurer Familie die Gefahr der Korruption vor Ort. In Florenz ist doch nie etwas so richtig umgesetzt worden, gerade auch Cosimo der Ältere hat prächtig geherrscht, aber die Ursache für Probleme nie beseitigt." Der Kurfürst hatte sich vor der Ehe mit Anna Maria Luisa über die Geschichte der Medici genauestens informiert. „Eure Familie musste sich in den ersten zwei Jahrhunderten ihrer rein wirtschaftlich begründeten Vorherrschaft stets anbiedern, um an der Macht zu bleiben. Erst mit dem vom Kaiser und vom Papst verliehen Erbtitel des Großherzogs der Toskana seid ihr unabhängig gewesen, aber genau in diesem Moment begannen die Intrigen gegen euch." „Das stimmt, und oft entstand ein so großes Machtvakuum, dass wilde Prediger, selbsternannte Heilslehrer und rücksichtslose Volksanführer ihr Unwesen trieben. Ist das hier nicht ähnlich? Wird unser Volk hier nicht auch von einigen verrückt gemacht?" „Na ja, historische Bildung kann auch zu einem gesteigerten Pessimismus führen", zischte die Kurfürstin, bevor sie an ihrem Kaffee trank. Der Kurfürst setzte seine Tasse ab und fuhr fort: „Wenn wir schon dem Drängen der Zünfte und der Universitäten nachgeben müssen, was ein erweitertes Mitspracherecht angeht, dann aber bitte nicht mit einem Losverfahren In Bezug auf vorher ausgewählte für dle Bevölkerung typische Gruppen. Monarchie muss ja wohl bleiben, darüber sind wir uns ja wohl einig? Anmalu," – so nannte er die Kurfürstin schon einmal, wenn er witzig sein wollte, „Mitbestimmung funktioniert nur in einem Parlament, das zwar vom Volk gewählt, aber dem König unterstellt ist, indem der Monarch erlassene Gesetze unterschreiben muss und jederzeit ein Vetorecht hat. Der König bleibt also der Präsident des Staates neben einem

Kanzler" schloss der Kurfürst. „Warum nicht auch einer Kanzlerin? Es gibt doch auch alleinherrschende Königinnen?" wandte die Kurfürstin ein, und jetzt wollen wir zuerst einmal unsere Nudeln genießen, ehe sie kalt werden. Doch nach einigen Minuten konnte der Kurfürst nach einem satten Schluck Rotwein nicht mehr an sich halten: „Frauen sind leider zu sehr mit anderen Dingen beschäftigt als dem Regieren; du bist ja eine große Ausnahme, du gehst ja auch auf die Jagd und interessierst dich wirklich für Kunst!" „Lieber Johwi," – so nannte sie ihn, wenn sie bissig sein wollte, „du vergisst, dass wir Frauen an männliches Tun und Gehabe gar nicht gewöhnt sind. Wenn man uns lassen würde, könnten wir alles genau so recht und schlecht wie ihr, würden die Dinge aber sicherlich ein wenig anders anpacken, denn ihr seht ja immer nur euren einzelnen Erfolg – wie bei einer Pirschjagd, wir aber würden den Blickwinkel der Allgemeinheit viel mehr einnehmen als ihr." „Mit dem Erfolg, dass dann alle nach eurer gemeinschaftlichen Fuchtel tanzen müssen, und wehe, es tanzt jemand aus der Reihe, dann ist sie oder auch er ein Quertreiber." „Frauen unterliegen manchmal der Gefahr der Vereinnahmung im Vereinheitlichungsstreben und schätzen letztlich vielleicht die Harmonie höher ein als den Effekt, aber ist das bei Männern nicht genau umgekehrt und folglich auch einseitig? Schätzt ihr nicht den Nutzen einer Sache für ein bestimmtes messbares Ergebnis oft zu hoch ein und vergesst darüber, dass Erfolg auf Dauer ja nur von einem gemeinsamen familiären Empfinden getragen wird?" „Na gut, wir haben also beide Recht, und umso wichtiger wird es sein, dass wir unsere Vorstellungen kombinieren." Die Kurfürstin erwähnte aber noch ein für sie gravierendes Problem: „Wird es nach dem System einer parlamentarischen Demokratie nicht zu einer permanenten Machtbehauptung und Rechtfertigung des Königs kommen, was eine permanente Legitimationsatmosphäre verursachen würde?"

Nun schaltete sich Graf Schaesberg ein, der als reiner Monarchist betonte, dass dem König also eine genügende Anzahl gebildeter Beamter zur Seite stehen müssten: „Ich verfechte einen Beamtenstaat, in dem es keine Kontrolle der Wortführer geben sollte, die vom König ausgewählt sind, so, wie wir es doch hier eigentlich auch haben." „Oh, was würde das denn für ein Tugendterror" echofierte sich Anna Maria Luisa, „da sehe ich schon Intelligenzbolzen, die einen ständigen Bürgerkrieg der Eliten untereinander veranstalten unter Vernachlässigung der Interessen des einfachen Volks; und dann wächst die Gefahr des Wachsens neuer Privilegien ja, die wir doch jetzt schon am Hofe beobachten. Den Klugen muss immer Einhalt geboten werden! Es gibt keine größere Gefahr für einen Staat als die Durchschlagkraft reiner Intelligenz, die uns definieren, was für uns gut ist, und uns dann zwingen, danach zu leben!" Nun erwachte die Disputierfreude der Gräfin Fugger: „Und die reichen Menschen sollen das dann alles finanzieren, obwohl sie selbst gar nicht mitreden dürfen! Das fehlte noch, dass wir zum Beispiel bezahlen sollen, damit weniger oder keine Gülle in die Bäche und in das Grundwasser fließt, dass die Städter ihren Kot und Urin irgendwie sammeln oder Rinnen und unterirdische Rohre und Kanäle bauen, denn es gibt ja schon unverkennbar die Gefährdung durch Krankheiten und die Belästigung durch den Gestank; oder dass wir wegen des Lärms durch Fuhrwerke, Mühlen und Schmiede modernere Dreh- oder sogar Kugellager finanzieren sollen! Man kann nicht alles auf die Wohlhabenden umwälzen, dann sind sie nicht mehr wohlhabend. Und wer gibt ärmeren dann Arbeit und wer bestellt die Handwerker zu sich nach Hause? Die Einhaltung der Nachtruhe sollen Nachtwächter und Büttel gewährleisten, Vorschriften für die Verschließung von Giften in Lebensmitteln, Kräutern und Knollengewächsen sollen auch mit unserem Geld möglich gemacht werden, damit die Substanzen, die als zu giftig eingestuft wurden, in Apotheken und Laboren nun nicht mehr unverschlossen gelagert werden dürfen, und den unerträglichen Gestank und die Luftverschmutzung durch Abdecker sowie das Husten durch Kaminfeuer im Raum sollen auch vermieden werden, indem wir die Umsetzung von Kaminvorschriften unterstützen oder sogar ganz bezahlen sollen." „Dann bist du" – in vertrauter Runde duzte das Kurfürstenehepaar sowohl die Gräfin Fugger wie auch den Grafen Schaesberg – „also eine Vertreterin der griechischen Scheindemokratie, die ja in Wirklichkeit nichts anderes als eine Oligarchie war mit Vorgaukelung dem Volk gegenüber, es sei an der Macht und durch die Gunst des Herrschers an Entscheidungen beteiligt – nach dem Muster des russischen Zarenreiches, wo das Volk bitter arm ist, die kriegslüsternen Manipulateure aber äußerst reich und wo deswegen eine ständige Unterdrückung von Andersdenkenden zu beobachten ist?" fragte der Kurfürst sie inquisitorisch. Anna Maria Luisa vertrat nun eine gemäßigte Meinung: „Es muss diesbezüglich möglich sein, als Bürger des öffentlichen Wesens stets seine Meinung zu sagen, die man aber im Amt, wo man seiner eigenen Meinung ‚beraubt' ist", – sie benannte es deswegen mit dem lateinischen Begriff ‚privat' –, „nicht zur Grundlage seiner Äußerungen und Handlungen machen darf; ein Hauptmann darf nicht nur in einer Kneipe, sondern auch in einem Journal unter seinem Namen gegenüber Schlachten und Kriegen kritisch sein, aber in der Kaserne und in Uniform muss er befehlen und zur Schlacht führen!" „Das wird aber nicht ohne Konflikte möglich sein, das ist schwierig!" warf die Fuggerin ein, aber die Antwort kam aus keinem anderen Munde als dem des aufgeklärten Fürsten, den Anna Maria Luisas Meinung immer mehr überzeugte: „Demokratie ist vielleicht die beste Staatsform, weil sie die schwierigste ist. Vice versa: Sie ist die schwierigste, weil sie die beste ist! Mühe aber lohnt sich und der Lohn der Mühe könnte ein Aufhören dieser sinnlosen Kriege sein! Seht einmal diesen Unsinn, denn der Französische König hier im Rheinland und in Hessen veranstaltet hat und noch weiterverbreitet. Es nützt Frankreich auf Dauer nichts und uns schon einmal gar nicht!" Die Kurfürstin intervenierte: "Aber sagte nicht Platon, der Krieg sei der Vater aller Dinge?" "Der Kurfürst wurde fast zornig: "Aber doch nicht der Moralischen und Sozialen! Platon meinte das in Bezug auf Technik und Erfindungen, und das gilt ja bis heute! Wir hätten keine so guten Spiral-Metallfedern, wenn sie nicht für die Kriegsführung erfunden worden wären!" "Wenn wir sie nicht hätten, würden wir sie auch nicht brauchen!" entgegnete die Gräfin Fugger!" Das mag ja sein, aber ist es nicht gut, dass wir diesen Fortschritt haben?" "Was Fortschritt ist, ist also letztlich ein bloßes Diktat der Erfindungen?" fragte die Kurfürstin verunsichert. "Ich freue mich ja auch über die neuen Steinschlossgewehre für die Jagd, aber beim Militär haben die Kriegsgegner sie doch auch, wo ist also der Fortschritt? Alles, was neu ist, wird ja auch sofort von den Räuberbanden in Anspruch genommen." Der Kurfürst wollte nun dem verzweifelten Dialog ein Ende setzen, denn er verspürte große Lust auf den süßen Nachtisch: "Wir lösen die Doppelbödigkeit unserer Welt nicht, es sei denn, es würde einmal gleichurspünglich das ausschließlich Gute mit dem wirklich Nützlichen Hand in Hand gehen und die Menschen würden den Krieg im Großen wie auch im Kleinen aufgeben. Aber das werden auch unsere Enkel nicht mehr erleben!" Er stand auf, drehte sich auf dem Absatz um und schritt zum Nachtischbuffet.

Allerdings setzte Graf Schaesberg sich noch am selben Abend hin und entwarf eine neue Gesellschaftsordnung, die alle vier Gesichtspunkte enthalten sollte: auf bürgerlichem Interesse beruhende Wahldemokratie, wirkliche repräsentative Demokratie auf der Basis der gleichen Vertretungsanteile der Bevölkerung im Staat, akademisch und republikanisch beeinflusste Monarchie und das Mitsprache- und Kontrollrecht der Ultrareichen, denn nur in dieser Kombination sah er eine dauerhafte Befriedung der Menschheit als Möglichkeit eines glücklichen Lebens:

1. Dem König als Präsidenten des Staates stehe einerseits ein gewähltes Parlament zur Seite, das Gesetze erlässt, die die Räteversammlung, die ständig über die zu bewältigenden Probleme des Staates debattiert, als zu verabschieden beschließt.

2. Das Parlament wird im Turnus von 5 Jahren gewählt und die Räte der Versammlung werden durch Losverfahren aus statistisch ausgewählten repräsentativen Gruppierungen des Staates alle drei Jahre um die Hälfte neu bestimmt, nie aber im selben Jahr wie das Parlament, was also bedeutet, dass nach 15 Jahren und dann nach jeweils 10 Jahren eine Hälfte der Versammlung ein Jahr später neu gewählt wird, also dann 4 Jahre amtiert.

3. Neben dem König und den beiden Volksvertretergruppen muss es eine geistige Elite geben, die den König berät und sowohl sein Veto- als auch sein Initiationsrecht beeinflussen kann (mit einem direkten Mechanismus bei Stimmengleichheit, was einer problem- bzw. gesetzbezogenen situativen und vorübergehenden Entmachtung des Königs gleichkommt); diese Elite darf nicht vom Adel oder anderen Gruppierungen des Staates wie den Kirchen dominiert sein. Sie werden von den Akademikern des Landes gewählt.

4. Darüber hinaus gibt es eine von der Höhe steuerlicher Erhebungen abhängige Finanzelite, die von den Unternehmern eines Staates gewählt werden, die die zur Umsetzung von Gesetzen nötigen Finanzmittel verwalten und so den Realisationszeitpunkt von Maßnahmen beeinflussen können.

5. Jede dieser vier Säulen des Staates muss permanent durch eine Machtkontrollbehörde begleitet werden, die sich paritätisch aus Vertretern der Bürgerschaft – nach dem Schlüssel der Räteversammlungsauswahl – zusammensetzt.

Noch in der nächsten Woche mussten die vier Disputanten und der Kanzler handeln, denn in Düvelsburg hatte sich ein Satanist festgesetzt, der einige jüngere Frauen um sich scharte und mit Männern seines Alters zu exaltiertem Verhalten anstiftete, sodass diese Gruppe in den Augen des Kurfürsten verboten werden musste. Ein großes Problem dabei war, dass der Satanist nicht nur heimliche Teufelsmessen feierte, bei denen er nach dem Bericht des Spions, den der Kanzler in diese Gruppe gesandt hatte, junge Frauen nackt auf den Altar legte und dann von den beteiligten Männern mit den Fingern bemalen ließ, sodass sie mit satanistischen Symbolen übersät waren, sondern der Verführer war auch befreundet mit mehreren Geheimniskrämern und entfaltete sich mit diesen zusammen als Anrührer von Aufständen und Brandschatzungen. Sie verbreiteten abstruse Ansichten über die Freimaurer, die ja auch in Düsseldorf eine Loge hatten, und behaupteten, dass diese durch die Züchtung von Minimonstern, die sie in Flüssigkeiten geben würden, Krankheiten wie die Pest hervorrufen würden. Gegenmaßnahme sei das Gebot des Direktverzehrs von Milch unter der Ziege oder einer Kuh liegend und die umgekehrte Quarantäne: In meinen Hof kommt keiner mehr rein. Die Kurfürstin setzte hingegen auf eine vertrauensvolle Zusammenarbeit mit Bauern und Kätnern und ließ natürlich die Sauberkeit von Ställen und Hütten kontrollieren. Die Herstellung von Tür- und Bügelschlössern begann zu boomen, hatte man doch bisher eigentlich immer alle Türen aufstehen gelassen. Misstrauen und Petzerei grassierten. Und zur Abwendung weiterer Verführungen –

auch einige junge Mädchen waren dem Verschwörerbündnis verfallen – wurde vom Magistrat und vom Stadtrat unter Anleitung des Bürgermeisters diese Gruppe verboten, die Rädelsführer wurden vom Militär abgeführt und von Bütteln eingesperrt. Es war in einigen anderen Ortschaften zu schwierigen Situationen gekommen, so in Meerbusch und in Aldenhoven. Straßengewalt war nicht tolerabel. Der Kurfürst neigte in der neuerlichen Diskussion zu drastischen Maßnahmen wie öffentliches Ausprügeln, aber Anna Maria Luisa dachte an, wie sie sagte, länger nachhaltende Maßnahmen: „Man muss die Rädelsführer natürlich lange einsperren und ihnen den Prozess wegen Aufwieglung machen, aber den jüngeren Mitläufern und vor allem den Frauen muss man die Möglichkeit geben, ihr Verhalten wieder gutzumachen, indem man ihnen zum Beispiel Säuberungsaufgaben im Aldenhovener Kloster aufträgt, die von den Patres überwacht werden, und das einige Wochen lang bei spärlicher Speise und ohne Alkohol. Denn eines ist klar: Diese Gruppe hat permanent Alkohol getrunken, vor allem diesen starken Schnaps, der aus der Ahr-Eifel stammt und bei der Weinherstellung übrigbleibt." „Tresterbrand vom Trester, also so etwas ähnliches wie euer Grappa." Am nächsten Tag kam die Kurfürstin und präsentierte ihrem Mann und dem Kanzler den Plan einer Verordnung, der der Stadtrat zustimmen sollte und die vom Magistrat dann umgesetzt werden sollte. Es ging in ihr um die Unterscheidung zwischen Rädelsführern und Mitläufern in der rechtlichen Verfolgung von Auswüchsen.

Selten sah man den Kurfürsten zornig, aber als er zwei Tage später mit hochrotem Gesicht vom Magistrat zurückkam, packte er eine althergebrachte Amphore und zerdepperte sie im Empfangssaal. Seine bruchstückhaften Beschimpfungen ließen den Oberhofmeister erkennen, dass dieser Zorn begleitet war von korruptionskritischen

Äußerungen und er war die Reaktion auf seine Erkenntnis, dass ein Magistratsbeamter versuchte, die vom Stadtrat beschlossene neue Verordnung zu unterbinden. Der Kurfürst hatte erfahren, dass er dazu mit einer hohen Summe aus noch unbekannter Quelle bestochen worden war und nun sah der Kurfürst sich veranlasst, mit solchen Machenschaften aufzuräumen. Ihm passte es schon länger nicht, dass zu viele miteinander verwandte Menschen im Rathaus der Stadt tätig waren. Das stammte noch aus der Zeit seines weitherzigen Großvaters, der einen Hang zum Nepotismus gehabt hatte. Die Kurfürstin aber war gar nicht im Hause und der Oberhofmeister wagte kaum, dem Kurfürsten zuzuflüstern, dass sie inkognito unterwegs sei, um in der Gegend und jenseits der Stadtmauer und der Stadttore die Wohnverhältnisse der ärmeren Bevölkerung zu untersuchen. Sie wolle in den nächsten Monaten auch die nähere Umgebung von Düsseldorf bereisen und sich nicht mehr den wahren Problemen der Menschen durch vieles Beten und Lesen zu sehr verschließen. Dem Kurfürsten trat vor Augen, wie viele Probleme in Düsseldorf vorlagen und dass man allein mit dem Nimbus des Reichseins keine genügende Zufriedenheit einer Bevölkerung herbeiführen könne. Er wusste von den Gedanken Luisas, durch Zuschüsse zur Verbesserung der Wohnverhältnisse etwas beizutragen. Er wusste auch von ihrem Plan, ein eigenes Wohnviertel für Verarmte und Bedürftige zusammen mit den acht Zünften entstehen zu lassen und so auch Menschen für die Wahrnehmung von Arbeitsstellen vorzubereiten. Die Bäcker waren zuletzt in den Zunftkreis aufgenommen worden, da gerade sie viele Menschen suchten, die morgens ganz früh zum Beispiel diese kleinen Brötchen austeilen würden, die sie in Düsseldorf auch schon einmal Mürbchen nannten, wenn sie einigermaßen süß waren. „Diese Semmeln werden für viele Menschen zu Glücksbrötchen, denn sie sind ja Fortuna dankbar, dass sie nun eine tägliche bezahlte

Aufgabe haben." so hatte Anna Maria Luisa sich noch letztens gefreut, als sie mit dem Meister der Bäckerzunft über diese gemeinsamen Pläne gesprochen hatte. Der hatte allerdings erwidert: „Das ist aber jetzt gar nicht ihre Erfindung, solche Arbeitsverhältnisse gibt es schon, nur waren die Menschen in ihren zu kleinen verdreckten und zu feuchten Behausungen, die wir hier deswegen auch als ‚Kruffes' bezeichnen, weil man in ihnen oft noch nicht einmal richtig stehen und aufrecht gehen und an manchen Stellen wirklich fast nur kriechen kann, in solchen schlechten Wohnungen waren die Menschen so träge und faul geworden, dass sie gar nicht arbeiten wollten, so lange jedenfalls wie sie wussten, dass die Suppenküchen der Kirchen und Klöster sie nicht im Stich lassen würden. Sie mussten ja nur an die Armenpforte klopfen."

Wenn es um die gedankliche Beschäftigung mit dem Wohl und Wehe ihrer Untertanen ging, hatte er keine besondere Ausdauer. Eine überbordende Phantasie zeigte er allerdings immer, wenn es um neue Ideen und Entwicklungen im Bereich der Gestelle und Gefährte ging! Wenn er Anna Maria Luisa davon erzählte, schmunzelte diese und hielt ihn für verschroben, aber sie wusste ja, dass er ansonsten ein nüchterner und bodenständiger Mensch war. „So, du meinst, die Menschen könnten also eines Tages durch die Lüfte fliegen, unter Wasser mehrere Stunden lang Schätze von versunkenen Schiffen suchen und ganze Berge versetzen?" „In mehreren italienischen Städten träumen Erfinder davon und fertigen Zeichnungen an, machen Versuche und sind davon überzeugt, dass sie immer ein Stück weiterkommen!" „Nur der Glaube versetzt Berge", meinte Luisa, wobei sie sich aber sogleich korrigierte, „allerdings steht es im Testament so, dass auch vielleicht einmal etwas anderes Berge versetzen könnte; im Korintherbrief steht: „Und wenn ich weissagen könnte und wüsste alle Geheimnisse und alle Erkenntnis und hätte allen Glauben, also dass ich Berge versetzte, und hätte der Liebe nicht, so wäre ich nichts." Es ist ja doch wohl nur ein Bild, denn bei Matthäus heißt es: „Wenn euer Glaube auch nur so groß ist wie ein Senfkorn, dann werdet ihr zu diesem Berg sagen: Rück von hier nach dort! – und er wird wegrücken. Nichts wird euch unmöglich sein." Ach wäre das schön, wenn wir alles vermögen würden." „Es wird niemals so weit kommen, dass Menschen alles vermögen. Aber fliegen und tauchen, das werden sie irgendwann viel besser können als jetzt." „In China soll es Heißluftballons geben, die fliegen können." „In Holland soll einer mit einer Glocke stundenlang unter Wasser gewesen sein." Nun schaltete Schaesberg sich ein: „Und in Norddeutschland ist jemand mit einer Tonröhre, unter der ein Feuer brannte, sodass hinten aus einer engen Öffnung Dampf austrat, mehrere hundert Meter über eine feste Sandbank am Strand mit großer Geschwindigkeit gefahren." „Hoch, tief, weit und schnell, das wird die Zukunft der Menschheit sein." deklamierte Johann Wilhelm. „Bleibt nur zu hoffen, dass unsere träge Seele, die sich ja so gerne in die Ruhe verliebt, da überhaupt noch mitkommt!" sinnierte Luisa.

16

„Wir müssen noch mehr für unseren Glauben tun, nicht nur die Erfüllung unseres Kinderwunsches hängt vom Wohlwollen Gottes ab, sondern auch unser Seelenheil. Und was wäre besser, als für unsere Klöster und Kirchen etwas zu spenden, denn sonst finden verlorene Seelen nicht zurück zum Leben und zu Gott", beschwor Anna Maria Luisa ihren Gatten, als dieser ihr wieder vorgerechnet hatte, was seine Aufrüstung des Heeres und seine diplomatischen Bemühungen in den letzten Jahren gekostet hatten. „Von einem neuen Fenster in der Aldenhovener Klosterkirche wird kein Mensch satt." „Aber wenn die Kirchen und Kapellen herunterkommen und nicht mehr benutzbar sind, wo sollten denn dann die Geistlichen beten und den Gläubigen gepredigt werden, dass sie sich um Verarmte und Hungernde zu kümmern haben und dass sie viel Personal einstellen sollten und diese Menschen gut versorgen müssen, damit sie zufrieden sind und nicht auf dumme Gedanken kommen." „Natürlich ist das wichtiger als bloß immer Almosen zu verteilen!" stimmte der Kurfürst ihr zu. Sie ergänzte aber: „Almosen müssen aber sein für diejenigen, die nicht in der Lage sind zu arbeiten, denn sonst ziehen immer noch mehr halbbetrunkene Vagabunden durch die Stadt und zerstören unsere Brunnen und Tränken." „Aber hinter den kriminellen Akten der letzten Nächte im Jülicher Land stecken doch auch andere und ich fürchte kein bisschen verarmte Bürger. Es sieht nicht nur nach Bereicherung aus, was da die Bockbande veranstaltet, sondern auch nach Protest gegen ihre Herren, gegen uns Fürsten und gegen den Staat insgesamt." Als der Kurfürst sich in Rage redete, pflichtete Anna Maria Luisa ihm bei: „Ich bin auch sehr erschrocken, wie diese Menschen unsere Wände und Pfähle mit Parolen verunstalten. Überall ist 1312 eingeritzt, und das steht für Buchstaben des Alphabets und heißt „Allen Christen Antichrist bringen!" Dieses aufmüpfige Gesindel will uns Christen vernichten und allen Glauben abschaffen." „Da lobe ich mir den Fleiß der Zugewanderten, der Juden und der Hugenotten, der Slaven und der Skandinavier, die vor Unwettern und zu harten Wintern geflohen sind oder vor schrecklichen und dauerhaften Kriegen. Die mögen zwar anders feiern und aussehen, aber die wollen arbeiten und hinterziehen mir keine Steuern." „Ja gut, aber entweder müssen wir uns mehr an ihre Sitten und Äußerlichkeiten gewöhnen, oder die müssen sich etwas mehr angleichen. Kopftücher tragen unsere Bauernfrauen ja auch und Hüte unsere Industriearbeiter, aber man muss sich ja nicht gleich völlig vermummen oder Kopfbedeckungen mit Bändern so schmücken, dass wir hier im Rheinland meinen, es sähe nach Karneval aus", zog Anna Maria das Thema etwas ins Lustige. Der Herzog schloss aber dieses Thema ab, indem er betonte: „Andere Völker, andere Sitten. Man darf aber aus nichts eine Philosophie machen, sonst müsste ich dies ja auch verbieten, da ich es als Rebellentum werten müsste!" Sie gab ihm Recht: „Aber du musst dich dringend um das Problem mit den Räubern in der Grenzgegend nach Holland hin kümmern, sonst wird daraus eine Bande, die uns hier in Angst und Schrecken versetzt". Diese Bande hat ja etwas Teuflisches an sich, und auch deswegen müssen wir für die Kapuziner in Aldenhoven spenden und die Wallfahrten unterstützen. Geld dazu haben wir, wir müssten auch noch einmal einen großen prunkvollen Altar stiften, damit man unsere Macht und unseren Reichtum sieht. In Düsseldorf, in Jülich und in Aldenhoven stehen schon viele Altäre. In der Kapelle der Zitadelle können wir durch einen großen modernen Altar Eindruck vermitteln." Der Kurfürst ermunterte sie: „Kümmere dich darum, während ich mit meinen Habsburgern verhandele, wie hoch mein Kriegsanteil rückwirkend wirklich sein muss. Es gibt viel zu hohe Nachforderungen und man meint auch aus Wien, wir sollten uns lieber um die Staatsfinanzen sorgen als um eine Kunstgalerie und ein Opernhaus. Das sehe ich aber völlig anders. Wir müssen uns präsentieren und die Bevölkerung muss uns bewundern, dann fürchten sie uns auch und zahlen pünktlich ihre Zehnten. Und nur dann können die Freiherren und Grafen ihren Lehensverpflichtungen uns gegenüber nachkommen. Unbedingt möchte ich wieder in den Besitz der kurpfälzischen Territorien in der Oberpfalz und an die Grafschaft Cham kommen und dann kann ich wieder mein kaiserliches Amt als Erztruchsess des Reiches ausüben, und nicht zu vergessen, das Amt des Reichsvikars."

Was der Kurfürst allerdings nicht wusste, war der Umstand, dass die Kapuzinermönche in Aldenhoven, die sich ja zusehends von ihrem Mutterhaus in Jülich abgetrennt hatten, diese neue große Kapellenkirche, besser gesagt diese hohe Klosterkirche in der Nähe der eigentlichen Wallfahrtskapelle nahe bei der Wunderstätte, die beide zur Hauptkirche und damit zur Pfarre gehörten, nur für private Stifter von Altären eingerichtet hatten. Sie verheimlichten gemeinsam mit der Kurfürstin, dass sie diesen heiligen Ort hauptsächlich für sie und ihr Schicksal der Kinderlosigkeit geschaffen hatten. Dort ließ die Herrscherin den großen aus Antwerpen gelieferten Altar im Stil der Zeit aufstellen und hatte den Maler Damian unabhängig von den Wünschen, die ihr Mann an ihn herangetragen hatte, 1696 gebeten, ihn mit einem Bild zu zieren, dass sie, die erste Frau des Kurfürsten und ihre beiden gestorbenen Prinzen darstellen sollte sowie eine Allegorie ihres Kinderwunsches. Dazu hatte sie Pater Damian ein Porträtbild ihres Vaters als Kind von acht Jahren gegeben, wo sein schwarzes Haar und seine mediceische Stirnhaarspitze sowie sein gesundes Aussehen zum Ausdruck kommen. Damian hatte sich vor Begeisterung kaum halten können: „Ich habe im Malersaal dieses Bild von Jacob Jordaens stehen, das dieser in seinen jungen Jahren zusammen mit Rubens angefangen und dann dreißig Jahre lang vergessen hatte, bis ich ihn besuchte und auf das Bild aufmerksam wurde. Er malte mit mir zusammen die Apostel am Rande des Geschehens der Mariae Himmelfahrt und erklärte mir, wie er neuerdings die Details zugunsten der Lichtführung etwas vernachlässigte. Ich durfte dieses Bild dann mitnehmen und hier unterbringen, wozu ich bisher aber keine Gelegenheit hatte. Und gerade er, Jacob Jordaens war es doch, der mir erklärte, dass man im Sinne der Vereinbarungen der Malergilde von Amsterdam die Seelen verstorbener Kinder als Engel in die Wolken malen durfte, allerdings nur, wenn sie getauft waren, während hingegen man ungetaufte oder kranke Kinder sowie erbetenen Nachwuchs nie als Engel malen dürfe. Daran werde ich mich halten", versprach Pater Damian, „und ich werde die Führung des Lichts, wie Caravaggio es ein ganzes Bild beherrschen ließ und wie Rubens es auf die Hauptereignisse gerichtet hat, versuchen zu kombinieren. Und für das Oberbild des Altares male ich eine von Gott gekrönte Maria mit Ihren, werte Serenissima, Gesichtszügen." Luisa war verblüfft und dann einverstanden und erzählte am Abend Lisa davon, schwor sie aber auf Geheimhaltung ein, denn der Kurfürst solle davon vorerst nichts wissen, sonst komme der noch auf den Gedanken, dass sie kein Kind mehr bekommen könnten. Später wolle sie ihn damit überraschen, damit auch er mit ihr zusammen vor dem Bild beten könne. Dazu wolle sie aber vorher auch ihn selbst in das Bildmotiv der Himmelfahrt Mariens mit einbeziehen lassen, wofür dann wahrscheinlich ein Apostel seinen Kopf hinhalten müsse. Man lachte und freute sich des unbeschwerten Daseins.

Der Kurfürst wusste also nichts von der Altarstiftung, da er sich auch die Rechnungen seiner Frau nie ansah, sodass er nach ihrer nachgeholten Antwerpenreise, an der er nicht teilnehmen konnte und anstelle dessen er Pater

Damian um fachmännische Begleitung gebeten hatte, weder die finanzielle Höhe der Kristall- und Porzellankäufe kannte noch wusste, was sie alles wieder bei den Juwelieren an Diamanten- und Goldschmuck erworben hatte. Von dem großen Altar, von ovalen Goldrahmen für Kirchen und von neuen aquamarinen Farben für Pater Damian ahnte er überhaupt nichts. Auch von der Stiftung eines Fensters in der neuen und größeren Klosterkirche direkt neben der alten wusste er nichts, denn das dort eingelassene Buntfensterwappen der Kurfürstin war nicht an der Durchfahrtstraßenseite angebracht, sondern seitlich über der Orgelempore. Ja, eine kleine Orgel hatten die Kapuziner auch schon.

So entstand dort in Aldenhoven also der Hauptaltar gemäß der Motivik in der Tradition des Rubens, mit dem Markenzeichen „O. L. V. Hemelvaart". Dass die Kapuziner als Bettelorden zur Ehre Gottes jeden Prunk zuließen, der gesponsert wurde, ist damit erwiesen. Damian hatte noch andere Aufträge vom Kurfürsten bekommen; sein Bild „O. L. V." stand seit 20 Jahren im Malersaal in Düsseldorf herum. Aber es gab ein Problem, dessen Tragweite nur Pater Damian als Künstler bekannt war. Er war in inneren Nöten wegen der rigiden Beschlüsse des Tridentinums, denn die Kurfürstin wollte nicht nur beide Frauen des Kurfürsten im Rosenwunder sehen, sondern auch ihn selbst und seine Verehrung für beide Frauen, aber in der Tradition der Antwerpener Malerschule auch die beiden Knaben aus erster Ehe, die ja als Engel dargestellt werden durften, da sie getauft waren und einen Tag gelebt hatten, und auch die tote Frühgeburt bzw. frühe Totgeburt als imaginären Prinzen sowohl der Kurfüstlichen Linie von Pfalz-Neuburg sowie der Großherzoglichen von Florenz/Toskana der Medici. Diesen ungetauften Knaben konnte Damian aber nur als wirkliches Kind im Alter von drei Jahren malen, schwarzhaarig und blauäugig. Er musste also die Puten reduzieren und entschloss sich, eine versteckte Botschaft des Calvinisten Jacob Jordaens zu übernehmen in Bezug auf die Himmelfahrt Mariens als Umkehrung des Deus ex Machina von oben nach unten: als Deus ex Machina von unten nach oben, wobei die Maria einer Seitenstabilisierung bedurfte, denn dem Meister war durch seine Konversion der Marienglaube in Schieflage geraten. Den Kurfürsten malte er als Apostel in Kapuzenkluft mit Haartolle und Bart, den er allerdings zu Jacob Jordaens und dessen Aussehen hin verzerrte, damit nur ja niemandem auffallen sollte, dass hier der Kurfürst gemeint ist. So versuchte er, seinen Ambitionen zu folgen und die Anforderungen des Tridentinums geschickt zu umgehen.

Bei ihm in Düsseldorf waren zwei junge Männer, die mit Interesse diesen Plan vernahmen und versprachen mitzuhelfen, denn Pater Damian war von seinem Orden ja nicht ganz befreit von seinen Gelübdeverpflichtungen. Solche fahrenden Maler waren die Angestellten einer Werkstatt oder frei tätige Maler, die noch keinen großen Namen hatten, aber im Auftrag oder unter Behauptung der Gesandtschaft bekannter Persönlichkeiten unterwegs waren. In dieser Jülicher Gegend bestanden Handelsbeziehungen schon von 1500 an, sodass dort viele gotische Schnitz- und Bildtafelaltäre aus Antwerpen entstanden, die aus der ersten Generation der Flämischen Werkstätten wie der bemerkenswerte Linnicher Altar stammen, denn in Antwerpen gab es zu dieser Zeit mehr Maler und Schnitzer als Bäcker und Fleischer.

So gingen viele Jahre ins Land, und im Wald bei dem repräsentativen Refugium für das Kurfürstenehepaar, beim Hambacher Schloss ertönten im Herbst die Jagdsignale und die Schüsse der Gewehre, die Rufe der Treiber und das Gekläff der Hundemeute. Luisa hatte einen Brauch aus Florenz eingeführt: Ein Reiter oder eine Amazone ritt voraus und hatte hinten an der Jacke einen mit leicht reißbarem Faden angenähten Fuchsschwanz angehängt bekommen. Der Vorsprung war einige Minuten und dann galoppierte die berittene Schar mit wilder Jagd hinter der begehrten Trophäe her. In Florenz hatte man ein Tuch aus rotem Samt mit Goldbrokat verziert genommen, worauf das von Pelzbordüren und goldenen Lilien verzierte Wappen der Stadt abgebildet war. Den Fuchsschwanz anstelle dessen hatte ein Engländer angeregt, denn man würde in England mit einer riesigen Hundemeute und vielen Jägern im Herbst die Füchse jagen, sodass das englische Königshaus überlegte, dies ganz zu verbieten. Den Winter verbrachte man in warmen Zimmern und kalten Kirchen und nahm Einladungen an, nach dem Abendgottesdienst in Klöstern zu essen und zu trinken und Konzerten zu lauschen. Nicht immer aber war es ein Genuss. So schrieb sie in einem Brief an den Kardinal Onkel Francesco: „Die letzten Karnevalstage hat man sehr fröhlich verlebt. In der Fastenzeit hört man ernste Musik und deutsche Predigten und an den Festen ein Oratorium. Am St. Josefs-Tage hat der Hof bei den Karmelitinnen eine gesungene Messe mit Predigt angehört und dann bei den Nonnen gegessen, und zwar in einem Zimmer, wo man vor Kälte sterben konnte. Statt eines schönen Feuers brannte Holz, das einen Rauch entwickelte, um einen blind zu machen. Nach dem Essen spielte eine blinde Nonne auf einem Spinett, dessen Tasten nicht wieder hoch gingen, wenn sie dieselben heruntergedrückt hatte. Am Feste Mariae Verkündigung wird man ein gleiches Vergnügen haben, denn da geht man zu den Celestinnen. So ist es immer bei den Festen in der Fastenzeit: man ißt bei Mönchen oder Nonnen. […]". Wenn das Leben zu einem Alptraum wurde, legte sie besonders viel Schmuck an und zierte alle Finger ihrer Hand mit Ringen. In ihrer sich steigernden Einsamkeit fühlte sie bei Messen oder

Konzerten an den Schmucksteinen ihrer repräsentativen Ringe, und am rechten kleinen Finger drehte sie an einem einfachen Blechring mit fast unlesbarer Inschrift: „sempre tuo". Diesen Ring hatte ihre Freundin Lisa ihr vor vielen Jahren geschenkt, als sie von ihrer gemeinsamen Zukunft noch nichts wussten. Im Sommer verlor man sich bei Spaziergängen am Rhein oder traf sich zu Schießwettbewerben und anderen Vergnügungen.

Johann Wilhelm II. hatte mehrere Nächte hindurch denselben Albtraum gehabt. Er sah in seinem Bett plötzlich ein blutbeschmiertes Fätschenkind, so hieß ein im Relief dargestelltes Kind oft aus massivem, purem Silber, das man anfertigen ließ und in einer Wallfahrtskapelle spendete in der Hoffnung der Beförderung des eigenen Kinderwunsches. In der Leichenrede auf Kurfürst Philipp Wilhelm hatte man betont, dass er ein solches in Altötting gestiftet hatte – als Wallfahrtsbittgabe in Bezug auf nunmehr männlichen Nachwuchs. Zu diesem Zeitpunkt hatte er ja schon drei Töchter, wovon Johann Wilhelm II. nur träumen konnte, aber es ging um mehr, es ging um's Ganze. Eine seiner Frauen wurde dann dreiundzwanzigmal schwanger, wovon 17 Kinder das Erwachsenenalter erreichten. Er, Johann Wilhelm, war das vierte bis ins Erwachsenenalter überlebende Kind und er sah sich selbst als dieses Fätschenkind und sah das Blut, mit dem er selbst überzogen war wie die Brust eines Pelikans auf den modernen Altären. Johann Wilhelm trieb es in den nachfolgenden Wochen zu Reformen, er wollte weg von einem mystischen Aberglauben, wie er auch als Wunderglaube in den Klöstern des Herzogtums um sich gegriffen hatte. Es wurden überschaubare Pfarrgemeinden gebildet, damit ein Geistlicher solche Tendenzen der Abtrünnigkeit von der Sittenlehre des Katholizismus beobachten und verfolgen konnte. Manche erhabenen Frauen hatten schon seinen Vater in der Bitternis ihrer Ehe um geistliche

Ratgeber und deren Trost gebeten, denn sie fühlten sich oft dem Irrglauben ihrer Männer und den abstrusen Ansichten von mindergebildeten Geistlichen ausgeliefert. Die noch schlecht ausgebildeten Frauen des neuen Adels lernten zwar, den Wortlaut von Gebeten wie Mönche aus Büchern abzulesen, aber sie durchschauten das martialische Spiel der Männlichkeit nicht. Der Kurfürst hatte einen Brief erhalten, der ihn darauf hinwies, dass „eine der umfangreichen Sammlungen von exempla im ersten Viertel des 13. Jahrhunderts vom Zisterziensermönch Caesarius von Heisterbach angelegt [wurde] und für die Hand des Predigers bestimmt [war]." Aber was nützte denn eine Scheinbildung von Frauen bei diesem Ausmaß an fehlender Bildung des restlichen Volkes, wenn die Wirtschaft des Landes vor die Hunde ging? Und wenn er keinen Nachwuchs bekommen würde? Und wenn das Lesen frommer Texte nur viel Zeit kosten würde, aber keine Befriedung des Daseins mit sich bringen sollte? Er träumte verzweifelt, weil er verzweifelt war, und er war verzweifelt, weil er verzweifelt träumte. Es war ein unabwendbarer Teufelskreis, in dem er sich befand, ohne dass Anna Maria Luisa es wusste, denn sie schlief nur noch zu Zwecken des vereinbarten Kinderzeugens bei ihm.

Anna Maria Luisa und Johann Wilhelm wollten dieser Anspannung durch eine Reise nach Aldenhoven zum Beten im Kloster entrücken. Dazu besuchten sie zuerst die Franziskanerkirche in Düsseldorf, die dem Hl. Antonius von Padua gewidmet war, um vor dem neuen Bild der Hirtenanbetung an der Krippe für sich und ihre Untertanen zu bitten. Pater Damian hatte dieses Bild im Jahr zuvor fertiggestellt und als Stiftungsbild des Kurfürsten installieren lassen. Es zeigte viele vom heiligen Geschehen angeregte Hirten in ungestümen Bewegungen auf das Kind zu, das Bild lärmte ihnen fast entgegen, Vater Josef ist mit dem Alltag beschäftigt und Maria versorgt ihr Kind. Als

Anna Maria Luisa näher auf das Bild zuging und Maria in die Augen schaute, sah sie mit ihrem sicheren Blick etwas Erstaunliches. Sie als Stifter des Bildes und als Herrscher am Rhein durften sich die Freiheit nehmen, bis vor das Altarbild zu gehen und es aus nächster Nähe zu betrachten. „Schau mal, Wilhelm, es spiegelt sich etwas in den Augen der Maria, die rechts etwas zu beobachten scheint!" „Was mag es sein, ich sehe es auch ziemlich deutlich. Ist das im rechten Auge der Maria nicht eine dunkle Gestalt?" „Und sinkt nicht in der Darstellung auf dem Glanz des linken Auges ein Mädchen von einem Dolch getroffen zu Boden?" „Hat Pater Damian uns nicht damals, als er an dem Bild arbeitete und der Mord am Rhein einige Wochen zuvor passiert war, nicht gesagt, er wisse aus der Beichte, wer der Mörder sei, dürfe dazu aber nichts sagen?" Der Kurfürst begann zu zittern. Er fuhr fort: „Könnte es sein, dass er das Geheimnis dieser Untat in diesem Bild verborgen und zugleich offengelegt hat?" „Lass uns einen Tisch besorgen, wir müssen näher an das Bild heran." Die Kurfürstin bat einen Kustos, aus der Sakristei einen Tisch zu holen. Beide stiegen darauf und vertieften sich in der Betrachtung dieser dunklen Gestalt. Aus dem Profil war ein Gesicht zu sehen, und dieses Gesicht zeigte einen langen braunen Bart, der nach unten spitz wie bei einem Steinbock zulief, eine spitze Nase und wilde braune Locken. „Die Person ist höchstens vierzig Jahre alt, ein Mann mit braunem Bart und braunen Locken." „Und einem Ohrring, was bei einem Mann selten ist." „Der Ohrring bildet einen Knochenschädel eines Kuhkopfes ab, ein keltisches Zeichen." Und nun schauten sich beide vielsagend an, erschraken auch leicht dabei und raunten, dass sie den Sohn des Rheinauenschäfers Peter Kürten erkannt hatten. „Aber das Mädchen ist erwürgt worden", ließ die Kurfürstin erkennen, dass sie vorsichtig in ihrem Urteil sein wollte. „Aber wie soll man das auf zwei allerkleinsten getrennten Bildern darstellen?" fragte der

215

Kurfürst. „Das zum Streich gehobene Messer ist nur ein Symbol." „Und das blonde Mädchen mit den langen Zöpfen trägt genau das Kleid, das die kleine Mertens anhatte, als sie getötet wurde", rief Luisa erregt und Johann Wilhelm sprang vom Tisch, wies den Kustos an, den Tisch stehen zu lassen und auf die Kurfürstin Acht zu geben, man habe gerade ein schreckliches Geheimnis gelüftet, und lief im militärischen Schritt auf die Straße und zum Haus des Büttels, das nicht allzu weit entfernt lag, den er schickte, den diensthabenden Richter zu holen, der ob seines noch jungen Alters schnell in der Kirche war und sich den Sachverhalt erklären ließ. Das Bild musste nun einige Zeit lang bewacht werden, bis ein Prozess in der Kirche durchgeführt werden würde. Als die Büttel den unglücklichen Schäferssohn in seinem Schäferwagen auf den Rheinauen in Stürzelberg festnahmen, weinte er sogleich. Sie durchsuchten den Wagen und fanden im Bett des jungen Mannes ein Halstuch mit der Abbildung von Sternen vor Wolken und dem Mond. Das war das Tuch der kleinen Maria. Als die Mutter das Tuch wiedererkannte, brach sie in der Amtsstube des Richters zusammen. Weil der Täter überführt war, musste es zu keinem Prozess kommen. Indem man später durch einen Schüler des verstorbenen Malers Pater Damian die Augen übermalen ließ, sorgte man dafür, dass die Sonntagsmesse in der Antoniuskirche wieder gut besucht wurde.

In der Kutsche erinnerte sich der Kurfürst an seine Kindheit, als er mit seinen Eltern und einer großen Geschwisterschar die Wallfahrt in Altötting miterlebte. So kam es zu einer längeren Erzählung, der Luisa andächtig lauschte: „Wallfahrten waren schon ein Hauptmetier meiner Vorfahren, des Kurfürsten Johann Wilhelm II., der Pfälzer Philipp Wilhelm und Elisabeth Amalia Magdalena. Im Jahre des Herrn 1656 fuhren wir nach Altötting, um am Fest Mariä Geburt dort die Wallfahrtskapelle zu betreten und zu beten. Die Wallfahrtsliebe diente ja auch dazu, sich den Untertanen in friedlicher Weise und in geheimnisvoller Umgebung zu zeigen, denn an den Gnadenorten kommen ja die Massen der Menschen aller Couleur zusammen, wie im Moment in Aldenhoven, wohin sie ja auch aus Holland und Belgien hin pilgern. Sie gehen, beten, trinken und essen zusammen und sie sind dabei entweder sehr ergriffen oder sogar etwas lustig. Deswegen waren wir Herzöge von Jülich und Berg und wir als Kurfürstenpaar ja auch mehrfach schon in Aldenhoven und auch in St. Anna in Düren. Auch damals in Altötting haben wir mit der ganzen Familie im Kloster gebetet und gegessen. Dort haben wir auch im Kloster übernachtet, wie wir ja auch schon in Aldenhoven, wobei wir neuerdings aber wohl eher im nahen Schloss Hambach verweilen. Als ich noch nicht lebte, am 8. September 1656 begingen mein Vater Philipp Wilhelm und meine Mutter, seine zweite Gemahlin Elisabeth Amalia Magdalena in Altötting – ich zitiere jetzt aus einem Tagebuch meiner Mutter, das ich mir vor unserer Reise eingesteckt habe, und ich lese es teilweise genauso, wie es hier steht – „sambt fürstlichen hofstab" das Fest Mariä Geburt am Gnadenort – „ihr Andacht mit Beichten unnd Communion sammentlich eyfferig abgelegt" –, um nach der Geburt dreier Töchter, Eleonore Magdalena, Maria Adelheid und Sophie Elisabeth, den lang ersehnten Thronerben zu erflehen. Sie überbrachten dem Gnadenbild ein „groß silbernes fätschenkhind" im Gewicht von nahezu 5 Pfund [= acht Marck] „mit einer gewisen Intention ... warüber dises so Durchl. Hauß unnd sehr andächtige Wallfährter der barmherzige Gott ohne Zweiffel in Ansehung also eyfferigen Oppffers auß Mariä seiner werthisten Mutter Vorbitt also gebenedeyet, daß er dieselbe nach einem Jahr mit einem jungen Printzen gesegnet". Bei dieser Wallfahrt hat die Herzogin „von selbst und gantz ungefragt frey bekennt, daß, so lang sie nach ihrer bekehrung in dieser allein seeligmachenden catholischen Religion seye, sie in glaubenssachen noch kein solches contentum gehabt als eben an dieser heiligen gnadenstatt". Du musst wissen, dass Elisabeth Amalia Magdalena vor ihrer Vermählung mit Philipp Wilhelm heimlich zum katholischen Glauben übergetreten war."

Als sie in Aldenhoven angekommen waren, nahm das Geschehen seinen üblichen Verlauf. Längere Zeit verweilten sie in der Gnadenkapelle, die ja ihre rechteckige Form durch seines Vaters Bedingung erhalten hatte, dass sie der Altöttinger Kapelle nachgebildet werden müsse. Sie besprachen mit den Patres ihre Pläne für die Rekatholisierung des Herzogtums Jülich/Berg und eine geplante umfassende Volksmission, an deren Spitze sich die Herzogin stellen wolle, da es auch ihre aus Italien mitgebrachte Idee sei: „Ich will nicht Sie als Wallfahrtsleiter mit den vielen Predigten belasten, die zu halten sind, sondern dazu möchte ich die Jesuiten gewinnen." Der Kurfürst wandte aber ein: „Du wirst aber den Kapuziner Bernardus aus Italien kommen lassen und meinen Hofprediger Eusebius berücksichtigen." „Wir wollen Tausende Pilger mit den Predigten begeistern und so auch zeigen, dass niemand – auch der Papst nicht – Zweifel an Johann Wilhelms katholischer Gesinnung haben muss, der halt großzügig mit anderen Religionen ist, und vor allem die Calvinisten sind uns hier niemals unsympathisch gewesen." Diesen Worten der Kurfürstin schenkten die Kapuziner von Aldenhoven besondere Aufmerksamkeit, denn auch ihnen war ja schon vorgeworfen worden, zu sehr befreundet mit den Calvinisten auf Burg Engelsdorf zu sein. Das Gnadenoktogon in Aldenhoven war dem Kurfürsten stets eine liebe Erinnerung an seine Eltern und eine Mahnung, als Mäzene des Glaubens tätig zu sein. Der Kurfürstvater hatte sich bemüßigt gefühlt, die Altöttinger Muttergottes auch in seinen niederrheinischen Ländern bekannt zu machen, was die Mutter auch in ihrem Tagebuch zitiert hatte:

Der Kurfürst habe „zu Altenhofen in dero Gülcherland ein dergleichen Capellen nach form und gestalt wie die allhiesige formirt, zu einem trost und annehmlicher gedächtnuß bawen zu lassen". Und für den Abend bestellte sie ihren Mann zu einem Vortrag ein, den sie sich sogar mit Notizen vorbereitet hatte. Sie wollte ihn bei seinem Bestreben der Erneuerung in Glauben und Politik packen: „Was ist denn wohl meine Aufgabe als Kurfürstin und somit als Frau mehr, als den Glauben in eine Richtung zu bewegen, dass er sich besonders um Verarmte, Witwen und Waisen kümmert, auch um die bettelnden kriegsversehrten Männer am Wegrand. Dies darf aber nicht so geschehen, dass man den Gläubigen bloß ins Gewissen predigt, sondern sie für die Hilfe anderer Menschen begeistert! Dazu muss man selbst – wie die Elisabeth von Thüringen, von der sie gehört hatte – mit seiner eigenen Person, selbstbestimmt und absolut, und dem eigenen Namen, repräsentativ und vorbildhaft, an die Öffentlichkeit treten. Früher haben die Menschen zu statisch gedacht. In den Städten meiner Heimat in Oberitalien hat man doch schon vor langer Zeit mit viel dynamischerem Denken begonnen. Und an den Universitäten in Paris und in Oxford haben die franziskanischen Impulse des unergründlichen göttlichen Willens im Handeln der Menschen doch schon begeisterte Aufnahme gefunden, während hingegen die Substanzeristik der Dominikaner nur noch in esoterischen Zirkeln gepflegt wird. Weltgestaltung durch den Willen und Entscheidungsfreiheit in unseren Handlungsweisen sind gefragt, auch von dir als Kurfürst. Alle Welt entwickelt sich permanent, so müssen auch wir Menschen nach vorne blicken. Wir dürfen nicht wie unsere Vorfahren in allem, was wir tun, uns auf eine tradierte Außenleitung berufen – und dann bleiben, wie wir halt sind, sondern wir müssen uns selbst von innen her leiten – und dann handeln, wie wir es für richtig eingesehen haben. So entgehen wir auch der Gefahr des bloßen Schwärmens und der Zerfaserung unserer Handlungsweisen. Denn die dem statischen Denken entgegen stehende Gefahr ist genauso schlimm wie die des Verharrens. Wer tausend Ideen hat und immer noch weiter denkt und ohne Ende Pläne schmiedet, wird nie etwas Vernünftiges zustande bringen. Aber dieser Gefahr unterliegst du nicht, dann eher der anderen, und ich werde meine vielfältigen Ideen auf das Umsetzbare konzentrieren. Zum Predigen musst du bitte die Jesuiten berufen und die Kapuziner sollen im Gespräch mit dem Volk in den Wallfahrtssuppenküchen in Aldenhoven und Düren herauszufinden versuchen, ob die Jesuiten die richtige, d. h. eine frohmachende, besänftigende und dadurch ermutigende Botschaft verbreitet haben. Die Benediktiner aus Kornelimünster und die Dominikaner aus Köln könntest du verpflichten, währenddessen die Sonntagsmessen in den Dörfern zu halten, wo die Wallfahrtspatres für diese Zeit wegfallen."

Am Brunnen vor dem Osttor Düsseldorfs unterhielt sich der Fuhrknecht Michels gerne mit den Frauen, wenn er seine Mittagspause machte und sie Wasser zum Kochen holten. Thema diesmal war die Rekatholisierung, über die der Fuhrknecht sich wunderte. „Nach dem Augsburger Religionsfrieden müssten wir ja alle jetzt wieder katholisch werden, weil Johann Wilhelm katholisch ist, aber meine Frau will unbedingt dem Calvin treu bleiben." „Nach der Predigt der Jesuiten kommst du jetzt in den Himmel und deine Frau nicht!" meinte die Sieberts. Der Fuhrknecht lachte lapidar und meinte: „Das wäre ja gar nicht so tragisch. Aber der Pater Kapuziner hat gemeint, im Himmel würde gar nicht gefreit, wie Jesus selbst gesagt habe." „Ob man denn überhaupt als Mann oder Frau in den Himmel kommt oder als Geistwesen ohne Geschlecht?" fragte die Müllerin ernstlich. „Die Engel sollen doch auch weder Mann noch Frau sein!" „Manche Pastöre könnten froh sein, wenn sie im Himmel keiner erkennt, denn was die oft den armen Messdienerjungs antun, spottet doch jeder Beschreibung," betonte die Sieberts. „Sag' das aber nicht laut, denn der Probst kennt da keinen Spaß! Wer so etwas behauptet, der wird exkommuniziert!" „Das wäre doch gut," fuhr der Knecht fort, „dann könnte ich ganz ungeniert mit meiner Frau zu den Calvinisten auf der Burg In Engelsdorf gehen und keiner würde etwas dagegen sagen können. „Aber dann wäre es mit der Schulbildung für deine Jungen auch gleich vorbei", gab die Müllerin zu bedenken, „also überlege es dir gut!" „Ich lasse die Herren predigen und glaube, was ich will. Hier rein, da raus", lachte der Fuhrknecht, auf seinen rechten Gehörgang zeigend. „Ja, ja, des Menschen Wille ist sein Himmelreich!" stöhnte die Sieberts. „In hundert Jahren glaubt jeder, was er will, aber wehe, wir müssten uns noch einmal für unseren Glauben einsetzen, dann wüsste keiner mehr, wie er sich halten soll. „Ich halte mich jedenfalls immer zurück," beschloss Michels den Disput am Brunnen. „Ich bin Gottes Nachhut!" Die Frauen kicherten, als sie mit ihren Wassereimern abzogen. Ein Gewitter zog auf. „Siehst du am Himmel Wölkilein, trag deine Wäsche lieber rein!" rief die Müllerin über den Brunnenplatz.

In Aldenhoven wimmelte es oft von fahrendem Volk, Künstlern aller Art und eben auch reisenden Malern der Antwerpener Schule, die über die lange gerade Handelsstraße zwischen Köln und Antwerpen zumindest bis in diese Gegend und zum Niederrhein hin ständig ihre Dienste anboten, gerade dann in Zeiten der Rekatholisierung. Ihre Gedanken schwirrten trotz ihrer guten Vorsätze, ohne ein Ende zu finden und ein Ziel zu haben. Als Anna Maria Luisa trotz wöchentlichen Geschlechtsverkehrs mit Johann Wilhelm zu allen Zeiten, wenn er in Düsseldorf weilte, kinderlos blieb, dachte sie an ihr flatterhaftes Leben. Darüber würde sie mit Johann Wilhelm reden müssen, denn es hatte vielleicht ja doch mit ihrem und ihres Mannes ereignisreichem Dasein zu tun! Als sie 1698 in Aachen waren, um im schwefelhaltigen Wasser zu baden und kleine Schlückchen davon zu trinken, sich damit einzureiben und Fuß- und Handbäder darin zu nehmen, hatte sie mit ihrem Mann abends, als sie mal nicht auf einem Empfang oder einem Ball im Kurhaus waren, darüber geredet. Im Hotel Quellenhof hätte man eine lebendige und halb im Streit endende Unterhaltung hören können. Dazu geführt hatte eigentlich eine Bemerkung der Freifrau von Rolshausen, die nachmittags im Café Van den Daele gesagt hatte: „Hier in Aachen zeigt sich ein sehr modernes Phänomen, nämlich eine absolute Ruhe- und Rastlosigkeit, was ich anmahnen muss. Man kommt überhaupt nicht mehr zur Besinnung, und nach meiner Vorstellung sind die Frauen, die hier kuren, nicht alle krank an der Syphilis, wie in unserem Fall ja auch nicht, sondern verschweigen den eigentlichen Grund ihres Hierseins und Badens, nämlich die Erfolglosigkeit ihres Bestrebens, Kinder zu bekommen." „Ich war ja einmal schon schwanger", fügte die Kurfürstin hinzu, „aber es gab ja diese Fehlgeburt im fünften Monat und der Prinz war doch schon als kleines Menschlein zu erkennen. Dieses Bündelchen menschliche Masse wurde dann einfach weggenommen und begraben, ich weiß nicht genau wo und nur auf Ungefähr, wie, und ich habe wochenlang im Bett gelegen – nicht nur, um meinen Körper zu heilen und zu kräftigen, sondern mit Wehmut und Tränen an einem jeden Tag zu fast allen Stunden und ich dachte nicht, noch einmal glücklich leben zu können." „Solche Frühgeburten könnte man doch eigentlich auch irgendwo begraben", sinnierte der Kurfürst, aber die Rolshausen fuhr dazwischen: „Dann hätten wir doch mehr Kleinkindgräber als Erwachsenengräber, denn es geschieht doch ungemein oft, dass Kinder etwas zu früh oder ganz fehlgeboren werden. Das muss uns doch kalt lassen." „Kalt lassen und nicht berücksichtigen ist zweierlei", raunte Johann Wilhelm. Anna

Maria Luisa beschwor: „Ich habe jedenfalls große Hoffnung, von diesem Aachener Wasser eine Fruchtbarmachung zu erfahren, und ich werde mir auch wieder einige Fässer davon nach Düsseldorf bringen lassen, denn das verstehen die Aachener geschickt, ihr Wasser auch zu anderen Orten hin zu transportieren. Ein Fuhrwerker soll sich sogar ein großes Fass auf einem Ochsenkarren gebaut haben und damit durch die Lande fahren, sodass man sich in Flaschen, Kübeln oder Fässern etwas abfüllen kann." „Davon muss ich meinen Freunden in Ems einmal berichten, denn das Emser Wasser ist nicht so geruchsstark und warm wie das Aachener, aber es sprudelt leicht und verhalten auf breiter Fläche aus dem Boden, entsteht also wie aus dem Nichts und soll auch eine solche wundersame Wirkung haben", meinte der Kurfürst, sie aber dachte an diese unangenehmen Geschichten aus Florenz: Wohlhabende Italienerinnen schoben junge Kinder an die Nährammen ab, junge Witwen, die es gar nicht erwarten konnten, wieder zu heiraten, setzten Säuglinge aus, die noch nicht entwöhnt waren. Und es trat eigentlich von selbst an's Tageslicht: Bei ärmeren Menschen gab es eine geringere Zahl kleiner Mädchen im Vergleich zu kleinen Jungen. In nicht wenigen Fällen, in denen Armut, Krankheit und die herben Lebensverhältnisse die elterlichen Gefühle für ein gerade geborenes, aber bereits lästig werdendes Kind erstickten, endete es mit dem Resultat des Kindermordes. Luisa überlegte, ob das ein rein italienisches Phänomen sei oder in Deutschland auch eine Rolle spielte. Sie würde diesbezüglich Erkundungen einziehen.

Das Gespräch abends. Sie stand am Fenster und schaute auf einen Stadtwald. „Wir müssen einige Termine absagen, denn wir wollen Zeit für uns und für unseren Kinderwunsch haben." Er warf ein: „Wir werden schon genügend zum Beischlaf kommen." „Ja, abends, wenn wir noch nicht einmal richtig ausgezogen sind, oder morgens, wenn ich noch halb schlafe, du aber unter der Last eines Phallus stöhnst und auf mich steigst, weil es sonst sowieso zu einem Samenerguss bei dir käme." „Da kann man nichts machen, das ist halt so." „Ja, das ist dann, als würde der Kolben irgendeiner Mahlmühle in mich eindringen und rhythmisch pulsieren." „Aber Samen ist Samen", meinte der Kurfürst. „Nur muss der Boden doch gut bestellt sein, auf den der Samen fällt. Auch ein Samenkorn schmeißt man nicht in eine völlig trockene Ackerfurche. Das ist kein fruchtbarer Nährboden." „Aber du bereitest es doch hier mit Aachener Wasser vor." „Ja, aber doch nur äußerlich. Ich bin kein Arzt, der in die Scheide eindringt und Salben aufbringt. Wir müssen uns Zeit lassen, vorher mit einander schön zu tun, uns anzulächeln und uns so weit zu necken, dass wir uns begehren." "Das war doch in den vergangenen Jahren oft so, aber es hat doch wohl auch nichts genützt." „Zumindest in dieser wunderbaren Silvesternacht vor sieben Jahren waren wir mit dem Zeugungsakt erfolgreich." „Da hatte ich vorher viel Wein getrunken und du hattest auch einige Likörchen geschlürft. Vielleicht lag es daran." „Nein, ich glaube, dass wir einfach ruhiger sein sollten, die Liebesbegegnung aus dem Gespräch und der Begegnung erwachsen lassen und uns dann umarmen und küssen müssten, ehe der Liebesakt selbst losgeht." „Und nach den Gesetzen der Schwerkraft, die ja auch für Flüssigkeiten gilt, müsste ich wirklich auch auf dir liegen und wir sollten diese Reiterstellung den verzweifelt Liebenden überlassen." „Obwohl ich deinen Phallus dann besser zu spüren vermag, weil ich ihn in mir selbst einrichten kann." „Da fallen mir nun die anstößigen Bilder aus dem Band ein, der mir aus Frankreich geschickt wurde, wie war der Titel noch? ‚L'Academie des Dames' oder so ähnlich. Natürlich, im Reiten bist du ja geübt, aber Lust und Zeugungserfolg sind doch wohl irgendwie zweierlei", lachte der Kurfürst, „wir müssen unseren Weg tapfer weiter gehen." Die Kurfürstin wagte noch einmal zu fragen: „Können wir denn zwei Bälle in dieser Woche absagen?" „Da fällt mir der Ball des Freiherrn von und zu der Heiden in Richterich ein, denn der gute Herr lässt seine Burg in Bovenberg einfach völlig zerfallen, und der Empfang bei dem Bierbrauer Henricus Philippigracht; er ist zwar ein direkter Nachfahre des im Religionskrieg sehr erfolgreichen Philipp von der Gracht, ein Geschlecht, das von Philipp II. von Spanien im Kampf gegen den Holländischen Protestantismus als sehr erfolgreich nobilitiert worden ist und mit einem großzügigen Lehen in der Gerichtsbarkeit Warden belehnt wurde, aber sie gehören halt nicht zur Jülicher Rittertafel. Lass uns also diese Abende hierbleiben und unser Glück versuchen."

Die überschwappende Welle der Rekatholisierung im Jülicher Land überschwemmte die Dörfer und Städte mit neu belebtem Marienglauben. Dem konnte sich im Rheinland niemand entziehen, da die Erinnerung an die Zeit vor der Reformation intensiv war und von vielen Familien als moralischer Druck empfunden wurde. Und nach wie vor brauchte man zur Überzeugung des immer noch leseunkundigen Volks Bilder mit religiösen Motiven. Und in den traditionsreichen Antwerpener Werkstätten befand sich sehr viel Material diesbezüglich auf Vorrat, da sie mittlerweile eine regelrechte Massenproduktion betrieben. Im Bergischen eilten auch Tausende zum Hardenberger Kloster, wo der Kurfürst mit beiden Frauen schon zur Wallfahrt gewesen war, als er die Gnadenkapelle dort mit kostbaren liturgischen Gegenständen ausstattete. Auch Johann Wilhelm orderte viele Bilder für die Gemeinden: „Das Pfingstfest" und den „Engelssturz", beide von keinem geringeren als Peter Paul Rubens gemalt, und Bilder von van Dyck, Raffael, Murillo und so weiter und so fort. Auch vergab er eigene Aufträge zu neuen Gemälden, so an seinen Lieblingsmaler Adrien van der Werff.

Anna Maria Luisa beschäftigte sich in dieser Zeit sehr mit dem niederländischen Späthumanismus, dessen stoisches Gedankengut sich auf Erasmus von Rotterdam stützte, weil dieser von den Schriften Senecas noch stärker angezogen war als von denen Ciceros. Sie brauchte diese Lektüre als Gegenpol zu den vielen Predigten der katholischen Mönche, die mit einem riesigen Erfolg tausende Pilger anzogen – einmal 13.000 auf einmal. Sie wusste dabei schon, dass die kirchliche Verurteilung des Erasmus und seiner Schriften den Neustoizismus zu einer Morallehre werden ließ, die mit der Berufung auf Erasmus und sein konfessionsunabhängiges humanistisches Programm zugleich einem verweltlichten Denken und einer aus kirchlicher Beaufsichtigung gelösten Wissenschaft entgegenkam. Das hielt sie für problematisch, aber sie sah aus ihrer Herrscherperspektive, dass das Volk nicht glückselig werden könne, wenn der Maßstab der Gesellschaft die Religion sein würde. In einer Diskussion mit Graf Schaesberg vertrat sie zu dessen Erstaunen einmal genau diesen Standpunkt: „Ich glaube, dass es irgendwann einen großen religionsfeindlichen Herrscher geben wird; die Franzosen sind doch gar nicht mehr so gläubig, wie ich von meinen Verwandten weiß. Ich würde es befürworten, wenn man die Religion deswegen mehr im stillen Kämmerlein oder in separaten Kirchen lebendig lassen und den Staat nach reinen Rechtsprinzipien leiten würde. Aber dazu müssen die Menschen zuerst bekehrt und auf den rechten Pfad der Tugend gebracht werden." Graf Schaesberg gab zu bedenken: „Diese Haltung kann ich nicht nachvollziehen, denn die Menschen, gerade die einfach gestrickten, würden an gar nichts mehr glauben und sich anmaßen, selbst wie die Fürsten zu leben und über Gebühr zu feiern, und sich rücksichtslos befriedigen. Es gibt doch immer mehr Texte und Bilder, Theaterstücke und Romane, die überhaupt keine Rücksicht mehr nehmen auf den rechten Glauben, sondern eine jede lustbetonte Verhaltensweise für erlaubt und wünschens-wert darstellen. Sie sind sehr beliebt und haben sehr gro-ßen Erfolg." „Ein Volk, das nur arbeiten muss und keine freudigen Erlebnisse hat, ist aber unglücklich und wird re-voltieren!" rief Luisa aufgeregt. „Das kann sein, dann muss das Militär diese Revolte niederschlagen. Der Mensch ist nicht in der Welt, um sich zu vergnügen." „Aber was machen wir denn hier am Hofe anders?" glühte die Herzogin. „Das muss man unterscheiden, das sind zwei-erlei Paar Schuhe. Wir müssen unsere Schaffenskraft zum Wohle des Volkes halt stets erneuern."

Als wenn dieser Disput das Entrée zu einem Geschehen in derselben Woche gewesen wäre: Es war der Ehemann der Erdingsberger, der dahintergekommen war, dass seine Frau irgendwie mit zwei Frauen, einer Küchenfrau und der Schaffnerin aus dem Hofstaat der Kurfürstin, sich geschlechtlich amüsierte. Wie sich dann herausstellte, hatte sie diese beiden anderen zu erlebnisreichen Begeg-nungen verführt, was für Anna Maria Luisa aber das Schlimme und unerträglich war, sollte die Tatsache sein, dass diese beiden wiederum Lisa – zuerst mit Erfolg – un-ter Druck setzten und sie zumindest zur Anwesenheit bei solchen Vergnügungen durch Erpressung gezwungen hatten. Die Freifrau von Rolshausen hatte ja länger schon etwas geahnt, denn ihre Beobachtungen ließen eigentlich keine anderen Schlüsse zu. Als die Erdingsberger Lisa nun zum Beischlaf mit ihrem Mann in einer Hütte am Rhein zwingen will, der Lunte gerochen hat und seine Frau dazu erpresst, entdeckt diese ihr Gewissen oder besser gesagt wird sie von ihrem Gewissen wiederent-deckt, sodass sie sich der Freifrau von Rolshausen mit-teilt. Die Rolshausen, die ihrerseits auch sehr zärtliche Gefühle für die natürliche und jüngere Lisa hegt, kostet nun diese Situation aus, indem sie ein langes und gefühl-volles Gespräch mit ihr führt, bei dem sich Lisa auf einem

Sofa an sie schmiegen muss, um ihre Gunst zu gewinnen. Das macht die Adlige der Frau vom Volk sehr markant deutlich, indem sie zuvörderst von drakonischen Strafen spricht: „Glaube mir, mein liebes Mädchen, dass viele junge adlige Frauen für den Rest ihres Lebens im Nonnenkloster verschwunden sind, dort zuerst einmal wöchentlich öffentlich gezüchtigt wurden und vor allen in einer Messe am Altar auf dem Boden liegend Abbitte tun mussten." „Was bedeutet denn eine öffentliche Züchtigung und was heißt Abbitte?" „Gezüchtigt wurden sie durch Rutenschläge auf das nackte Hinterteil und Abbitte bedeutet, dass man jammernd und flehend am Altar die Mutter Maria und die Klostergemeinschaft um Verzeihung bat, indem man mehrfach seine Schuld bekennen musste." Durch ihre Kammerfrau erfährt nun Anna Maria Luisa die ganze Geschichte und sinniert: „Jetzt verstehe ich erst, was ich so Seltsames neulich in der Küche gefunden habe, als ich die Sauberkeit der Wirtschaft dort kontrollierte zu einem Zeitpunkt, als morgens früh noch niemand dort anwesend war. Ich fand dort eine größere Möhre, die zerbrochen war. Ich setzte die beiden Hälften aneinander und sah ein geschnitztes Gebilde, das zu beiden Seiten verdickt war, etwa so dick wie eine größere Walnuss. Und die Möhre war irgendwie mit nunmehr schon getrocknetem Olivenöl eingerieben worden." Beide Frauen treibt diese Schilderung die Schamröte auf die Wangen, denn sie wissen beide ziemlich deutlich, wozu dieses Gemüse gebraucht worden ist und auf welche Art und Weise es wohl plötzlich brach. Noch am selbigen Tag setzen sie die beiden Küchenfrauen an die frische Luft, und ab diesem Zeitpunkt nimmt die Kurfürstin Lisa für die Nacht zu sich ins Zimmer. Sie führten in der ersten Nacht ein langes Gespräch, einander zugewandt im Bett liegend, geheimnisvoll flüsternd und voller innerer geistig anregender Bewegtheit. „Weißt du noch, wie wir in Florenz auch ein paarmal zusammen im Bett geschlafen

228

haben", erinnerte Luisa sich. „Wir haben einen Pakt in Bezug auf Männer geschlossen", flüsterte Lisa. „Wir wollten uns nur gemeinsam und zugleich verlieben und dann würfeln, wer den ersten Jungen für sich bekommen würde."

Manchmal, wenn ihr die Decke auf den Kopf fiel, wie man hier im Rheinland sagte, oder wenn sie sich mit den gegebenen Problemen persönlicher Natur zu sehr allein fühlte, machte die Kurfürstin einen heimlichen Spaziergang inkognito und pflegte diese Einsamkeit. Einmal schlüpfte sie dazu, sich an ihren Bruder und dessen nächtliche Ausflüge in einem Kaftan erinnernd, in ein Nonnengewand, das sie sich zur Seite gelegt hatte, als die Ordensfrauen das Kloster St. Jöris verlassen mussten, weil sie in gravierender Form im Kontakt mit Männern gesündigt hatten. Bei ihrem nächtlichen Schleichgang aus den Toren der Stadt heraus drängten sich ihr Bilder und Geräusche auf wie in einem Traum. Angst hatte die erfahrene Jägerin nicht, aber in ihrer großen Neugier vergaß sie nicht die gebotene Vorsicht. Sie näherte sich der Derendorfer Mühle und sah ein junges Pärchen auf einer Bank davor, die sich zärtlich küssten, bis die junge Frau aufstand und ihren Burschen am Handgelenk ins Haus zog. Wie gebannt näherte sie sich dem Haus, angezogen von der Schönheit der Situation, die sie erlebt hatte. Sie setzte sich auf die verwaiste Bank und lauschte mit ihrem sehr empfindlichen Gehör nach innen. Und sie wunderte sich nicht, dass sie an den Lauten vernahm, wie die beiden sich liebten. Ihr war bewusst, dass sie nolens volens einen der schönsten Momente mitempfinden durfte, den junge Menschen als absoluten Höhepunkt ihrer Liebe erleben dürfen. Sie steigern sich im sanften Wechsel der Geräusche nur leicht, sie stöhnt nun ein wenig mehr und geringfügig lauter als er, dessen sich länger hinziehende Geräusche den Beischlaf aber auch schon abschließen. Vielleicht mussten sie ja davon ausgehen, dass jemand im Haus war. Die junge Frau war die Tochter der Müllerin namens Ancabi. Luisa trug diese Begebenheit wie einen Schatz in ihrem Herzen mit fort, als sie sich beeilte, den Mühlenhof zu verlassen.

Der volle runde Mond stand klar am Himmel, Sterne funkelten in der Nacht ihr weißes Licht in die Seele der Menschen, die noch umherschweiften, von einer Angst getrieben oder einer Sehnsucht bewegt. Als sie nun nach Unterrath kam, sah sie eine ganz in Weiß gekleidete Gestalt am Waldrand, wie sie sich eine dieser Juffern vorstellte, die in den Sagen der Rheinländer häufiger vorkamen. Der Förster hatte ihr einmal einige dieser Sagen von der kopflosen weißen Juffer oder von den drei bleichen Juffern erzählt. Aber sie sah nun, dass diese weiß gekleidete Gestalt die Figur eines jungen Mannes hatte, vielleicht ein Knappe, der sich wie ein Wassergeist im Waldsee spiegelte und gar nicht davon loskam. Als sie ihn nach zwei Stunden dort noch immer verweilend wieder vorfand und vorsichtig zur Rede stellte – er hatte sie bis dahin überhaupt nicht bemerkt, sagte er mit ganz traurigem Gesicht, dass er sich von Kind auf an schon im falschen Körper geboren fühle. Verwirrt verließ Luisa diese Geistgestalt. Später sprach sie mit Marianne Baumholz, der zweiten Küchenfrau, über dieses Erlebnis, denn sie wusste, dass diese zwei Söhne hatte. Der jüngere habe sich nachts heimlich schon einmal ihre Unterwäsche angezogen, wobei sie ihn vorgefunden habe. Dies sei aber nicht so schlimm gewesen, denn er habe jetzt selbst Frau und zwei Kinder.

Sie sieht in dieser Nacht noch weitere seltsame Gestalten und Orte. So einen weißen Turm ohne Tür, aus dessen hohem Fenster ein schwaches Kerzenlicht schien. Dann kam sie an einen Garten, in dem Rapunzel wuchsen, dass das Herz ihr lachte und ihr Bauch begehrte und sie sich jemanden wünschte, der ihr diese Salatpflanzen gepflückt hätte. Sie sah zwar einen mutigen Mann, der nachts in diesem Garten im Möhrenbeet jätete, aber von diesem verlangte sie nichts. Der Gärtner hatte die Möhren in zwei Gruppen unterteilt gesät oder gepflanzt: lange orangefarbene, die sie vom Markt her als Brunswicker bezeichnet kannte, und kleinere, intensiv orange gefärbte Hornmöhren. Als sie den Mann fragen wollte, ob er der Gärtner sei, war er verschwunden. Die Möhren waren noch zu jung, um sie zu ernten.

Zuhause angekommen blieb sie inkognito, und da es mittlerweile zwei Uhr nachts war, ging sie in ihrem grauen Ornat durch das Schloss. Sie stolzierte bewusst wie der Schlossgeist persönlich, damit jeder, der sie versehentlich sah, weglaufen würde, ohne sie zu befragen und somit zu erkennen. Hier nun stieß sie auf ein Problem, das sie am liebsten vergessen würde, da es nicht so recht in ihr Welt- und Glaubensbild passte. Sie kannte die Homosexualität zwischen Männern ja von ihren Brüdern her, aber sie fragte sich, ob dies eine natürliche Neigung sei oder sich nur unter Einfluss von Alkohol nach wilden Feiern zeigte. Man nannte dies auch mit dem Begriff Sodomie. Zuneigung zwischen Männern bei Festen und Karnevalsfeiern kannte sie ja, aber genauso war es für sie immer mehr ein Alkoholphänomen gewesen, wenn Männer und Frauen sich herzten und küssten, verliebt mit einander sprachen und sich neckten und dann auch nachts begierlich beieinander blieben. Im Schloss nun war ein Seemann anwesend, der aus Hamburg kam; er hatte eine Pfeife mit, wie man sie von den Indios in Amerika berichtet hatte und er ließ sie kreisen. Die Frauen gingen zu Bett und die Männer rauchten und tranken Wein. Sie roch noch im Gesellschaftszimmer, dass es einen solchen Abend gegeben hatte. Nun ging sie am Verwaltungstrakt vorbei und hört aus dem Zimmer des Sekretärs einschlägige Geräusche, lauter und wilder als bei dem jungen Pärchen, und – nun erschrak sie – eindeutig von zwei Männern. Sie erkannte die Stimme des Rapparini, und sie erkannte den Bass des Seemanns. Sie hatte es eine Zeit lang belauscht, es tat auch eine Wirkung in ihr, die sie sich selbst gegenüber nicht näher beschreiben wollte, aber sie behielt es für sich und ließ Rapparini nichts anmerken. Wenn doch ein so gebildeter und seelenruhiger Mann ohne Aufdringlichkeit und Geltungsgehabe, der auch nie viel trank und selbst schon gar nicht rauchte, wenn dieser verehrte Mensch solchen Bedürfnissen nachging, dann musste an diesen Neigungen mehr und etwas Natürlicheres sein als dass sie bloße Folgen des Alkohols oder des Rauchens waren. Sich zu befriedigen, wenn es nicht um die Zeugung von Kindern ging, ja manche befriedigten sich auch selbst und alleine, war ihr ein Vorgang, den sie nicht nachvollziehen konnte. Sie litt unter dem erkennbaren Wunsch vieler nach einem solchen Selbstwert der Lust, sie sah doch die Folgen der spontanen Liebe, die meistens zu Lasten der Frauen gingen, sie verstand nicht, dass manche Männer und Frauen mit beiderlei Geschlecht kokettierten und mehrere Beziehungen hatten, sie hatte keinen Mut dazu, auch nur ansatzweise solche Gefühle und Überlegungen an sich heranzulassen.

Wieso hatte Lisa, nachdem sie sich dann jedoch für eine ganze Woche zurückgezogen hatte, weil sie sich blamiert fühlte, entzündete Ohrläppchen? Die Fuggerin, die ja nie große Umschweife machte, fragte sie direkt: „Warum sind denn deine Ohrläppchen so stark entzündet, dick und rot. Du hast dir selbst Löcher hineingestochen und Ohrringe getragen?" „Ja, leider, als ich die großen Perlenohrringe angezogen hatte, wollte ich sie nicht mehr ausziehen, weil ich annahm, dass es nach ein paar Tagen nicht mehr schmerzen würde. Aber es ist immer noch schlimmer geworden." „Und warum hast du dir das angetan?" „Ich habe mich so geschämt und selbst verachtet, dass ich einfach für mich alleine und ansehnlicher sein wollte. Und da habe ich mir dieses kleine Ölgemälde zum Vorbild genommen: Das Mädchen mit den Perlenohrringen." „Von wem hast du das denn und von wem ist es denn gemalt worden?" „Geschenkt hat es mir hier in Düsseldorf der Kurfürst zur Begrüßung. Gezeichnet hat ein Johannes Vermeer es." Die Fuggerin hatte diesen Namen schon gehört und wusste auch, dass dieser in Flandern bewunderte Maler schon vor über zwanzig Jahren gestorben war. Wie konnte das denn sein? Sie würde den Kurfürsten selbst fragen. Was sie dann auch nicht vergaß, und beim nächsten Frühstück inquirierte sie: „War denn Johannes Vermeer einmal in Düsseldorf weit vor der Zeit, als Luisa und ihr Hofstaat hier einrückten? Oder waren sie in Delft? Hat Vermeer etwa mit diesem kleinen Bild hier in Düsseldorf einen Vorentwurf des berühmten größeren Bildes gemalt? Wer hat dann Modell gestanden? Ihre Schwestern waren doch noch zu jung, wenn ich da richtig rechne! Oder waren sie in Antwerpen? Sie sehen, ich bin äußerst neugierig!" „Ich war in Antwerpen auf meiner Kavalierstour und habe 1670 Johannes Vermeer dort kennen gelernt, denn er kam immer wieder von Delft zu Jacob Jordaens, wo er ja in seiner Jugend kurz in der Werkstatt des Rubens gelernt hatte. Er wollte von ihnen lernen, verbrachte aber viel Zeit in der Stube mit Mädchen vor Fenstern mit besonderer Lichtwirkung. Sein Forschungsfeld war ja das Licht auf runden Körpern. Die Nase war ihm immer ein Dorn im Auge, und so musste er üben. Sein Vater stammte ja aus Antwerpen, er hieß aber nicht Vermeer, denn das ist ja ein reiner Künstlername." „Und wie kommt dieses Bildchen nach Düsseldorf?" „Er hat es tatsächlich hier gemalt, als er auf der Durchreise war, weil er mit Jordaens eine Sammlung italienischer Gemälde begutachten sollte, die dem Kurfürsten Friedrich Wilhelm von Brandenburg zum Kauf angeboten worden waren. Gestorben ist er 1675". „Und wer hat nun Modell gestanden oder gesessen?" „Sie werden lachen, aber es war tatsächlich mein Bruder Ludwig Anton, dem man eine Mädchenhaube aufgesetzt hatte und die großen Perlenohrringe meiner Mutter an's Ohrläppchen gehalten hatte. In der Tat, es ging Vermeer ja um den Lichteinfall, wie er sich auf den Perlen spiegeln würde." „Ich habe einmal gehört, dass er seine eigenen Bilder überhaupt selten auf dem freien Kunstmarkt verkaufte, sondern an Mäzene und bedeutende Persönlichkeiten der Stadt Delft." „Das ist wohl wahr, ich habe ansonsten kein einziges von ihm geschaffenes Bild. Pater Damian hat noch mit ihm diskutiert, wie man das Licht zeichnen müsse, das auf eine Kugel fällt. Er war es auch, der dieses kleine Portrait gehütet hat wie seinen Augapfel." Inflammatio auriculae; die Ohrläppchen Lisas mussten gebadet werden, wozu der Gärtner Kozzecki eine Walnuss halbierte, leerte und oben in die Seiten zwei Löcher rein bohrte, sodass die Amme Carina einen Faden von der dreifachen Länge eines Ohres dadurch ziehen konnte, den sie an beiden Enden verknotete. Sie füllte jeweils eine Hälfte mit Tinktur, die der Apotheker Sauer zusammengestellt hatte – aus Kamillenblüte, Nussblatt, Ringelblumenblüte, Schafgarbe und Sonnenhutkraut, Sanikelkraut und -wurzel, Gänseblümchen, Ackerschachtelhalm und Bienenhonig. Diese Gondeln aus Nussschale band sie Lisa so am Ohr fest, dass ihre Ohrläppchen einige Stunden lang darin hingen. Sie durfte sich in dieser Zeit nicht bewegen, weswegen Damian sie dabei malte und es lustig nannte: „Das Mädchen mit den Wallnussohrschälchen".

Härtere Zeiten erschienen am Horizont des Düsseldorfer Glücks. Luisa wagt kaum noch den Beischlaf mit dem von Krankheit mehr und mehr gezeichneten Johann Wilhelm und nahm nun mit manifester weiblicher Bestimmtheit für sich in Anspruch, dass auch sie mit keinem Mann mehr schlafen werde, genau wie Lisa. Die Kurfürstin las Lisa aus Hamlet vor: „Es ist was faul ...", [...] „... so hat der Wahnsinn doch Methode", [...] „Der Rest ist Schweigen." Damit ist nun stillschweigend die Kinderlosigkeit des Fürstenpaares besiegelt und Luisa lässt das Bild in der Kapelle Aldenhoven überarbeiten: Anstelle des Lieblingsjüngers Johannes lässt sie den sie anhimmelnden, aber bleichen und schwachen Kurfürsten in das Bild malen. Damian hatte Einwände: „Nach den Beschlüssen des Konzils dürfen wir Maler weder uns noch einen Bildstifter in einem Gemälde postieren. Wir müssen uns da zumindest etwas einfallen lassen, vielleicht können wir in verdeckter Form beides auf einmal – und kein Mensch bemerkt es!" regte er verschmitzt an. „Das Bild ist ja sowieso nicht von mir, ich würde versuchen, den Kurfürsten, wie er sich jetzt zeigt, wenn er die Perücke erst gar nicht mehr anzieht, um sich besser zu fühlen, und Jacob Jordaens in einem Konterfei verschmilzen zu lassen, das eigentlich einem Apostel gehört. Da kommt natürlich nur der Lieblingsjünger Johannes in Frage, aber er legt seinen Kopf nach Jordaens Komposition gar nicht auf die Brust Jesu, sondern er liegt auf einem Nachbarapostel und schaut die beiden Frauen an, denen er sein ganzes Lebensglück verdankt, die ihrerseits aber mit den Ereignissen um die gewünschte Nachkommenschaft beschäftigt sind." „Das wird gut, darauf freue ich mich. Male uns beide Frauen aber sehr deutlich unterschiedlich, damit man uns erkennen kann." „Man wird den Haaransatz des Kurfürsten wiedererkennen können und den Bart des Jordaens!" „Das wird wirklich gut, denn so kann uns keiner Eitelkeit vorwerfen, und die Empfindlichen, die dauernd Blasphemie rufen, werden so mit dem Anblick der Frauen beschäftigt sein, dass sie dies gar nicht bemerken." „Wer weiß", so seufzte der Künstler, „wo das Bild in zwei- oder dreihundert Jahren hängen wird. Dort wird man die blonde gen

Himmel schauende Josepha für Maria Magdalena halten und Sie, Kurfürstin, die Dunkelhaarige, die Bittende für Maria Salome oder Maria Kleophas. Da Mutter Maria ja schon so ungefähr sechzig Jahre alt war, als sie erhöht wurde, kommt sicher keiner auf die Idee, dass es deren Mutter Anna sei. Ich werde sie auch altersbezogen so malen, wie die erste Frau des Kurfürsten gewesen ist und Sie jetzt sind, also viel jünger als die Frauen in der realen biblischen Situation.

1698 war für die Kurfürstin ein Jahr, in dem sie viel am Rhein entlang spazierte, die Weite des Himmels betrachtete und die leichten Wellen des Rheins beneidete um ihre unbändige Kraft der Vorwärtsbewegung. Alles, was sie beschäftigte, wenn sie im Schloss war, bezog sich eindringlich auf die Erfahrungen, die sie in letzter Zeit machen musste, und es waren Erfahrungen, deren Vehemenz sie unterschätzt hatte, da sie als Jugendliche und Kind zwar die Macht der Liebe gespürt hatte, aber nicht so sehr die Gewalt der leiblichen Lust, die sie auch nie so konkret kennen gelernt hatte, bis sie im ehelichen Verkehr eine Sonderform dieser heftigen Bewegtheit mit körperlicher Anstrengung und stimmlich hörbarer Aufreizung sehen und hören lernen musste. Und deswegen sprach sie mit der Gräfin Fugger über diese Angelegenheiten in einer sehr abstrakten Sprache, weil sie keine Veranlassung dazu sah, die Vorgänge und die Körperbelange konkreter zu benennen. Im Gegenteil, sie hatte den Eindruck, dass eine Sache, je deutlicher man sie ansprach, desto unwirklicher wurde. „Mit dem Reden über Geschlechtsverkehr ist es genauso wie mit dem Geschlechtsverkehr selbst. Wenn man es ohne Unterlass betreibt, schwindet seine Bedeutung. Und wenn man die Vorgänge zu genau beschreibt, wird das Mysterium dieser Faszination nicht größer, sondern geringer." Diesen bedachten und langsam vorgetragenen Worten der Gräfin Fugger wusste die

Kurfürstin durchaus etwas entgegen zu setzen. „Kinderreiche Frauen aus meiner Umgebung haben stets betont, dass es einer gewissen Gewöhnung bedarf, um genügend Zeit im Bett mit Geschlechtsverkehr zu verbringen mit dem Erfolg, Kinder zu zeugen. Wir haben es durchaus einmal vierzehn Tage lang in einer Schlechtwetterperiode im Hambacher Forst permanent beherzigt, aber es hatte keinen Erfolg. Manchmal denke ich, dass bei der Fehlgeburt vor sechs Jahren etwas in mir zerstört worden ist, ohne dass es jemand feststellen könnte. Seelisch ja sowieso, aber ich meine es jetzt auch körperlich."

Man wechselte das Thema: „Mein Bruder Gian Gastone plant eine Reise durch Europa. Er ist sehr verzweifelt, da er im vorigen Jahr gegen seinen Willen mit Anna Maria von Sachsen verheiratet worden ist. Er hält das schnöde Leben auf dem platten Land in Böhmen nicht mehr aus, wo er sich als Nichtjäger langweilt. Auch vermisst er das nächtliche, wenn auch ausufernde Kartenspielen mit seinen Freunden, bei denen er dann oft den Rest der Nacht und halbe Tage verbrachte. Die jungen Männer in seiner Umgebung spielen nur schlecht Karten und saufen so schnell, dass sie als Zeitvertreib gar nicht in Frage kommen, wie er schreibt." „Neigt er denn geschlechtlich zu Männern?" fragte die Fugger, die Kurfürstin mit groß geöffneten Augen anblickend. „Das ist eindeutig, wir haben einen solchen Zug ja bei vielen Männern in unserer Familie gehabt und es war Grund für Gram und Grauen bei vielen unserer jungen Ehefrauen, die ja nichts ahnten, als sie standesgemäß heirateten. Es musste ja alles verheimlicht werden. Gian Gastone fährt zuerst nach Paris, wo er unserer Mutter Margerita begegnen will." Die Fugger weitete wieder ihre Augen und fixierte Luisa: „Nach all dem, was Sie mir über ihre Mutter erzählt haben, kann das grob schief gehen."

Abends vor dem Marienaltar betend drängten sich Anna Maria Luisa belastende Gedanken auf: Sie hatte über Familienangelegenheiten gesprochen. Sie hatte Gewissensbisse, denn sie selbst hatte die Ehe ihres Bruders Gian Gastone mit der Witwe des Kurfürsten Philipp Wilhelm von der Pfalz eingeleitet. Sie hatte es gut gemeint, denn es war doch sowieso nur eine Zweckehe, die für Gian Gastone in Frage kam. Sie hatte gehofft, dass er zur Ruhe kommen könne. Die 1697 in der Hofkapelle von Düsseldorf geschlossene Ehe erwies sich nun als eine Katastrophe, wie sie aus Briefen der Ersten Hofdame von Anna Maria Franziska von Sachsen-Lauenburg erfahren hatte und bei näherem Hinsehen erfülle diese Verbindung nicht einmal ihren Zweck, denn Gian Gastone schlafe nicht mit ihr. Die Ehefrau sei eine böhmische Bauernnatur – Ställe, Kühe, Pferde seien ihr wichtiger als das Hofleben. Er, der ja, wie Sie wisse, am vornehmen Hof des Großherzogs aufgewachsen sei, könne sich nicht an das einsame und eintönige Landleben gewöhnen. Laster, wüstes Leben und Niedergang seiner Intelligenz seien die Folge. Die Kurfürstin fühlte sich schuldig, aber die Einsicht in die Gründe der Notwendigkeit ihres Ratens und Tuns versagte ihr das Gebet begleitende Tränen. Dennoch spürte sie ihr Herz freudig und erwartungsfroh pochen, als sie an das Gesicht Gian Gastones dachte, wie sie es kannte und aus der Zeit, als sie noch unbeschwert miteinander spielende Kinder sein durften, ohne zu wissen, was in den Katakomben der Seele ihrer Vorfahren und insofern auch der Eltern und Großeltern schlummerte. Der Geruch der Eitelkeit, des Nachtragens, der Moder des Todes und Schreckens, der Blutgestank der Kriege und Morde waren ihnen, den drei freudig hüpfenden begabten Kindern in einer blumengeweihten Stadt, völlig unbekannt. Am Arno dufteten die purpurroten, sternweißen und königsblauen Lilien und der Frühjahrsduft verbreitete sich in der ganzen

Stadt, wenn im Mai das Schwertlilienfest über mehrere Tage hinweg gefeiert wurde.

Gian Gastone kam, nachdem er eine extreme Enttäuschung erlebt hatte. Seine Mutter, die ihm offiziell einen recht kühlen Empfang bereitete, ermöglichte ihrem jüngeren Sohn unterkühlt und distanziert nur einen Besuch und ein gemeinsames Mittagessen. Ein Gespräch mit Substanz kam gar nicht erst auf. Man munkelte zwar an ihrem Hof, dass sie insgeheim Tränen der Rührung vergossen habe und man habe auch ein nächtliches Jammern der Verzweiflung vernommen, aber eine menschliche Annäherung zwischen ihnen gab es nicht. Gian Gastone traf äußerst traurig und leidvoll berührt in Düsseldorf ein, da er weder Verständnis noch Mitgefühl für seine Situation und sein Schicksal gefunden hatte.

Sie zog alle Register ihrer Freundlichkeit, als Gian Gastone in einem englischen vierrädrigen Einspänner in den Hof eingefahren wurde und in der Kleidung eines französischen Galans ausstieg und italienische Worte der Bewunderung für die Kurfürstin wechselte mit den Begrüßungskaskaden der Schwester. „Endlich sehe ich dich hier in Düsseldorf und das Wetter hält, was die Jahreszeit verspricht. Sei willkommen, lieber Bruder am Hofe des Herzogs von Jülich und Berg und in der Residenz des Kurfürsten von Pfalz-Neuburg." Eine wirklich langandauernde Umarmung ließ ihre höfische Kleidung nicht zu und so schritten sie durch das Foyer in den Saal, um im Kreise der Höflinge Komplimente und verbale Adressen auszutauschen. Eine Hofkapelle spielte auf und man tanzte eine Sarabande, indem man die Vortänze während ihrer Begrüßungsgespräche einfach musikalisch nebenher ertönen ließ.

Wenige Tage vergingen mit Galeriebesuchen, kleinen Konzerten, zwei Messen mit Predigt und den

Tageszeitspeisen. Ein Gespräch am Kamin abends und einen Dialog bei einem Spaziergang im Schlosspark hinunter zum Rhein führten sie alleine ohne Anwesenheit anderer. Diese Gespräche wären auch vor fremden Ohren so nicht möglich gewesen, denn die distanzierte Kurfürstin versäumte es nicht, aus der Perspektive der nahestehenden Schwester nach gewissen Umständen zu fragen. „Wie verbringst du denn die Abende dort?" „Wenn sie im Stall ist und der ganze Landadel beim Bier sitzt und dümmlich daher schwätzt, reite ich in die Wälder und meistens lande ich irgendwo bei Freunden in einer Kaschemme und trinke mit ihnen zu viel." „Sind das Bekanntschaften, wie Ferdinando sie auch hatte?" „Sie kommen und lassen sich aushalten und sie gehen nicht ohne meine Zusicherung einer näheren Begegnung im Herrschaftshaus in einem Trakt, der nur von mir betreten und nur von anderen jungen Männern, manchmal mit ihren Landhetären bevölkert wird." „Und bist du nicht sicher, ob du bei deinem Hang zu beiderlei Geschlechtern dich nicht mit deiner Frau zu einer nach außen hin glückenden Ehe mit Nachwuchs arrangieren kannst?" „Das weiß ich schon deshalb nicht, weil ich fast nie etwas mit einer Frau gehabt habe." Als sie nach diesem Gespräch, das am Rhein mit lockeren Scherzen und Wasserplätschereien wie in ihren Kindertagen am Arno in Florenz geendet war, abends am Kamin saßen, fragte die Kurfürstin ihn, ob eine Freundin aus Kindertagen, die er ja kenne, ihm den Abend lang auf seinem Zimmer Gesellschaft leisten solle. Mit Lisa hatte sie das vorher besprochen, und diese war wieder einmal der Freundin entscheidende Schritte der Verwegenheit voraus, indem sie anregte, Gian Gastone zum Beischlaf zu verführen, von ihm schwanger zu werden, das Kind heimlich auszutragen und der Kurfürstin, die in dieser Zeit eine Scheinschwangerschaft simuliere, zu schenken. Es sei ja dann ein Kind vom Geblüt der Medici und es wäre keine Todsünde mit der Konsequenz eines Bastards, wobei Luisa ja nur einen dicken Bauch kaschieren müsse. Sie gefiel sich bei diesem Gedanken, denn im Hinterkopf hatte sie natürlich auch den Aspekt, dass sie als Prinzenmutter ja die Rolle der Amme einnehmen könnte, indem man verheimlichte, dass ihr Milchfluss durch eine eigene Schwangerschaft hervorgerufen wäre. Die Kurfürstin war nicht nur sprachlos, sondern auch ratlos, wie sie sich diesem Ansinnen und dieser heimlichen Ungeheuerlichkeit gegenüber wehren sollte. Auch würde ja ihr Mann davon zu überzeugen sein, dass nach außen hin die Überwindung der Schande seiner Kinderlosigkeit erkauft würde durch ein gnadenloses Eingeständnis, dass seine Zeugungsbemühungen zwar immer mit befriedigendem Erfolg, aber nie mit gewünschtem Ergebnis ablaufen würden. Dieser Plan war so perfide, dass Lisa sich zwar kurz schämte, aber unter der Aussicht, die Nacht mit dem von ihr immer schon heimlich verehrten Gian Gastone zu verbringen, warf sie in eine starre Blindheit, die nur noch die geschlechtliche Lust im Blick hatte. Was Luisa nicht wusste, war die Tatsache, dass dieser Plan gar nicht von Lisa selbst ausgedacht war, sondern dass die Freifrau von Rolshausen, die nie einen Hehl daraus gemacht hatte, Frauen mehr zu lieben als Männer, in diesem Verlauf des Beischlafs eine Gelegenheit sah, sich Lisa anzunähern. Denn bei allem, was sie über Gian Gastone gehört hatte, würde der eine solche Nacht bei einer attraktiven Frau überhaupt nicht durchstehen können. Und dann wollte sie bei der enttäuschten Lisa sein, die sie so sehr in ihr begehrendes Herz geschlossen hatte, dass sie keine Gelegenheit ausließ, sich ihr körperlich anzunähern. Lisa war ja meistens so mit sich und ihrem Erleben beschäftigt, dass sie dies noch überhaupt nicht bemerkt hatte. Und so war dieser Abend gekommen, die Kurfürstin entfernte sich in ihre Gemächer und Lisa schlüpfte durch die Seitentür ins Kaminzimmer, saß nun an seiner Seite und glänzte ihn an. Sie kannten sich ja und ihr Gespräch knüpfte an Erlebnisse an, die Lisa zusammen mit den Medicigeschwistern in der Flora und Fauna des Florentiner Paradieses gehabt hatte. „Als dieser Fuchs Sie" – denn selbstverständlich duzte sie ihren verehrten Fürstenprinzen aus Florenz nicht – „angesprungen hat, weil Sie ein Kaninchen fingen und töteten, das er angepirscht hatte und das Sie mit einem kurzen Sprung, da es ja nun in unsere Richtung lief, gefangen hatten, haben wir uns erschrocken. Und dieser Fuchs hat sie auch kurz gebissen, was sehr ungewöhnlich ist, denn normaler Weise nehmen sie bei der Begegnung mit Menschen Reißaus." „Ja, ja, die alten Geschichten, seufzte Gian Gastone, dessen Hände nun den Weg der Begierde gingen und fühlten, wie leicht Lisa aus Berechnung gekleidet war, was er allerdings nicht verstand, da er in dieser Hinsicht naiv war. Was er auch nicht verstand und was Lisa selbst nicht wusste, ist die unverfrorene Tatsache, dass die Rolshausen hinter der Tapetentür stand, die mit einem Spalt geöffnet war, und zuhörte wie eine Schauspielerin in einem Theaterstück, die auf ihr Stichwort wartete. „Ich habe dich als Mädchen begehrt, als du noch aussahst wie ein Junge, und ich habe dich und Luisa einmal heimlich beim gemeinsamen Baden im Hof beobachtet, da ich euch nachgeschlichen war und mich in deiner Kammer seitlich am Fenster versteckt hatte. Nun bist du mein, heute werde ich dir zeigen, wie man sich in Florenz liebt." Es schwante Lisa noch nichts, denn sie ging davon aus, dass er normalen Geschlechtsverkehr meinte. So schien es auch zuerst, denn nachdem er ihre Brüste mit Händen und Zunge liebkost, während er seine Unterkleidung ausgezogen hatte, zog er ihr ziemlich unsanft das leichte französische Mieder und die Unterkleidung vom Leib und drehte sie auf dem Sofa so auf den Bauch, dass sich ihr After ihm präsentierte, wie er es auf vielen Abbildungen gesehen hatte. Und selbst laut stöhnend Hand an sich legend, besudelte er sie mit dem kostbaren Samen, der die

242

Geschichte der Medici hätte in eine völlig andere Wendung hineinbringen können, dass sie es feucht und klebrig fühlte, wo es doch nicht hingehörte. Tränen schossen ihr in die Augen, zu leiden hatte sie gar nichts außer seelische Pein, und aus dem wölfischen Heulen des verhinderten Beischläfers wurde ein jungenhaftes Schluchzen und Weinen. Und als sie ihn nun so ansah, erblickte sie seine Erschlaffung und sie litt einerseits mit ihm, andererseits kochte ein Zorn in ihr hoch, dass sie nicht umhinkam, ihn anzubrüllen: „Verschwinde, du elender Versager!" – und schneller getan als gesagt, schlüpfte er in seine Wäsche und lief laut aufschreiend hinaus auf den Hof in die neblig-dunstige Nacht zum Stall hin, wo er sich einen Hengst losriss, auf dem er so vehement in die verregnete Dunkelheit in Richtung des milchig-verschmierten Halbmondes stürmte, dass dem armen Pferd Hören und Sehen verging. Nun war dieses verzweifelte Schreien das erwartete Stichwort für den Auftritt der Rolshausen. Sie – selbst nur mit einem Nachthemd bekleidet – drückte Lisa sanft mit dem Gesicht auf ein Kissen, streichelte ihren Rücken und so über ihren nackten Po, dass sie mit ihren Fingern durch den ejakulierten Samen glitt und ihre Hand zur Scheide hinrückte, wo sie ihre Fingerkuppen dort tief hineindrückte, wo Lisa das Glied des Liebhabers hätte spüren wollen. Aber Lisa wurde in diesem Moment wie gebannt steif wie ein Brett und ließ es einfach geschehen in der Hoffnung, dass der von der Rolshausen gewünschte Effekt einer Schwangerschaft sich nicht ergeben würde. Nicht so, und überhaupt nicht von Gian Gastone, dem sie nicht verzeihen würde, dass er sie heimlich nackt beobachtet hatte, als sie noch ein Kind war. Allerdings geriet die Freifrau von Rolshausen nun in eine Wallung schnellen Atmens und Lisa spürte in ihren Berührungen das rasend klopfende Herz der Erregten, die nun den Atem zwischen ihre Zähne presste, als wolle sie nolens volens laut und leise zugleich sein. Sie konnte der Freifrau von

243

Rolshausen nichts vorwerfen, ohne dass sie sich selbst im gleichen Maße dieses verwerflichen Versuchs hätte ständig auf's Neue bezichtigen müssen, auf eine unlautere Weise zu einer unerlaubten Schwangerschaft zu kommen, die in betrügerischer Absicht zustande gekommen wäre. Es war mehr als ein Fauxpas, und es war ein gemeinschaftlich ausgeheckter, der aus dem Ruder gelaufen war. Und insofern gab es in den nächsten Wochen eine immer wieder eintretende Trias des Schweigens.

Die Nacht endete in einem Desaster, das der Morgen enthüllte. Auf dem Hof lag ein totes zu Schande gerittenes Pferd. Die einst noch abends flimmernde Venus war gemäß ihrem sieben Monate dauernden Zyklus als Abendstern aus dem Versteck hinter der Sonne hervorgekrochen und nunmehr als triumphierendes Morgengestirn zu sehen. Lisa lag im Bett und bekam einen Heulkrampf nach dem anderen, die Stimmung der Freifrau von Rolshausen wechselte unberechenbar zwischen seelisch spürbarer Furcht und körperlich lebendiger Freude und die Kurfürstin selbst verbrachte den ganzen Morgen mit Gebet vor der Schmerzensmutter. Sämtliche Fensterscheiben am Pferdestall waren mit einem Besen eingeschlagen worden und Gian Gastone lag wie ein Betäubter auf dem Stroh im Stall.

Auf seiner einsamen Rückreise von Düsseldorf nach Florenz in seinem Einspänner, eben nur zusammen mit dem Kutscher des Hofes, der neben ihm im offenen Fond wie er selbst Wind und Wetter ausgeliefert war und ihn auf dieser Reise begleitete, saß er innerlich zerbrochen und moralisch zerknirscht und erinnerte sich an die Darstellung des französischen Botschafters am Hof von Florenz, Foucher, der Anna Maria Luisa einem polnischen Diplomaten beschrieben hatte mit den Worten: „Die Prinzessin Anna ist eine dieser Schönheiten, die sich mit den Jahren herausbilden; je älter sie wird, desto schöner wird sie. C'est une fille romaine d'une grande taille fine et droite". Er sagte ihm, sie habe sehr schwarzes Haar, eine gesunde Gesichtsfarbe, ein vernünftiges „Embonpoint", und fügte hinzu: „Es vergeht kein Tag, an dem sie nicht schöner wird. Ihre Augen waren lange Zeit ausdruckslos, aber heute bemerkt man Feuer und Geist in ihnen; sie hat einen sehr graziösen Gang, aber ist vielleicht ein wenig zu stolz. Sie tanzt gut, reitet wie ein Mann und schießt so gut, dass sie es mit jedem im Wettbewerb aufnehmen könnte. Sie ist von außerordentlicher Gesundheit und Widerstandsfähigkeit, nichts beunruhigt sie, nichts stört sie, sie isst alles ohne Schwierigkeiten. Ihre Dienerschaft hat sie nie über irgendetwas sich beklagen hören. Diese Prinzessin ist die Augenweide ihres Vaters, und ihr jüngerer Bruder hängt sehr an ihr. Alle, die ihr nahestanden, behaupten, dass sie undurchdringlich sei: Sie zeigt eine so große Gleichgültigkeit gegenüber allem, sodass man nicht weiß, welches ihre Neigungen sind oder für wen sie einen „penchant" hat. Das ist es, was darauf schließen lässt, dass sie eines Tages eine gewandte Prinzessin wird. Sie ist geistreich, liebt die Literatur und kennt die Musik genau. Sie kann mehrere Sprachen gut, aber sie spricht so wenig, dass nichts von dem, was sie weiß, nach außen dringt." Er erkannte nun, dass der Botschafter sie äußerst treffend beschrieben hatte; damals hatte er die Genauigkeit dieser Darstellung als anmaßend empfunden, aber nicht kommentiert. Sie redet nicht viel, aber singt sehr gut. Und ihr Auftreten war immer sicher und würdevoll, ganz ideal für eine gute Herrscherin. „Sie war halt anders als ich!" So seufzte er vor sich hin.

In den folgenden Tagen igelte Anna Maria sich mehr und mehr ein. Sie las alte Ratgeber: „Die Humanisten betonten deswegen die Bedeutung des privaten Raums als Stätte der Bildung und der Unterweisung des

Individuums. Die häusliche Umwelt solle der Meditation förderlich sein, ein Ort des Rückzugs und eine Zuflucht, Schutz und Schirm vor Aggressionen, vor allem physischer Aggression. Das Heim bot Bergung vor der Nacht, jenem „Wald, in dem, fern von zu Hause, alle Übel lauern" (Ser Ugolino Verini, 1480). Die privaten Räume des Palastes sollten Lärm und Gestank gleichermaßen fernhalten (Alberti, De re aedificatoria): Unruhe und Versuchung der Welt sollten schwinden in einer Atmosphäre des Friedens und der Stille."

Niedergeschlagen kehrte Gian Gastone nach Florenz zurück und ließ seine Frau in Böhmen sitzen. In Florenz ging er seinen abscheulichen Lastern nach und wurde für Anna Maria Luisa zum Grund für Schmerz, Bitterkeit und Scham. Aber der Kurfürst wollte dem etwas entgegensetzen und plante für die Silvesterfeier ein erneut großes Feuerwerk, also zum dritten Mal ein gewaltiges Ereignis, an dem auch die Düsseldorfer Bevölkerung Anteil haben sollte. Dieser Gedanke ergriff Luisa von Tag zu Tag mehr. Ein Feuerwerk im Hof wie zu ihrer Begrüßung und vorher, was sie von den begeisterten Erzählungen des Kurfürsten her wusste, bei der Kurfürstenweihe. Man würde Feuerwände aus Pulverkanonen erzeugen und es würde gewaltig den Rhein hinauf und hinunter donnern. Sie bereitete eine Einladungsliste, in der sie alle Hofbediensteten – egal, ob sie jetzt 500 Gulden im Quartal wie die Obristhofmeisterin, oder nur 10 Gulden, wie der Kanzlist, verdienten – zur Einladung berücksichtigte. Sie begann mit den aus ihrem eigenen Etat bezahlten Angestellten:

Obristhofmeisterin Gräfin Fugger, Obristkammerzofe Freifrau von Rolshausen, Fräuleinhofmeisterin Freifrau von Burgau, die zweite Hofmeisterin Freifrau Fritza von Thorr zu Bovenberg, Zweite Kammerfrau Fräulein von Riviera, Fräulein von Wallis, Fräulein von Fugger, eine

Nichte der Fuggerin, Fräulein von Kalkum-Winkelhausen, Fräulein von Leiningen, Fräulein von Mailly, Maria Viktoria von Casanuova, Maria Elisabeth Geitzköpflerin, Petronella Erdingsberg, Teresia Rosini, Francisca Francki, Isabella Celati, Antonia Celati, Katharina Calvani, Anna Maria Medici, ihre eigene Großnichte, Maria Gori, Elisabetha Guidalotti, Leibarzt Frosini, Sekretär Schenckarts, Giovanni Battista Fiori, Leibwäscherin Johanna Maria Bleißen, Marianne Baumholz, Mundköchin Maria Elisabetha Hurterin, Bräterin Elisabeth Schings, Zuarbeiterin Margareta Dederichs, die Arbeiter Rutten, Franken und Fischer, Kanzlist Giovanni Rupprecht, Kammerprotier Sebastian Fröschl, Barbier Felice Bartolino Zuccherini, Konditor Domenico Belloni, Näherin Zanovi Berti Giovine, Kammerheizer Hanß Georg Tredhendel, Kammertrabant Daniel Anderß, Kammertrabant Hanß Melchior Treichtlinger, Tapezierer Francesco Nobili. Dabei fiel ihr auf, dass sie doch viele gute Seelen mit aus Florenz geführt hatte und dass die anderen über italienische Beziehungen und Bekanntschaften dieser treuen Dienerinnen und Diener nach Düsseldorf gekommen waren. Die im gemeinsamen Haushalt lebten und ihr Gehalt vom Kurfürsten bezogen wurden nicht eigens eingeladen, da sie zum Stab der Verwaltung gehörten, so auch die Freundinnen der Kurfürstin Lisa Lauretana und Amme Carina. Neben Rapparini und Schaesberg war der Nachfolger Schaesbergs als Hofmeister Graf von Gracht und Wangen mit im Boot. Eigens persönlich eingeladen wurden die selbststandigen Mitarbeiter wie die Gärtner Kozzecki, die Förster und Jäger, die Hufschmiede und die Ärzteschaft.

Die kurfürstliche Liste der Eingeladenen fiel nicht kürzer aus, aber damit hatte sie nichts zu tun, die musste Schaesberg erstellen. Nun kam die Silvesterfeier auf sie zu. Der Bürgermeister, die Professoren und Ratsherren, Handwerker nach Zünften, Bauern, Jäger trafen ein – zu

Fuß, mit Kutschen, auf Pferden, mit Großkähnen über den Rhein. Frauen waren entweder deren Begleitung oder sie wurden begleitet, wenn sie verwitwete oder ledige adlige Damen waren, von Männern, deren Zuordnung manchmal doch etwas schwerfiel. „Auf der KÜ gibt es zwei neue Modegeschäfte, das eine bietet Schuhe aus Malcesine an, das andere Mieder aus dem Alsace." „Was ist die KÜ, was meinst du damit?" Ja, so nennt man doch die neue Kurfürstenallee mit den vielen Mode- und Handelswaren aus Übersee." „Ach so, was gibt es denn da Neues, was wir hier vorher nicht hatten." „Da gibt es etwas, wenn du das anziehst, hat auf den nächsten Hofbällen kein Mann mehr eine ruhige Minute." „Ja, was denn, das muss ich haben, ich genieße es, wenn die Männer gucken wie angeschossene Hirsche und alle in dieselbe Richtung und wenn sie mit einer kurzen Lügenbemerkung ihre Frauen verlassen und sich konzentrisch mir nähern, auf Umwegen, Schleichwegen, manch einer auf Holzwegen und wenige auf Irrwegen. Aber irgendwann waren alle irgendwie bei mir, da sie mich irgendwo abgefangen haben." „Wenn du dieses neue stramme Unterbrustmieder aus Alsace anziehst und darunter nur ein Seidenhemdchen, das am Hals allerdings zu sein sollte, weil Verführung immer diese zwei Komponenten braucht: drastische nicht zu üppige Fülle und strenge Geschlossenheit, dann wagt sich keiner dieser Galane mehr in deine Nähe, ohne dass er entweder in Ohnmacht fällt oder von seiner Angebeteten mit dem Fächer eins übergebraten bekommt, als habe er beim Militär ein Schwertgefecht verloren." „Du übertreibst maßlos!" „Wetten wir? Bei mir wirkt es ja nicht so krass wie bei dir. Ich bezahle dir nachträglich das bunte Blumenbaumwollmieder, wenn es anders kommen sollte." „Und wenn es so kommt?" „Bezahlst du meines nachträglich." „Gut, so machen wir's, wir treffen uns am Donnerstag um 17 Uhr vor dem Hofball bei mir und kleiden uns an." „Ein bisschen Vorglühen mit Sekt wäre auch ganz gut, unsere Männer brauchen das nicht zu sehen." „Na ja, die gönnen sich ja oft sogar einen Wegwein in einer Vierteliterflasche, um gut drauf zu sein." „Ja aber das tun wir doch alle nur, wenn wir bei einem Ball die teuren Getränke selbst bezahlen müssen – und wann ist das schonmal?" „So gut wie nie!" lachte man laut auf.

Der Graf Hubertus Philipp von der Gracht zu Wangen war aus seiner baufälligen Stammburg zugereist, um am Feuerwerk teilzunehmen. Er äußerte sich gerne laut und knapp: „Dat iss aber schönn, dat ihr allemahle he seid. Isch dachte, isch wär' do einzischste aus unserer Familie." „Warum meinen Sie denn, dass keiner von den Grachts und Wangen hier wäre? Es ist doch selbstverständlich, dass alle adligen Familien das Feuerwerk besuchen?" fragte ihn der Knappe des Ritters von und zu Cambach. „Ob Se glauben oder nisch, isch war neulisch bei do Aufschwörung in Jülisch do allereinzischste. Dat ess net schönn, wemmo do allerallereinzischste von do Famelisch ess." „Wie war denn die Reise von Wangen herunter?" „Ja so sehr weit ess dat ja nett, abbo dat zieht sisch! Mein Peod ess jetz noch am raasele." Plötzlich donnerte es los, aus Kanonen und Metallrohren platzen die Böller und die Feuerstrahlen schossen in die Luft. Funken stoben, Rauch schoss in Fontänen auf und quoll in großen Wolkenwalzen gen Himmel, Staubteilchen wirbelten wie stürmisch wehende Asche über den Köpfen, senkten sich und verwandelten die eben noch frenetisch jubelnden Zuschauer zu hustenden und prustenden Krummhaken auf zwei Beinen. Da ein Fass mit Pulver unkontrolliert explodiert war, mussten Bedienstete mit Eimern das Wasser wahllos in die Menge schütten, um einzelne herumfliegende Feuerhölzer zu löschen, und das schöne von Hand mit Stöcken gedrehte Sonnenrad von zwei Metern Durchmesser sah kein Mensch mehr außer die beiden Stallmädchen, die sich köstlich über diese apokalyptische

Szenerie amüsierten, bis ihnen so heiß wurde, dass sie fluchend Reißaus nahmen. Man eilte zu den Getränkeständen und versuchte, das Husten mit Trinken zu beruhigen. Das Fräulein von Kalkum-Winkelhausen keuchte wie schwindsüchtig herüber zum Fräulein von Leiningen: „Casanova ist in Aachen." Diese stotterte hauchend zurück: „Das nützt mir jetzt im Moment gar nichts!" Hustend ging das Gespräch weiter: „Er soll da etwas mit der schwarzen Alice angefangen haben!" „Das ist typisch, vorige Woche bekam ich noch ein Billet von ihm, er sei nun in München." „Der Herr Neuhaus kann sich nicht lange irgendwo aufhalten, denn überall hat er eine Affäre gehabt." „Die Zahl seiner Versetzten soll größer sein als die Zahl der bisherigen Päpste." „Ob das stimmt?" „Beide hatten nicht bemerkt, dass der Kurfürst schon eine geraume Zeit hinter ihnen stand; er wirft ein: „Es wird über nichts so sehr gelogen wie über das, was in den Schlafzimmern passiert. Casanova könnte ein großer Hochstabler sein, aber auf der anderen Seite wüsste ich nicht, was er bei der siebzigjährigen Ninon de Lenclos gesucht hat außer vielleicht hinterher ein kluges Gespräch. Sie legt so großen Wert auf ihre Unabhängigkeit, dass sie nie heiratete. Aber die Zahl ihrer Liebhaber könnte auch so groß sein. Selbst jetzt im Alter ist sie am französischen Kaiserhof noch heiß begehrt. Zu ihren Freunden zählen Moliere, Voltaire und die Königin Christine von Schweden." Nun erst, als sich die Lungen und Rachen der Feiernden beruhigt hatten, machte eine erschütternde Nachricht die Runde. Bei der unkontrollierten Explosion des Pulverfasses war ein Fähnrich um's Leben gekommen, dessen Aufgabe es war, vor dem Feuer stehend die Kurfürstliche Fahne im Wind zu halten. Die Fahne wurde, wie der Obrist betroffen und bleich berichtete, 30 Meter weiter zusammen mit den Armen des armen Teufels gefunden, deren Hände die Fahne noch immer eisern umklammerten.

Der Pächter Kluxen hatte den Bürgermeister von Aldenhoven um eine Reduzierung der Pachtsumme des Markt-
geländes mit den entsprechenden Marktrechten gebeten,
da aus der Umgebung zu wenige Marktbeschicker und
Wanderhändler mit ihren großen hölzernen Karren gekommen waren. Weil der Bürgermeister und die Vertreter
der Gemeinde mit eigenen Augen gesehen hatten, wie
schlecht der Verlauf der Märkte gewesen war, boten sie
dem Händler Kluxen eine Verringerung der Pachtsumme
an. Dies wollte der Kurfürst in Düsseldorf respektive seines Schatzmeisters nicht genehmigen, denn sie standen
auf dem Standpunkt, dass die Gemeinde Aldenhoven das
Geld noch bitter nötig haben würde, um endlich einmal
eine standfeste und breite Brücke über den Merzbach zu
bauen, der im Herbst und im Frühjahr zu einem reißenden
kleinen Fluss werden und mitten im Ort eine sehr gefährliche Überschwemmung hervorrufen konnte. Und so bestanden sie im Interesse der Gemeindekasse Aldenhovens auf der vollständigen Entrichtung der Pachtsumme. Der Pächter Kluxen machte geltend, in diesem
Falle stünde er vor dem Bankrott. Der Ausgang der Angelegenheit war tragisch und endete mit einem totgeschla-
genen Gemüse- und Obsthändler und einer verhafteten
Marktfrau. Der Milchhändler hatte alles beobachtet und
erzählte abends seiner Frau davon: „Die Josepha Qua-
den, klein wie sie ist, hat sich in den Streit eingemischt.
Als der Schweinefleischhändler Hans Klinkenberg sich
mit dem Bauern Joseph Böhmer um die Breite ihres Standes gestritten haben, weil der Hans dem Jupp erklären
wollte, wieso man für das Aushängen von Schweine-
fleischteilen mehr Platz benötige als für Kartoffel- und Ap-
felkisten und der Jupp sich dauernd beschwerte, dass er
aber genauso viel bezahlen müsste wie der Hannes, sind
sie sich irgendwann an den Kragen gegangen. Und als
der viel jüngere Hans sich zur Verteidigung eine Latte von
Jupps Klappvordach abreißen wollte, weil der wie ein

Berserker mit einer kurzen Kartoffelschaufel auf ihn ein-
drosch, ist das Vordach abgebrochen und hat den Böhmer so blöde getroffen, dass der sehr unglücklich hinfiel
und auf der Stelle tot war. Und das Ganze ist dermaßen
ausgeufert, weil die Josepha sich vom Boden Pferdeäpfel
aufgehoben hatte und dem Jupp mitten ins Gesicht warf.
Als er laut aufschrie, klatschte ein solches Wurfgeschoss
dem Böhmer ins aufgerissene Maul!" Da meinte die Frau
des Milchhändlers Büning: „Der Klinkenberg muss sich
jetzt verantworten, aber der hat sich ja eigentlich nur gewehrt. Dass Josepha verhaftet wurde, ist verständlich,
aber die wollte ja eigentlich nur den Joseph so bearbeiten,
dass der aufhörte zu streiten. Natürlich mit den falschen
Mitteln." „Und der Pferdeapfel blieb tatsächlich so lange in
Jupps Mund, bis die Polizei kam und der Arzt den Toten-
schein ausgestellt hatte." Der Kurfürst war besorgt über
diesen Vorfall und ließ sich vom Aldenhovener Amtsmann
Günter Bers einen Bericht über die Marktfeste Aldenhoven in Bezug auf die bisherigen Bedingungen für den
Wochenmarkt schreiben, den er sorgfältig las um zu entscheiden, ob dieses verächtliche Geschehen vielleicht an
den ungünstigen Umständen gelegen hat und man dem
Hans Klinkenberg mildernde Umstände zusprechen könne, denn es gab ja durchaus ähnliche Vorfälle: „Die hier
angerissenen Auseinandersetzungen sind nur insofern
von Interesse, weil sie uns einen Einblick in die örtlichen
Marktgepflogenheiten geben können. Nach dem Schreiben des Aldenhovener Bürgermeisters vom 27.2. dieses
Jahres konnten die Marktbeschicker am Ort in sechs
„Klassen" eingeteilt werden; die jeweilige finanzielle Ab-
gabe war dann nach ihrer Bedeutung gestaffelt. Die erste
und wohl wirtschaftlich interessanteste „Klasse" bildeten
die Textilhändler, die alle möglichen Sorten von Tuchen,
auch in feiner Qualität, anboten. Eine zweite Gruppe bildeten ebenfalls Textilhändler, die allerdings Waren von
minderer Qualität feilboten, dann aber auch Gebetbücher

(Wallfahrtsartikel!) oder auch Zinnwaren und „Zuckerbäckerwerk". Weiterhin wurden angeboten in einer dritten Gruppe Kopfbedeckungen („Kappen"), Spielsachen und Blecharbeiten (vermutlich Bestecke). Eine vierte Kategorie von Händlern vermarktete Rosenkränze, Spiegel, Kurzwaren aller Art. Die beiden zuletzt genannten Händlergruppen boten Körbe (vermutlich aus Rur-Weiden hergestellt), Eimer und Süßigkeiten der verschiedensten Art an." Der Kurfürst wurde unruhig. „Was hat dann ein Schweinefleischhändler, der nach unserer Düsseldorfer Verordnung ja sowieso nur in einer offenen Markthalle verkaufen dürfte, neben einem Kartoffelbauern zu stehen? Es ist doch klar, dass daraus Streit wird. Das Jahrmarktgeschehen in Aldenhoven muss ab sofort einer genauen Beobachtung seitens des Jülicher Ratspräsidenten unterliegen, und an mich sollen die Verpachtungsprotokolle der Marktgefälle eingesendet werden, die anschließend mit einem Sichtvermerk zur Aufbewahrung zurückgesendet werden." Bei dieser Gelegenheit wurden auch die Amtsmänner in anderen Städtchen des Landes angehalten, auf die Ordnung und Sauberkeit in den Marktgegenden zu achten. Dort wohnten oft Menschen, die sich keine Glasscheiben in den Fenstern leisten konnten und diese, damit sie regenabweisend waren, mit in Öl getränkten Leinentüchern verhängten. In engen Gassen in Marktnähe stank es oft erbärmlich nach Pferde- und Ziegenurin und -kot, und darunter mischte sich der beißende Geruch von menschlichem Urin. Bestimmte Gebäude wie Kirchen, Klöster und Amtsstuben kennzeichnete man mit roten Kreuzen um zu verbieten, hier die Blase zu entleeren. Aber Urin kam ja auch nachts aus Eimern zum Fenster hinaus gespritzt. Wie befreiend war es dann in Düsseldorf, wenn man den Marktplatz erreichte und der Gestank im Wechsel durch Obst- und Gemüse, Fleisch- und Stoffgeruch abgelöst wurde. Die Kurfürstin führte einen erbitterten Kampf gegen diese Zustände. Oft dachte sie, dass man eigens für die Sauberkeit ein Gremium einrichten sollte, vielleicht wie die acht Prioren in Florenz mit der neunten Person als Vorsitzendem, dem Gonfaloniere di Giustizia, also dem Bannerträger der Gerechtigkeit – nun als Bannerträger der Sauberkeit. Florenz wurde von diesen neun Personen beherrscht – und für Düsseldorfs Sauberkeit wäre das doch auch eine Lösung. Nur müsste es eine Einrichtung auf Dauer sein. Dass die neun Amtsmänner jeweils schon nach zwei Monaten wechselten, war in Florenz der Verderb gewesen. Kaum waren sie eingearbeitet, mussten sie das Amt weitergeben. Doch dies war wohl, wie sie jetzt erst einsah, politisch von ihrer Familie so gewollt, denn wären diese Herren länger im Amt gewesen, hätten sie die Misswirtschaft so mancher Bediensteten der Stadt nicht mehr geflissentlich übersehen können, sonst wäre der Misserfolg ja auf sie selbst zurückgefallen.

Luisa hatte keine Angst vor dem Wald, da sie dort – allerdings nie alleine – Nächte verbrachte, mit Gewehr im Anschlag auf einem Ansitz; diese Neuerung war eine Erfindung von Förster Scherbricht und wurde zum ersten Mal ausprobiert zusammen mit der Kurfürstin im Jahre 1702. Scherbricht hatte ein nunmehr immer deutlicher werdendes trauriges gemeinsames Schicksal mit Anna Maria Luisa, die Kinderlosigkeit, aber wie sie war er immer guter Dinge und voller Elan. In der Jägerrunde erzählte er einen Schwank nach dem anderen. Er stammte aus Bayern und manche Adlige kannten ihn von dort, wo sie ihn besonders in München hausen gesehen hatten. Schockiert war sie, als sie im Februar 1705 gemeldet bekam, dass Scherbricht sich im Wald selbst erschossen hatte. In einem Brief hatte er von einem Druck, den er nicht mehr ausgehalten habe, geschrieben. Kurz vorher hatte er sich mit einem jungen Stallburschen auf der angrenzenden Heide getroffen, der Wochen lang wie verwirrt war, hinterher aber sagte, dass der väterliche Freund ihn nicht angerührt habe, er habe nur von Sokrates und dem Symposion gesprochen und von den vielen jungen Menschen um ihn herum, mit denen er am liebsten pausenlos zusammen sein würde – wie Sokrates mit seinen Jünglingen. Aber siebzig Jahre wie der Philosoph würde er nicht werden. Er war 69 Jahre alt, als er starb.

In diesem Winter waren die Raunächte vom 26.12. bis zum 06.01. besonders schlimm. Wölfe aus Polen waren bis ins Umland gekommen. Die Menschen phantasierten von Werwölfen; man durfte in diesen Tagen nicht heiraten, keine Wäsche waschen, am besten sollte man das Haus nicht verlassen. Das war nun die düstere Seite des lustigen Rheinlands, so etwas kannte sie aus Italien nicht, allerdings waren ihr die Vampirsagen aus Siebenbürgen und entsprechende Masken nicht unbekannt, die aber der Magistrat von Venedig mit Unterstützung der Medici und des Vatikans für ganz Italien verboten hatten. Der Unterschied zu den klassischen Masken, wie sie in der nunmehr etablierten Commedia dell'Arte begeisterten, war die Tatsache, dass diese Schreckensmasken einen realen Schrecken erzeugen sollten, während hingegen die italienischen Masken schreckliche Erlebnisse nur spielerisch vortäuschen sollten. Die Kurfürstin wollte dieses Verbot auf Düsseldorf übertragen. Vor kurzem, als der Kurfürst noch einmal zum Geschlechtsverkehr angesetzt hatte, heulte draußen ein großer Hund auf und sie hatte für einen grausamen Augenblick das Trugbild vor Augen, als dränge sich ein großer Werwolf in sie ein. Sie hatte nur noch gedacht: Augen zu und durch. Sie wusste, dass das falsch war, aber sie ließ auch hier ihre Vernunft betäubend über sie siegen.

In diesen Wintertagen wurden gemäß dem Jahreswechsel die Geldprobleme des Kurfürsten deutlicher denn je.

255

Ihm ging permanent die Anmahnung aus Wien durch den Kopf, sie sollten sich doch mehr um die Gesundheit des fürstlichen Budgets kümmern als um die Wohlbestalltheit ihrer Kunst- und Schmucksammlungen. Sie hatten oft darüber diskutiert, ob die Kurfürstin denn den Rhythmus ihrer Bestellungen bei den Juwelieren in Antwerpen strecken könne: „Einmal im Jahr müsste es doch reichen, neue Diamanten zu bestellen." Die Kurfürstin aber wies Johann Wilhelm durchaus auf dessen Vorlieben hin: „Dein Hofmaler kommt aus dem Arbeiten nicht mehr heraus." „Was ja wohl kein Problem ist, denn er bekommt doch sein Grundgehalt und nur für besonders gelungene Bilder eine Gratifikation!" „Aber das Münzprojekt, diese Medaillons, die Rapparini herstellt, verschlingen zusätzlich Geld. Ist es nicht einfach falsche Eitelkeit, sich cäsarengleich auf Münzen verewigen zu wollen." „Aber diese Münzen könnte ich gewinnbringend verkaufen, was ich ja auch versuchen möchte." „Ich glaube aber, dass Rapparini dazu zu langsam und nicht zielgerichtet genug arbeitet. Über diese Arbeiten werden wir noch alt. Dann gib sie in andere Hände." „Das kommt gar nicht in Frage, denn Rapparinis Arbeiten sind doch Bestandteil der Dokumentation meines Lebens."

Neben dem finanziellen Missgeschick ergaben sich auch noch weitere rufschädigende Misslichkeiten. Anna Maria Luisa hatte in einem Brief an eine angeheiratete Cousine in Wien ihren Mann analog zu seinem Älterwerden und kontrastiv zu einer Romantextstelle geschildert, die sie beide gelesen hatten; es sollte ein interner Scherz sein, aber dieser Brief geriet in die Hände des intriganten Hofmarschalls am Kaiserhof und so wurde er vielfach kopiert und sein Text schwirrte durch die Gazetten des Hofes. Sie ist nun in diesen Tagen verzweifelt, aber ihr Mann freut sich, dass er endlich von jemandem so dargestellt wurde, wie er wirklich sei: mit dem Teint einer verwelkenden

Blüte der Herbstrose, braun gebrannt von der Sonne beim Reiten, mit leicht abstehenden großen und bleichen Ohren, mit seinem breiten Mund mit schwülstigen Lippen, gelblichen Zähnen mit Lücken wie bei einem jeden kräftigen Fleischfressergebiss, mit einem kräftigen glatten, beim Kauen malmenden Kinn, einem dicken kurzen Hals ohne Fettpolster, hervortretenden Sehnen an den breiten, aber runden Schultern, dicken Muskeln und runden Unterarmen, Händen wie Bärenpranken und einer Taille, die unter seinem Bauch nahezu verschwunden ist. Die Beine rund und fest, die Füße eher kurz und gewölbt. Er sei beim Reiten fast stets der schnellste, weißes Haar werde gefärbt mit einer Salbe, die man nachts einrieb und die gekocht war aus fein gemahlener und einen halben Tag in Essig gekochter Rebenholz- und Eschenholzasche, manchmal angereichert mit Urin.

17

Der Bürgermeister und seine Frau saßen beim Mittagessen, wozu sie sich immer sehr viel Zeit ließen, wenn sie ihr dunkelbraunes Bier tranken, denn Frau Eylertz wusste stets von vielen Gesprächen und Begegnungen zu berichten, durch die sie erfahren konnte, wie die Düsseldorfer über ihren Mann und über die Herrschaft am Kurfürstenhof dachten. Oft formulierte sie ganz schlichte Anliegen, die ihr Mann dann mit in den Senat nahm. „Der Kurfürst ist wieder auf Jagd im Hambacher Forst und wohnt mit seiner Frau auf dem Schloss dort." Seine Frau meinte: „Die Jagdleidenschaft der Kurfürstin scheint mir noch viel höher zu sein als die des Kurfürsten." Ihr Mann witzelte: „Kein Wunder, dass sie nicht schwanger wird. Entweder schießt er nur mit Blei, oder sie ist abends so erschöpft, dass sie abends zur Strecke liegt." „Du meinst, müde und gestreckt da liegt?" „Jedenfalls wüsste ich nicht, wann die beiden Zeit zum Kindermachen haben sollten. Die sind doch dauernd unterwegs oder sitzen in der Kirche und beten weihevoll. Aber davon wird man auch nicht schwanger!" „Wer weiß, denk' mal an die Bibel!" „Stimmt! Wenn es eine Frau geben sollte, die so fromm ist, dass sie vom Heiligen Geist schwanger würde, dann wäre es Anna Maria Luisa von Florenz!" „Aber ist es fromm, wenn man sehr viel Geld ausgibt für Bilder und für Edelsteine, wenn es doch immer noch viele Arme hier in Düsseldorf gibt?" „Würdest du das denn nicht tun, Marianne, wenn du das Geld und die Mittel der Kurfürstin hättest?" „Nein, Peter, ich würde mir zwar viele Diademe kaufen, aber nach einer gewissen Zeit würde ich – vielleicht in einem jeden Jahr eines davon – sie verkaufen und das Geld für die Witwen, Waisen und Kriegskrüppel spenden." „Ja, das sollten wir dann mal anregen. Die Bürgerschaft und die Stände haben vielmehr Angst, dass sie das ganze Zeug, das sie zum Teil mit unserem Geld kauft, einmal mit nach Florenz zurücknimmt, denn er ist ja doch gesundheitlich ziemlich angeschlagen und da gibt es ja diesen Ehevertrag mit den Medici." „Aber du willst doch damit nicht behaupten, dass sie gewollt kinderlos bleibt? Ich habe zwar mal etwas über ihre schlimmen Erfahrungen als Kind gehört und sie ist ja eher ein kalter Typ Frau, den man Kindern als Mutter ja vielleicht gar nicht wünscht, aber das kann ich mir nicht vorstellen." Der Bürgermeister stand auf und ging unruhig im Zimmer auf und ab. „Muss ich jetzt die Landstände alarmieren? Müssen wir auf sofortige Umsetzung des Kinderwunsches bestehen? Sollen wir ihr ein Ultimatum setzen?" „Mann, mach' dich nicht lächerlich! Offiziell wissen das doch nur ganz wenige. Vielleicht solltet ihr es fröhlicher angehen. Erfindet ein Frühlingsfest, das zum Beispiel am Ersten im Mai stattfindet, und stachelt die junge Liebe an. Das wirkt auch auf älter werdende. Und ich garantiere dir, dass im Februar und März viele Kinder geboren werden." „Guter Einfall, den bringe ich gleich morgen im Senat vor!"

Sie aber betete, nichts wissend von der lapidaren Art, wie manche über ihre Kinderlosigkeit sprachen, in vielen Andachten und Gottesdiensten und pilgerte wohl ohne Unterlass meist zusammen mit ihrem Mann zu den Wallfahrtsorten vor allem in Jülich und Umgebung, so nach Düren zur Kirche St. Anna, aber auch durch das ganze Herzogtum, das mit Berg ja auch eine rechtsrheinische und im Bergischen Land sehr religiöse traditionsbewusste Seite hatte. Und sie versäumte nicht die geschlechtliche Vereinigung mit ihrem Mann, die ihnen auch immer wieder einmal noch so gut gelang, dass eigentlich ein Kind hätte kommen müssen. Sie entwickelte sich zu einer Kunstmäzenin, was den Bereich der Musik betraf in Bezug auf das Düsseldorfer Orchester, was aber im Vergleich mit der bildenden Kunst weniger bekannt wurde, da man eher dem Kurfürsten die Leistung der Gründung der

Düsseldorfer Kunstgalerie zusprach. Natürlich bediente sie sich ihres erbschaftsbedingten Reichtums und des gewaltigen Vermögens ihres Gatten, dessen Vorfahren ja sprichwörtlich dafür bekannt waren, und beschenkte ihre Umwelt durch schier unzählige Gaben an Kirchen und Wallfahrtsorte.

Sie profitiert von ihrem Reichtum aber auch gewaltig!" sagte die Frau des Bürgermeisters. „Sie bekommt fast wöchentlich umfangreiche Sendungen aus Italien. Ich weiß von der Erdingsberger, dass das alles Schuhe und Klamotten sind." Was niemand wusste, war, was Luisa wirklich in Antwerpen neben Diamanten gekauft hatte. Es wurde auch so geliefert, dass niemand in direkter Form erkennen konnte, was es war. Sie kaufte einen großen modernen Altar und lernte bei dieser Gelegenheit den mit ihnen befreundeten Pater Damian besser kennen, der ihr das bekannte Rubens-Altarbild und auf geheimnisvolle Weise des Jordaens Kreuz-Abnahme-Bild in einem Antwerpener Institut zeigt. Später dann betrachten sie ein anderes Bild im Malersaal und Rapparini erklärt den Umstehenden und den Geistlichen: „Kraftvoll und farbenfroh ist der Zugang in dem Gemälde „Die Anbetung der Hirten." Die unterschiedlichen Lichtquellen hat der Maler geschickt im Bild arrangiert: Der warme Kerzenschein, der die Gesichter der Hirten erhellt, die Strahlen, die durch den Eingangsbogen in das Dunkel des Inneren hereinbrechen, sowie das helle Licht, das von dem auf ein weißes Tuch gebetteten Kind in der Krippe auszugehen scheint, schaffen wirkungsvolle Hell-Dunkel-Kontraste, die von einem starken Einfluss des Caravaggio zeugen. Neben Maria und Joseph haben sich nicht nur die drei Hirten um den Erlöser geschart, sondern auch ein ärmliches, älteres Paar daneben niedergelassen. Besondere Aufmerksamkeit kommt jedoch einem jungen Mann mit markanten, porträtartigen Zügen links von Maria zu, der nicht wie die anderen Personen ehrfürchtig auf das wundersame Geschehen fokussiert, sondern direkt mit dem Betrachter Blickkontakt aufnimmt. Sind damit die Eltern des Malers und der junge Maler selbst dargestellt? Die Anbetung der Hirten gilt als eines der frühesten Werke von Jacob Jordaens. Und unser Maler Damian wird es jetzt ergänzen und sein Format der Franziskanerkirche anpassen."

Anna Maria Luisa hatte den Sohn des 1678 verstorbenen Jacob Jordaens, der genau wie sein Vater hieß, im belgischen Mechelen auf einer Durchreise nach Antwerpen für einen Tag besucht. In einem für Adlige angefertigten Reisejournal hatte sie gelesen: „Eine vortreffliche Stadt, sehr groß und stark befestigt. Nirgends sahen wir breitere, elegantere Straßen. Sie sind mit kleinen Steinen gepflastert und leicht gewölbt, sodass Wasser und Unrat abfließen können. Vor der Kirche, die überaus schön ist, gibt es einen Platz, der viel größer ist als der Campo die fiori in Rom und ebenso gepflastert wie die Straßen. Die ganze Stadt ist von Kanälen durchzogen, deren Wasser mit den Gezeiten steigt und fällt." Jedenfalls hatte Antonio de Beatis schon im 15. Jahrhundert Mechelen so beschrieben. Wahrscheinlich hatte der reisefreudige Adlige es bei ihm abgeschrieben, ohne die Rechte des Urhebers zu beachten. Sie genoss die Plätze mit öffentlichem Gelände für Märkte und Messen und die Weitläufigkeit dieser Orte.

18

Wenn Anna Maria Luisa die Eskapaden, die sie aufde-
cken mussten, durch den Kopf gingen, war sie froh darum, dass sie in der Gräfin Fugger eine nüchterne, ruhige
und über jeden Zweifel erhabene Beraterin hatte. Mit ihr
konnte sie alles rückblickend noch einmal in Ruhe besprechen: „Die Freifrau von Rolshausen kam ihrerseits nicht
mehr los von ihrer extremen und aus nüchterner Perspektive vielleicht als krankhaft zu bezeichnenden Liebe zu
Lisa." reflektierte die Kurfürstin vorsichtig. Gräfin Fugger
setzte das Urteil härter an: „Und sie entwickelte eine unbändige Eifersucht, da ja Lisa stets, wenn der Kurfürst auf
Reisen war, Bettgemeinschaft mit Ihnen pflegte." Was sie
selbst als Hofdame ja auch nicht wusste, war der Umstand, dass Sexualität dabei gar keine Rolle spielte. Freifrau von Rolshausen, die in der eisigen Kälte der winterli-
chen Burg zu Nothberg bei Eschweiler in der Nähe von
Aachen großgeworden war, am Rande der Nordeifel und
damit zum Südzipfel des Herzogtums Jülich gehörig,
hatte in ihrem Leben als Jugendliche nicht viel zu lachen
gehabt und sich deswegen mit Frauen aus dem Dorf, die
von ihr abhängig waren, zu vergnügen gelernt. Die Fuggerin brachte es auf den Punkt: „Sie liebte Frauen eben
auch aus dem Grund, deren körperliche Wärme an ihrem
Leib zu spüren; und so verrannte sie sich immer weiter in
ihre Verliebtheit und spürte immer gewaltiger die Notwendigkeit möglichst ununterbrochener Nähe zu Lisa." Und in
der Tat hatte ja die Freifrau von Rolshausen schon länger
vor den Ereignissen darüber nachgesonnen, Lisa für sich
immer mehr zu vereinnahmen. Die Fuggerin fuhr fort: „Als
sie erfuhr, dass Lisa eine Bettgemeinschaft mit Ihro Gnaden hatte, tobte sie, wollte sie alles auffliegen lassen und
von ihr gingen dann auch diese erfundenen Geschichten
über die Untreue des Kurfürsten mit der Tochter eines Bediensteten aus, und als aus Italien das Syphilisgerücht

kam und auch hier die Runde machte, versuchte sie über ihre italienische Verwandtschaft Kontakt zu diesen Schriftstellern aufzunehmen sowie zu den Pazzis und Albizzis, um den Medicis mit diesem alten Gerücht zu schaden." „Sie hat dann versucht, diese Beziehung zu Lisa zu intensivieren und ließ sich von der in allen Dingen des Lebens sehr erfahrenen Erdingsberger einen Doppelphallus aus einer Möhre schnitzen, den sie mit Olivenöl einrieb." „Der Rest ist Schweigen!" brach die Fuggerin ab, aber ich habe nachts Lisas Rufen gehört, bezog es aber auf einen Traum: Oh Gott, oh Gott, Mama mia, compassione, compassione! Es war dann wohl mehr ein heftiger Kampf als für sie ein Erlebnis." Die Kurfürstin hub aber erneut an, so bewegt war sie durch das Schicksal ihrer alten Freundin: „Ich habe die Erdingsberger einmal im Gesindehaus heimlich beobachtet, als diese nach einem Dampfbad im Zuber allein und nackt vor einem Spiegel steht, dann zu einem Wasserbecken geht, sich lange und genussvoll das Geschlecht mit klarem Wasser nässt und dann über am Boden verstreute Blumen tanzt, wobei sie die Lilien mit den Fußballen zerdrückt. Ihre Haare trug sie ganz offen. Dann zog sie weiße Sandalen an und rieb ihren Körper mit Salben und Ölen ein." Sie hatte mit Johann Wilhelm über diese Situation gesprochen, in der ja nichts Verwerfliches liege, aber das Baden und Dampfbaden war dann aus anderen Gründen Thema gewesen. Sie haben dann festgelegt, dass sie das gemeinschaftliche Baden von Männern und Frauen, Jungen und Alten sowie Gesunden und Kranken verbieten würden, denn es war zu heftigen Durchfällen gekommen, die offensichtlich allesamt im Zusammenhang mit dem Besuch des Gemeinschaftsbades in der Mittelallee standen. Daraufhin wuchs das wilde Baden im Rhein und im Ratinger See, in dem man alte Silberschmuckstücke gefunden hatte. Auch im Rhein ertranken einige Abenteurer und Abenteurerinnen, weswegen der Kurfürst Warntafeln aufstellen ließ. „Es gab noch eine

Seitengeschichte," erwähnte die Gräfin Fugger, die auf die Begegnung deiner guten Lisa mit der Erdingsberger zurückgeht, denn irgendwie war sie ja schon auf den Geschmack gekommen. Lisa hat als Küchengehilfin eine junge Ledige, die Milena Rosner, aus Meerbusch kennen gelernt, von der sie sehr fasziniert war, sodass sie zu deren Freundin wurde und dort mehrere Nächte verbrachte. Sie war in dieser Zeit aber sehr ausgeglichen und frohen Gemüts. Das schien zu passen."

Abends in der Messe während der Wandlung musste die Kurfürstin ganz intensiv an diese Worte denken. Heil und Unheil konnten nahe beieinander liegen. Und sie musste an das schlimme Ende der Petronella Erdingsberg denken. Die Küchenfrau starb an einer rätselhaften Krankheit, die irgendwie von ihrem Kopf ausging. Zuerst vergaß sie alles und warf alles durcheinander, dann verlor sie die Schrittfestigkeit und fiel andauernd hin, zuletzt schrie sie nur noch vor sich hin, dass ihr Mann sie in einen Schuppen einsperrte und sie langsam verhungern und verdursten ließ. Er hatte gemeint, dass sei der einfachere Weg, sie aus ihrem Leiden zu erlösen. Am anderen Tag ließ die sehr nachdenklich gewordene Kurfürstin morgens früh schon ihren Hengst satteln, um sich durch einen Parforceritt abzureagieren: Anna Maria Luisa entwickelte im Laufe der Monate, als es auf den Herbst zuging und sie an die Jagd dachte, eine neue Reittechnik. Sie wollte den pulsierenden Charakter ihres Pferdes mehr unmittelbar unter sich spüren. Sie dachte an Anlehnung, die aber nur mit ihren Schenkeln und Waden möglich sein würde. Da sie aber nicht einfach den Damensitz ritt, weil sie manchmal und leider heimlich aus der Distanz heraus ihre Mutter im wilden französischen Bourbonenreitstil wie ein Mann über die Felder und Wiesen galoppieren gesehen hatte und sie allezeit dafür liebend bewunderte, streckte sie bei den offiziellen Gelegenheiten ihre Beine gerade herunter wie ihr steifer Mann. Sie dachte wie eine Zinnfigur zu sitzen oder wie Generäle auf einem Schlachtengemälde. So saß sie als Kurfürstin neben ihrem Gatten, dem Kurfürsten. Wenn sie aber alleine ritt, trug sie gepolsterte Stallhosen und beugte mehr und mehr die Knie und spürt den heftigen Atem des Pferdes durch die sich nach dem Temperament des Tieres leicht verändernde Spreizung ihrer Schenkel. Das hatte etwas Belebendes, da ging auch ihr Herz einen schnelleren Takt. Sie nahm dann einen Sattel ihrer Mutter, den diese aus Frankreich mitgebracht hatte. Sie ritt sich in Rage. Aber sie dachte daran, so durch die Aufwallung des Blutes fruchtbarer zu werden und den Medici und der Kurpfalz nun endlich bald den Kinderwunsch erfüllen zu können. Sie brütete nicht wie ihre Mutter über den Gedanken, durch einen Parforceritt das Teufelswerk, das eine Ehe auch sein konnte, dadurch zu Schanden zu reiten, dass sie die Leibesfrucht missachtete oder sogar gewollt quälte. Sie wollte das Gegenteil!

Ihre Tante, Katharina de Medici, Königin von Frankreich, Frau von Heinrich II., hatte den Damensattel ja schon mit einem weiteren Horn versehen lassen, über das sie ihren rechten Schenkel legte, aber das war ihrer Mutter, der Bourbonin, nicht sicher genug, wenn es auf die Jagd ging oder wenn ein Zornesritt anstand. Sie zog natürlich bei offiziellen Ausritten die lederne Reiterhose unter ihrem leichten Sommerreitrock an, damit niemand sich beschweren konnte. Sie hatte einmal Bilder von griechischen Amazonen gesehen, wo eine nackte Pentesilea ohne Sattel rittlings auf einem Pferd dahinstob, und ihren Augen nicht getraut. Das konnte eigentlich nur Phantasie sein.

Abends nun las sie in einem Buch, das die Liebesgeschichte des Ritters Tristan erzählte, „Tristan und Isolde". Das Liebespaar fragt nach ihrer heftigen Phase der

Begegnung den Einsiedler Ogrin, wie sie ihre Ehre erhalten können. Diese heftige und außerordentliche Liebe widersprach der sittlichen Ordnung. Aber dennoch, so dachte sie, hat Liebe ihr eigenes Recht, denn sie entsteht nicht willkürlich und sie endet nicht als Willensakt. Nun las sie bei Andreas Capellanus – dieses Buch fand sie im Bücherschrank der Rolshausen und lieh es sich aus: „Wer seine Liebe möglichst lange unangekränkelt sehen will, muss vor allem darauf achten, sie niemandem zu entdecken und sie vor aller Augen verborgen zu halten. Denn sobald mehrere Menschen davon Kenntnis erlangen, hört sie sogleich auf, sich natürlich zu entwickeln, und beginnt zu welken." Liebende dürfen sich also nicht durch Zeichen verständigen, wenn sie nicht ganz sicher sind, dass niemand sie beobachten kann, las sie in einem Kommentar dazu. Sie konnte dies nachvollziehen, sinnierte aber weiter, dass der Grund für eine sinnvolle Geheimhaltung auch noch ein anderer sein könnte: Die Kenntnis einer verbotenen Liebe durch andere könnte doch auch das Paar in einer Phase, in der ihre Liebe noch unreif ist und sie noch gar nicht genau wissen, was sie an sich haben, dazu drängen, sich öffentlich zu binden. Das könnte doch der Grund für kommendes Unglück sein. Aber das waren andere Welten, das war nicht ihre Vorstellung von Gesellschaft und Zusammenleben. Sie hatte in ihrer Kindheit gelernt, gegenüber Geschwistern, Eltern und Großeltern, Onkeln und Tanten alles so zu nehmen, wie es war, niemanden zu beurteilen – dann brauchte man auch niemanden zu verurteilen – und nur ungeduldig zu werden, wenn jemand den sicheren Weg der Vernunft verließ. Dieser Weg war zugegebenermaßen oft keine breite Heerstraße und kein lichter Boulevard, sondern eine schmale Gasse, ein unwegsamer Pfad durch das Gestrüpp der Wildnis. Aber es gab diese Wanderroute durch das Leben.

Den Gedanken wurde sie nun aber trotzdem nicht los. Heimlich seelisch heiß brennende Liebende waren also zu einem permanenten Versteckspiel gezwungen. Widersacher versuchten permanent, solche Schutzmauern zu durchbrechen. Dazu dienten vor allem gefundene Briefe, die man aber auch missinterpretieren konnte. So war es doch auch gewesen, als die Kurfürstin den Weg der Offenheit gehen wollte und nicht unbedingt dabei verstanden wurde. Mit dem Versteckspiel der Diskretion begann oft die Phase der Intimität; als Johann Wilhelm die Tochter des Stallbediensteten umarmt und den Ansatz ihres Pos gefühlt hatte, erzählte es die berührte Tochter dem aufgewühlten Vater, der die Geschichte wiederum mit einer Küchenfrau teilte, und schon war das Gerücht in der Welt, Johann Wilhelm habe ein Intimverhältnis mit einer Untergebenen. Doch auf ihre wahrheitsbezogene Weise klärte die Kurfürstin das auf, ohne dem Mädchen nun die Schuld an dem Vorfall in die Schuhe zu schieben. Allerdings flüsterte ihr ihre verstorbene Oma dabei ins Ohr: „Um Schande zu tilgen und Böses zu decken, darf man ein wenig die Wahrheit verstecken."

19

Eine feinsinnige junge Frau hatte sich in eine Nymphoma-
nin verliebt, die sich aber in einem Bordell betätigte und
jeden Mann genoss wie einen eigenen festen Liebhaber,
bis sich zwei auf einmal in sie so verliebten, dass sie ihre
Dienste nur noch für sich selbst in Anspruch nehmen wollten, ja der eine von beiden wollte sie gar heiraten. Als sie
das ablehnte, vergewaltigte er sie brutal und ließ sie am
Ufer des Rheins zurück. Nun fand die feinsinnige junge
Frau die Prostituierte am Rhein halb im Wasser liegend,
rettete sie auf einen Pferdekarren und fuhr sie zu sich
nach Hause. Sie lebte in einer bescheidenen ehemaligen
Fischerkate alleine und pflegte die wie leblos vor sich hin
fiebernde Hetäre. Was niemand sah, weil es niemand mit-
bekam, war die sublimierte Zuneigung der Verliebten
beim Waschen und Salben. Dabei schmiegte sich die Liebende voller hörbarer und sichtbarer Inbrunst an den Körper der Verletzten, dass einem Augen und Ohren vergangen wären, hätte man es gesehen und gehört. Aber niemand war Zeuge dieses Geschehens. Als aber die Ge-
schundene und nun Missbrauchte zu Kräften gekommen
war und endlich verstand und verarbeitete, was da täglich
mit ihr geschah, richtete sie sich auf im Bett, ohrfeigte die
Pflegerin und bespritzte sie mit Essig, der zur Wundpflege
herumstand. Sie machte der ihr zu wohl Gesonnenen unmissverständlich klar, dass sie bei ihr mit ihrer Liebe nicht
landen könne, und außerdem sei sie hässlich, stinke und
strotze nur so vor Geistlosigkeit, dass es das weibliche
Geschlecht beschämen müsse. Daraufhin sprang die Unglückliche auf, rannte zur Rheinbrücke und stürzte sich in
die kalten Fluten des herbstlich angeschwollenen Rhei-
nes. Anna Maria Luisa, als sie dies gehört und nachdem
sie es recht verstanden hatte, was dieses junge Mädchen
im Nachthemd in den nasskalten Tod warf, seufzte mit einer Träne im Auge: Ob Mädchen oder Jüngling, ob alt

oder jung, Liebe kennt also kein Geschlecht, kein Alter und manchmal auch kein Hindernis, und wem dies just passiert, dem bricht also das Herz entzwei. „Daraus müsste mal ein begabter Schriftsteller einen Liedtext machen", flüsterte sie zur Fuggerin, und sang im Lamento: „ … und wem es just passieret, dem bricht das Herz entzwei!" Vom weiteren Sinnieren hielten sie aber das Hofleben mit all seinen Festen, das Balletttanzen und Singen, der Karneval und die Theateraufführungen, das Schießen und die Jagd ab.

Ach ja, die Jagdleidenschaft. Anna Maria Luisa ließ den Oberförster und seinen Ersten Revierjäger aus dem Hambacher Forst zu sich kommen. Sie hatte für beide und selbstverständlich für sich selbst einen großen Krug Altbier aus der Kellerei kommen lassen und stellte ihnen ihr Anliegen vor: „Ich habe aus Florenz noch drei Büchsen, die aber noch kein Steinschloss haben. Ihre Streuung beim Schrot ist mir auch zu weit. Nun habe ich mir vom kurfürstlichen Hofbüchsenmacher Christoph Joseph Frey aus München, der ja äußerst hochwertige Feuerwaffen baut, eine neue Langflinte herstellen lassen, die ich ihnen vorstellen möchte." Beide verschluckten sich fast zugleich beim Biertrinken, denn sie selbst träumten zwar von einer solchen Büchse, aber schossen noch mit einer kurzen einfachen Flinte mit einem Lauf. „Ist das denn eine Büchsflinte mit zwei Läufen?" fragte der Förster voller berufsbedingter Neugierde. „Der Doppellauf stammt von Johann Georg Dax, es ist eine Büchsflinte mit Steinschloss." Und sie holte das Gewehr aus dem Versteck hinter dem Eckschrank des Gesindezimmmers. Beide sahen sich das neue Stück sorgfältig an. Der Erste Jäger, ein Forstakademiker, der aber nur im Nebenberuf jagte, sinnierte neidisch-langsam: „Die eingravierte ‚2' auf dem Gewehr ist wohl ein Hinweis darauf, dass es ursprünglich Teil einer Jagdgarnitur mit Schrotflinte war. Aufgrund der exzellenten Verarbeitung ist anzunehmen, dass die Garnitur eigens für ein Mitglied des kurfürstlichen Hofes hergestellt wurde." „Ja, wirklich, für mich, denn ich habe schon von Florenz aus in Korrespondenz mit dem Hofbüchsenmacher aus München gestanden. „Das meisterliche Stück besticht durch seine präzise Verarbeitung, die feuervergoldeten Beschläge und feinsten Schnitzereien. Wir müssen es aber noch gemeinsam ausprobieren und sie sollen auch damit schießen." Der Förster meinte: „Die Kugeln fliegen bestimmt über 100 Meter weit und man könnte aus 40 Metern Entfernung einen Bock schießen." „Das werden wir versuchen, übermorgen geht es gemeinsam auf die Jagd. Wir können auch zusammen mit der Jagdkutsche zum Hambacher Schloss fahren. Der Kurfürst hat leider keine Zeit mitzukommen, aber wir werden ein paar schöne Herbsttage im Hambacher Forst verbringen. Munition habe ich zur Genüge mitbestellt und sie ist im Schuppen unter Verschluss." „Die dürfen wir nicht vergessen", meinte der Förster und trank mit einem kräftigen Schluck seinen Bierkrug leer, und der Jäger schloss die Unterhaltung ab mit der Bemerkung: „Weidmannsheil! Ich hoffe, dass die Meroder Hornbläser sich zum Verblasen der Strecke einstellen." „Das werden wir sehen", meinte die Kurfürstin, „und es soll nicht so viel Aufsehen erregen, denn sonst kommen die Dörfler aus Hambach, Daubenrath und Niederzier wieder mit ihren Blechbüchsen, um das Wild vor uns zu warnen. Wir hatten doch vor zwei Jahren einen ziemlichen Kampf, mit Hilfe unserer Büttel von Hambach einige wenige aus der Bevölkerung unter die Knute zu zwingen." „Ja, stimmt!" meinte der Förster, „wir sollten das neue Gewehr heimlich und in Ruhe ausprobieren." „Vielleicht müssen wir für die Dörfler noch einmal ein paar Wildsauen braten lassen und ein paar Fässer Altbier ausschenken, damit sie uns weiter gesonnen sind." „Einige von ihnen würden am liebsten selbst auf die Jagd gehen, dann kommen die noch immer mehr auf den Geschmack!" „Holz holen sie sich ja auch heimlich. Einer jagt mit einer Armbrust Hasen und Kaninchen, aber ich habe ihn noch nicht auf frischer Tat erwischt. Ich finde seine angespitzten Bolzen oft und ich weiß auch, wer es ist, er heißt Toni Theiß, aber ich kann ihn nicht überführen, denn die Hasen verkauft er nach Stetternich und bei mir kommt er brav mit dem dafür erhaltenen Geld Hasen kaufen." „Also ein Kunde von dir, dem du nicht an's Fell willst." „Ich ziehe ihm aber eines Tages das Fell über die Ohren!" schloss der Jäger den Wortwechsel ab und beide verabschiedeten sich von der Kurfürstin, die ihrerseits auch den Bierkrug leertrank. Sie hatte die Idee, sich vom Hofmaler Frans van Douven mit dem neuen Gewehr porträtieren zu lassen, denn die Menschen sollten um ihre Liebe zur frischen Luft, zur Jagd und zum damit verbundenen Reiten wissen. Ihre Kinder – sie hatte die Hoffnung noch nicht aufgegeben – würden sie später so lieben und dafür verehren.

In Florenz verspeiste man sehr gerne Singvögel. Anna Maria Luisa hatte schon des Öfteren angeregt, zusammen mit dem Vogelfänger, ein munterer und bunt gekleideter Bursche, in den Hambacher Forst auf Singvögel zu gehen, wie man in der Jägersprache sagte. „Warum gehst du so bunt gekleidet in den Wald? Wir Jäger kleiden uns eher dunkel und meistens grün?" „Das ist schnell beantwortet", flüsterte er zwischen einigen Buchen, in denen sich Vögel befanden, „mein Vater war ein städtischer Hundefänger und nebenbei auch ein Vogelhändler; ihn hat ein Jäger fast erschossen, als er sich zwischen ein paar Bäumen gebückt aufgehalten hatte, um die Vögel nicht zu erschrecken." Sie strichen Leim auf Äste und kirrten die Vögel mit Körnern an; die Vögel „gingen den Jägern auf den Leim", das heißt, sie setzten sich tatsächlich auf die Leimruten und klebten dort nun fest. Der Vogelfänger, der aus Köln stammte, brauchte im Gespräch mit

Luisa für diese Art des Jagens einen uralten Begriff: Luur-
jagd. Auf die Frage der Kurfürstin nach der Bedeutung
und Herkunft des Wortes verwies er auf das Wort „luure"
für heimlich beobachten und abwarten, bis man etwas er-
späht. Er reimte gerne und schrieb zuhause in sein Tagebuch: „Jetzt semme lang am luure, dat kann noch iewisch
duure. Isch hoff, dat isch beim Vuelsvange net ihr benn
op do liem jejange." Sie dachte nun an die Vogelwelt in
der Toskana, die ihr Biologielehrer Renardus Lusco ihr
eingehend erläutert hatte. Er konnte Vogelstimmen imitieren und erkannte am Gesang jede Art sofort. So konnte
auch sie schon als noch einigermaßen junges Mädchen
in den Gefilden um Florenz herum bewusst Vögel beobachten und hat in vielen Stunden zusammen mit Lisa
den Stimmen gelauscht und versucht herauszufinden, um
welches Gefieder es sich handelte. Wenn die Graugans
über den See schweifte, die Löffelente im seichten Wasser herumstakte, der Fasan am Feldrain entlang stolzierte
und die Felsentaube sich von der Mauer einer zerfallen-
den Burg stürzte, wurde ihnen bewusst, dass der Vogel-
flug ein Sinnbild der Zeit, ihr Ruf ein Spiegel seelischer
Stimmungen und ihre Art, sich zu ernähren, auf viele verschiedene Charaktere hinwies. Sie hatte mit Lisa einmal
neun unterschiedliche Arten bestimmt und sie aufgelistet:
der Veränderervogel durchwühlt die Erde, der Bezie-
hungsvogel frisst und jagt in der Gruppe und der Status-
vogel plustert sich und schreckt seine Mitfresser ab. Sie
sahen die Mauersegler ihre unruhigen Kreise ziehen, begleitet von der Schärfe ihrer Warngeräusche, im Gegen-
gesatz zu einem Wachtelkönig, der am Wiesenrand entlang schlich, als wolle er sich verstecken und im Geheimen fressen wie die eingebildeten Künstlervögel, die sich
ins Gebüsch zurückziehen und fast schmollend herumsu-
chen. Ein Flussregenpfeifer pikste in den toskanischen
Kies am Arno, Brachvögel stocherten im moorigen Gras,
eine Schnepfe watete durch das Moos und wummerte wie

eine Ziege, Strandläufer eilten am Ufer den Auenwellen des Arno entlang wie unruhige aufgescheuchte Jugendliche, eine Gruppe Grasläufer kreist auf einer Wiese um einen Baumstumpf herum. Plötzlich springt ein Rallenreiher aus dem Schilf im Bruch, als ein Fischadler sich in die Flut des Flusses stürzt und sich einen großen Fisch krallt. Schnelligkeit und Angriffslust waren dem achten Typus gemäß, den sie den Herrschertypus nannten. Aber allem voraus ging bei den Raubvögeln doch eine lange Phase der Besonnenheit, wenn der Schwarzmilan hoch in den Lüften eine lange Zeit kreiste, bevor er zuschlug. Aber es gab ja noch viel deutlichere Beobachtertiere wie die Schleiereule, die nachts nahezu geräuschlos angeflogen kam, um einen jungen Fuchs zu jagen, der sich aber noch in seinen Bau retten konnte, oder den Turmfalken, der spähend auf einem Mauervorsprung an einem Bauernhof saß und nachzudenken schien. Die Denkertypen bildeten die fünfte Gruppe, der Wanderfalke aber verfolgte rasant eine Krähe, fackelte nicht lange und schlugt sie, womit er sich als handlungsfreudiger Achter zeigte. Manche Vögel vereinten auch zwei oder drei Typen in sich miteinander. Ohrenlerchen durchwühlten unruhig den Sand am See, Starenschwärme erhoben sich beim plötzlichen Wiehern eines Pferdes aus dem Geäst eines nackten Baumes und zeichneten ihre Wechselbilder in den Himmel, Sperlinge pietschten ihr unangenehmes Lied. Die beiden jungen Damen rätselten über ihren Charakter, denn manchmal war es schwierig, ihn zu erkennen. Eine Bachstelze dreht sich und wackelt bewegt mit dem Schwanz, der Grünfink zwitschert von hoher Warte auf das Geschehen hinab und ein bunter Stieglitz brüstet sich frech und schnappt seine Körner. Dahingegen schaut ein Rotkehlpieper neugierig durch die Gegend und scheint über den Anblick nachzudenken. Was empfinden Vögel, ja Tiere überhaupt, sinnierte Anna Maria Luise. Wir Menschen können es nicht wissen, meinte Lisa. Luisa griff ihre Äußerung auf: „Sie scheinen zum Teil klüger zu sein, als wir es vermuten, aber ihre Erfahrungen sind irgendwie völlig anderer Art als unsere. Die untergebenen Vögel sitzen auf den Fellen irgendwelcher Großtiere und dienen ihnen, da sie ihnen das Ungeziefer wegpflücken. Wie hat die Natur sie das gelehrt? Es muss doch eine Art Gleichursprünglichkeit in der Welt sein, die den Sinn und den Zweck, den Wunsch und die Tat, ja den Grund und die Folge zum Nutzen aller bewirkt. Viele von solchen loyalen Tieren sind oft sehr vielseitig und können sich in ganz verschiedener Weise ernähren. Es ist ja auch ein Unterschied, ob ein Vogel einseitig festgelegt ist, was seine Speise angeht, oder ein Allesfresser. Da muss die Natur ihnen doch diesen Impuls verliehen haben. Von sich aus geschieht doch in der Welt nichts. Ex nihilo nihil" – so erinnerte sich Anna Maria Luisa an ihren Philosophieunterricht – „kann nur bedeuten, dass die Welt nicht aus dem Nichts geschaffen ist als „creatio ex nihilo , also als Schöpfung aus dem Nichts, sondern dass, wie es in der Bibel doch auch heißt, Gott die Dinge und Lebewesen aus dem Nichts schuf, indem er ihnen diesen Impuls schenkte wie es heißt, dass er uns Menschen den Lebensatem einhauchte, und damit zugleich so waltete, dass Ursache und Wirkung vereint waren und noch heute sind. Er schafft sie aber nur dinglich gesehen aus dem Nichts, denn in Wirklichkeit erzeugt er sie ja aus sich, aus seinem Geist, aus seiner Energie. Ihr Ursprung ist also die göttliche Energie und sie selbst bleiben doch auf gewisse Art ein Leben lang Energie. Das ist das eigentliche Geheimnis des Lebens und das können wir am Leben der Vögel beobachten, erkennen und verstehen." Lisa pflichtete ihr bei: „Wenn die Vögel verdaut haben und dann den Kot auskacken, säen sie zugleich neue Pflanzen mit den Samen aus den Beeren, die sie gerade gefressen haben. Die Pflanzen sind aber auch für uns Menschen und die Natur gut. So haben sie etwas davon und schenken zugleich anderen etwas. Das ist der Kreislauf des Guten in der Welt." Lisa bewunderte ja am meisten die Vögel, die ihre Insekten im Fliegen schnappten, ohne dass sie etwas anderes anstellen mussten, als sie sowieso taten. Sie verdauten auch im Fliegen und die Mauersegler schliefen ja sogar im Fliegen. Sie nannte es den neunten Typus, wenn ein Tier oder auch ein Mensch friedliebend und ruhig im guten Sinne vor sich hinvegetierte. Luisa überlegte einmal, ob es das sei, was Jesus nach dem Matthäusevangelium gemeint habe mit dem Hinweis: „Ist nicht das Leben wichtiger als die Nahrung und der Leib wichtiger als die Kleidung? Seht euch die Vögel des Himmels an: Sie säen nicht, sie ernten nicht und sammeln keine Vorräte in Scheunen; euer himmlischer Vater ernährt sie." Aber das war ja nur ein Gleichnis für die falsche Einstellung der übermäßigen Sorge um die Zukunft.

Der Kurfürst kränkelte immer öfter. Ein Glück, dass man viel vom Aachener Wasser im Haus hatte, das Luisa mit Hilfe von ihrer Amme Carina im Rahmen ihrer Versuche, nun schwanger zu werden, auch als Vaginaleinlauf verwendet hatte. Sie kamen auf die Idee, dies nach Rücksprache mit der Kräuterfrau nun als Klistierwasser zu verwenden, denn der Kurfürst litt unter hartnäckigen Verstopfungen, und als Bade- sowie als Trinkwasser – für den Kurfürsten mit Wein und Wachholderschnaps vermischt. „In England nennt man den Wermutschnaps „Vermouth", meinte die Kräuterfrau, die einige Jahre auf der Insel gelebt und alte keltische Kräuterrezepte studiert hatte. Andere Experimente veranstaltete eine Hebamme aus Aldenhoven mit Stellungstechniken beim Geschlechtsverkehr, um schwanger zu werden, mit Tinkturen, um eine unerwünschte Leibesfrucht abzutreiben, mit Urintrinken gegen Brust- und Halsschmerzen. Im Falle des Kurfürsten rührte sie eine Salbe mit Kükenfett und Ochsengalle, die so stark wirkte, dass der Kurfürst bei einem jeden Mal einen heftigen und einen Tag lang andauernden Durchfall bekam. Man war verzweifelt, aber schon bald ging es Johann Wilhelm auch wieder besser und dann schonte er sich in keinerlei Hinsicht. So besuchte er die Neußer Schützen, die nach der Idee und der Anleitung durch die Kurfürstin begonnen hatten, jährlich ein Taubenschießen zu veranstalten. Eine Gruppe der Sebastianus-Bruderschaft von 1415 hatte dabei die Idee gehabt, aus Ton gebrannte Tauben in die Luft schmeißen zu lassen und darauf zu schießen. Wenn sie denn früher wirklich zur Verteidigung des Landes gedient hatten, schossen sie nun aus Zeitvertreib. Dabei wurde auch das ein oder andere dunkle Bier und der ein oder andere Pillekitsch getrunken. Der Kurfürst machte dabei voller Freude mit, aber was ihm ganz und gar nicht gefiel war, dass sie vor kurzem begonnen hatten, Orden zu erfinden, die sie sich jährlich verleihen wollten. Auch die Humorbrüder, die sich Karneval aus den Junggesellengruppen zu bilden begonnen hatten, verliehen sich Orden „mit Brillanten". Der Kurfürst beschloss, eine Order zu erteilen, dass er alleine das Hoheitsrecht über Orden jeglicher Art habe. Was eigentlich seit Hunderten von Jahren selbstverständlich war, musste nun geregelt werden! Was das Volk sich alles erlaubte! Dabei hat doch ein selbst erfundener und sich innerhalb einer Gruppe selbst gegenseitig zugeschusterter Orden überhaupt keine Bedeutung! Das war doch wohl reine Selbstbeweihräucherung! Er würde hier handeln müssen, allein schon aus dem Grund, die Männer vor ihrem eigenen Dünkel zu schützen!

20

Das Sammelinteresse des Kurfürstenehepaares hatte sich zu einer fast unkontrollierten Leidenschaft verstärkt. Um den ständig bedrängenden Gedanken der Kinderlosigkeit zu unterdrücken, kauften sie mehr Bilder, als ihren Verwandten und den Hoffinanzen lieb sein konnte. Hoffinanzen waren ja auch Staatskosten, denn letztlich mussten Bürger, Handwerker, Bauern, Arbeiter und auch Beamte und Angestellte der Behörden durch Mehrarbeit und Einfallsreichtum, um überhaupt noch selbst auf ihre bescheidenen Kosten zu kommen, sich ideenreich etwas einfallen lassen. Bei den zusammengetragenen Gemälden handelte es sich insofern auch um Gemälde mit außergewöhnlichen Bildthemen wie Unfruchtbarkeit, Krankheit und Genesung, Schmerz und Leid. Die Sorgen des Kurfürstenpaares trieben zu entsprechenden Abbildungen, als seien Bilder mögliche Heilpraktiker. Junge Engel stellten die jungen Seelen der beiden Liebenden dar, denn Seelen wurden, weil sie nicht wie der Körper, das Nervensystem, die Gehirnleistung und ihre Sensorik altern, oft als junge Wesen symbolisiert. So war manches Bild eine Himmelsapotheose des Kurfürsten und seiner Frau. Aber die Wirklichkeit ihres Daseins sah anders aus: Die Kurfürstin begann die Hoffnung auf einen Erben, trotz zahlreicher Bäder in Aachen, endgültig aufzugeben; ihr Gemahl litt unter starken Herzattacken und überlebte zwei Schlaganfälle in extremis. Umso mehr Gemälde auch kleinerer Art wurden für die Privatgemächer bestellt. So hatten die Medici es immer praktiziert: Je schlechter es ihnen ging, desto mehr umgaben sie sich mit Kunst. Aber auch Altarstiftungen des Adels gemeinsam mit den Bürgervertretungen hatten schon in Florenz Tradition. Auf Johann Wilhelm ging ja die Stiftung des Gnaden-Altares in der Franziskanerklosterkirche in Neviges zurück. Den Ursulinen in Köln ließ Kurfürst Johann Wilhelm eine neue

Klosterkirche nach Plänen seines kurfürstlich-pfälzischen Oberbaudirektors, des Venezianers Graf Matteo Alberti, erbauen. Zu Stiftungen für den Neubau der Karmelites-sen-Klosterkirche St. Joseph in Düsseldorf tragen nun der Kurfürst und die Kurfürstin neben weiteren Personen des Hofadels und der bergischen Landstände bei. Man will das Schicksal beschwören, auch in dieser Zeit, in der rein medizinisch und biologisch Nachwuchs immer unwahrscheinlicher wurde. „Beim Versuch des Beischlafs hat er sich gestern fast übergeben", gestand Luisa ihrer mittlerweile uralten Amme Carina, „ich darf ihn gar nicht mehr aufstacheln und wenn er gestimmt ist, darf ich ihn gar nicht mehr an mich heranlassen, sonst stirbt er mir auf meinem Schoß liegend." Carina, die ja eigentlich eher wortkarg war, setzte zu einer Belehrung an: „Es gibt Formen der Liebe, du weißt es doch, denn du hast sie selbst schon versucht, die ihn körperlich nicht so fordern." „Ja, weiß ich, klappt aber nicht, denn er will immer nur der jagende Aristaios sein. Dass ich ihn wie Artemis ersteigen könnte, davon will er immer noch nichts wissen." „Dann sehe ich keinen Weg für euch mehr, denn die Mittelchen und Wässerchen haben euch nicht geholfen." „Und all unser Beten auch nicht", bedauerte Anna Maria, vielleicht hätte Lisas Kräuterhexe uns doch mehr geholfen als wir zulassen wollten?" „Was soll's", schloss Carina den Dialog, denn ihr war nur zu bewusst, dass für Luisa eine von Zauberei umgebene Heilbesprechung in Richtung auf ihre Geschlechtlichkeit niemals in Frage gekommen wäre. Der Hochaltar der Benediktiner-Abteikirche St. Liudger in Essen-Werden stellte eine weitere Stiftung Johann Wilhelms dar.

Für Lisa lief nun nichts mehr rund. Es begann damit, dass sie eines Morgens eine Depesche vor der von ihr jeden Morgen zum Stall hin geöffneten Haustür fand, die sie entfaltete und auf der in starren lateinischen Buchstaben wie gedruckt stand: „Du wirst mein sein, ehe der Mond sich dreimal vollständig verändert hat. Du kannst meiner tiefen Liebe zu dir nicht entrinnen. Dein ist mein ganzes Herz, wo du nicht bist, kann ich nicht sein!" Sie besprach dies umgehend mit Luisa, die gleich mehrere Männer im Umfeld im Verdacht hatte. Es ist die Impertinenz einer solchen Botschaft, dass die Gedanken sich wie ein unterirdisches Pilzgeflecht unsichtbar in alle Richtungen ausbreiten. Lisa lebte nun, da sie an einem jeden dritten Tag eine solche Botschaft erhielt, in permanenter Angst, denn diese Briefe spielten mit ihrem Vertrauen und zersetzten ihre Zuneigung zu allen Menschen, denen sie tagtäglich in friedlicher Freiheit begegnet war. Sie kommen ihr zu als Depesche ohne Absender oder liegen auf Treppenstufen, aber keiner weiß, woher und von wem sie kommen. Ihre Inhalte knüpfen aneinander an. Wo sie gestern aufhörten, machten sie zwei Tage später weiter. „Dein ist mein ganzes Herz, wie die Sonne die Rose küsst, damit sie nicht welkt. Dem Licht der Sonne wirst du nicht entfliehen können!" Eine zermürbende Zeit schleicht dahin wie ein zäher heißer Vulkanbrei zwischen diesen unliebsamen Avancen, und so, wie man etwas Schönes mit großer Vorfreude erwartet, ist das Trachten und Sinnen auf diesen einen Moment gespannt, wo da wieder ein Zettelchen liegt: „Dein ist mein ganzes Herz, das Lied, das nur allein aus der Liebe zu dir erblüht und erstrahlt. Deine Schritte führen unweigerlich wie vom Mond der Zuneigung angezogen zu mir!" Die Bedrohung kommt selbstredend ohne einen Hinweis auf den Absender per Post. Lisa liest Luisa alle diese Briefe vor. „Dein ist mein ganzes Herz, wohin ich immer gehe, ich fühle deine Nähe, ich möchte deinen Atem trinken und betend dir zu Füssen sinken! Wir werden zusammen sein, wenn ich dir das Mark aussauge!" Luisa bemerkte diese unselige Verquickung von Gedicht, Gesang und Gebet. Es muss doch einer der Adligen aus der Nähe sein. Oder sollte es ein Geistlicher sein, der sich so vergaß? „Dein ist mein ganzes Herz! Wie wunderbar ist dein leuchtendes Haar! Traumschön und sehnsuchtsbang ist dein strahlender Blick! Wir werden uns lieben und du wirst vor Glück vergehen, wenn ich in deine Augen schau. Hör ich deiner Stimme Klang, ist es so wie Musik! Unser Zweiergesang der Liebesnacht!" Nach mehreren Wochen war Lisa so verzweifelt, dass sie nicht mehr vor die Tür gehen wollte. Nur hinten bei den Pferden und tief in der Scheune beim Stallmeister fühlte sie sich wohl. Aus purer Angst drängte sie sich ihm auf, sodass er sich mehrfach vergaß und sie auf dem Stroh nahm, als sie alleine waren. Sie wollte es, wollte weg von dieser als Heiligkeit getarnten Liebe, die doch auch nur – so dachte sie mittlerweile – nur dieses eine wollte, für das sie keinen anderen Namen als Geilheit hatte. Alle romantische Liebe war doch bloßes Spiel dieser Sucht nach Geschlechtlichkeit, so empfand sie nun, und das Getue am Hof war doch nur Ausfluss dieses Kopulationsdrangs, dem sich kaum jemand entziehen konnte und wollte. Sie wich nicht mehr von der Seite des Stallmeisters, weil sie sich hier sicher und bewacht fühlte. Er war nicht in der Lage, überhaupt nur einen zusammenhängenden Satz zu schreiben. Als sie immer mehr Hunger nach Saurem bekam, schöpfte sie keinen Verdacht. Lieber das Saure des gelebten Tages lieben als das Süße des weinseligen Höfischen. Das Bittere des Alltagslebens wurde ihr immer mehr bewusst und sie war immer seltener zusammen mit Luisa. Sie führte im Verborgenen ein freies Leben wie Luisa ein verborgenes Leben im Freien. Wo war der Unterschied? Die Gerüche des Hofes waren nicht immer viel besser als die Gerüche des Stalls, und der Geschmack richtete sich danach, was es zu essen gab und zu verdauen galt. Der Sauerteig des Daseins war eine gemeinsame Speise.

Sie erwischten den Briefeschreiber nie und konnten ihn auch nicht entdecken und überführen. Der Kurfürstin genügte es, dass sie mit Hilfe der besonnenen und erfahrenen Fuggerin und der rührigen jungen Frau von Rolshausen als Kammerzofe im Amte durch Überprüfungen und Überwachungen die Möglichkeit ausgeschlossen hatten, dass es irgendjemand vom engeren Hofkreis sein konnte. Auch den Kurfürsten selbst hatten sie bespitzelt und getestet. Er war verdachtslos unschuldig. Johann Wilhelm selbst, nachdem er die Probe auf's Exempel bestanden hatte und weil er misstrauisch geworden war, erfuhr unverzüglich und ohne Vertuschung alle Zusammenhänge durch die Kurfürstin selbst und von diesen ungeheuerlichen Briefen eines gebildeten, aber verschrobenen Mannes – denn eine Frau war sicherlich hinter den Metaphern der Inanspruchnahme nicht zu vermuten – und der Kurfürst entschied, diese Geschichte öffentlich zu machen mit der erhofften Folge, dass, wenn er selbst sich hatte gefallen lassen müssen, heimlich überprüft zu werden, und andererseits es gut hieß, dass dies genau so geschehen war, weswegen er die Klugheit der beiden Frauen rühmte, der Verfolger, der ja eine Person aus dem näheren Umkreis des Hofes sein musste, sich aus seiner Verirrung befreite und von seiner Verfolgung und seinem Wahn abließ. Und ebenso geschah es unmittelbar.

21

Anna Maria Luisa hatte zu vielen Geistlichen ständige Kontakte. Manchmal rannten sie ihr das Schloss ein. Scherzes halber hatte sie oft zu der Fuggerin gesagt, sie vermute mittlerweile schon hinter jedem Gesims und in allen Wandschränken Geistliche mit Wünschen und Anliegen. Sie fühle sich von Bittstellern angesprungen. Der Pfarrer von Buchheim hatte sich angemeldet und sie empfing ihn im Vorzimmer des Salons. Er hatte eine Beschwerde vorzubringen, „die alle Gläubigen und vor allem die Schulmeister und Choristen unterstützen. In der Nähe von Buchheim lebt ein spanischer Eremit, der die offiziellen Geistlichen nicht als seine Heilsvermittler anerkenne, sondern selbst mit dem Heiligen Geist auf seine Art kommuniziere, dass man oft seine eruptiven spanischen Deklamationen bis ins Dorf hinein hören kann." Anna Maria Luisa behielt ihr unsagbar nichtssagendes Gesicht starr wie ein Relief und entgegnete: „Nach dem Bericht meines Försters muss der arme Gläubige, den viele in Buchheim für verrückt halten, sich aber mehr gegen die Dorfbewohner schützen als diese vor ihm. Er wird manchmal richtig verfolgt und verachtet, muss sein Versteck behüten und hat nur durch den Gärtner der Kirchengemeinde Unterstützung, weil ich ihn darum habe bitten lassen." Kleinlaut gab der Pfarrer zu, dass die Behandlung des Eremiten durch manche Schäflein der Gemeinde nicht eben christlich sei. „Doch ich habe große Sorge, dass ihm irgendwann die Kinder des Dorfes zulaufen. Manche Jugendliche haben hinwider auch Faszination für seine wirren Rituale gezeigt und ihn heimlich beobachtet. Der Sohn des Schulmeisters hat mir Kohlestiftskizzen gezeigt, in denen er mit seinem großen Talent Bewegungen und Tänze des Einsiedlers festgehalten hat." „So versuche er doch einmal herauszufinden, ob der Spanier nicht doch wirklich ein Ordensgeistlicher ist und ob er nicht in Buchheim in der Kirche einen von allen akzeptierten Gottesdienst halten kann, dann wäre euch doch allen geholfen, denn Sie und die Geistlichen im Umfeld werden doch immer älter." Wenige Minuten später sah man den Pfarrer von Buchheim brummend zur einspännigen Kutsche gehen: „Fehlt noch, dass demnächst auch Laien oder gar Frauen die Messe zelebrieren sollen. Da behüte uns Gott vor."

Anna Maria Luisa ließ diese Sache aber nicht auf sich beruhen. Heimlich, als Johann Wilhelm wohl oder übel für zwei Wochen nach Frankfurt musste, ritt sie unter dem Vorwand, zum Hambacher Schloss zu müssen, alleine auf ihrem Lieblingsschimmel, den sie von der Wiener Hofreitschule geschenkt bekommen hatte, nach Buchheim, aber nicht in den Ort, sondern zur Einsiedelei. Zuerst gab sie sich nicht zu erkennen. Sie hatte eine Jagdkluft angezogen, die mit Fransen versetzt war und die ihre unglückliche Mutter angezogen hatte, wenn sie zu den Zigeunern ritt. Der Eremit saß an einem Feuer und lamentierte etwas auf Spanisch. Als sie dann ihn auf Spanisch ansprach, blühte sein Gesicht auf und er wurde redselig und fröhlich. Sie saß nun auf einem Holzstumpf mit ihm am Feuer und sie sprachen über die Situation im Ort. Als sie erfuhr, dass er geweihter Geistlicher war, gab sie sich zu erkennen und versprach ihm Abhilfe und dem Dorf eine Lektion. Nun kamen sie auf das Geschlecht der Medici zu sprechen, denn der Einsiedlerpater war durchaus historisch mit der Geschichte der Stadt Florenz vertraut, da er auch eine Zeit lang als Eremit in Assisi gelebt hatte. „Ihre Familie kann man sehr gut nach einer alten Lehre beschreiben, einer geheimen Philosophie der Sufisekte, die ich durch einen Derwisch in Spanien kennengelernt habe. Befreundet war ich mit dem Lehrer Anas Arabi und er erläuterte mir, wie man die Menschen und ihren wahren Charakter im Guten wie im Bösen gleichermaßen nach bestimmten Denk- und Verhaltensweisen betrachten kann. Eure Form der Herrschaft des Volkes war ja keine wirkliche, sondern eine Erziehung zur Anbiederung, ein bloßer Wettstreit um Status und Einfluss." Luisa flüsterte fast, da diese glasklare Aussage sie eiskalt am warmen Feuer ergriff: „Ich habe oft unter dem Stolz, der etwas Steif-Hohles hatte, gelitten; ein Stolz, als wenn der Kopf auf kleiner Flamme arbeiten würde." „Der Stolzierende Statusmensch ist nach der Lehre dieses Enneagramms der dritte Typus. Stolze Menschen können aber auch viel Gutes bewirken, sie müssen es nur wollen. Ohne diesen Stolz wären die Medici nie zum führenden Herrscherge-schlecht des Stadtstaates geworden." „Ja, mein Vater hat zum Beispiel vieles zum Guten gewendet, was vorher zu Lasten der Bauern und der Handwerker rücksichtslos in der Signoria beschlossen worden war – angeblich für ewige Zeiten. Mein Vater hat diese Gesetze aufgehoben mit der Bemerkung, dass es nie ein Gesetz auf ewig ge-ben könne. Gute Gesetze müssten stets neu bestätigt werden." „Dann war dein Vater ein Reformertypus, also Typ 1 der guten Art oder zumindest in einer guten Situa-tion. Unwirsche Reformertypen können aber auch Gutes mit einem Federstrich tilgen. Aber es sind dein Urgroßva-ter, Großvater und Vater, die Florenz zur Metropole der Toskana machten. Das ist kein Zufall! " „Meine Brüder wa-ren oft dermaßen verpeilt, als ob sie das Ruder überhaupt nie in die Hand genommen hätten, aber selbstverliebt ohne Ende. Das hatte natürlich in unserem gesamten Ge-schlecht, wo dies immer wieder vorkam, den Vorteil, dass man Kunst aller Art liebte und förderte und dabei vergaß, wieviel das Budget eigentlich hergab." „Na, es gab ja die Bankhäuser eurer Vorfahren, bei denen man sich stets fri-sches Geld leihen konnte. Typ 4 ist der narzisstische Künstlertypus, der ständig nach dem Satz lebt: „Ich bin anders! Das kann sehr schwierig für deren Mitmenschen sein. Sie haben auch einen Hang zum Trinken und Spie-len wie deine Brüder ja auch. Aber würden wir ohne deine

Familie die Venus des Botticelli aus der Meermuschel steigen sehen?" „Wir haben aber viele Kriege geführt und mit brachialer Gewalt zum Beispiel 1406 die Nachbarstadt Pisa unterworfen, weil wir einen direkten Seezugang für den Handel haben wollten. Hier ging es nur um unmittelbare Macht." „Politik, wie man das heute nennt, lässt sich ohne Macht gar nicht durchführen. Eure Schuld besteht in diesem Fall darin, dass ihr den Seezugang zu eurem alleinigen Vorteil wolltet. Später habt ihr klüger gehandelt, indem ihr mit Pisa Handelsabkommen abgeschlossen habt, von denen die auch etwas gehabt haben, und ihnen Zugang zu Arbeitsstellen ermöglicht habt. Wenn man nicht alles selbst verschnuppern will, findet man kluge Kompromisse, die für beide Seiten Vorteile bringen. Der Höhepunkt der egoistischen Verirrung endet meistens wie in Florenz mit Mord." „Mein Onkel, Kardinal Francesco Maria, sitzt oft stundenlang herum und denkt und denkt, wenn er nicht liest. Ständig findet er irgendwelche Fehler und ärgert sich darüber, statt sich zu amüsieren. Mein Mann, der Kurfürst, lacht immer, wenn er falsche Begriffe oder Schreibweisen findet oder logisch fehlerhafte Gedanken. Ich habe diesen Zug ja auch, denn ich belehre Menschen ja, obwohl ich weiß, dass sie das oft gar nicht verarbeiten können. So wollte ich dem Stallmeister neulich erklären, dass Umkehrschlüsse nicht erlaubt sind. Und als ich den Stall verließ, meinte er lachend zu mir: „Und trotzdem sind nicht nur alle Hengste unberechenbar, sondern alle unberechenbaren Pferde sind auch Hengste." „Ja, diesen Stallmeister würde ich entlassen, aber nicht, weil er nicht denken kann, sondern weil er darüber hinaus auch keine Ahnung von Pferden hat. Sie sind also auch eher und vielleicht am ausgeprägtesten eine Denkerin, Typus 5, der Denkertypus, der alles im Leben verstehen will, weil er sonst den Eindruck hat, das Leben nicht mehr beherrschen zu können. Ihr Hang zum Kaufen von Schmuck und Bildern ist eigentlich ein Zeichen für den Denktypus, der gerne sammelt, dass sie aber zu viel Geld dafür ausgeben zeigt, dass sie einen Seitenflügel haben, und zwar den des leichtsinnigen Künstlertypus, dem Geld im Gegensatz zum eher geizigen Fünfer, egal ist." „Mein Vater erzählte mir einmal, dass es noch andere Menschen in unserer Familie gab, die viel gedacht haben und alles immer in Kategorien einteilen wollten wie Aristoteles in seiner sogenannten Kategorienschrift. Dann gab es aber sehr quicklebendige Macher, auch bei unseren Frauen, um einmal darauf zu sprechen zu kommen. Meine Mutter zum Beispiel konnte eigentlich alles und hat sich so schlimm verzettelt dabei, dass sie nervlich immer kränker wurde." „Ja, sie war die Vielseitige, also der Siebenertypus, der manchmal den Überblick verliert. In deiner Familie gab es viele sehr gute und allseits orientierte Händler, aber auch einige wenige, die vergaßen, dass man die Banken im Ausland besonders kontrollieren muss. Sie wundern sich, woher ich diese Information habe? Ein von Ihrer Familie entlassener Bankkaufmann war eine Zeit lang bei uns in der Einsiedelei bei Assisi, um sich von seinen Strapazen zu erholen. Selbstzerknirscht hat er uns geschildert, wie er mangels Kontrolle sich zu seinem eigenen finanziellen Vorteil immer mehr Freiheiten genommen hat. Ich habe ihm gesagt, es sei überhaupt nicht schlimm, denn die Medici seien das reichste Geschlecht des Abendlandes." „Einen sehr großen Erfolg konnte unsere Familie ja verbriefen, als wir Papst wurden, genau gesagt, als 1513 Giovanni de' Medici zum Papst gewählt wurde." „Das wurde er, weil er gegenüber vielen anderen Fürsten und Geistlichen sehr loyal war, also ein Sechsertypus. Aber genau dies wurde ihm ja zum Verhängnis. Er war allen gegenüber so verbunden und freundlich, dass sie ihn zu völlig gegenteiligen Interessen ausnutzten und er ständig zwischen allen Stühlen saß. Schlecht für jemanden, der auf dem Heiligen Stuhl thronen sollte." „Jetzt fehlen aber doch noch zwei Typen, der

Zweier und der Typus 9." Die zweite Charakterausformung ist der Helfertypus, also derjenige, der eigentlich immer helfen will, dabei aber auch manchmal andere Personen zu sehr an sich bindet und auf sich verpflichtet." „Ach ja, meine Oma Vittoria Della Rovere. Sie liebte mich außerordentlich und wenn ich nicht ohne Disput hören und folgen wollte, kam ihr berüchtigter böser Blick." „Und wer von euch war oder ist der Friedliebende, der Neuner?" fragte nun der Eremit mit einem fast süffisanten Lächeln. „Das möchte ich selbst sein, denn am liebsten ist es mir, als wenn alle Menschen umschlungen vor Freude und Freundschaft sein könnten und mit Frohsinn und Schaffenskraft gemeinsam an's je anstehende Werk gehen würden. Aber das ist ja leider selten so." „Dann arbeiten Sie weiter daran. In Düsseldorf dürfte Ihnen das auf Dauer gelingen, in Florenz wäre das unmöglich gewesen und in Rom oder Wien erst recht. Der Rheinländer ist gerade heraus, aber nicht falsch, er packt an, kann sich aber auch galant an seinen Pflichten vorbeidrücken. Hier in der Kirche ist ein Küster, der sagt immer: „Da müsste einmal einer nach gucken." „Das dulde ich nie, dann kann ich fuchsig werden." „Der Eremit schloss das Gespräch ab mit einem Rat. „Versuchen Sie das Dreieck 3 – 6 – 9, 2 – 5 – 8 oder 4 – 7 – 1, vielleicht sind Sie ein sogenannter Triangulum-Mensch. Für Sie passt sehr gut Typ 3 von Ihrer Herkunft her, Typ 6 von ihrem jetzigen Zustand, denn Sie sind doch in allen verschiedenen Aktivitäten zwar nicht zu bremsen, aber immer loyal dem Gesetz und der Bürgerschaft gegenüber, und Typ 9 sind Sie von Ihrer Zielsetzung im Alter her. Das passt. Das sind Sie." Das Feuer war erloschen, man verabschiedete sich mit Handschlag und die Huftritte des Pferdes in der Dämmerung waren noch lange zu hören.

Und wieder kam wie in den letzten Jahren üblich ein schrecklicher Winter, der schon im September einsetzte und sich bis in die Mitte des nächsten Jahres hinziehen sollte. An einem 5. März war das Jahresgedächtnis des Todestags von Oma Vittoria della Rovere gewesen, und in Pisa, wo sie gestorben war, und in ganz Italien lag Schnee, wie selten zuvor, und auf Luisas Seele lastete ein Firnis, der alle Gefühle abkaltete und sie unempfindlicher gegenüber den Sorgen des Alltags zurückließ. Es war ein Jahrtausendwinter, der selbst Länder mit in der Regel milden Wintern traf. In Portugal und in Italien froren die Flüsse und Seen zu, es war der kälteste Winter, der je dagewesen war. Eis und Schnee bedeckten Häuser und Felder, Bäume und Wälder, die anhaltende Kälte verursachte im Folgejahr 1709 Missernten, eine extreme Teuerung der Lebensmittel und eine bittere Hungersnot in vielen Teilen Europas. Bei Düsseldorf und überall nördlich war der Rhein zwei Monate lang zugefroren, der Schiffsverkehr erlahmte völlig und die Rheinfischer waren arbeitslos. Nur die Spaziergänger und Kinder freuten sich über lange Eis- und Rutschpartien dort, wo sonst die Kähne verkehrten. Man konnte den Rhein komplett überqueren, nachdem die Minustemperatur im Dezember auf unter 20 Grad gesunken war. Es lag an den außergewöhnlich kalten Winden auf dem Nordatlantik. Auf der Nordhalbkugel der Erde waren sehr niedrige Temperaturen, und so nannte man diese Zeit auch Kleine Eiszeit, die ja auch von Vulkanausbrüchen verursacht wurde, sodass die Sonne stellenweise die Erde nicht mehr erreichte. Auch die Sonne schien nicht mehr so recht zu wollen, sie schien sich auch gegen den Globus verschworen zu haben. Ein Gesandter, der Düsseldorf kaum erreichen konnte und wochenlang in Südengland und Norddeutschland festgesessen hatte, sprach vom ‚Great Frost‘, was die Kurfürstin mit ‚Großem Winter‘ übersetzte und die Damen nannten diesen Winter auf Französisch ‚Grand Hiver‘. In Frankreich saß dieser Winter besonders lange fest. In Europa verhungerten durch die anschließende

Dürre über eine halbe Million Menschen. Selbst in Italien waren Seen zugefroren. Durch plötzlich eintretende Winterstürme und tiefe Fröste im Armeelager wirkte sich dieser Winter auch für die Schwedische Armee auf ihrem Russlandfeldzug in der Ukraine verheerend aus. Tausende Soldaten starben, in der schlimmsten Kältenacht krepierten 2000 Schweden elendig. Die russischen Truppen waren auf das harte Klima besser eingestellt und blieben in ihren Lagern.

Pater Damian war im frühen Herbst vor diesem Winter gestorben. Er war immer beleibter geworden, und nachdem er von seinem geheimen Aufenthalt in Aldenhoven zurückgekommen war, wo er das Altarbild um das Konterfei des Kurfürsten dadurch ergänzt hatte, dass er den Kopf des Lieblingsjüngers Johannes übermalte bzw. veränderte und einen schmachtenden, schwachen und wehmütigen Herzog seinen beiden Frauen ins Antlitz sehen ließ – und damit auch die Bildbetrachter, denn die bei der Himmelfahrt anwesenden Frauen drehten dem Zuschauer der auf geheimnisvolle Art unheimlichen Szenerie wie üblich den Rücken zu, da sie einerseits das himmlische Geschehen in Richtung der beiden am Tag ihrer Geburt verstorbenen Prinzen betrachteten und sich andererseits an die Apostel mit der Frage richteten, ob nun nicht doch noch Nachwuchs möglich sei, ganz im Sinne des Knaben, der hoch oben auf der Wolke wie eine allegorische Votivbitte sitzt und sich fast darüber amüsiert, wie eine einzige Putte die auf der Wolke sich nach oben bewegende Maria seitlich abstützt und so das gesamte Geschehen im Gleichgewicht hält. Damian hatte, als er dies abschließend betrachtete, den sicheren Eindruck, dass der Calvinist Jordaens sich hier doch ein wenig lustig gemacht hat über die Kraft des Marienglaubens. In Rubensbildern sind es noch einige Putten, die den Schub der Wolke begleiten. Hier hebt die Wolke sich von selbst – wie durch die Kraft des Glaubens – und der eine verlassene und ganz auf sich gestellte Arbeitsengel verrichtet ohne mit der Wimper zu zucken seine Aufgabe. Heißt das vielleicht, dass Jordaens darstellen wollte, wie der Marienglaube sich immer mehr verselbstständigt und als eigene Welt für sich den Bezug zur physikalischen Welt verloren habe, oder wollte er – fast gegenteilig – sagen, dass die Kraft des Glaubens halt Berge versetzen kann und Wolken wie von selbst durch diese Macht der Psyche eine Himmelfahrt verrichten könnten? Aber dieses Geheimnis hatte Jacob Jordaens 1678 mit ins Grab genommen, wie er, Pater Damian, nun seinerseits vor diesem entsetzlich harten Winter seine Gedanken mit in den Tod nahm. Seine Unbeweglichkeit durch sein Übergewicht war übergegangen in eine Apathie des Körpers und des Geistes, die vielleicht Folge von Schlaganfällen war, was man aber nicht so genau wusste. Er verlangte noch auf dem Sterbebett nach Bier, weil er so dem Verdursten auch eine geschmackliche Regung entgegensetzen wollte, aber nach einem langgezogenen Röcheln hauchte sein massiger Körper seine große Seele aus. Diese ahnte man wie die Taube über dem Marienhaupt im Oberbild des Aldenhovener Altares licht und leicht gen Himmel streben.

In diesem überaus harten Winter streunten verwilderte Hunde am Rheinufer entlang, denen die Besitzer kein Fressen mehr zukommen lassen konnten, weil sie alles für sich beanspruchen mussten. Und von Norden und von Süden her überzogen Wolfrudel das flache Land und durchstreiften die verschneiten dichten Wälder, dass den Menschen abends in ihren Dörfern und den Bauern an den Stadträndern ob des fürchterlichen Geheuls angst und bange wurde. Selbst die tierfreundlichsten Bewohner ergriff blankes Entsetzen, als eine seit Tagen hungernde Leitwölfin und ihr Rudel in eine Ziegenherde eingefallen waren und mehrere Tiere ge- und zerrissen hatten, sodass der Schnee über der Weide blutrot in der Morgensonne glänzte. Noch schlimmer waren aber die verwilderten Hunde, die sich ohne Scheu den Menschen näherten. Als ein Kind des Pferdeschmieds von einem aggressiven Hund angefallen wurde, der den weglaufenden zwölfjährigen Jungen von hinten ansprang und in den Nacken biss, rettet der sechszehnjährige Sohn des Schmieds ihn, indem er den Hund wegzieht, der aber erst loslässt, nachdem die Mutter ein lautes Stoßgebet zum Hl. Augustinus in den Himmel geschickt hatte. Als Anna Maria Luisa von diesem Vorfall erzählt bekam, war sie tiefbewegt und höchst erstaunt, denn sie kannte die Geschichte des Heiligen nur zu genau, der in Siena verehrt wurde, weil er der Legende nach einen Jungen, der beim Spielen weit vor den Toren der Stadt von einem Wolf angefallen worden war, gerettet hatte. Sie hatte in der Kirche Sant'Agostino in Siena ein Polyptichon des Malers Simone Martini betrachtet und hatte das Bild lebendig vor Augen. Während die Mutter mit einem Knüppel auf den Wolf einprügelt, verbeißt das wilde Tier sich noch mehr in den rechten Oberarm des Jungen. Augustinus ruft: „Vade retro lupus!" und der Wolf lässt den Knaben los und dreht verstört ab. Seitdem ruft man in der Toskana, wenn ein Hund oder ein Wolf einen Menschen anfällt, laut: „Vade retro lupus sicut voluntas Augostini!" Die Kurfürstin ging am anderen Tag in die Jagdhütte, holte sich die Schrotflinte und donnerte sie auf zwei ihr zugetriebene Hunde ab, die am Rhein herumstreunten und schon Männer angefallen hatten. Hunde, die sich einmal im Menschenfleisch verbissen hatten, musste man töten. Das hatte sie von Lisas Vater in Florenz gehört.

Im folgenden Sommer herrschte bittere Not. Die Küchenfrauen mussten sich Speisen zurechtklauben und beim Kochen, Würzen und Anrichten Kompromisse eingehen, die man am Hofe sonst nicht gewöhnt war. Nur die

Fleischrationen stimmten, denn die Jagd auf Waldtiere war nach wie vor erfolgreich, da der Hambacher Forst und die naheliegenden Flüsse Inde, Erft und Rur sowie die vielen Bäche in dieser Gegend dem Wild nach wie vor genügend Wasser zukommen ließen. An Schnee, Eis und Wasser war ja auch kein Mangel gewesen. Das von den Ardennen herunter gedrückte Grundwasser gab den Böden und damit den Bäumen genügend Feuchtigkeit. Aber Beilagen und Gemüse sowie Salate waren äußerst knapp. Und in dieser Kargheit der Beilagen hatte ein italienischer Gemüsegärtner in einem Beet unter einem Schuppen, das im Winter geschützt lag, selbst von den bitteren Gurken durch Bestäuben der Blüten frische junge Pflanzen gezogen. Dies hatte er nun im vierten Jahr so gemacht und damit jeweils die Tafel bereichert. Die Pflanzen in diesem Jahr schmeckten aber nun besonders bitter und er schob es auf die Witterungsbedingungen. Man beschloss, diese Pflanzen nicht zu verwenden, aber Lisa, Luisas tapfere und unverwüstliche Freundin, wollte das nicht einsehen und nahm heimlich eine große Bittergurke, kochte sie in Wasser und versah sie mit einer Soße, die mit Erdbeeren angedickt und so gesüßt war. Und mit Genuss aß sie diese einmalige Speise, und als sie meinte, ihr würde ein wenig schlecht davon, erinnerte sie sich ihres Vaters, der stets gesagt hatte, wenn ihnen etwas nicht schmeckte, dass sie sich nicht krank essen müssten und den Rest wegwerfen könnten. Aber ihre stramme Mutter hatte dieser laschen Haltung stets Sprechakte der Härte entgegengesetzt: „Es wird aufgegessen, was auf dem Teller ist!" „In Sizilien verhungern die Kinder reihenweise und ihr wollt eure Portion nicht aufessen." Plötzlich wird es Lisa so schlecht, dass sie sich hinlegen muss. Die vierzigjährige rüstige Frau atmet schwer und Magenkrämpfe, Übelkeit und Erbrechen schütteln sie. Als man sie bemerkt, zuckt sie am ganzen Körper und der Arzt lässt sie von zwei Dienern auf den Hof tragen und nackt auf das

Gras in der Ecke legen. Er flößt ihr so viel Ziegenmilch wie möglich ein und macht ihr einen Einlauf, woraufhin sich ein blutiger Durchfall in das Gras ergießt. Er lässt sie hochheben und packt sie, nackt wie sie ist, von hinten um die Taille, lässt sie nach vorne überkippen und rüttelt und schüttelt sie durch, dass ihr auch das Erbrochene aus der Luftröhre in das geöffnete Maul schießt und aus allen Körperöffnungen ergießt sich Flüssiges. Dann legt er sie in das Gras auf die Seite und mit geöffnetem Mund. Ihre Augen quillen ihr fast aus dem Kopf heraus. So findet Luisa sie, die man gleich aus der Bibliothek gerufen hatte. Verzweifelt legt sie sich hinter ihr neben sie, dreht vorsichtig Lisas Kopf zu sich, indem sie ihn mit beiden Handflächen nimmt, und schreit ihr ins Gesicht: „Lisa, Lisa, du darfst nicht sterben. Du darfst uns nicht alleine lassen! Alle guten Geister des Himmels, rettet Lisa." Doch Lisa vermag nur noch, mit einem letzten gehauchten Flüstern Luisas Namen zu nennen: „Luisa", vernimmt die Kurfürstin und spürt ihren letzten Atemzug an diesem Junitag an ihrer Wange. Und Lisa neigte ihr Haupt und verstarb. Man seufzte, weinte, lag sich in den Armen, die Kurfürstin ließ sich auf den Rücken sinken und warf ihre Arme gen Himmel. Sie rang mit sich und einem Schrei, der sich aber nicht lösen wollte, als sollte es bedeuten, dass Luisa dieses Schicksal annehmen müsse, denn zu ändern war es nun nicht mehr.

Tagelang hatte Luisa sich in den Kapellenraum zurückgezogen und sich nur zwischenzeitlich gewaschen und dann etwas gegessen und getrunken. Der Kurfürst versuchte jeden Tag das Gespräch mit ihr. „Warum hat sie diese Gurke gegessen? Sie hätte abends mit uns essen können. Der Gärtner wollte diese Gurken doch aussortieren." „Von ihm habe ich erfahren, dass er eingesehen hatte, dass diese selbstgezogenen Gurken von Jahr zu Jahr bitterer wurden. Von Kräutern und anderen Bitterpflanzen wusste er, dass man sie nicht zu sich nehmen sollte und dass auch das Kochen nichts nützt. Bei bitteren Aufgüssen müsste man sehr vorsichtig sein, dass man nicht zu viel von einer Heilpflanze nimmt. Bitter scheint giftig zu sein." versuchte der Kurfürst sie zu trösten. Doch der Tod ihrer einzigen Freundin, ihrer Gefährtin aus Florenz, ihrer Begleiterin hinter den Kulissen des Hofstaates erlaubte keinen Trost. „Wenn Lisa sich etwas in den Kopf gesetzt hatte, dann ließ sie sich davon nicht abbringen. Ihre Mutter hatte ihr doch auch immer gesagt: ‚Was bitter ist für den Mund, ist für das Herz gesund'." Man fragte die Obristin Freifrau von Rolshausen, die auf der Nothberger Burg einen Kräutergarten gepflegt hatte: „Ja, das sind die Sprüche, aus denen sich Unvorsicht herleitet. Schafsgarbe und Mariendistel, Erdrauch und Löwenzahn sollte man nie essen, sondern nur als Pflanzenaufguss aufbrühen und dann aussieben, ehe man das Elixier trinkt." „Lisa ist verunglückt", fügte sie hinzu, „aber oft ist der Zufall durch den eigenen Charakter herbeigerufen. Wir wären nie auf die Idee gekommen, etwas Unschmackhaftes zu essen. Aber Lisa hat offensichtlich durch ihre Armut in Florenz gelernt, sich prinzipientreu zu verhalten, und das kann, gepaart mit unglücklichen Umständen, gefährlich sein." Lisa starb also an einer Lebensmittelvergiftung. Ihre heimliche Freundin, ihre Liebesgouvernante Petronella Erdingsberg überlebt dieses Unglück zwar, aber sie wurde ab dem Tag des Begräbnisses von Lisa stumpfsinnig. Das Begräbnis war fast ein höfisches Leichenbegängnis, allerdings war niemand außerhalb der Hofgesellschaft dazu eingeladen. Weit entfernt standen einige mit dem Gemüsegärtner befreundete Landfrauen, die das ‚Ave Maria' beteten. Die Erdingsberger arbeitete noch ein paar Jahre schweigend in der Küche mit, dann fuhr sie mit zum Hambacher Schloss, um Wild auszuweiden und zu braten, blieb aber dann in Hambach zurück, wo sie einige Jahre später in einer Winternacht an den Raumgasen eines Braunkohlefeuers im Ofen erstickte. Der Förster hatte oberirdische Braunkohle zu Klötzen gepresst und sie in den Ofen gelegt, wo sie zwar ordentlich heizten, aber nie ein richtiges offenes Feuer entwickelten, und wenn man schlief, konnten sie noch lange als Schwelbrand glühen, falls man die Ofentür nicht öffnete. Wegen eines Defektes war das Ofenrohr zum Raum hin offen gewesen.

Freifrau von Rolshausen die Ältere quittierte den Dienst als Gesellschafterin und wollte zurück auf die Nothberger Burg ziehen. Doch diese Burg, die ihr Vetter verlassen hatte, war nun unbewohnbar und das Hauptdach drohte einzustürzen. Sie konnte aber auch nicht nach Türnich zu ihrem Onkel, da dieser für seine Familie und für andere Angehörige der Familien, die auch Wohn-, Wasser-, Wald- und Jagdrechte in Bezug auf die Nothberger Burg hatten, viele Räume bereithalten musste. Mit der Herrin der Bovenberger Burg war sie verkracht, denn diese französische Witwe und ihre beiden Söhne verschwiegen allen, dass sie in Wirklichkeit Steuerflüchtige, von französischen Behörden verfolgt, waren. Auf den Eschweiler Burgen wohnten die Familien, mit denen die Rolshausen einen langen Prozess um das Erbe des Freiherrn von Palandt geführt hatten, den sie mit anderen aus der männlichen Linie der Palandts zusammen gewonnen hatten. Am Allerheiligentag 1712 stürzte ihre siebenundsiebzigjährige Tante sich, nachdem sie an der Inde entlang noch einmal ihren Besitz begangen hatte, vom Nordturm der Nothberger Burg in die Tiefe. Mit gebrochenem Genick fand der Advokat Wunderlich sie dort leblos neben der Freitreppe, die wie der ganze Prunkeingang mittlerweile auch brüchig geworden war. In Nothberg setzte ein heftiger Hagelsturm ein und noch später raunte man, dass es von diesem Tag an in der Burg umgehe. Bis ins Dorf hörte man nachts Laute, die die einen als Seelenschreie deuteten und die anderen als Kauzrufe. Sie wurden sich nie einig, denn die Verschwörungstheorien um das Schicksal der Burg nahmen und nahmen kein Ende. Der Advokat Wiki Pedro Wunderlich erzählte die Geschichte despektierlich weiter: „Sie dachte sicher, sie sei der fliegende Schuster von Augsburg, der bei seinem ersten und zugleich letzten Flugversuch mit zwei selbstgebauten Flügeln an beiden Armen die Kontrolle über sein Fluggerät verlor und auf eine Brücke stürzte, die durch die Wucht des Aufpralls zusammenbrach. Vier Hühner, die sich zu diesem Zeitpunkt unter der Brücke aufhielten, starben. Nach seinem erfolglosen Flugversuch verbrannte er seine Flugapparatur auf einem Feld in der Nähe von Augsburg-Oberhausen." „Ihr Schicksal ähnelt wohl mehr dem Los des Ikaros, der nicht auf den Rat seines Vaters Daidalos gehört hat und mit den selbstgebastelten Flügeln aus Übermut zu nah an die Sonne flog. Ist es nicht der Übermut, der den modernen Menschen zeichnet?" erwiderte der alte Pfarrer Friedrich Olemühlen dem Wunderlich. „Der Mensch wird größenwahnsinnig und verliert immer mehr das Gespür für Gefahren, er übernimmt sich und stürzt dann ab – wie sie gesellschaftlich am Kurfürstenhof. Wäre sie nur in Nothberg geblieben, dann hätte sie mit ihrem Fleiß und ihrer Klugheit sicher die Familie vor dem Ruin bewahren können." Von den wahren Hintergründen, ihrem Gefühlshöhenflug und ihrem seelischen Absturz wussten sie ja nichts.

Der Tod ihres Onkels war ein harter Schlag für Anna Maria. In der Biographie des Kurfürsten beschrieb Rapparini eindrucksvoll ihren Lebensmut: "Eines Abends im Winter kam die Post aus Italien, in dem Augenblick, als sie gerade ins Theater gehen musste, um eine neue herrliche Oper mit Musik zu hören, sodass sie, als sie die Botschaft aus der Toskana geöffnet hatte, die sie sich immer eilends zustellen ließ, um frische Nachrichten von ihrer Familie und ihrem Land zu haben, darin die traurige und unerwartete Nachricht von dem Tod des Prinzen Francesco Maria, ihres Onkels fand, den sie so innig liebte wie jeden in ihrem Haus, und erstaunlich war, wie sie trotzdem, ohne mit irgendjemandem darüber zu sprechen und um dem Kurfürsten und dem Hof nicht das vorgesehene Vergnügen zu verderben, sie den Brief zusammenfaltete, ins Theater ging, mit der üblichen Liebenswürdigkeit Platz nahm und die Rückkehr in das Schloss abwartete, ohne sich ihren Schmerz anmerken zu lassen". Am 3. Februar 1710 war der Kardinal Francesco Maria de' Medici verstorben, der geliebte Onkel, den Cosimo III. nach langem Bemühen aus dem Kardinalsamt befreit hatte, um ihn – schon in reifem Alter – mit der ganz jungen Eleonora di Guastalla zu verheiraten, und zwar um die Erbfolge zu sichern. Dies entsprach der Manie der Medici voll und ganz! Schon Ferdinando I. de' Medici hatte das gleiche Schicksal erfahren. Diesmal mit dem Ergebnis, sowohl den armen Francesco Maria als auch das junge Mädchen unglücklich zu machen, die ihr Leben mit ihm verbringen musste. Der von der Kurfürstin so ersehnte „kleine Cousin" kam nicht zur Welt. Abends vor ihrem Altar betete sie besonders lange für ihren Onkel und erinnerte sich in einer plötzlichen Eingebung, die sie überkam und bei der ihr ein kalter Schauer den Rücken hinunterlief, an eine Erzählung des Kardinals: „Anna Maria, als du geboren wurdest, ist etwas Merkwürdiges geschehen. Der Priester, der dich getauft hat, hob den Deckel des Taufbeckens hoch und es sprangen zu unserem Entsetzen drei Ratten aus dem Weihwasser heraus. Da wir nicht abergläubisch daran dachten, dass der Leibhaftige persönlich diese Viecher dort hineingesetzt hatte, vermuteten wir, dass die Familie Pazzi uns einen Streich gespielt hatte. Klären konnten wir das nie. Die Auguren bemühten sich, der Erscheinung von drei Ratten eine Bedeutung beizumessen, aber unsere Kräuterfrau hat nur gelacht und gesagt: „Mit dem

Täufling hat das ja nichts zu tun, denn sie sind ja vor ihm geflohen. Einzig und alleine ist es ein Symbol für die Gemeinheit der Gegner des Medicigeschlechts, und genau besehen, waren es drei Familien: Jacopo de' Pazzi, der aus dem Fenster gestoßene Verschwörer, war von der Menge aufgegriffen, nackt durch die Straßen der Stadt gestoßen und in den Arno geworfen worden. Der Familie Pazzi wurden zwar ihre Florentiner Besitzungen weggenommen, aber es ist ein Gerücht, dass es keine Nachfahren von ihnen gibt. Sie nennen sich nur anders. Salviati, der Erzbischof, wurde an den Mauern des Palazzo della Signoria aufgehängt. Riario wurde zwar gerettet, aber er galt auch als Verschwörer. Und nun waren wir beruhigt, denn wir wussten, dass du die Kraft der Vertreibung des Bösen haben würdest." „Machen wir uns nichts vor. Florenz war doch eigentlich nur eine als Republik kaschierte Herrschaft der Reichen. Und die Rivalitäten wirken bis hier nach Düsseldorf, denn diejenigen, die das Gerücht von der Syphilis in unserer Familie streuen ließen, waren doch wohl die Albizzi und ihre Verbündeten, und darum gingen unsere Vorfahren, vor allem diejenigen, die Cosimo hießen, in die Gesellschaft wie in einen Krieg, führten Gespräche wie Feldzüge, umgaben sich mit Beamten wie mit einer Armee, betrieben und hinterließen die Wahlen wie Schlachtfelder. Und die wichtigste und neueste Waffe – gefährlicher als Mörser und zielgenauer als Armbrüste – ist das Geld. Wir hatten 32 Haushalte, die mit uns eine verschworene Gemeinschaft bildeten. Unsere Amici, unsere Freunde waren aber in Wirklichkeit nicht mehr als unsere Söldner, und diejenigen, die das irgendwann verstanden, waren ab da unsere Nemici, unsere Feinde. Das ging oft schneller, als sie selbst es verstanden hatten. Unsere Wohltaten waren Bestechungsgelder, damit die uns Wohlgesonnenen nicht verarmten und aus der Wahlliste für den Losbeutel der Signoria rutschten."

Sie konnte dies alles nur verkraften, indem sie eine Woche lang im Hambacher Schloss wohnte und nachts auf die Winterjagd ging. Ganz alleine; sie fühlte sich mit ihrer neuen Büchse bewaffnet in der Dunkelheit der Bäume sicherer als tagsüber ohne Geschoss unter Menschen des Hofes. Das Abfährten offenbarte ihr, wohin die Schwarzkittel gelaufen waren. Lediglich der Fuchs, durch die Ranz angetrieben, schnürte die Schilfkante entlang. Trotz der Flaute kontrollierte sie die Kirrung des Försters. Sehr schwache Frischlinge brachen über auf der Kirrung. Die beiden Frischlinge zogen weiter. Sie hatte einen weißen Schneeanzug an, der sie im weißen Neuschnee gut tarnte. Der Anblick eines Fasans lenkte sie ab. Ein letztes Mal stieg eine vulkanische Wut in ihr hoch. Eruptiv rief sie in die Nacht des Waldes: „Wer denn hört mich in meinem Schmerz?" Da trat tatsächlich ein Mann im Büßerhemd aus dem Schatten einer uralten Buche und sie erschrak. Er aber sagte: „Fürchte dich nicht, du kennst mich, ich bin der Eremit von Buchheim. Erzähle mir von deinem Ungemach!" Luisa musste sich an einem weißen Bäumchen festhalten, das zu einer Gruppe von drei im Mondschein fahl leuchtenden Birken gehörte: „Diese schändliche Verführerin, die zuerst Lisa in ihren Bann gezogen und dann versucht hat, die Kammerfrau Anna Maria von Rolshausen zu verführen, die in einer schwierigen emotionalen Situation war wegen der Nothberger Burg und dadurch, dass sie durch ihre erhabene Position am Kurfürstlichen Hof nicht bei ihrem Gatten Graf Johann Heinrich von Harskamp leben konnte – diese schändliche Verführerin! Zuerst sind wir Frauen doch immer alleine mit unseren Gefühlen – was sind das überhaupt, Gefühle?" – Nun fuhr sie leise beschwörend fort: „Dann vor dem Bild der Maria am Hausaltar öffnet man sich der Kammerzofe, dann vielleicht dem Ehemann, wenn man voraussetzen kann, dass der nicht sofort mit hochrotem Kopf durch die Gemächer wütet, verwandte Frauen habe ich ja nicht um mich herum. Ich muss meine Gefühle mit dem Hofstaat teilen, da meine Verwandten nicht anwesend sind und die angeheirateten entfernten Verwandten des Wiener Hofes oder aus Neuburg, die mit nach Düsseldorf gekommen waren, dumme und dreiste Statusmenschen sind." – Nun wurde sie ruhiger: „Zum Glück ist Johann Wilhelm eine Ausnahme. Kinderlosigkeit ist unser Schicksal. Mit wem kann ich denn darüber eigentlich sprechen ohne zu fürchten, dass meine Geständnisse gleich wieder missbraucht werden?" Da wandte sich der Seher und ging hinüber zu einer Roteiche, die aus fünf verwachsenen Stämmen bestand: „Der Schnitter wird kommen. Und dies soll dir zum Zeichen sein: Der Baum am Brunnen wird seine Blätter verlieren, wenn Johann Wilhelm dem Tode nah ist. Und du musst dann nach Florenz zurück gehen, so will es Bruder Franziskus. Und alles, woran dein Herz hier im Rheinland gehangen hat, wird nie untergehen!" Er war hinter der Eiche verschwunden und nirgendwo mehr zu sehen. Sie aber ging zurück und bewahrte seine Worte im Herzen.

22

Die Weihnachtstage im Jahr 1715 waren herangerückt und nach einigen Wochen Geheimnistuerei konnte der Kurfürst Anna Maria ein besonderes Geschenk auf den Gabentisch legen. Als es ausgepackt war, zeigte sich ein kleines Bild, das Douven in seinem Auftrag gemalt hatte. Es stellte Johann Wilhelm als drapierten Reiter auf dem komplett gesattelten Pferd dar. Aber es leuchtete anders als all die Ölbilder, die sie in Händen oder vor ihren Augen gehabt hatte. Douven hatte es nicht in Öl gemalt, sondern mit Aquarellfarbe auf Büttenpapier. Und er hatte es nach einer brandneuen Mode aus Paris hinter Glas eingerahmt, was die Kurfürstin so noch nie gesehen hatte. Nun will Johann Wilhelm es ihr etwas genauer erklären und nimmt es etwas zu hurtig in die Hand, womit er an eine Kommode stößt, sodass eine Ecke des Glases abbricht. Er seufzt vor Enttäuschung und flucht unweihnachtlich. „Vermaledeit!" Aber Anna Maria Luisa tröstet ihn: „Liebster Gatte, das lässt sich doch sicher leicht ersetzen. Die Beschaffung von Glas ist doch heutzutage kein Problem mehr. Vaupel liefert doch immer prompt." Er fügte nur noch hinzu: „Wenn das mal kein Unglück bringt! Es ist ja Glas und kein chinesisches Porzellan, dessen Zerbrechen ja dem Volksmund nach eher Glück bringen soll." Im Stillen beim Weihnachtsmahl und beim Abendgebet im Gebetszimmer ahnte Anna Maria Luisa seinen Tod. Aus China hatten sie einen neuen Spiegel geliefert bekommen. Es war in Europa noch immer ein großes Geheimnis, wie man große zusammenhängende Spiegel auf Basis von Glas herstellen kann. Aus Frankreich wusste sie, dass Ludwig XIV. ganz heiß auf dieses Rezept war, schließlich kostete ein Spiegel fast so viel wie ein kleines Landschloss. Sie schaute in den neuen Wandspiegel und erschrak zutiefst: Ihr war, als wenn ihr Kopf sich unmerklich in den des bleichen und zum Tode geweihten Kurfürsten verwandelte.

Als sie 1711 nach Frankfurt zur Krönungsfeier des Kaisers gereist waren, war ihr die schwere Erkrankung ihres Mannes erst recht bewusst geworden, aber sie besprach es mit niemandem. Die Kutsche musste mehrfach anhalten, damit er sich draußen bewegen und auch nach Luft schnappen konnte. Vor dieser anstrengenden Reise hatte Johann Wilhelm einen Herzanfall gehabt und es war ihm Wochen lang schlecht gegangen. Einmal übergab er sich auf der Fahrt nach Frankfurt auch; man schob es auf eine verdorbene Speise. Den Pomp der Krönung überstand er leidlich, denn der Wein tat seine Wirkung, und schon auf der Rückfahrt begann er sich zu erholen, als die Anspannung von ihm abfiel. Bis 1713 ging es eigentlich, dann aber besuchte man die Oper und er erlitt auf den Stufen zum Opernhaus für alle sichtbar einen Schwindelanfall. Seine Gesundheit wurde schwächer und schwächer und er schien nun viel älter zu sein, als er in Wirklichkeit war.

Nun, nach dem bitteren Tod von Lisa und aufgrund der Nachricht vom Selbstmord der Obristkammerzofe Anna Maria Freifrau von Rolshausen plante man eine Gebetsreise nach Aldenhoven für den Sommer. Dort verbrachte man im Kloster der Kapuzinerpatres zwei komplette Wochen, die ab dem Fest Mariae Heimsuchung begannen. Die Kurfürstin hatte für den Abschluss von dieser Pilgerreise etwas ganz Besonderes geplant und mit den Patres abgesprochen. Sie wollte zum ersten Mal zusammen mit Johann Wilhelm in der Klosterkapelle an diesem Ort eine gemeinsame Messe feiern. Was sie nicht wusste: Es sollte auch ihr letzter gemeinsamer Gottesdienst dort sein. Die Patres waren zu zwölft und standen am Barockaltar, als seien sie selbst am Sarg Mariens dabei, als die Apostel die weiße Leichendecke heben und im Sarg nicht den Korpus Mariens finden, sondern Blumen, die sie herausnehmen. Nur einige schauen nach oben, wo sich Maria im Gleißen einer Wolke als Himmelfahrende abbildet. Die beiden Frauen am Schrein halten Rosen in der Hand und weisen damit auf die durch ihre Bittgebete angesprochenen. Die Patres selbst in der Klosterkirche hielten auch Rosen in der Hand, die sie anschließend der Kurfürstin überreichten. Als der Kurfürst das Bild verstand, wozu er keine Erläuterung brauchte, traten Tränen in seine Augen, schaute er seine Frau seitlich an und legte seine Stirn wortlos gegen ihre Stirn, als sie sich ihrerseits zu ihm gedreht hatte. Nun überflossen auch ihre Tränen die Wangen und ihre Seufzer vereinigten sich zu einer stillen und sanften Wehklage. Dem einen oder anderen Pater traten auch Tränenperlen in die Augenwinkel, aber der Prior betete und achtete auf den Fortschritt der Messe, damit man sich abends beim Empfang des Bürgermeisters im Rathaus Aldenhovens nicht verspäten würde.

Wegen eines ersten Schlagflusses des Kurfürsten konnte man Aldenhoven und andere Wallfahrtsorte nicht mehr gemeinsam besuchen. Es folgten zwei weitere Hirnschläge, und es war symptomatisch für die Arbeitsamkeit des Kurfürsten, dass der Tod ihn am Schreibtisch ereilte, wo er schreibend zusammenbrach. Was sie niemandem erzählt hatten und was also insofern wirklich ihr Geheimnis blieb, war das sublime Ansinnen der beiden, ihren Besuch im Kloster auch als „Entsatanlisierung" zu verstehen.

Sie hatten abends nach dem Empfang und dem Essen im Rathaus im Herzogszimmer des Klosters noch eine angeregte Unterhaltung über die Wirkung der Befreiung vom Teuflischen gehabt. „Wir alle haben den Teufel ja in uns", hatte er begonnen, „und wenn wir ihm Raum lassen, dann wird er uns immer wieder erdrücken", hatte er gemeint. Sie aber war da etwas anderer Ansicht: „Gott hat den

Menschen so beschaffen, dass er sich im Trieb unseres Daseins beweisen und bewähren muss. Das Böse ist eigentlich gar nicht böse, um böse zu sein, sondern es ist, wie es ist, und das ist wirklich eine teuflische Kraft, denn sie geht gnadenlos über das Glück anderer Menschen hinweg. Die Selbstbehauptungsakte der Menschen sind doch nichts anderes als die unweigerlich wachsende und sich vermehrende Natur. Böse ist sie in unserer Vorstellung, weil sie andere und ihre Interessen vernichtet. Und nur an einer einzigen Stelle spricht Jesus vom Teufel und vom brennenden Feuer für die Sünder, wir verstehen darunter eine von uns getrennte Kraft, aber in Wirklichkeit liegt das Vernichtende und Bedrängende in der Welt selbst. Gott muss es so gewollt haben, denn ohne dies gäbe es doch gar kein natürliches Leben und folglich uns Menschen auch nicht." Der Kurfürst war etwas sprachlos. Er schritt im Zimmer auf und ab, sie saß auf einem Stuhl am Fenstertisch. Es fiel ihm sehr schwer, sich eine solche im Menschen selbst wohnende Schwäche einzugestehen. Anna Maria versuchte ihn durch Beispiele zu überzeugen: „Wenn meine Brüder in den Phasen ihrer Unzucht und ihrer Trunksucht gewesen sind, kam es nie von außen auf sie zu, sodass sie sich hätten wehren wollen, sondern es kam immer aus ihnen selbst heraus, sodass sie es irgendwie wirklich wollten." Der Kurfürst schwieg; er musste an seine Gefühle bei den Begegnungen mit der Stallmagd denken. In der Tat hatte er doch immer nur mit sich selbst gehadert, nie mit einem Wesen oder einer Stimme außer ihm. Geistliche, die sich am Altar laut mit Gott unterhalten und den Teufel als Unhold angesprochen hatten, hatte er doch immer für verrückt gehalten. Sie musste Recht haben. Das sogenannte Böse ist das Mächtige in der Natur selbst, und dass Gott das so gewollt hat, war also die Conditio, sine qua non. Ohne diese Verdrängungskraft, ohne diese Verschwendungs- und Vergrößerungssucht der Natur wäre sie selbst und damit die

Existenz der Menschen gar nicht möglich. Er selbst, der Mensch alleine würde also Heil und Unheil in der Welt bedeuten. Krieg lässt sich zwar stets irgendwie begründen, so dachte er, aber er ist eigentlich nur das Phänomen der Konkurrenz mit den Herrschaftsansprüchen anderer, die sich genauso im Recht fühlen wie man selbst. Natürlich kann man abwägen, wer der eigentliche Verursacher ist und wer mehr Recht auf seiner Seite hat, aber was ist denn schon dieses Recht. Es ist doch auch nichts anderes als ein durch die Jahrzehnte und Jahrhunderte gewachsener Machtanspruch. Dann sagte er: „Eigentlich haben doch die Juden Recht, wenn sie sagen, dass alles Gott gehört und dass wir Land und Boden jeweils nur von Gott geborgt haben."

Seine Verzweiflung wich dem Bedürfnis, sein Vermächtnis zu regeln. Sie befürwortete das, denn sie hatte die Änderung im Bild in Aldenhoven im Hinterkopf: Nun hatte ja auch sie zum ersten Mal den schwächlichen Kurfürstenkopf – in das Bild hineingemalt – gesehen, sozusagen als Privatmann, den Damian 1708 dort hineingemalt hatte – einen Monat vor seinem eigenen Tod. Und wenn man diesen Kopf betrachtet, trägt er wie ein dreifaltiges Wunder Züge vom Kurfürsten, von Damian und seinem verehrten Lehrer Jacob Jordaens, so dachte sie. Und über uns allen schwebt der Tod, der uns aber wie die Wolke Maria in den Himmel hebt, wo ein grenzenloses Glück wohnen muss. Bei einem heftigen Herbstgewitter schaute die Kurfürstin aus dem Fenster des Salons genau in dem Moment, wo eine vom Blitz getroffene riesige Buche unter ohrenbetäubendem Krachen auseinanderbrach. Zwei Hälften stürzten jeweils zur Seite und lagen nun wie ein spiegelbildlicher Schattenriss im Blitzgewitter vor ihren Augen. Diesen Hiatus sieht sie von existenzieller Bedeutung, denn sie fragt sich in diesem Moment, was denn aus ihrer Epoche, in der man sich auf alte Werte der Schönheit wiederbesinnen wollte, seine Bedeutung behalten werde. Würden Menschen noch so innig wie sie an das Wirken eines gütigen Gottes glauben? Oder würden sie ganz und gar der Sinnenfreude und der Tageslust verfallen, dass alles Dauerhafte sie kalt lassen würde? Sie wusste, dass man vergebens Rat sucht im allzu Flüchtigen, aber würde die Menschheit dies begreifen und im Blick behalten?

1716 erkrankte der Kurfürst durch einen vermutlich zweiten Herzinfarkt, denn er klagt sehr stark über heftige Brustschmerzen. Andere Ärzte sprechen von Schlaganfällen, man ist sich nicht einig. Anna Maria Luisa pflegt ihn fünf Wochen lang, ohne von seiner Seite zu weichen, und viele Ärzte wenden alle verzweifelten Therapien an wie Aderlass, Einläufe, Salbenauftrag und Anbringung von Tinkturen mit Ölen und Kräutern.

Geheimrat Carl Wilhelmi und Medizinalrat Franz Wouters nahmen sich den behandelnden Dr. Pietralus zur Seite und raunten auf ihn ein: „Wir können ihn nicht retten. Schicken Sie zu der Kräuterhexe, denn auf ihre Salben vertraut der Kurfürst seit Jahren. Auch die Kurfürstin schätzt deren Odeur aus Blütenöl sehr und wir machen ihr so noch etwas Hoffnung." Es war dann der Assistenzarzt Sobolka, der bemerkte, dann sei sie es letztlich auch schuld, und er formulierte unmissverständlich, dass es schlecht um den Kurfürst stehe, weil sich auch Anzeichen eines „Schlagflusses" zeigen würden: „Der Kurfürst kann sich linksseitig nicht mehr richtig bewegen und scheint dort gelähmt zu sein." Sie lassen die „Kräuterhexe von Düsseldorf" Maria Sibilla Christine Karoline Bergrath rufen und diese versucht eine Therapie mit Mostert, den sie ihm in alle Körperöffnungen hineingibt, zuletzt in den Mund zum Herunterschlucken. Er hustet dermaßen, dass er wegen seiner Schwäche fast das Zeitliche segnet. Alles, vor allem das Abzapfen von Blut, schwächte ihn noch mehr, aber wahrscheinlich war dies sowieso der Lauf der Krankheit. Anna Maria Luisa blieb außerordentlich geduldig, auch als er nicht mehr liegen und nicht mehr atmen konnte; nach dem Empfang der Sakramente, bei dem er zu den Kammerfrauen flüsterte: „Es gibt ja nichts zum Welnen!", neigte er sein Haupt und starb. Es war der 8. Juni 1716.

Die Welt der Kurfürstin brach zusammen; sie betete am Sarg des geliebten Mannes in der Schlosskapelle, wo er fast einen Monat lang aufgebahrt ist, bevor er in der Jesuitenkirche beerdigt wird. Eine Woche lang empfand sie wie gelähmt und lebte sehr zurückgezogen. Sie verabschiedete sich nun völlig vom gesellschaftlichen Leben, das sich ja sowieso sehr um Gebet und fromme Werke gedreht hatte, weswegen sie ja auch sehr oft öffentliche Gottesdienste mit hervorragenden Predigern abhalten ließ. So auch nach dem Tod des Kurfürsten. Der einzige Freund des Kurfürsten, Kapuzinerpater Eusebius schrieb in einer Chronik die Fakten auf:

„Die Beisetzung des Kurfürsten 1716 mit 58 Jahren in Düsseldorf, gestorben am   8. Juni 1716 in Düsseldorf, Ort der Beerdigung: Pfarrei St. Andreas, Düsseldorf, war ein Akt, bei dem die gesamte Bevölkerung und vor allem die Klostermönche, Ordensschwestern und Priester in einer ultralangen Prozession als Zeugen der großen Liebe zwischen Anna Maria Luisa und Johann Wilhelm auftraten. Alle Stände und Zünfte folgten der Familie und den Geistlichen, wobei aus Wien und Neuburg und Augsburg die Verwandten anreisten, aber keiner aus Florenz außer Kardinal Francesco Maria de' Medici, der Kurfürstin Onkel; es gab also keine Florentinische Weiberklage. Die Bevölkerung war durch Glockenklang und die Schelle des Ausrufers aufmerksam gemacht worden. Dieser hatte dann den plötzlichen und unerwarteten Tod des 58-

jährigen Kurfürsten in seinem Arbeitszimmer in der Nähe seiner Ehefrau und im Beisein von Hofkanzler Schaesberg verkündet. Der Onkel schritt neben ihr her, sie in Schwarz mit Schleier vor dem Gesicht, aber ohne Stütze und Hilfe stolz neben ihm. Der Sarg war auf der schwarzen Kutsche aufgebahrt, die von sechs Rappen gezogen wurde. Alle Stufen der Gesellschaft waren vertreten, denn das einfache Volk stand am Rand und schloss sich in Familienverbünden in lockerer Formation, aber betend der Prozession an.

Sein Vater Philipp Wilhelm, Kurfürst von der Pfalz 1615-1690 hatte zusammen mit Elisabeth Amalia, Landgräfin von Hessen, Landgräfin von Hessen-Darmstadt 1635-1709 (seine zweite Frau; die erste war 1651 gestorben und hatte auch einen Prinzen geboren, der am ersten Tag starb) 16 Kinder, von denen drei sogleich gestorben waren; zur Zeit des Todes lebten noch drei Männer und drei Frauen, die der Kurfürstin folgten: Karl III. Philipp von der Pfalz, Alexander Sigmund, Fürstbischof von Augsburg, Franz Ludwig, Kurfürst von Mainz, Maria Anna von der Pfalz, Dorothea Sophie von der Pfalz und Hedwig Elisabeth Amalie von der Pfalz."

23

Als ihr Mann also im Jahre 1716 mit 58 Jahren an seinem zweiten Schlaganfall verstorben war, fand sie in dessen Truhe einige Briefe und Dokumente, die ihr den rechten Einblick gaben in die undurchsichtigen Gefühle, die ihren Ehemann beherrscht hatten. Als sie sein geistiges Testament las, das er wie Augustinus „Confessiones" genannt hatte, dachte sie an die Reaktion des Petrarca auf diese Textstelle des Augustinus, die sie einmal so beschrieben gefunden hatte: „Während des Lesens flossen Tränen." – „Inter legendum fluunt lacrimae." Und ihre Reaktion hätte jemand mit denselben Worten beschreiben können, denn sie befand sich auf dem einsamen Berg ihrer Vergangenheit. Ihr war klar, dass sie nun mehr an Dantes „Confessiones" denken musste, denn in dieser Schrift wurde ein Neuanfang des gesamten Lebens beschrieben: „Incipit vita nova". Ihr Teil im Leben ist es nicht gewesen, Kinder aus Fleisch und Blut, mit Herz, Seele und Verstand zu haben, sondern ihr Teil würde sein, viele Kunstkinder zu hüten; sie beschloss, ihre Leidenschaft für Bilder und die Kunst im Ganzen weiter auszuleben, ja erneut aufblühen zu lassen, und zwar in ihrer Heimat der Medici – in Florenz. Dantes verherrlichte Beatrice sollte ein Bild sein: „La gloriosa donna della mia mente." Dieses Bild würde sie in den Uffizien präsentieren, heute noch ein reines Verwaltungsgebäude, die sie zu einem Kunstpalast umgestalten wollte. Und die Pallazi Pitti, de Medici und del Rovere-Medici Riccardi sollten auch ihre Kinder im lebendigen Austausch mit vielen Kunstliebhabern beherbergen. Sie würde die Mutter der Florentiner Kunst sein.

Sie fand bei den Unterlagen ein weiteres vergilbtes Schriftstück. Papst Pius II. beschreibt darin die Machenschaften bei dem Konklave, das ihn gewählt hat: „Die meisten Kardinäle versammelten sich bei den Latrinen;

hier, an diesem der Diskretion und der Geheimhaltung günstigen Ort, verabredeten sie Mittel und Wege, um Papst Wilhelm zu wählen." Dazu hatte der Kurfürst geschrieben: „Diese entsetzliche Gewissheit schickte mir Kardinal Francesco Maria, der diese Frevel leid war." Anna Maria Luisa las diese Ausführungen mit Entsetzen, denn sie widersprachen ihrem Bild von Geistlichkeit völlig. Sie bedauerte zutiefst ihren Onkel Kardinal und befürwortete im Nachhinein, dass er sich aus dem geistlichen Stand zurückzog und versuchte, einen männlichen Nachkommen der Medici zu zeugen. Damals hatte sie das nicht verstanden, aber da kannte sie auch die Hintergründe noch nicht. Sie hatte gewusst, dass er durch seinen Lebenswandel gesundheitlich bereits sehr angeschlagen war, und sie hatte davor gewarnt, diesen Schritt zu unternehmen. Dennoch legte er 1709 auf Wunsch seines Bruders die Kardinalswürde nieder, um zu heiraten und dem Haus Medici einen Nachkommen zu zeugen. Gleichzeitig wurde er zum Prinzen von Siena ernannt. Die gegen den Willen der 26 Jahre jüngeren Frau Eleonora Luisa Gonzaga, der Tochter Vincenzo Gonzagas, des Herzogs von Guastalla, geschlossene Ehe blieb jedoch kinderlos. Die Kurfürstin kam zu dem Schluss, dass ihr Leitsatz der richtige sei: Ich will mir die Gunst des Volkes verdienen als Basis meiner Macht, die ich nicht durch Intrigen und Ränkespiele gewinnen will. So will ich versuchen, in Florenz vielleicht selbst Großherzogin von des Kaisers Gnaden zu werden. Sie fasste diesen Entschluss als den Weg eines unabänderlichen Versuchs, den sie als Frau mit der Unterstützung ihrer Familie gehen wolle.

Die Kurfürstin fand noch andere Amulette und kleine Bilder; in einer aufklappbaren goldenen Brosche las sie mit großer Rührung neben dem Bild der ersten Ehefrau Johann Wilhelms einen Text, der von ihrem Mann stammte: „Meus animus totus tuum"; „Dein ist mein ganzes Herz",

so seufzte sie halb singend und verbarg diese Erinnerungsstücke in einer Schachtel aus dünnem Holz, die sie
eigenhändig auf den Dachboden brachte. In einem dünnen Quartheftchen, ein kleines Tagebuch Luisas, schrieb
sie über die intensive Liebe zu seiner ersten Gattin, indem
sie ihn auch zitierte: „Johann Wilhelm und seine erste
Frau Anna Maria Josepha „liebten einander sehr, worüber
es viel zu schreiben gäbe". Und offenbar aber war die
Tiefe dieser Liebe unsagbar weit und dunkel. So fügte sie
ihrerseits hinzu: „Aber er zog es vor, es nicht zu schreiben." Als sie die Erinnerungsstücke in einer alten Kommode untergebracht hatte, entdeckte sie in einer großen
Kiste Schriftstücke und Werke eines Ritters, die uralt zu
sein schienen. Sie entzifferte den Namen des Ritters – offensichtlich aus dem Jahr 1228 – als ‚Gerardus de Helrode' und sie hielt eine philosophische Schrift in Nieder-
deutsch in der Hand, das so klang wie das Flämische und
Rheinische, wie sie es hier dauernd hörte. Überschrieben
war dies Skizze mit „Die nöng Wiese van de menschlische
Siel'. Sie bat den Stadtschreiber zu Hilfe, der sich zwei
Wochen lang in deren Lektüre verlor und ihr dann eine
Übertragung ins allgemeine Deutsch brachte, die sie verstand und die sie mit Genuss las. Der Stadtschreiber Severinus hatte ihr die Schrift übergeben mit einer Bemerkung: „Entweder war dieser Gerardus de Helrode ein
Weltweiser oder ein Verrückter – ein Gauch war er jedenfalls nicht. Betrachtungen aus ihrer Sicht bestätigten das,
was der Ritter geschrieben hatte. Nachdem sie es durch-
gearbeitet hatte, deponiert sie alles letztendlich in einem
eigens dafür eingerichteten Archiv, das sie neben dem
Schloss in Düsseldorf hatte einrichten lassen und das von
da an für viele Adlige und Stadtschreiber ein beliebtes De-
pot für wichtige Dokumente und Urkunden wurde, die
nicht verloren gehen sollten. Die Hauptsätze aus dieser
Schrift klangen ihr aber noch lange nach:

Die nöng wiese van de menschlische Siel

1. Et jitt mensche, denne kannste en völl saache
   et niemals wereklisch rischtisch maache.
   doch wat die denke und och saare,
   kann e dörep düresch nuutzick draare.

2. Et jitt och mensche, die jäe helepe,
   wenn angere en e Onglöck talepe.
   Doch wenn die einem suu jet schenke,
   moss du och emme an se denke.

3. Dann jitt et mensche, die send stolz,
   enne staaze stieve stamm uss holz.
   alles ess joot, wenn man se iert,
   wemme övve se laat, ess alles vokiet.

4. Deo nächste typos ess empfindlisch
   on ess och schnell at jet beleidisch,
   evve deo hätt richtig joot eidie,
   idiotos ess ä woet davüe.

5. Die mensche, die de janze zick
   am denke send, wat en se lick,
   die hant die angere em greff
   on stond am steuer bei e scheff.

6. Wenn enne mensch zwesche zwei stöhl
   sich setzt, weil der enn sie gevöhl
   sich net entscheide kann beim röttsche,
   dann setz der sich op et eije vöttsche.

7. Ich kann alles, on zwa sofort,
   tüent deo jonge welde am ort,

wo er am wereke on schaffe ess,
die hälevde, wat de maat, ess mess.

8. Könning on kayser, dat benn isch,
   du enne kleene äreme wisch.
   wenn du disch mir net ongestells,
   dann zeisch isch disch, watte von mir hells.

9. Loss misch enn rou onn röisch schloofe,
   denn et jitt nix schöneres als poofe.
   evve wenn du enne schlööver stüers,
   dann duet et net lang, bess du em hüers.

Sie erkannte darin eigene Ideen, die sich ihr in ihrer Jugendzeit immer wieder aufgedrängt hatten: Irgendwie gab es neun Grundtypen der Menschheit: den Reformer, den Helfer, den Statusmenschen, den Künstlertypus, den Denker, den Loyalen, den Vielseitigen, den Herrschertypus und den Friedliebenden. Und auf diesem Grundstock hatten sich im Laufe der sechs Jahrtausende seit der Erschaffung der Welt wohl viele tausend Mischungen ergeben. Der Mensch war also ein wunderliches schwindelerregendes Wachstumswesen, dessen Zukunft völlig offen sein muss, da er so unbestimmt ist. Entscheidend für die Entwicklung der Welt wird das Gleichgewicht verschiedener Vermögen und Gefährdungen sein. Alle Einseitigkeit – so dachte die Kurfürstin – ist Stillstand, Niedergang und letztlich Tod.

Auch fand sie in der Schatulle mit den Urkunden ein Dokument, das sie überhaupt nicht zuordnen konnte und dessen Inhalt sie einfach so zur Kenntnis nehmen musste. Es war wohl aus den Archiven der Stadt Aachen einem seiner Vorfahren der Grafen bzw. Herzöge von Jülich übersandt worden, um wie so oft eine Fehde zu beenden, die alle Beteiligten ruinieren würde. Ihr Inhalt las sich sehr sperrig:

„Rickalt und sein Sohn Jordan von Haelrode kündigen der Stadt Aachen zweimal hintereinander die Fehde an, am 13.09.1432 zusammen mit „Daeme [Adam] von Palant", Herr zu „Ruland" [Reuland in der Südeifel], und einem „Bastard Wilhelm von Reifferscheid". Diese Hehlrather Ritter haben sich vom Lehensherren in Jülich abgewandt und sind vor den Folgen der Fehde hin zum Süden in Richtung Rheinland-Pfalz geflohen. Sie hinterlassen einen Hof in Helrode auf der Kambachstraße, gemauert aus Bruchsteinen römischer Herkunft, die sie aus den Steinkuhlen auf dem Hohen Berg genommen haben, wo sie als Relikte eburonischer Wachtürme und einer Lagermauer herumlagen. Zusammen mit anderen Rittern im Gefolge von Adam von Palandt kündigte dieser Heißsporn Jordan der Stadt Aachen wiederholt die Fehde an, beschwert sich zwischenzeitlich aber auch über die seitens der Stadt Aachen verordneten bzw. durchgeführten Sühneaktionen und die dadurch bedingten hohen Unkosten bzw. Verluste. Danach verschwanden sie für alle Zeiten aus dem Jülicher Land." Diesem Dokument beigefügt war eine Karte mit dem Hinweis, dass in Dießen am Ammersee ein Berg sei, in den Jordan von Helrode den Eburonenschatz überführen werde. Sein Vetter Dietrich von Wolfratshausen hatte ihm geschrieben, dass er dort einen geeigneten Platz kenne – sozusagen in einer Schneise zwischen zwei Hügeln des Berges, den er jetzt schon wegen des Helroder Ansinnens Schatzberg nenne. Er sei willkommen und könne sich unbehelligt in Dießen eine neue Existenz aufbauen. Sie hätten auch beste Beziehungen zum Württemberger Hof und zu den Erzbischöfen der Gegend. München sei ihnen auch gewogen. Dietrich hatte Jordan die Karte geschickt, und Jordan hatte mit ungelenker Hand einige Ambiorixtaler genau an die Stelle in die Karte hineingemalt, die sein Vetter ihm bezeichnet hatte. Sie las dies alles, verstand auch den Zusammenhang, wusste aber nicht, wieso es in den Nachlass gekommen war. Vielleicht über die Patres von Aldenhoven, denn Hehlrath lag nur sieben Kilometer süd-süd-westlich von Aldenhoven entfernt. Mit den Namen Eburonen und Ambiorix konnte sie nichts anfangen. Was sie wohl auch wusste ist, dass ein Ritter aus Hehlrath namens Peter, der den Namen Helrode als ‚Heilrath' deutete und sich also so nannte, wegen unbequemer Ansichten nach München geflohen war, als der Erzbischof von Köln den Bann über ihn verhängt hatte. Wollte der Helroder doch, dass auch die Kurfürsten im Propsteier Wald und im Hambacher Forst keine Jagd mehr ausüben dürften!

Nach diesen Tagen des einsamen Abschieds und der erinnerungsvollen Wehmut bekam sie von Pater Eusebius ein Bündel aus Leinen mit Briefen und Blättern ihres Mannes, die sie auch noch niemals gesehen hatte. Johann Wilhelm hatte zu diesem Kapuzinerpater Eusebius eine lange Freundschaft gepflegt und ihn zum Hofprediger berufen. Eusebius hatte ihn bis in den Tod begleitet. Er würde sie nun beraten, denn sie würde ja Düsseldorf und damit Jülich/Berg verlassen. Gerühmt wurden die Predigten des Paters, sein reiner Lebenswandel, sein unerschrockenes Auftreten und seine glänzende Beredsamkeit, die viele Menschen bekehrt hatte. Bei den Texten handelte es sich um von ihrem Mann selbst verfasste Gebete. In der Wittelsbacher Tradition war er immer äußerst fromm gewesen und seine universale kulturelle Bildung in Bezug auf Literatur, Oper und Malerei hatte ihn nie daran gehindert, sich selbst künstlerisch zu betätigen. Er hat ja auch immer wieder selbst gesungen und Cembalo sowie Clavicord gespielt, weil es überall zur Fürstenerziehung dazugehörte, in Österreich, Bayern und in der Toskana gleichermaßen. Deswegen haben wir uns so gut ergänzt und verstanden, dachte sie beim Lesen der anrührenden christlichen Zeilen. Und sie erinnerte sich an seine praktische Kunst: Johann Wilhelm war auch ein geschickter Elfenbeinschnitzer gewesen.

Am Abend des 9. Septembers 1717 verabschiedete sich die Kurfürstin alleine und ohne nennenswerte Traurigkeit von ihrem Residenzort Düsseldorf. In ihrer Seelenlandschaft sah es trostloser aus als dieser Ort am Rhein, als sie ihm über 25 Jahre zuvor zum ersten Mal begegnete. Es waren nicht die Bedürfnisse des Leiblichen und die Beziehungen eines suchenden Herzens, die sie dort hatte zuhause sein lassen, sondern nur ihr nimmer müder und erfindungsreich wirksamer Geist. Sie erinnerte sich an einen Tag am Ende des Mais vor vielen Jahren, als sie mit Lisa ausgeritten war, um Vogelstimmen zu hören. An diesem letzten Abend in Düsseldorf sang kein einziger Vogel mehr so wie die Amsel ihr fröhliches Lied, als Luisa und Lisa am Brunnen saßen und auf das abendliche Leben der Menschen lauschten. Es war ihr nun an diesem letzten Abend in Düsseldorf so, als wenn sie Lisas Lachen aus weiter Ferne hörte. Sie erinnerte sich: Dann ritten sie vor die Tore zum Rhein, wo eine Bachstelze sich im Uferwasser drehend mit dem Schwanz wackelt. Dort befand sie sich nun auch. Hier war es doch, wo der Mord an dem Mädchen passiert war! Sie hört mit den Ohren und sieht mit den Augen Lisas: Eine Blaumeise skandiert ihren regelmäßigen Laut, Buchfinken schlagen sich gegenseitig mit ihrem Ruf an und ein Buntspecht hämmert mit holzigem Ton seinen Klopfrhythmus, der in den Rheinauen widerhallt. Eine Dohle umschwirrte ihr Pferd und pflückte sich Nahrung aus seinem Fell, als sie an den Weihern angekommen war. Wie sinnvoll, dachte sie nun nach so langer Zeit. Sie helfen sich gegenseitig. Vielleicht waren die Schmarotzer am Hof in ähnlicher Weise dann doch zu etwas nütze. Damals hat sie nicht weitergedacht, nur beobachtet: Im Waldhain krächzte der Eichelhäher seinen Warnruf, woraufhin eine Elster frech keckerte. Ein Feldsperling ziepte auf einem Baumstamm, der Fitis mit seinen hellen Beinchen und der Zilpzalp mit dunklen Strümpfen zwitscherten um die Wette im sonnigen Licht in den Büschen der Rheinauen, der Gartenbaumläufer rannte über die Rinde eine Buche hoch, während die Gartengrasmücke eine Ode flötete. Ein Gartenrotschwanz balzte auf einer Tannenspitze, die Brust eines Gimpels leuchtete in der Sonne wie das Gewand eines Pfaffen im Dom, das Goldammermännchen rief vorsichtig und scheu nach einem Weibchen, alldieweil der Grauschnäpper im Flug eine Mücke fing. Der Grünfink zwitscherte von hoher Warte auf das Geschehen hinab und ein bunter Stieglitz brüstete sich frech und schnappte seine Körner. Den Hausrotschwanz kannte sie aus dem Garten am Schloss, wo er schon eine Stunde vor Sonnenaufgang im Garten sang, so wie manche Menschen auch nicht abwarten können, bis die Natur oder die Gesellschaft die Türen öffnet für einen angenehmen Besuch. Haussperlinge schimpften vor sich hin, die Heckenbraunelle zirpte im Baum und eine Klappergrasmücke sang wie im Schlosspark ihre geschwätzige Zwitscherarie auf einem Ton. Lustig lief ein Kleiber den Baumstamm hinunter und pickte Insekten, dazwischen rief er rhythmisch, sodass eine Kohlmeise ihre scharfen Silben wie zur Antwort skandierte. Wie in Florenz gaben die Mauersegler ihr Alarmsignal und spotteten so der Mehlschwalbe, die Mönchsgrasmücke sang klangvoller als die Klappergrasmücke es ihr nachzumachen versuchte. Da hinein in diese Stimmung krächzte nun eine Rabenkrähe ihr Totenlied, sodass selbst die Rauchschwalbe aufzuschrecken schien und Anna Maria Luisa nicht mehr wusste, ob sie das nun erlebte oder früher so erfahren hatte. War sie noch im Wald, war sie im Schlossgarten? Alles war plötzlich zeitlos und schwirrte durcheinander. Die Ringeltaube sucht im Schlosshof Futter und gurrt genüsslich, Rotkehlchen plustern sich in der Herbst-kälte auf, Saatkrähen schwirren über die Felder durcheinander, die Schwanzmeise mokiert sich, die Singdrossel bezirzt und schimpft im Wechsel einer angeregten Unterhaltung mit einer entfernt sitzenden Drossel, die Stare bewegen in allen Träumen ohne Ordnung und System und dennoch genial im Schwarm miteinander empfundene Formen am Himmel, dass die Tannenmeise am Küchenfenster, wo die Erdingsberger oft stand, über diese Wirrnisse staunt. Und die seltene Türkentaube turtelt mit ihrer Tierfreundin, wobei der Zaunkönig dünn, aber sehr abwechslungsreich dazwischen zwitschert.

Da fiel nun plötzlich ein Schuss. Für das Oktoberfest in Düsseldorf wurde gejagt. Das Besondere war doch immer gewesen, dass sie mit von der Partie war und im Hambacher Forst für das Wildbret junges Schalenwild mit einem idealen Wildbretgewicht geschossen hatte wie Rotwildkälber von ungefähr 60 Pfund, Damwildkälber von ungefähr 30 Pfund, Muffellämmer von ungefähr 28 Pfund und Frischlinge von ungefähr 26 Pfund. Sie würde diesmal nicht dabei sein und dachte an das Märchen vom verwandelten Brüderchen, das als Reh eines Abends zum Schwesterchen sagt: Nun komme ich nimmer mehr. Und die Trauer des Abschieds stand plötzlich doch in ihrer Seele und ihr Körper ließ den einsamen Tränen ihren freien Lauf.

24

Graf Schaesberg öffnete am 20. Februar 1742 eine Depesche aus Florenz. Die Kurfürstin war ungefähr fünfundzwanzig Jahre zuvor wieder nach Florenz gezogen. Sie
hatte in Deutschland keine sinnvolle Zukunft für sich mehr
gesehen und war am 10. September 1717 nach Florenz
zurück aufgebrochen. Nun traten dem Grafen Tränen der
Wehmut in die Augen, die er als alter Weggefährte der
Anna Maria Luisa weinte, weil sie sich von selbst zeigten
und keinerlei rationale Entscheidung zugelassen hatten.
Er dachte an die Umstände, unter denen sie damals Düsseldorf verließ: Sie hatte nach langen Verhandlungen
nicht alles erhalten, was der Kurfürst ihr vermacht hatte.
Kaiser Karl III. hielt einiges zurück. Und sie nahm nichts
mit, was aus dem Besitz der Pfalz stammte. Zwei deutsche Hofdamen und insgesamt achtzig Personen beglei-
teten sie bei der Umsiedlung nach Florenz. Er hatte auch
von den unbefriedigenden Verhandlungen der Medici mit
dem Kaiser wegen des ihr verweigerten Titels der Großherzogin erfahren. Und da gab es noch diese sehr unangenehme Sache der Zahlungsverpflichtungen der Düsseldorfer Stände an die Medici in Florenz nach dem kinderlosen Tod der Kurfürstin als negative Hinterlassenschaft
durch den Ehevertrag. Graf Schaesberg hatte den Schaden nicht verringern können, indem er die Kurfürstin davon überzeugen, ja besser gesagt dafür gewinnen wollte,
dass sie sämtliche in Antwerpen gekauften Diamanten in
Düsseldorf ließ. Durch die Mitnahme ihres rechtmäßigen
Erbes kreideten die Düsseldorfer Landstände der geliebten Kurfürstin also eine Doppelvergütung der Kinderlosigkeit an. Und es gab diesbezüglich natürlich Verschwörungstheorien, dass sie es genau darauf hätte angelegt.
Deswegen sei sie so unvorsichtig mit ihren Kräften umgegangen und habe ihre Pflicht als passiv duldende und
empfängnisbereite Frau nie ernst genommen. Ihre

Frömmigkeit sei barock gewesen. Die Düsseldorfer Stände beschwerten sich darüber, aber Florenz rechnete ihnen vor, welche Gebäude und Kunstschätze in Düsseldorf verblieben seien, die Florenz mitfinanziert habe, und was sie Wert seien. Sie sprachen in diesem Brief – gesiegelt von den drei führenden Rechtsanwälten der Toskana – von immensen Werten, die im Sinne einer ehelichen Zugewinngemeinschaft auch in Düsseldorf geblieben seien. Der Bürgermeister von Düsseldorf meinte dazu nur lapidar: „Hött se doch metnemme könne!"

Einsam gewesen waren die letzten Jahre in Florenz. Es war eine Art Monadentum, das sie befallen hatte, und gerade in diesem Gefühl, sich stets selbst genug zu sein, lag eine Traurigkeit, die sie zusätzlich blockierte. Nadia Nertkin, eine mit Luisa seit Jahren befreundete Philosophin – das gab es also doch, sie hatte aber keine Chance in einer Welt der männlichen Dichter und Denker – beschrieb diesen Block im Herzen der gealterten Mediciprinzessin als ,neue Einsamkeit'. Und mit dem Wort Einsamkeit war auch das Schicksal der beiden Brüder Gian Gastone und Ferdinando treffend bezeichnet. Man konnte darüber in der Adelsgazette „Diakipewi" traurige Berichte in Fortschreibung lesen. Man verweigerte ihr den Titel der Großherzogin. Ihr im Herzen und im Geiste gebrochener Bruder würde also Nachfolger ihres geliebten Vaters werden. Er wurde der Großherzog von der Toskana, sie aber musste die letzten schwachen Fäden beieinander halten, die sie ziehen wollten, aber oftmals nicht zu ziehen vermochten.

Freuden des Alltags gab es nur in Beobachtungen. So sah sie im neuen Museum der Uffizien ein junges Paar, leicht hell gekleidet und verliebt. Es lässt sich sitzend lange und intensiv aufeinander ein, scherzt und liebkost sich. Es rückt immer näher aufeinander zu, aber dann gehen sie weiter. Wäre sie bunt gekleidet gewesen und er festlicher, hätte sie an Dante und Beatrice gedacht. Sie hat permanent ihre Hände vor ihrem Schoß und drückt ihre Finger in die weißen und fast transparenten Rockfalten, als sie ihre Wange von hinten gegen seine linke Schulter schmiegt. Sie zeigt rotes Wangenglühen, als sie ihr Kinn seitlich auf diese schlanke, aber gereckte Schulter legt. Er ist in das Motiv des Bildes vertieft, sie in seinen Körper. Ihre Finger bewegen sich unmerklich und leicht im Rhythmus ihrer Wange auf seiner Schulter. Sie seufzt, als sie sich vor ihn dreht und sich fest an ihn drückt, indem sie beide Arme um ihn schlingt. Er küsst sie.

1721 starb Luisas Mutter als diese lebensfrohe agile Hysterikerin und Andersdenkende, unkontrolliert in ihren Reaktionen und impulsiv in ihrer Verhaltensweise. Es war ein bedrückendes Schicksal, dass Luisa diesen Zug von sich hatte abspalten müssen, um ihr Fühlen und Trachten davon nicht beeinflussen zu lassen. Und richtig, als Cosimo III. 1723 starb und sie ihren eigentlichen Bezugspunkt im Leben verlor, wie sie allerdings nun erst, sich dessen bewusst werdend, bemerkte, wurde ihr bedauernswert unfähiger Bruder Gian Gastone nach dem Syphilistod des Ferdinando im selben Jahr Großherzog der Toskana. Nach langen und für Luisa ziemlich unerträglichen Jahren, in denen sie sich als Kunstsammlerin und Museumsgründerin ablenkte, verendete ihr Bruder wie ein wildes getriebenes Tier am 9. Juli 1737. Nun erst wuchsen wieder die lange verdrängten Erinnerungsmomente voller Liebe an die Kindheit mit ihren Brüdern in den stabilen Situationen ihrer Mutter. Sie unternahm einen letzten Versuch, Großherzogin zu werden, forderte eine für Europa einzuführende Mindestzahl von alleinregierenden Herrscherinnen, fand aber beim kaiserlichen Adel dafür kein Gehör. Wenn sie in der Öffentlichkeit auftrat, stand sie lange still und formte ihre Hände zu einer Stabilitätsgeste, indem sie durch Berührung je der beiden Zeigefinger und der Daumen eine Raute bildete. Wenn sie nun so Frans van Douven malen könnte, würde diese Geste in die Weltgeschichte eingehen.

Der Tod der Kurfürstin kündigte sich an. Es pochte viermal an ihre Tür, und das nach einer kurzen Pause ein zweites Mal. Und ihr Herz raste nun so schnell, dass sie diese Schläge zweimal hintereinander zwölfmal

322

widerhallen spürte. Dann öffnete sich die Tür und der Hof-
medicus schritt mit wehenden Fahnen in das Schlafzimmer, wo die Kurfürstin mit entblößten Brüsten lag und ihre
Hofdamen mit Gesichtern voller Entsetzen standen, um
ihre linke vom schwarzen Krebs befallene Brust anzustarren. Vorher war der Hofnotar dagewesen zwecks testa-
mentarischer Verfügung. Er hatte notiert, was sie ihm gesagt hatte: „Die Uffizien werden ein für alle Mal eine
Kunststätte sein mit Museum und Werkstatt, Verwaltung
und Lagerräumen. Ihre Bauten werden gepflegt, ihre
Kunstschätze bleiben ungeteilt beieinander in den Uffizien und aus dem Bildungsort Florenz wird eine Pilger-
stätte der Kunst." Der Medicus widmete sich dem linksseiti-
gen Brustkrebs. Sie hatte mit niemandem darüber gesprochen, auch nicht mit ihrem italienischen Leibarzt, der
pikiert und zutiefst getroffen in der Ecke des Zimmers
stand. Nur ihre Kammerfrauen wussten es und halfen ihr
mit Salben bei der Versorgung; dieser Zustand dauerte
nun schon drei Monate lang, zuletzt aber ging es schnell,
sie litt nicht lange. Veranlasst hatte sie, dass sie nicht die
Totenkrone ihrer Dynastie der Medici aufgebahrt und im
Sarg tragen würde, sondern eine Kurfürstenkrone, die ihrem verstorbenen Mann gehörte und die sie mit nach Florenz genommen hatte. Diese Krone hatte von 1717 an in
einer Nische am Altar des Doms in Florenz gestanden,
wovon nur sie und die hohe Geistlichkeit gewusst hatten.
„Ich will damit unterstreichen, dass ich die Ehefrau von
Johann Wilhelm von der Pfalz-Neuburg, Herzog von Jülich und Berg, war und dass ich ihn unaussprechlich tief
liebe. Er war in jeder Hinsicht die Erfüllung aller Sehn-
süchte meines Lebens." So hatte sie Monsignore gegenüber dies begründet.

Nun ruht diese Krone auf dem Haupt der toten Kurfürstin
im Sarkophag in der Gruft der Medici in der Krypta von
San Lorenzo. Hier ruhen sie aus, fern von den infamen

Nachreden, sie sei Sand im Getriebe der Fröhlichkeit des jungen Florenz gewesen, denn als sie in der Karnevalszeit starb und alle fröhlichen Feste abgesagt werden mussten, sah man sie als Spielverderberin, die selbst ihren Tod aus religiöser Übersteigertheit als Mahnmal gegen verrückte Überschwänglichkeit, der ihr verwirrter jüngerer Bruder Gian Gastone in seinen letzten Jahren verfallen war, als Erziehungsakt in der Konventsvilla „La Quiete" zurückgezogen herbeigebetet habe. Alles fiel aus: Lustbarkeiten, Maskeraden, Umzüge und Bälle. Die florentinische Fantasie war nicht mehr zu halten und sah sie als Stachel im Fleisch der Gegenwart. Corona magnificentia. Corona spineata. Als sie aufgebahrt in der Kirche lag, waren ihre zum Gebet auf dem Bauch gefalteten Hände zur Raute geformt. Und statt dies einfach als natürlich hinzunehmen, kommentierten viele ihr nicht Wohlgesonnenen dies als Zeichen ihrer Sturheit. Es blieb gleichgültig, denn den großen Sinn ihres Daseins konnte es nicht mehr verändern.

Aber den Florentinern blieb in unzähligen Kunstschätzen ihr Vermächtnis: „Die durchlauchtigste Kurfürstin lässt, gibt und überführt hiermit Seiner Königlichen Hoheit für ihn und die ihm nachfolgenden Großherzöge, alle Möbel, Gegenstände und Raritäten aus dem Erbe ihres Bruders, seiner Durchlaucht dem Großherzog, wie Galerien, Gemälde, Statuen, Bibliotheken, Schmuckstücke und andere Wertgegenstände, sowie die Heiligen Reliquien, Reliquiare und ihre Ornamente in der Kapelle des Königpalastes, die Seine Königliche Hoheit sich verpflichtet zu bewahren, unter der ausdrücklichen Bedingung, dass, weil dazu bestimmt zur Zierde des Staates zu dienen, zum Nutzen des Publikums und um die Neugier der Fremden anzuziehen, nichts entfernt und aus der Hauptstadt und dem Staat des Großherzogtums gebracht werde."